U0588559

娓道来不了情

史久雄 著

江苏大学出版社

镇江

图书在版编目（CIP）数据

娓娓道来不了情／史久雄著. —镇江：江苏大学
出版社，2020.12
ISBN 978-7-5684-1478-4

Ⅰ．①娓… Ⅱ．①史… Ⅲ．①随笔—作品集—中国—
当代 Ⅳ．①I267.1

中国版本图书馆 CIP 数据核字（2020）第 244169 号

娓娓道来不了情
Weiwei Daolai Buliaoqing

著　　者／史久雄
责任编辑／汪　勇
出版发行／江苏大学出版社
地　　址／江苏省镇江市梦溪园巷 30 号（邮编：212003）
电　　话／0511-84446464（传真）
网　　址／http：//press.ujs.edu.cn
排　　版／镇江文苑制版印刷有限责任公司
印　　刷／广东虎彩云印刷有限公司
开　　本／718 mm×1 000 mm　1/16
印　　张／24.75
字　　数／442 千字
版　　次／2020 年 12 月第 1 版　2020 年 12 月第 1 次印刷
书　　号／ISBN 978-7-5684-1478-4
定　　价／68.00 元

如有印装质量问题请与本社营销部联系（电话：0511-84440882）

目　录

二 故乡人的故事

三 自然的故事

四 心灵的故事

六　历史的故事

七　朝花夕拾

一　故乡的故事

宜兴的四季

我国南北方的划分，西以秦岭为界，东以淮河为界。宜兴地处北纬31度07分到31度37分之间，东经119度31分左右。从横向看，宜兴在中国的东部。从纵向看，宜兴在淮河以南，属于南方地区。如果说中国的地图像一只引吭高歌的大公鸡，那么宜兴就在公鸡凸出的那块胸脯位置。

其实从中国的版图看，宜兴既不属于北方，也不属于南方，而是在不南不北的地带。正因为宜兴处在这样的地理位置，所以集东部和南北的气候特点于一身。

宜兴是典型的亚热带气候，四季分明，雨水充沛，阳光充裕，年平均气温为15.7℃。宜兴的地形地貌条件得天独厚，十分优越，南部为丘陵山区，北部则一马平川，西部为低洼圩区，东部为水滨渎区；北有滆湖，东有太湖，内有东氿、西氿、团氿和大大小小的水荡湿地，风景优美，物产丰富，是闻名遐迩的风水宝地。

宜兴最令人惬意的季节是春秋两季。春天温润，秋天凉爽；春天舒心，秋天醉人；春天姹紫嫣红，秋天灿烂辉煌；春天生机勃勃，秋天硕果累累。凡在春秋两季来宜兴的人，无不觉得宜兴好，宜兴美，宜兴有山有水，宜兴天人合一，宜兴修身养心，宜兴就像人间的天堂。宜兴的春秋不像北方那样稍纵即逝，不像南方那样无踪无痕，宜兴的亮丽和舒适在大半年的春秋季节里彰显得淋漓尽致。

可是宜兴的冬天很冷，阴湿的冷，冷到骨头里。宜兴虽然属于南方地区，但是会像北方那样，雪落冰封，天寒地冻，气温有时会降到零下十几摄氏度。一旦进入这样的冬天，非但真正的南方人不愿意到宜兴来，因为他们根本无法承受宜兴的寒冷；就是北方人也不愿意到宜兴来，因为宜兴地处淮河以南，室内不通暖气，没有最基本的御寒取暖的设施。真正的南方过冬当然不难受，北方过冬也非常舒服。不管私宅还是公房，不管城镇还是农村，室内都有采暖设备，不需要像宜兴人那样经受屋里与屋外同样寒冷的煎熬。宜兴人了不起，不仅远比南方人耐寒，而且比北方人还要抗冻。

　　宜兴人不仅抗冻，而且忍受得了酷暑。说起南方热，并非夏天特别热，而是一年四季的平均温度高。说起北方冷，并非夏天不热，而是一年四季的平均温度低。虽然宜兴的年平均温度非常适中，但是冬天的温度会很低，夏天的温度会很高。不管是南方人还是北方人到宜兴来度夏，印象最深刻的是这个地方的热。热起来连续几十天高温，昼夜没有一点温差。而且这样的热，不是干热而是湿热，从早到晚浑身上下湿漉漉、黏糊糊。热得人喘不过气来，热得人白天无法工作，晚上无法入睡。再加蚊虫作祟，真是苦不堪言。南方的夏天，气温高不过三十五度，而且海风阵阵，不会有宜兴这里气闷潮湿，让人有压抑窒息的感觉。北方的夏天，白天的太阳会热辣辣，可是一躲到树荫下就觉得凉爽；白天的温度有时也会比南方高，可是一到晚上，气温会降下十多度，还要盖被子。不管南方人还是北方人，只有到宜兴来过一过夏天，熬一熬这里的酷暑，就会明白什么叫"蒸笼天气"，什么叫真正的火炉，才会全面了解宜兴，了解宜兴的一年四季，才会佩服宜兴人的耐力和精神。

　　宜兴春暖夏热，秋凉冬冷，四季分明。暖热凉冷是宜兴的全部，是真正的宜兴。没有温暖和凉爽不叫宜兴，没有严寒和酷暑也不叫宜兴。正由于宜兴的冬天冷得人无处藏身，所以春天才会温暖得恰到好处，才会气象万千，生机无限；正由于宜兴的夏天热得人无所适从，所以秋天才会凉爽得身心舒畅，才会年丰岁稔。寒冷与温暖相因，酷暑与凉爽相袭，痛苦与舒适相关，煎熬与收获相连。冬夏的两个极端塑造了宜兴魅力四射、引人入胜的形象。

（2016 年 12 月）

开窗便见的铜官山

上午起身，第一件事就是推开窗，眺望伫立在城南的那座名叫铜官的山。

天气晴朗时，铜官山清秀明亮，像一幅鲜艳的水彩画；天气阴雨时，铜官山身躯时隐时现，像一幅朦胧的水墨画。无论它以什么色彩出现，都有"浓妆淡抹总相宜"的美感；无论它以什么样的风格出现，都觉得有一份浓浓的让人难以割舍的情缘。

铜官山伟岸的身躯横亘在宜兴城南十公里处。它是天目山的余脉，海拔高527米，山麓周长43公里，是江苏南部第二高峰。铜官山像一道天然的屏风，为宜兴挡风挡雨。每次刮台风，当台风在海上肆虐，从福建或浙江登陆，呼啸着进入江苏境内时，铜官山用巨大的身体挡住了台风。台风奈何不了铜官山，只得折身转向安徽方向。在铜官山的庇护下，狂风暴雨无法光顾宜兴，宜兴年年风调雨顺，岁岁稻麦丰登。铜官山又像一张巨大的太师椅，山下平坦的土地缓缓向四周延伸扩散。宜兴城就像躺在一张天成的太师椅里，身体靠着山体，头枕着主峰，无忧无虑，安安稳稳，享受着温馨和太平。

铜官山层峦叠嶂，满目青翠，风光旖旎，山色清秀，吸引着人们去踏青旅游健身。"铜峰叠翠"是古阳羡十景之一。古人把铜峰比喻为"叠翠"是最恰当不过了，一层茶洲，一层竹海，一层松林，整个铜官山就像由绿色叠起的翡翠。一到春天，满山杜鹃盛开，还有桃花、梨花点缀，云雾飘逸缭绕，人在山中，如漫游仙境。怪不得唐代宰相陆希声会在这里建造山房，隐居下来；怪不得明代的四川参政吴仕会相中铜峰，在山下购买数十亩山地，建造了一个梅园，尽享田园之娱；怪不得元末明初的大学士宋濂会为铜官山写下"铜官矗苍翠，白云递隐见，溪水抱村流，触石成洄漩"的美丽诗句。

铜官山不仅是古人钟爱的生活之地，也是他们选择死后的最佳长眠之处。三国时，孙权曾任过阳羡长，他的母亲吴国太死后，孙权选中宜兴这块风水宝地，把母亲安葬在铜官山下。宋代名将狄青不知何故对宜兴情有独钟，把墓地选择在离铜官山不远的山林中。如今尚存一根墓道上的华表，高十数丈，顶端刻有神兽。

自古以来，人们称这座山为南岳，也叫君山、铜官山，亦称它为铜峰。说来话长，里面蕴藏着很多丰富而动人的历史掌故。相传秦始皇南巡至会稽郡，当御驾走过一马平川的吴楚平原，来到阳羡，见一座山峰突兀，顿时兴起，登上山巅。秦始皇居高临下，极目远眺，见整个山峰既有北方之雄，又有南方之秀，禁不住赞叹道："此亦南岳，何必去衡山"，即敕封南山为"南岳"。南岳之称一直流传至今日。因皇帝曾到过此山，当地人也称君山，为君临此山之意。

东汉时期，有一年阳羡久旱不雨，土地龟裂，庄稼绝收，百姓苦不堪言。为解灾民之急，阳羡县令袁玘亲自爬到南山顶上，烧香点烛，焚化祈纸，对天跪拜，叩求赐雨。为示诚心，赤裸上身，任凭烈日烤晒。一连数日，跪地不起，泪尽血继，苦求苍天怜见百姓，最后晒死在炎炎烈日之下。上天感其诚，普降大雨。阳羡百姓为感念袁玘耿耿为民的一片赤诚之心，捐款在阳羡城内西城巷的巷底建袁府君庙，以铜棺厚葬袁玘于南山山顶。谐"棺"之音，称此山为铜官山，山顶为铜峰。

铜官山的神奇之处还在于山上曾发生过许多传奇感人的故事。西晋时期，周处只身进山，射杀恶虎，为民除害，成就了周处"除三害"的千古美谈。南宋时期，岳飞驻军宜兴，为阻击渡江南犯的金兵，曾在铜官山麓与金兀术鏖战一百回合，留下了古战场——百合场。

铜官山是我青少年时期经常涉足的地方。记得学生时代，学校组织爬铜官山，进行革命传统教育。沿着盘山小路登上铜官山顶，放眼群山，只见峰峦起伏，沟壑纵横，山高林密，形势险峻。班主任是语文老师，触景生情，豪情涌动，对着群山朗声放歌："山下旌旗在望，山头鼓角相闻。敌军围困万千重，我自岿然不动。"全体学生跟着唱和，群山回音四起，好不慷慨激昂。铜官山脉和井冈山黄洋界相比，何其相似。看铜官山，想井冈山革命根据地，想红军的革命精神，充满了豪情壮志，充满了革命理想。真是一次极好的红色教育，至今也忘不了。

曾担任过太滆游击队宜兴分队长的陈日辉，给我们讲述他在铜官山打游击的真实故事。宜兴、溧阳、金坛三县"剿匪司令"李乙飞调地方"保安部队"围困铜官山。白天游击队隐蔽在铜官山的树林深处，一到夜间，就出来袭击敌军。狡猾的李乙飞在各个道路口拉起棉纱线，若有游击队经过，不慎碰断棉线，便可按线头飘动的方向寻找游击队的藏身之地。可是铜官山幅员辽阔，地形复杂，李乙飞再狡猾也无法找到陈日辉游击队的踪迹。游击队凭借着铜官山的地理优势，牵制住了李乙飞的兵力，为解放军横渡长江，解放长江以南地区，发挥了重要作用。中华人民共和国成立后，陈日辉生擒了李乙飞，并在宜兴体育场亲手处决了这个沾满人民鲜血的刽子手。陈日辉的故事大大增添了铜官山的英雄气和神秘感。

铜官山不仅在战争年代以其独特的地理优势为中华人民共和国的建立创造条件，在和平年代，更为宜兴、为国家的建设发挥着其他地方无法取代的作用，为民谋取福祉。铜官山突兀在江苏平原上，是建微波通讯站和电视转播加强站的最佳地点。1970年，中央军委在铜官山顶建微波通讯站和电视转播加强站。一时间，宜兴的工农商学兵齐出动，漫山遍野红旗招展，歌声号声震天动地。有开山炸石修筑道路的，有肩扛手拉运送物资设备上山的，有在山顶上大兴土木的，整个铜官山沸腾了。不到一年时间，在几乎没有机械条件的情况下，靠着人力，完成了需要几年时间才能完成的工程量。高高的铁塔竖起来了，耸立在铜官山之巅，是那么显赫，那么挺拔。中央军委下达嘉奖令，表彰宜兴县军管会和革委会。当时宜城港区的搬运工人根据劳动实况创作了《搬运工人志如钢》的表演唱，生动地再现了当年的劳动场景和昂扬的劳动情绪，并且参加了地区文艺汇演，轰动了镇江地区一市十县。

时隔三十年，铜官山再一次闹忙起来。20世纪末，国家在连云港建设核电站。在建设主体工程的同时，需要建一个抽水蓄能电站作为配套工程，以解决发电和用电之间昼夜"峰谷"的平衡问题。铜官山独特的地理优势和山下充沛的水资源被国家电力部门一眼看中，斥五十亿巨资，建水电站。2003年，整个铜官山再一次沸腾起来了。盘山公路为铜官山系上一条条玉带，山谷中浇注上坚实的钢筋混凝土，变成人工"天湖"，山脚下建成与天湖相呼应的水库，四条讨水通道从山体中穿过，贯通了上下两个水库。每个通道里分别安装了250MW的发电机。通过五年的建设，蓄能电站于2009年正式开始发电，年发电量达到15亿kWh，工程提前一年竣工。天湖如蓝宝石镶嵌在铜官山顶，白云飘荡在天湖上空，蓝天、苍山和天湖融为一体。一切看起来是那么柔和，那么静谧。但是山洞中，五百多万立方米的水流在涌动、奔腾，以巨大的力量推动着水轮机旋转，发出强大的电流，通过输变电线送往四面八方。蓄能电站上缴的税费在宜兴年年名列前茅。在壮丽雄伟的铜官山顶上，不仅有优美的自然风光，有现代化的工业景点，而且还有一只取之不尽的聚宝盆。"铜峰叠翠"是宜兴的老十景之一，"铜峰天湖"成为宜兴的新十景之一。

站在铜官极顶鸟瞰山下，收进眼帘的是厂房整齐划一的国家级高新技术开发区，高楼参差林立的新城区，波光粼粼的东西两氿，花团锦簇的公园广场，蜿蜒逶迤的公路和铁路。宜兴人民书写了铜官山自秦代建县以来最辉煌、最精彩的一页。"山下山下，风展红旗如画"的诗句，情不自禁脱口而出。

推窗可见的那座山，每天都看，百看不厌。它雄伟高大，用它结实的身体忠实地庇护着宜兴；它稳重内敛，承载了宜兴无数从古到今的动人故事；它美丽柔和，以其独有的魅力为人们创造着生活的无限美好；它亲切善良，不管阴晴圆缺，不管风霜雨雪，无时无刻不在赐福于宜兴。铜官山是一尊护佑神，是一部地方志，是一位美丽的使者，是一颗高悬闪亮的福星，是宜兴的地标、城市形象和精神的象征。

（2014 年 10 月）

寻觅小巷深处的故事

老宜兴城，北到太滆桥河，南到板桥河，东到仓桥河，西止团氿边的虹桥河。方圆不到三平方公里，人口不过两万。老城内有两条大街，一条贯通南北，一条东西向，东到仓桥，西未能到底，被密集的居民区阻挡。蛟桥突兀在两条大街的交汇中心，桥南的大街叫南大街，桥北的大街叫北大街，桥东的大街叫东大街，桥西的大街虽未能贯通到底，但也叫西大街。四条大街均为弹夹石铺路，中间嵌入青石板。过去的独轮车在青石板上留下了一条深深的小沟，成为独轮小车的专用轨道。

两条大街把宜兴城划成四个板块，每一个板块里都有一条条巷弄。大巷里有小巷，小巷通大巷，大巷小巷，纵横交错，巷巷相通。巷名有的以标志物取名，有的以姓氏取名，有的以住户的身份地位取名，有的以其功能取名，有的以发生在这里的典故取名……

如果说两条大街是老宜兴城的大动脉，那么大大小小的巷弄便是数不清的血管。血管里流淌着宜兴城身体里的血液，延续着宜兴城生生不息的生命。许许多多的故事在这里发生，许许多多有作为的人物从这里走出，条条巷弄积淀了宜兴城悠久的历史和文化。

虽然巷子里原有的建筑物早已翻新重建，但是不少巷弄的老名字依然保留。目睹那些老巷名，就会想起许多陈年旧事，始终忘却不了。因为它们和宜兴的历史相关，和宜兴的文化相连。

宜兴早在公元前 221 年（秦始皇二十六年）建县，定名为阳羡县。宜兴自古多义士，公元 304 年，西晋惠帝永兴元年，朝廷特设"义兴郡"。后因为避宋太宗赵光义之名讳而改称宜兴。一条西庙巷，一条东庙巷，就证实了宜兴守忠重义的风尚。

东汉时期的一年，宜兴久旱不雨，土地龟裂，庄稼绝收。县令袁玘亲自爬到南山顶，赤裸上身，烧香点烛，叩首祈求苍天降雨人间，以救百姓之难。连续数日，汗干泪尽血继，晒死在烈日之下。百姓感念袁玘为民的赤诚之心，捐款在城西兴建袁府君庙，祭祀袁玘。西庙巷由此得名。

西晋为民除三害的周处，血洒疆场，为国捐躯，皇帝为旌表他忠孝之义，追赐"平西将军"封号，厚葬于他的家乡宜兴，并敕建周王庙于宜兴城东。后为纪念在宜兴抗金的岳飞，在周王庙边建有岳王庙。故得东庙巷之名。

宜兴土地肥沃，风调雨顺，人民安康，由此形成了耕读传家的民风。过去居住在宜兴城里的大户人家把子女的出路寄托在读书上，于是办私塾，兴书院，读四书，诵五经，满城书声琅琅，处处纸墨飘香，重教好学蔚然成风。学前路里的孔庙演变成了经史学堂，东西南北均有书院，文昌宫变成县试考场。这足见宜兴读书风气之盛。宜兴人聪敏颖悟，勤奋好学，所以历朝历代鸿儒硕彦数不胜数。据史料统计，古代出了进士385名，举人920名，其中状元4名，榜眼5名，探花1名；当代出了30名院士，百余名大学校长，近万名教授。许多杰出人物更是名垂青史，光耀五洲，在中国甚至世界文化科学史上写下了光辉的一页。

在封建社会，读书是为了做官，正所谓学而优则仕。过去的宜兴人崇尚这样的思想，寒窗苦读，悬梁刺股，应试科举，乐此不疲。从童生到进学，从乡试到京试，走出桑梓，青云直上。文昌宫后这条小巷名为青云巷，意为许多人从文昌宫开始平步青云。白果巷到西庙巷之间有条纱帽巷，据说过去巷内十多户人家都有人在朝为官，夏天晒帽子，一家居然晒出十八顶官帽。一条大人巷，家门口都竖有做官的楣杆，而且明代内阁首辅周延儒家就在此巷。这些都印证了宜兴人通过科举考试进入仕途者甚多。据史料记载，宜兴历史上出宰相十名，尚书七名。共和国的国家领导人、部长、省委书记、省长、将军，宜兴有数十名。不论是古代还是当今，名公巨卿辈出，宜兴人在政治舞台上施展了文治武功的才智，以实现安邦定国的抱负。

蛟桥南桥堍下有一条横贯东西的小巷，相传明代末年，清兵入关，明皇太子南逃至宜兴，从西门入城，循这条小巷遁命。为甩掉后面的追兵，皇太子将随身携带的珍珠抛撒在地，趁清兵抢夺珍珠之际，从东门出城脱险。东撒珠巷、西撒珠巷由此得名，后简称东珠巷和西珠巷。不知什么原因，此后东珠巷内朱姓人家骤增，而且朱姓人才辈出。翻看地方志，在国内的，有外交家朱启桢、朱邦造，有院士朱邦芬、朱既明，有著名教授数十名；在海外的，有科学家，有教授，有企业家。不知是朱姓王朝的遗恩，还是宜兴这块沃土的滋润，使得当年朱姓在宜兴开枝散叶。

宜兴城是县府所在地，很多巷名可以看到当年政治、经济和社会遥远的影子。

京师巡抚御史常到宜兴，所以有察院巷、西察院巷；贪腐官员受到御史的惩治，在狭小的深巷里发出无可奈何的哀叹，于是有了莫奈巷。宜兴人希望国泰民安，不希望动乱和战争，所以有两条太平巷，一条永宁巷。城里多寺庙、多道观，就有三仙巷和通真观巷。

宜兴有山有水，物产丰富。其中南部丘陵山区出产的茶叶，质高品优，自古就流传着"天子未尝阳羡茶，百草不敢先开花"的说法。皇帝为了能够品尝到宜兴的香茗，在宜兴城东南处开设了采办茶叶的官府机构，专门为朝廷选送茶叶。所以有茶局巷之名。宜兴盛产毛竹，竹制品多，到城里交易，所以有竹巷之名。

宜兴经济繁荣，县城里商铺林立，商贾如云。民以食为天，宜兴人尤其喜欢吃，所以饭店酒楼多如牛毛，味美佳肴花样繁多。饭店多，伙夫就多，伙夫集中居住的地方就成了伙巷。伙巷成了宜兴美食文化的标签。

众多的巷弄是宜兴城的血管，血液循环，吐故纳新，支撑了宜兴城两千多年的生命。现在的宜兴已经旧貌变新颜，老宜兴的模样无法辨认，原有的巷陌淹没在现代化大楼的海洋中。但是一个个古老的巷名好似一部史书的目录，透过目录去回忆那些老巷弄，去搜寻逝去的往事，可以发掘出宜兴城丰富的历史内涵，可以寻觅到许多需要继承和弘扬的人文精神，可以站在前人的肩膀上去赢得更加美好的未来。

（2013 年 11 月）

沧桑月城街

东风巷是宜兴城里现在仅存的一条古巷。那里的建筑基本保留着粉墙黛瓦、立脊翘檐、木窗排门的明清风格。古巷以一条两米宽一百多米长的主巷为经，以数条仅容一人过的河巷隔弄为纬，形成一个半圆形的街区。故又称月城街。

古色古香的月城街记录了多个世纪以来宜兴的故事。

风调雨顺、年登岁稔的宜兴，历来是重要的漕粮生产和征收之地。唐宋年间，朝廷和地方在宜兴城东的河边建造存储漕粮的官仓和用于积谷备荒的社仓。故粮仓周边一带称之为仓浜。宜兴的官仓和社仓名声颇盛，宋代朱熹曾为之作过记。粮仓在东，街区在西，一河相隔。为加强粮仓和县城间的联系，南宋宝庆年间，由宜兴县尉赵汝迈发起，在河上建造了一座石拱桥，命名为东仓桥。随着粮仓的日益扩大和东仓桥的建成，粮仓附近逐渐形成了街市。

明代永乐年间，宜兴大规模修建城墙，东仓桥河成为护城河。东仓桥西建主城，设东城门，取名百渎门。在百渎门外和东仓河之间的隙地上建月城，即主城之卫城，又称域城、瓮城。

因宜兴城夜间水关不开，欲入城的官船、民船、商船、农船只能停靠在月城附近的河边，人员上岸歇息，等待天亮进城。月城成为城墙脚下与护城河之间的一个水陆码头，宜兴城通往东乡的唯一水陆总经路口。瓮城本是为御敌守城而建，可聪敏的宜兴人在这里发现了商机，把月城变成了街道。各类店铺纷纷到月城落户，吃喝玩乐、衣食住行、买卖交易、手工作坊，应有尽有。月城街成为城乡之间交换商品，交流文明的独特地域，军机之地成为一条繁华的街市，城门关隘成为进入宜兴县城的第一街。

清光绪二十九年，月城街河埠建起了宜兴第一个轮船码头，标志近代工业文明的小火轮驶进了宜兴城。往来于宜兴和无锡、常州、湖州、溧阳之间的轮船，为月城街带来更多的人流，东仓桥河两岸愈加热闹，月城愈加繁忙。1924年12月，大文豪郭沫若来宜兴调查江浙齐卢之战酿成的战祸，从无锡乘轮船到宜兴，就是从这个码头上岸，经过月城街巷进入城区的。

古老年迈的月城街似乎在向人们诉说它饱尝天灾人祸而得以幸存的传奇经历。

当太平军用火炮炸开瓮城，冲过月城，再攻破百渎门进入城区，兵燹居然没有毁坏月城街巷的一砖一瓦。

当日寇飞机狂轰滥炸宜兴城，满城废墟，唯独月城街安然无恙。城内百姓扶老携幼，经这条狭窄的街巷逃出城避难。

国民党军队败退台湾前，用飞机轰炸宜兴城。飞机几乎是从东面贴着城墙飞进城，偏偏没有伤害到月城街。

"大跃进"开始，宜兴城拆毁城墙。城墙没有了，月城街非但没有受到影响，反而融入城区，与东大街连成一体。

"文化大革命"时，月城街是破四旧的重点区域。红卫兵对住在那里的资本家几番抄家，搜出一堆一堆文物古董。月城巷更名为颇具革命气息的东风巷。但是巷中建筑物的立面和屋内外的画梁雕栋没有遭到破坏。

在改天换地的大拆建中，宜兴城内几乎所有的明清建筑都被现代楼宇替代，偏偏留下了月城街这一角落。倒不是房地产商有保护文物的意识而手下留情，而是算来算去觉得划不来。仅几亩土地的旮旯犄角，竟容纳八十多户住家，拆迁成本太高了。房地产商无利可图，不得已放过一马，月城老街才夹缝偷生，免于一难。

在诸多的罹难中，月城老街能够一次一次躲过劫数，仍能保持明清时期的建筑风格，仍能留下当年活动的陈迹，实属偶然，也属幸运，不愧为风水宝地。月城街巷是老宜兴城的一块活化石，是宜兴城市的一张文化名片，为宜兴摘取国家历史文化名城的牌匾立下汗马功劳。

新潮和旧俗、现代和传统、历史和现实，常常会激烈地碰撞，两者间难以统一。历经磨难的月城老街巷被水泥森林严严实实包围着，孤独地蜷缩其中，就像一只受了惊吓的小动物，在惴惴不安地喘气，担心自己随时都会被四周虎视眈眈的高楼危宇吃掉。

不知何时开始，沉寂寥落的月城巷突然变了模样。原汁原味的老房子容光焕发，宁静幽深的小巷子充满了生气。

昏暗的小巷里闪烁起斑斓而淡雅的灯光，原有的那些"南货店""布店""豆腐摊""棉花店""客栈"招牌被书吧、酒吧、茶吧、咖啡吧的霓虹灯置换。人们在温馨的板壁屋内看书、饮酒、品茶、喝咖啡，进行着精神和物质的双重享受。月城巷变成了美食街，中西方饮食文化在这里交汇。日本料理的气息从木格窗内飘出，法国西餐的香味在河巷隔弄中回旋，风味各异的中餐馆分布在古老的东仓桥左右。狭小的庭院里，打造出湖石假山、修竹盆景、水池游鱼的园林格局，吸引着众多的食客进入天人合一的洞天世界。打通了一家一户楼上楼下的餐厅，让人们在别有洞天的空间里品尝纯正的当地小吃。再也不需要担心那些写上"明""清""民国"字样的破败建筑会突然倒塌，经过改造修缮，原貌不变，坚固结实，暖通消防环保设施一应俱全。月城街里还有木、竹、理发、缝纫作坊存在，它们和跃动的现代元素、时尚新潮和平共处，相安无事。

破解两难课题的是一批自主创业的年轻人。大学毕业、留学归国的后生们，像前辈那样发现了月城街的商机，借助月城街的无形资产，把从大城市、从国外学到的新理念、新技术、新业态、新模式带进了古街小巷。当历史文化中注入了时尚元素，古老的建筑中嵌进了现代概念，传统得到了改造，旧俗得到了蝶变，历史得到了升华。创业者的举动，举一役而毕三功：保护了历史，盘活了资产，创造了事业。

月城里荡漾着创业创新的东风。创造和奋斗使古巷重返青春，使老街充满生机。创新和创造使得月城街永葆青春。

（2018 年 3 月）

城 墙 轶 事

站在家中的北阳台上，俯视沁园公园里仿古复旧的城门和城墙，就会想起半个世纪前宜兴的老城墙，就会想起我和城墙相关的件件轶事。

在儿时的记忆中，一条长达十几里的城墙，紧裹着二三平方公里的宜兴城。多年的战乱，使得城墙满目疮痍，已经成为断垣残壁了，外表的石头和砖块所剩无几，裸露着黄色的身体，有气无力地横卧在城边上。只有南门的荆溪城门还算完好，高大的门楼、青色的墙面、穹形的城门、厚重的门板，透出当年的威严和庄重。一到早晨，城门洞开，乡下人或挑担或推车进入城里；一到天黑，乡下人出城，城门关闭，城里只剩下城里的居民。

对荆溪城门的印象深，不仅因为小时候我常跟着大人穿过城门，去护城河边洗菜漂衣，而且城墙和我之间还有着一段不解之缘。

一天，我突然发烧，腮帮疼痛，不能张口和咀嚼。大人判断得了腮腺炎。于是外祖母来到了荆溪城门，从城墙砖缝里抠出一点石灰，捣碎了，调上酸醋，敷在我的两腮上。这个民间偏方真的神奇，不几天，病痛就消失了。如果不对症下药，及时治疗，病毒很可能影响内脏器官，留下很多的后遗症。真的要感谢城墙上的石灰，治愈了腮腺炎。

体育场边的城墙已经变成了土墩，那是我们孩提时代玩耍的天堂。一到晚上，一大群孩子就不约而同来到那里。一般是玩"官兵捉强盗"。几个人扮官兵，几个人扮强盗，你追我躲，左冲右突，尘土飞扬，杀声震天。直到伸手不见五指，大人找来了，大家才恋恋不舍回家睡觉。有时也坑"躲猫猫"，一个人找，其他人躲。土墩很长，崎岖不平，杂草丛生，可以藏身之处很多。躲起来容易，找起来麻烦，找的人需要有足够的智慧和耐心。一次我躲进了一个很难发现的深坑里，其他人都被找出来了，我还隐匿在那个坑里。人群散了，只剩下我一个人。那天月黑风高，四周寂静无声，心里不禁害怕起来。想到前几天这里枪毙过一个人，亲眼目睹头颅开花，脑浆迸溅，忍不住惊叫起来。一口气跑到家，脸色煞白，魂不附体，睡着了噩梦连连。但是第二天又去那里玩"躲猫猫"了。

到了"大跃进"时代，那段土墩不再是我们的乐园，而成了热火朝天的工地。城墙下建起了很多土高炉，家家户户捐出铁锅、铁器，开始大炼钢铁。一到晚上，人声鼎沸，炉火冲天，这里响起"加油干"的喊声，那里飙出"出铁了"的喜讯，真有"一天等于二十年"的势头。我天天到那里看热闹，还帮着熟悉的大人拉风箱，敲石子，搬铁块。真羡慕那些大人，希望自己快快长大，也好和他们一样，投入到"超英赶美"的社会主义建设之中。

没多久，又有新的运动了——敲麻雀。麻雀吃田里的稻子，所以和老鼠、苍蝇、蚊子一样，被列为四害。老师说，一只麻雀一天吃一两稻谷，全国有几十亿只麻雀，一天就要吃掉好几亿斤粮食，一个月呢，一年呢？麻雀确实罪大恶极，非除不可，小学生理所应当参加这场全民敲麻雀运动。学校决定停课敲麻雀。每人从家里带来一只金属筒，在虹桥边的土城墙上排队列阵，老师一声令下，大家就乒乒乓乓敲起来。老师说，谁敲下的麻雀多，就可以评三好学生。谁都想做三好生，所以大家敲得特别卖力。可是在城墙上敲了整整一天，谁都没有敲下一只麻雀。也许全国都在敲，麻雀已经荡然无存了。除了享受了家里带去的两块三分钱的麻块，一点精神收获都没有。三好生是可望不可及了，只能哭丧着脸回家。

第二年的春天，学校召开全体师生大会，校长传达县里拆除城墙的决定。校长说，上面命令拆除北京的城墙了，因为城墙是封建统治的标志，是消除城乡差别的障碍，所以宜兴也要拆。小学生人虽小，但是志不小，也要积极参加这个活动。校长说的肯定对，于是全校学生跃跃欲试，摩拳擦掌，跟着老师来到体育场。只见体育场人山人海，红旗招展，满场劳动大军。有工厂的工人，有商店的营业员，有街道的居民，有中小学生，还有一支特殊的队伍，清一色剃着光头，原来监狱里的在押犯也来"戴罪立功"了。我们小学生力气小，用"蚂蚁传"的方法搬运泥土和石块。不到十天工夫，宜兴城里所有的城墙就无影无踪了。封建统治的标志摧毁了，城乡差别的障碍铲除了，大家非常兴奋，因为领导们说了，以后的宜兴城会越来越美丽，人们的日子会越来越好过。

城墙不见了，治疗腮腺炎偏方所需要的材料难找了，那个玩"官兵捉强盗""躲猫猫"的好地方消失了，不久城墙边热火一时的高炉也拆光了，没有想到的是麻雀得到了平反，因为不仅吃稻子，也吃害虫，麻雀消灭了，害虫泛滥了。

五十年后的宜兴真的变美了，人们的生活变好了。历史无法割断，文化需要传承。宜兴争创全国历史文化名城，于是复制出一段城墙和城楼，重建在沁园公园里，说城墙是历史文化的重要标志。

　　凝视着眼前新建的城门，似乎觉得它想对人们说些什么。

（2013 年 6 月）

阴晴圆缺体育场

辛亥革命后，废科举，推新学。民国九年，宜兴在原学前巷底，西南城墙脚下，建起了公共体育场，占地十五亩。虽谓体育场，只是一块平地，什么体育设施都没有。民国十九年，场上开始设有两副篮球架和 200 米跑道。宜兴人自古就有尚文习武、求知强体的传统，就是在这样简陋得不能再简陋的体育场上，居然跃出像储剑丹、王南珍、董承良、方新、周士彬、马如堂、吴一忠等一大批体坛泰斗级人物，为奠定中华人民共和国的体育事业做出巨大贡献。

中华人民共和国成立后，为响应毛主席"发展体育运动，增强人民体质"的号召，体育场面积扩大到三十亩，跑道增建成 250 米，并建起了司令台。1959 年，拆除了体育场边上的城墙，面积扩大到了五十多亩。随着运动场所的变化，宜兴人在这块场地上强身健体、竞技争先。在频频举行的运动会上，健儿们不断刷新县级的、地级的、省级的，甚至是国家级的纪录，涌现出一批又一批体育明星。

体育场演绎着宜兴体育的精彩，也记录着不少与体育无关的传奇。

1927 年 11 月，万益率领农民举行了震撼大江南北的宜兴农民暴动，打响了江南农民暴动的第一枪。起义失败后，万益被俘。万益不屈于敌人的严刑拷打，双腿被打断，仍严守党的机密。敌人只能下毒手，刑场就设在体育场。敌人用箩筐把万益抬向刑场。一路上，他从容不迫，仰望相国牌楼，深情地看着自己的母校"经史学堂"（实验小学前身），昂首挺胸笑对敌人的枪口。敌人的子弹结束了他二十五岁的年轻生命，烈士的鲜血染红了体育场的草地，体育场永留了万益的英名。

1950 年的夏天，公审国民党"县长"李乙飞的万人大会在体育场召开。被李乙飞杀害的烈士亲属，一个个上台控诉李乙飞的罪行，全场一片哭泣声，继而一片口号声。当军管会宣布，对双手沾满人民鲜血的李乙飞执行枪决时，李乙飞的老对手，原游击队长，时任宜城镇镇长陈日辉，端起冲锋枪，站到执行台前，射出一梭子弹，李乙飞的胸膛顿时开了花。见他还是昂着头，圆睁眼，陈日辉骂了一声："狗日的，你还不死？"又对准他的心脏补了一枪，这才夺下了脑袋。这时全场响起了长时间热烈的掌声和欢呼声。公判大会宣告了新政权的巩固和坚强。

体育场一度变成一片农田。"三年困难时期"，为了渡难关，国家号召，大种十边地，生产自救。于是县机关干部把体育场的土翻过来，种上了小麦，边上还种了蚕豆。土地贫瘠，城里人种田也不内行，说是麦田，满眼是小麦、杂草共生的荒凉和萧条。

熬过了三年，国民经济开始复苏，农田又恢复成体育场，而且拆除了体育场中心的那几间民房，跑道扩成 400 米。健身的多起来，各项比赛又蓬蓬勃勃开展起来。不仅是县级的，而且地区级的、省级的、国家级的比赛也看中了宜兴体育场。

"文化大革命"过去了，渴望体育运动的宜兴人离不开体育，离不开体育场。20 世纪 70 年代，重建了司令台，建造了乒乓馆、水泥灯光球场，还建起了体育馆，办起了少体校。体育场从早到晚，龙腾虎跃，精彩纷呈。

进入 21 世纪，老的体育设施远不能适应人民日益增长的需求了。市政府在城东建造了现代化的体育场和游泳馆、体育馆。据传，政府要把老体育场卖给房地产商，开发房地产。历史悠久，和宜兴人生活息息相关的体育场怎么可以变成水泥森林呢？不管是真是假，人们不断写信、上访。政府顺应民心，决定把体育场改造成体育公园。

现在，体育公园以崭新的面貌出现在宜兴人面前。仍是体育场，中间是绿茵足球场，环绕红色塑胶跑道；东侧是水泥球场、风雨门球场；西面有单杠和双杠，还有石锁池。又是公园，林荫遮掩着花岗岩走道，鲜花四季环抱着体育场；河边是亭榭围廊，假山石点缀了江南园林的韵味。广场上入口处的名家雕塑彰显着宜兴人崇文喜武的传统精神。体育场和公园融合在一起。

清晨，市民们在这里散步、打拳；白天，人们在这里休憩、赏景；晚上，人如潮水般涌到体育公园，散步的、跳舞的、唱歌的、打球的、翻单杠双杠的、甩石锁的……虽然这里已不再是竞技赛场，却是老百姓锻炼身体、休闲养神的乐园。在这里可以强身健体，可以修身养心，可以尽情享受今日的和谐和幸福。

年逾百岁的体育场和宜兴人的命运紧密相连，宜兴人对体育场的情结难分难舍。

（2012 年 4 月）

宜 兴 的 楼

　　我孩提时代的宜兴城，几乎是清一色的明清平房。即使大街上也只有寥寥几座不到五米高的两层砖木结构小楼。东大街上倒有两座孤零零的三层木楼，人在上面，风一吹，摇摇晃晃，心惊肉跳。东门的吴家大院，学前巷（现学前西路）的任家大院，太平巷和白果巷的周家大院，深藏着颇为气派的中式楼。东珠巷的史家大院最摩登，有两座西式洋楼。中华人民共和国成立后，那些楼有的成为政府办公地，有的成为干部宿舍，有的成为居民住宅区。宜兴人重视教育，楼房基本集中在学校。一中有座两层办公楼，二中有四五幢两层教学楼。当时的楼房都是苏式建筑。最有气魄的是江苏省农林学校，林林总总的新式楼、老式楼浑然一体，蔚为壮观。

　　"大跃进"时代，北京搞了十大建筑，宜兴也闻风而动，在人民路上建起了几幢有点现代气息的砖混结构两层楼：宜兴饭店、氿泉浴室、百货公司。宜兴人为自己家乡的变化着实兴奋了一阵。原来西庙巷里的露天放映场搬到了未竣工的人民剧院，也算是一个进步。

　　古老的宜兴城一直在沉寂中酣睡，近二十年丝毫没有变化。到了20世纪70年代末、80年代初，还是农民的创举——铜峰开发公司悄悄在城南开发商品房了。十里牌开发公司立刻呼应，在城北行动。三层楼出现了，四层楼出现了，甚至五层、六层也出现了。形成了南北夹击、农村包围城市之势。但是老宜兴城里还是密密麻麻的平房占据统治地位。面对苏南地区邻近城市的急剧变化，宜兴人都在埋怨自己的落伍。

　　邓小平的南方谈话如春风，宜兴人早憋不住了，开始了大拆迁、大建设。一幢幢大楼拔地而起，从十二层创业大楼开始到二十四层国际饭店，从商场到银行；一个个居民小区竞相争高，从建设新村到望湖花园，从老城区改造到新区开发。家乡的巨变不仅使宜兴当地人激动不已，而且震撼了海外游子。记得1997年我参加环保考察团访问台湾，在台北宜兴同乡会举办的欢迎宴会上，原台大校长虞兆中老先生满怀深情、不无自豪地说，我的家乡也有了二十四层的国际饭店，和上海的国际饭店一样高。

进入 21 世纪，宜兴真正长高了、变美了。宜兴人拿起了如椽之笔，尽情地在独具禀赋的大地上描画最新最美的画图，雕琢一幢幢巍峨、隽秀的建筑精品。栉比鳞次的住宅楼从多层到小高层，再到高层，款式各异、色彩纷呈；商务写字楼如雨后春笋般呈现，不同的建筑风格、不同的建筑造型、不同的建筑结构、不同的建筑材料，谱写着曲曲最为时髦的凝固乐章。宜兴人的胃口被吊高了，找寻国内顶级设计师，甚至世界一流的大师，来规划设计宜兴的建筑精品。不久城东新区将会出现匠心独具的一百米高的摩天大楼。青山、碧水、蓝天、白云、绿地、花园，映衬着如林的伟宇画楼。时尚和生态的最佳结合，铸就着魅力四射的新宜兴。

记得十几年前我接待北京建工集团的总规划师，他说，全国最具特色的城市有两个，海滨城市是珠海，内陆城市是宜兴，只要好好规划，好好建设，宜兴将是无可比拟的魅力城市。晚上，我站在家中阳台上眺望宜兴，似乎听到座座被灯带勾勒出美丽身躯的大楼，正在回应着这句预言。

（2009 年 9 月）

南 虹 河

老宜兴南城外有两条护城河，一条叫板桥河，一条叫南仓桥河。靠城墙的叫板桥河，是内护城河。往南不到一百米的叫南仓桥河，是外护城河。南仓桥河比板桥河宽一倍多。

为了解决宜兴城过境客水的畅通，1966年冬，数千民工汇聚南城门外，填没板桥河，拓宽南仓桥。新开的南仓桥河比原来的老河加宽了近三倍，是原来板桥河、南仓桥河泄水量的两倍。原有的南仓小木桥变成了一桥飞架南北的拱形桥，形似长虹，所以人们把南仓桥河改称南虹河。

从此南虹河便是宜兴城的母亲河，清澈的流水滋养着成千上万的宜兴城南人。上午，忙碌的人们聚集在河埠，淘米、洗菜、挑水、洗衣服，川流不息。鱼虾在水中活蹦乱跳，被身手敏捷的人捉到，变成桌上的美餐。夏季，河是免费的游泳池，桥是开放的跳水台。河中人如游鱼，空中人如飞鸟，每每引起近处居民和过客的喝彩。桥上桥下风声水声说笑声喝彩声交织在一起，简单朴素的小城中多了一点生活的精彩。

进入20世纪80年代，南虹河两岸发生翻天覆地的变化。城南的农田盖起了工厂和楼房，原本到此为止的城里人不断向南流动，向乡村扩展。南虹桥变成了人民路这条南北通衢的瓶颈，到上下班时，桥头桥堍水泄不通。桥上变拥挤了，桥下的清水不见了。家家户户的生活污水都流入南虹河，不管是上游的，还是河边的工业废水，毫无顾忌地汇入河中。南虹河流过的是发黑的污水，飘过的是浓浓的蓝藻群，浮着的是大片大片的白色垃圾。看不到清澈的水，看不到鱼和虾，看不到游泳的人，看不到当年河边简单朴素的精彩。

进入21世纪，南虹河又变清了，变美了，变现代化了。南虹桥拓宽了三倍，河边矗起了现代楼宇，河浜扎起坚实的护墙，绿荫花丛覆盖了裸露的河岸，亭台楼阁点缀了南虹河新的精彩，复旧的水城门似乎在诉说着宜兴的今昔。晚间灯火辉煌，或勾勒出两岸秀美的轮廓，或把河水映得五光十色，或映射着广场上挥扇飘绸的舞姿。南虹河成了城中河、景观河、不夜河、绿色河、幸福河。

南虹河的变迁折射出时代的进步、人性的升华。南虹河是一面镜子，照出了宜兴的沧桑、历史的变迁，照出了人与自然的和谐美。让我们用洁净的灵魂和对社会、自然的责任感，共同维护和创造南虹河永恒的美丽吧。

（2011 年 7 月）

公 厕 演 化

中华人民共和国成立之前，宜兴城里的公共厕所大多为露天或半露天的。

1924 年 12 月，郭沫若专程到宜兴调查江浙军阀为了争夺上海地盘在苏浙皖交界处发生的战祸，当他从东门的轮船码头一上岸，便闻到了露天茅厕里散发出的"弥天的奇臭"，在夜幕中，从不知是泥水还是粪水中高一脚低一脚地迈进了宜兴城。

小时候听忆苦思甜的报告，总不乏会听到诉苦者声泪俱下地倾诉"家住露天厕所边"，日夜与臭气相随相伴的苦水。

吃喝拉撒是人类生存的第一要务，中华人民共和国成立后，人民政府像重视百姓的吃和喝一样重视公共厕所的建设和改造。短短几年就消灭了城里所有的露天厕所、露天粪缸，合理布点，进行公共厕所的重建和改造。公厕虽是旱厕，但一律是砖木结构，通透敞亮，中规中矩。每天有人冲洗打扫厕所，粪水定期用粪车拉走，里里外外干干净净。到过宜兴的人，都会对宜兴城里的公共厕所留下良好的印象。

庄稼一枝花，全靠肥当家。广袤的农田是粪尿的最好去处。粪肥是农作物上好的肥料，农民通过各种关系争相到城里来买粪便，因此城里的居民每个月还能拿到几毛钱的粪钱。农民有了足够的肥料就会有丰收的庄稼，如此循环往复，滋养生命，繁衍生息，生态平衡。

改革开放，国门打开，殊不知最不能与国际接轨的是厕所。1992 年，我第一次到香港，寸金之地上公共厕所居然无处不在。外面看不出是厕所，里面干净舒适，除了有立式、坐式、蹲式便器，还有洗手池、洗手液，还提供卫生纸。尽管要收费，却也值得。记得 1993 年去日本，无论城市还是农村，无论公园还是野外，随处可见公共厕所。而且所有的公共厕所无一不是干净清新，免费提供卫生纸。越是细微处越是要重视，越是脏的地方越是要干净，越是大众需要的地方条件越是要优越，这是日本人的口号。怪不得他们会把厕所称之为"卫生间""洗手间""化妆间"。

共产党的宗旨就是为人民服务，社会主义制度优于资本主义制度。"官司没有尿屎急"，小厕所连着大民生，小事情连着大责任。人民的大事人民政府岂能坐视不管？资本主义能够做到的事，社会主义也能做得到，而且会做得更好。于是公共厕所上升为政府层面的大事，厕所的建设和改造成为城市建设的重要环节。宜兴政府下大决心，花大力气，耗大资金，彻底改造公共厕所，做到与世界接轨。先是科学规划，合理布点，标识指示，方便生活；再是精心设计，高起点建设，以其美观的造型、别致的风格和幽雅的外部环境变成城市的一道和谐景观；三是按人性化要求安排内部功能，瓷砖贴面，地砖铺地，有感应冲水的小便器，有坐便器和蹲坑，还有残疾人的专位，位与位之间有隔断，有洗手液和洗手池，有换气扇，有大镜子，有专人打扫清理厕所。清洁、舒适、以人为本。

但是宜兴的公共厕所能免费提供卫生纸吗？这可是一道难题，比硬件建设、专人保洁要难得多的题目。难免会有人浪费糟蹋，难免会有人顺手牵羊，甚至还会有盗取卫生纸的专业户。当年霍英东斥巨资在广州建白天鹅宾馆，落成后对社会开放。少见多怪的市民听说宾馆里有不要花钱的手纸，便涌进宾馆疯抢，以使宾馆每天要用卡车拉纸才能保证供应。五星级宾馆尚且如此，更何况公共厕所呢？公共资产毕竟不是没有门锁的仓库，这有赖于民众的自觉行为，这有待于市民素质的普遍提高。

宜兴的公共厕所开始免费供应卫生纸了。把卫生纸装在专用盒子里，既方便用户，又无法拿走，盒边贴上"爱护公物，节约用纸"的告示作温情提醒。刚开始，每天需要频繁补充卫生纸，时间一长，纸的用量明显减少。政府对百姓的关爱如"润物细无声"的雨露，百姓的素质在雨露的浸润中悄然提高。

公共厕所的变化折射了政府的责任和担当、社会的进步、市民素质的提高。宜兴公共厕所的演化记录了时代的变迁，浓缩了历史发展的影子。

多希望那个装卫生纸盒子上的锁早一点消失。

（2016 年 7 月）

文化广场那棵残桂树

　　文化广场是一个绿色的海洋，那里有成片的古树和大树。以香樟、桂花树和松柏树为主，所以广场四季常绿、终年成荫。

　　广场的西北角有一棵近三百年的古圆柏，与圆柏相伴的是一棵古老的桂花树。在绿树丛中，这棵桂花树长得不高，只有五米上下，长得也不粗壮，圆周仅三十厘米左右，树冠不过二三平方米。

　　桂花树深褐色的树皮泛出灰白的颜色，树身上的创伤结成大小不等的树痂。树上虽然没挂有古树保护的标记，但就凭这些特征，便可判断出这是一棵古树，有着超过一百八十年的寿命。它不仅是一棵古老的树，还是一棵残疾的树。树干分出了两个枝丫，北边的那根丫枝已经死了，南面的一半还活着。那死了的树枝，光溜溜的，完全朽蚀，远看像一只残废了的手臂伸向天空，近看枝干已腐烂得坑坑洼洼，像一个条形的马蜂窝，整个死树枝又像一尊带有悲剧色彩的雕塑，是可以命名为"悲怆"的天成杰作。

　　这棵古老的桂花树一直生活在原地没有移动过，它和它的邻居，那棵古圆柏，一起经历了从童真观到文昌阁，从女师到女中，从公安局到公检司法机关在这块土地上的变迁，一起饱尝了太平军的战火、日本侵略者的屠刀、国民党飞机的炸弹、"文化大革命"的浩劫等近现代史上痛苦酸楚的滋味。今天它还能和圆柏一起，生活在改革开放的年代，坚守在现在的文化广场，每天陪伴着这座城市里的新老市民，享受着国泰民安的幸福，真是不幸中之大幸。

　　这棵古老而又残缺的桂花树，因为经历了太多的天灾人祸、曲折坎坷，所以特别珍惜千载难逢的太平盛世。尽管漫长的岁月使它衰老了，尽管它长成残疾树，但是"树逢喜事精神爽"，接连不断的家事国事天下事、大事喜事高兴事，使得这棵老树返老还童、青春重现了。

　　现在文化广场上的绿化树，大多是从异地移植过来的，就像这个城市的市民也大多来自全国各地一样。在原址上的树木只有圆柏和这棵桂花树了，但是它们一点不狭隘，一点不排外，敞开胸襟欢迎那些来自各地的树木，和它们融洽地生活在一起。外来的树木，也和它们相依相伴，相处得亲密无间。整个文化广场的树木就像一个其乐融融的和谐大家庭。

正因为如此，虽然这棵桂花树在这个大家庭中不仅不起眼，甚至因其丑陋和伤残而有点碍眼，但是那剩下的半棵树居然生机又起，蓬蓬勃勃。半棵树干上长出的树枝纵横交错，叶片乌黑发亮，残缺的身躯已经无法承受日益壮大的树冠，养护人用四根钢管搭成架子，支撑着残缺而又沉重的半树枝叶。

这棵伤残的桂花树通人性，对社会深怀感激之情，对人类深怀感恩之心。它尽其所能，回报人类，回报时代。它每天吸收大量的二氧化碳和粉尘，释放出充沛的氧气，净化空气，增添人们所需要的负氧离子。冬天和春天为人们奉献绿色，夏天为人们遮阴蔽日，秋天盛开丹桂，香飘四方，其花之盛，其香之浓，和移植过来的新桂花树相比，毫不逊色。

每次看到那棵只剩下半个身体的桂花树，就会想起唐代大诗人刘禹锡的那句诗："沉舟侧畔千帆过，病树前头万木春。"单看这棵桂花树是伤残的，是悲怆的，在它的四周呈现的是万木葱茏的景象，但是它不是"沉舟"，也没有伤残以后的萎靡和病态，而是意气风发、兴旺昌盛，只争朝夕地发挥余热，和其他的树木一起努力为人类造福。如果刘禹锡在世的话，见到这棵伤残了的桂花树，他一定会修改他的原作原句。

（2015 年 7 月）

话说经堂桥

宜兴、溧阳、金坛三县交界处，河道如织，水流成网。各条支流汇入北溪河和西溪河两条大河。古人凭着他们的慧眼，选择了两河交汇处建起了杨巷镇。从此舟楫往来、商贾如云，杨巷镇成为三县交界处最重要的活水码头，货物交流的集散中心。

时光荏苒，世事更迭，杨巷老镇不再有当年的繁华，但老街的一砖一瓦，仍然记录着昔日的兴盛。小街小巷、石路石板，纵横迂回；历代建筑、飞檐翘角，各有风采；商铺林立，五匠忙碌，茶馆热闹；河水荡漾，水摇楼影，船只穿梭。幽静中透出沧桑，古朴中看到往昔。

杨巷镇和水有不解之缘。它因水而建，因水而兴，因水而孕育着无数故事。

有河必有桥，小河小桥，大河大桥。杨巷镇原来有一座显赫的经堂大桥，横跨西溪河，连接东西两镇区。为了方便百姓通行，清代光绪年间，乡绅杨裕昌带领当地富户筹款捐资，历经数年建设而成。经堂，顾名思义是藏经诵经之处，取名经堂，自然寓行善积德、造福于民之意。经堂桥由四个巨大的桥墩支撑，长条石板架起桥面，桥身魁梧雄伟，一身风骨，巍然耸立在古镇中央，气势可以与宜兴的蛟桥媲美。一到清晨，桥上桥下涌动着人流，居民农民提篮挑担，东来西往；一到晚上，桥头桥堍聚集了男女老少，乘凉观景，谈天说地，欢声笑语，享受着劳累一天后的轻松。

古人建桥，其用意不仅在于此，还是为了治水。到了汛期，大桥用它坚固的身躯，挡住上游滔滔洪水，形成一米上下的水位差，确保镇区安然无恙。自从有了经堂桥，小镇上就没有了水患。巍然挺立的经堂桥不仅是杨巷镇的标志性建筑，更是小镇的一尊守护神。

经堂桥在20世纪70年代中期，因兴修水利而拆除，拓宽了河道，接应溧阳新开城东河的水流，以减缓邻县的洪水压力。现在只能在河边看到经堂桥的桥墩和散落着的几块桥石。从此这里成为全市地势最低，水位最高的洼地。

1991年那场洪涝灾害，杨巷镇人谱写了可歌可泣的抗洪悲歌。近一个月，杨巷镇浸泡在齐腰深的洪水中。全镇四大联圩，摇摇欲坠、险情迭起。全镇男女老少齐上阵，有钱出钱，有力出力，有物捐物。堵缺口，固险工，抢险情。夜以继日，奋力拼搏，气吞山河，排除万难，化险为夷。四周一片汪洋都不见，唯有杨巷镇成为生机盎然的绿色孤岛。镇区没有伤一个人，没有倒一间屋。来灾区视察的各级领导，甚至联合国官员，无不跷起大拇指，高度评价杨巷镇人的抗洪精神。但是杨巷镇人为此不知吃了多少苦，流了多少汗，操了多少心，消耗了多少人力物力财力，用他们的精神筑起了一座座"经堂桥"。

历史总是向前的，长江后浪推前浪是事物运动的必然规律。即使前人再有智慧，也会受到时代的局限，所作所为只能适应当时当地经济和社会的需求，不可能超越时空，前瞻工业化、信息化时代。文物是历史的见证，前人智慧的固化，后人的借鉴。看今天的杨巷镇，北溪河、西溪河上飞跨着十多座大桥，两岸筑起了水泥石块护坡，老镇区筑起了坚固的防洪墙，可谓是固若金汤。新镇区现代建筑林立，显示了古镇崛起的身姿。宜兴到杨巷镇的双向四车道公路即将通车。当年的商贸集散地又开始重振雄风，向百亿强镇挺进。如果再有二十年前的洪水来，杨巷镇完全可以做到风雨不动安如山。杨巷镇人在撰写新的历史，创造新的辉煌，其精彩远非当年的一座经堂桥可比。

（2011 年 12 月）

所见所闻乾元村

一

美丽的地方总会有美丽的传说。

清代乾隆皇帝刚登基，便微服私访下江南，途径宜兴太华山区。那苍翠的群山，潺潺的流水，翻滚的竹海，绵延的茶洲，还有烂漫的山花，不由得让他停下了脚步，于是在一个山坞间的小村庄下榻过夜。因为此事发生在乾隆元年，所以这个村被叫作乾元村。

民间还在此事中加油添醋，变成了戏说。说是乾隆皇帝在被山水美景迷住的同时，一位如花似玉的山野村姑从他身边走过，眼睛为之一亮，加紧追赶上去。皇帝走惯了皇城里的通衢大道，不习惯山间小路，追得他两眼直冒花。追到这位村姑后，他便在乾元村留宿。所以，有了"乾元"之外，还有"见花"和"茂（冒）花"的地名。戏说是无法考证的，但是戏说除了突显了乾隆皇帝风流倜傥的个性外，还渲染了乾元是个山美水美人也美的地方。

二

古往今来，有多少骚人墨客展开想象的翅膀，用尽华丽的辞藻，描述天界仙境；又有多少丹青高手用画笔和色彩，直观演绎出诗词歌赋中描写的仙境形象；进入现代科技时代，影视艺术家用多种科技和艺术手段，拍摄出掩映在云雾之中的宫阙殿堂、琼楼玉宇、瑶林仙池。这一切都是浪漫主义的想象，对美好境界的向往，艺术的夸张。

其实艺术的想象和夸张都源于现实，天界仙境是人间真实的升华。太华的乾元村就是近在眼前的人间仙境。

那弥漫在乾元村的山岚不就像天上的云雾？那一幢幢崭新的别墅不就像天上飘浮在云雾中的楼宇殿堂？那美丽的农民公园不就像天上的阆苑瑶林？那奔泻不息的山涧清流不就像天上的银河？那蜿蜒的柏油路不就像舞

动的天街？人走在路上如同腾云驾雾般穿行在天街，坐在涧沟边的石条凳上，一身清凉，犹如身披天界的仙风。

到了乾元就是到了人间天堂。

三

鼓浪屿很美，美在哪里？

1840 年鸦片战争后，厦门成为中国被迫开放的五个通商口岸之一，十三个国家在厦门设立领事馆，瞬间便在那个不到两平方公里的鼓浪屿小岛上建起了 1014 幢小洋楼，耳目一新的西洋建筑让国人惊叹不已。

鼓浪屿置身于蔚蓝色的鹭江之中，天碧海蓝，海天一色，清风徐来，海波轻泛，鸥鸟浅翔，引吭争鸣。岛上礁石高耸，山岩竦峙，草木葳蕤，百花争妍，映衬着五颜六色的万国建筑群。

正因为此，鼓浪屿成为全国著名的风景游览区。

乾元村也很美，它的美与鼓浪屿有异曲同工之妙。

乾元村依山脚而建，由东向西舒展，荟萃了数百幢欧式建筑群。每栋小楼两到三层不等，造型不同，色彩有异，前有花园，后有车库。这些农民自己建造的新农舍，与鼓浪屿上的建筑群相比，毫不逊色。

鼓浪屿在大海之中，乾元村在大山之中，可是这大山又恰恰像绿色的海洋。山上的毛竹，密密匝匝，浩瀚无垠，波涛翻滚；山间的茶园，随着地势的起伏，就像海面上清风徐来，碧波轻漾，向着遥远的天际伸展。

鼓浪屿身处蔚蓝的海洋，乾元村身处绿色的海洋，鼓浪屿的洋楼与碧波交相辉映，乾元村的农舍和绿浪相映成趣，鼓浪屿上海鸥引吭，乾元村里山雀争鸣。

乾元村可谓是大山深处的鼓浪屿。

四

乾元村是一个美丽的山庄，也是一个富庶的地方。

靠山吃山，在商品经济时代，山上的经济作物比田里的粮食作物值钱，所以乾元人要比靠种田吃饭的农民富裕一些。20 世纪 70 年代末到 80 年代初，乾元村发现了煤，而且煤质不差，于是开发小煤窑，做起了煤生意，不管集体还是个人，率先富起来了。煤炭资源不算丰富，很快偃旗息鼓，村里用挖煤积累的财富，发展村办工业。绢纺厂、油漆厂、制罐厂、竹地板厂，如雨后春笋，搞得红红火火，产品不仅畅销国内，还远销海外，闭塞的乾元村成为全市的工业明星村。他们把自己转型发展的做法概括成"从地下转向地上，从黑色转向白色，从内向转向外向"三句话，成为一时的经典。

到了21世纪，饮用水源污染严重。为保障人民饮水安全，横山水库成为宜兴的大水缸。为了保证横山水库的水质，领导要求地处水库上游的乾元村顾全大局，关停所有的企业，精心呵护好自己的绿水青山。新一轮的经济转型、结构调整开始了。他们利用山区丰富的自然资源，大力发展绿色农业，生产有机食品。"乾红"成为中国红茶中的佼佼者，蜚声四海的驰名品牌。他们利用得天独厚的自然环境，打造乡村旅游。通过科学规划，招商引资，合理开发，不仅落成了多个休闲式旅游度假项目，而且建成了电影电视拍摄基地。电影电视具有广泛的群众基础和独特的影响力，必定会给乾元引来更多的游客，带来更多的财富，使得乾元村更加美丽、更加富裕。

乾元村真的应了习近平总书记说的"绿水青山就是金山银山"。

五

乾元村最精彩的地方是村西山顶上那个叫老虎洞一线天的地方，不到一线天不能算到过乾元村。

但要翻越老虎洞一线天可不是一件容易的事。沿着村前那条黑色道路走到了尽头，接着走破旧了的混凝土老路，再接着走通向山上的泥石道路，最后是狭小坎坷的石阶古道。山势越往上越陡峭，连路都没有了，两边的竹子越靠越拢，把天遮成只有一条线，人只能侧着身子在毛竹林里曲曲折折向上攀援。尤其是下雨天，泥泞路滑，看不到尽头在哪里，很容易在胜利在望的时候打退堂鼓。只有有志者、有力者、不懈怠者，方能到达顶峰。好不容易到了山顶，一堵石壁挡住去路。下面是一个山洞，大小只能藏一只老虎，故谓老虎洞；上方是一米多宽，十多米高的一道石罅，是名副其实的一线天。从老虎洞登上一线天，没有路可走，需要手足并用，脚踩岩穴，手抓崖石，身体紧贴着石壁，慢慢攀上去。

越过一线天，顿时会觉得豁然开朗、心旷神怡。正如王安石所说："世之奇伟、瑰怪、非常之观，常在于险远，而人之所罕至焉。"居高临下，乾元村无限风光尽收眼底：西南连绵的群山，竹海茫茫，涛声阵阵；东北方透迤的茶洲，如涟漪轻泛，绿波荡漾；山下色彩鲜艳的农舍在云雾之中时隐时现；村前的洞溪宛如玉带把一座座楼宇和一个个园林串连在一起。好一幅绝美的画图，好一个天地人融为一体的世界，好一个人间天堂！

此时不只是找到了当年乾隆皇帝为何要在乾元村过夜的原因，还明白了乾元人所走过的创业路就像那条通往一线天的崎岖山路。

愿乾元村走得更好，走得更前，走得更精彩。

（2015 年 5 月）

太华有说不完的故事

这是一个居于鸡鸣三省之处的大山区。

八座参差的山峰环拱着一座高达548米的主峰，如众星捧月、层次分明、巍峨壮观。这里是一片绿色的海洋，山上山下长满了毛竹。翠竹随着山势跌宕，犹如波涛汹涌，气势澎湃，一泻千里。

这是一个难得的风水宝地。

风水宝地不仅风光旖旎，而且故事也多。那竹海阵阵翻腾之声，似乎在给走进这个山区的人们诉说当地讲不完的故事。

传说三国时，东吴大帝孙权把这个美丽的地方赐封给小妹孙尚香。天生丽质的孙尚香，有"百花郡主"的美称，于是这座山有了它美丽的名字——"太花山"。"花"通"华"，于是"太花山"变成了"太华山"。"太华"一名与孙尚香不仅形似而且神似。有树为证，当年吴国太在太华山上为自己最宠爱的女儿亲手栽下一棵银杏树，意在千年不老、万年不衰。这棵近两千年的银杏树真的如了吴国太的心愿，至今依然葳蕤茂盛、蓬蓬勃勃。"太华山"之名也伴着这棵古银杏传承至今。

好山好水便会有高人名士光临。高丽国王子金桥觉云游至此，仰视九峰高耸、云岚飘渺，近瞰万顷竹海、苍翠欲滴，远眺茫茫太湖、烟波浩瀚。他心醉神迷、流连忘返，于是在主峰上结草为庐，取名九峰禅寺。后金桥觉应邀赴九华山，修成正果，成地藏王菩萨。地藏王菩萨在此留下的古庙，虽然规模不大，但因为"先有太华山，后有九华山"，所以香火鼎盛，延绵千年，善男不绝，信女如缕。

美丽的地方不仅有传说，还有戏说。

乾隆帝登基的第一年微服私访下江南，途经宜兴，太华如画的山水风光把乾隆皇帝迷住了，在山坳中的一个小村住了一夜。于是这个村被叫作"乾元村"。

戏说总会有按人物的个性作丰富想象的成分在其间。除"乾元村"外，太华还有"见花"和"茂花"两个村。传说乾隆皇帝下榻太华，不仅因迷恋上山水美景，还为一位山村姑娘。当他见到一个花容月貌的山野村姑从身边走过，眼睛为之一亮，穷追不舍，追得两眼冒花。于是就有了"见花"和"茂（冒）花"两个浪漫的村名。

关于乾隆皇帝的戏说无疑烘托了太华山美水美人也美。

有了传说、戏说，更会有神话故事。

太华东临平原，西接黄山山脉，北连茅山，南贯天目山，是南北的必由通道，是阻隔东西的天然屏障，而且山高林密、地势险要，宜进宜退、宜攻宜守，历来是兵家必争的战略要地。数千年前，太华突然来了一支军队，领军的是吴国大夫伍子胥。

伍子胥亲率数万大军西征楚国，班师回朝。途经太华山区，当地正遭大旱。涧沟朝天，田地龟裂，山林萎凋，民众一筹莫展；再加将士们长途征战，一路劳顿，嗓子眼都在冒烟。伍子胥下令挖井取水以解民众之苦、军队之急，可是挖了三天三夜都找不到水源。庄稼不能绝收，百姓不能无望，大军不能渴死在崇山之中。伍子胥又气又急，在地上连跺三脚。这三脚震得阎王殿摇了三摇，把昏睡中的冥朝王爷惊醒。阎王爷深知伍子胥为了报楚平王弑父杀兄之仇，和孙武一起带兵攻陷楚都。虽然楚平王已死，伍子胥不管三七二十一，掘开陵墓，撬开棺椁，鞭尸三百。阎王明白，伍子胥如果找不到水，绝不会饶过自己。他连忙找龙王爷帮忙。龙王爷也不敢稍有懈怠，立马呼风唤雨，兴风作浪，倾盆大雨从天而降。涧沟里水流湍急，所挖水井冒出甘泉，旱情缓解，几万大军得救。

从此，伍子胥挖的井水从没有干涸过，其水量可供千万人饮用。

喝水不忘挖井人，后人把那里的水井取名"胥井"。后来干脆把那个村也叫作"胥井"，以不忘伍子胥的恩德。"胥井"叫了数千年，因邻乡也有个"胥井"村，为示区别，谐其音，把太华的"胥井"村更名为"胥锦"村。

故事把伍子胥美化成敢爱敢恨，令鬼神胆怯的大英雄，但神话毕竟是虚幻的。时隔一千多年，真实的故事发生了。

金灭北宋，宋钦宗胞弟赵构南逃临安，于1127年建立南宋朝廷。第二年金国大举南侵，越过长江，直逼临安。岳飞临危受命，北伐抗金。岳家军来到了宜兴，在太华建立了抗金根据地。在当地人民的支援下，兵精粮足的岳家军深藏于太华山之中，拦击从广德袭来的金军，取得了六战六捷的胜利，重创了金兀术的锐气，战局由此从被动防御转为主动反击，收复了南京、镇江、常州等战略要地，金军被迫北撤，保卫了京师临安。岳家军在太华留下了许多难以磨灭的足迹：太华有个山岭叫"封岗岭"，那是岳家军为防止金军入境而封守的要道之处，由此而得其名；太华有个"太平村"，那是一个隐蔽在山坳深处的山村，这个村是岳家军在金军进犯时为保护百姓生命安全而建的一个村，村名流传至今；太华还有个"民望村"，那是岳家军在和金军交战时，太华人聚集在路边盼望早日得胜归来，待岳家军凯旋之时，太华人在那里建起了一个村，命名为"民望村"。透过这些地名村名，依稀还嗅到昔时岳家军抗金的硝烟，感受到岳家军拳拳的爱民之心和军民之间的鱼水深情。

岳家军的故事固然动人，更为动人的故事又发生在太华。1943年10月，胥锦又来了一支部队。那是中国共产党领导的新四军主力部队第十六旅，部队在这里驻扎了整整两年。

太平洋战争爆发后，世界形成了反法西斯联盟。日军为了防范联盟军队从海上登陆中国，加强了苏浙地区的兵力布控和军事防护。中共中央和毛泽东发出命令，新四军南下对日作战并开辟和扩大革命根据地。新四军派出主力部队王必成和江渭清部即第十六旅进驻太华山区。

十六旅把旅部设立在胥锦，苏皖区党委和苏南行政公署把党政机关搬到胥锦；粟裕来了，谭震林来了，彭冲来了，钟期光来了，王必成来了，江渭清来了……共和国历史上一个个重要人物都走进了胥锦村；胥锦有了新四军医院；胥锦有了军械修理厂；胥锦有了新四军自己办的中学——三洲实业中学。以太华为中心的苏浙皖边区成为抗战后期的革命根据地，新四军在华中地区开辟的八个战略区之一；胥锦村成为苏南抗日根据地的领导中心和指挥中心；太华根据地充分发挥了解放区后方基地支援前方的重要作用。

在此期间，胥锦发生了许许多多军爱民民拥军的动人故事；多少太华人、宜兴人和苏浙皖地区的人在胥锦走上了革命道路；有多少知识分子受到新四军的影响，成为支持共产党打天下的重要力量。

于是太华有了"红色太华山，苏南小延安"之美誉。

新四军离开太华后，抗日战争取得了伟大胜利，由新四军和八路军改编而成的解放军解放了东北、华北，又跨过了长江，以摧枯拉朽之势解放全中国。被粟裕大军击败的国民党残余军队逃进了太华山的襄王岭。这是战国时期楚襄王到过的地方，故为"襄王岭"。当年楚襄王为了报一箭之仇，反攻吴国，亲临太华，在这里选择东进路线。解放军不会让国民党军队像当年的楚国军队那样有东山再起的机会，"宜将剩勇追穷寇"，在襄王岭全歼了敌人的散兵游勇。太华回到了人民的手中,太华建立了人民自己的政权。

真实的故事还在继续,更加精彩。

战争硝烟散尽,勤劳的太华人靠山吃山,过上了稳定而富裕的生活;改革开放,聪敏的太华人捷足先登,大力发展乡镇企业,把太华山区变成国内外闻名的绢纺之乡,创造了外向型经济的辉煌,提前过上了小康生活;科学发展,太华人为了保绿水青山,保下游的饮水水源,毅然放弃了驾轻就熟的制造业,转向服务业,迈向现代化。一页页,记录着太华历史的动人篇章,一幕幕,演绎着太华人创造历史的精彩故事。

上苍赐予人类的太华,山是那么青翠,水是那么清澈,空气是那么清新,物产是那么丰饶,人是那么淳朴,历史和现代、自然和人文结合得是那么和谐。所以太华的故事会讲不完,听不厌。

动人的故事已经成为历史。我们期待着聆听太华人编写的"绿水青山就是金山银山"的新故事。

(2020 年 6 月)

山 水 芳 桥

宜兴东部有个小镇，依山傍水。山在小镇的东北面，是一座突兀于平原的小山丘；水在相距山一里多的西南面，是一个面积为 100 公顷的湖泊。因数十万年前地壳运动和变化，一部分地壳上升便形成了山，一部分地壳下沉就形成了湖。江南地区雨水充沛，小山上葱郁苍翠，草木间山花烂漫，人们为这座小山丘取名岕华山。岕，即山，岕华山即开满鲜花的山。小湖泊碧波荡漾，清澈见底，湖水是从湖底的岩石间涌出的泉水。小湖在岕华山之阳，故人们称它叫阳山荡。荡，为浅水湖之意。

山能挡风，水生灵气，山水之间便是风水最佳之地。于是人们选择苍山碧水之间建房造屋，开店设铺，渐渐形成了一个小集镇。自西向东有一条小河流过小镇，为便利人车往来，河上架起了一座小石桥。岕华坡头，阳山荡畔鲜花盛开，人们为这座小桥取"芳桥"之名。因桥而获名，小镇便叫芳桥镇了。

中国最早的潮音寺就坐落在阳山荡边。名噪天下的天津卫和广东南海的潮音寺，均始建于明代永乐二年（即公元 1404 年）。而芳桥的潮音寺却建于东汉年间，早于它们一千三百多年。三国时期，东吴大帝孙权之母吴国太乘船前来潮音寺进香，从太湖进港，顺着内河来到阳山荡。后人把那条河命名为"烧香港"。烧香港历经一千七八百年，名称沿袭至今，始终未变。

芳桥镇土地肥沃，风调雨顺，物产丰饶，民生富庶，自古就形成了耕读传家的风尚。旧时的私塾，近代的新学，率先于其他地区在芳桥小镇上兴起。学校是人才的摇篮，教育是启蒙的捷径，知识是开启心灵的钥匙，重文兴教，使得小小的芳桥镇人才济济，俊彦辈出。有多少政界、军界、教育界、体育界、医学界、科学界、美术界、音乐界的英雄豪杰、巨擘泰斗从这块土地上走出去。

西晋时期征西大将军周处就出生在芳桥镇。镇上现存的那些跑马道、试剑石、架弓山、甘草墩等历史遗迹，似乎还在诉说周处除三害的传奇故事，在回忆周处血洒疆场、马革裹尸的壮烈场景，在赞颂周处为国尽忠、为母尽孝的感人精神。

芳桥也是当代科学家、教育家、社会活动家周培源的家乡。蚕种场是周培源的祖父开拓的农商新产业，后村小学是周培源父亲为开化民众创立的新学堂，阳山荡里依稀还回响着周培源驾驶机动船的隆隆马达声。这位爱因斯坦的学生，不屑国外的洋房面包，毅然回到祖国，为新中国的科学事业和教育事业做出巨大的贡献。

在芳桥这块沃土上诞生的杰出人才何止周处、周培源，可谓多如群星、灿若银河，光耀华夏，声播五洲。农学家冯肇传、天文学家童傅、教育家童斐、植物科学画家冯澄如、畜牧学家冯焕文、体育教育家蒋湘青、人口地理学家胡焕庸、雕塑家张瑞麟、农用抗生素创始人尹莘耕、"中国杜鹃王"冯国楣、书法家郭洪城……数不胜数。一个小小的乡镇居然会涌现出如此多的大家巨匠，芳桥真不愧是物华天宝、人杰地灵之地。

最靓丽的先天美貌还需要后天修饰，最丰富的内涵还需要外部装扮，最悠久灿烂的历史还需要后人接续光大。周处、周培源的后人乘着改革开放的强劲东风，用如椽之笔，在山水之间的芳桥镇书写最新最美的文字，描画最新最美的画图。

黑色的环湖大道贯通阳山荡。高标准的四车道把岱华山、阳山荡和宜兴城东新区、开发区连成一体，大大缩短了市区到芳桥的距离。阳山荡多年淤积的污泥被彻底清除，湖水湛蓝、水天相映。水渚湿地的芦苇郁郁葱葱、绵延不尽，满池的荷花绿叶田田，芬芳四溢。浓荫覆盖的岱华山上，筑起了通往山巅的石阶，建起了凉亭，供人们登高休憩，凭栏四眺。山麓湖畔，气势恢宏的孝侯广场和生态时尚相结合的阳山荡广场，是人们休闲观光、娱乐健身、接受文化熏陶的好去处。高高的玉带桥，华丽的五亭桥，横跨在龙游河上。"闻过则喜真贤士，从善如流大丈夫"，这对水榭上的楹联画龙点睛般地展示出芳桥的厚重文脉和时代精神。重建的潮音寺，伫立在湖边的观世音菩萨金身，重檐翘脊，黛瓦黄墙的幢幢殿堂楼室，彰显了寺庙的气派，盛世的祥和。"共坐涛声里，消淡兴转浓。疏光分细柳，寒影堕芙蓉。遥岭沉孤月，虚溪倒一峰。已知群动寂，僧梵又晨钟。"清代诗人萧挺的诗句，已无法表达今日阳山荡醉人的神韵和悠远的意境。天地之灵光，日月之精华，人世之瑰宝，法界之瑞气，集聚在阳山荡。先天和后天，内在和外部，历史和现实，在芳桥都达到了完美的统一。

芳桥的灵山、秀水、人杰、地灵，吸引了中国房地产大鳄碧桂园。他们经过五年多的详细考察，决定在芳桥成片开发，把阳山荡建设成湖光山色和现代元素有机结合的环荡新城，打造成乡村现代小镇，大都市的后花园。在独具慧眼的商人那里，阳山荡的风光不亚于瑞士湖，在阳山荡边建起的小镇不亚于欧洲那些环湖小镇。再说阳山荡边不仅有得天独厚的自然禀赋，而且有众多的古迹、丰富的文化。现代建筑可以打造，历史文化无法复制，既有自然又有文化才算得上神形兼备之作，才有传世的可能。更何况宜兴地处长江三角洲的中心位置，经济发展如火如荼，城市建设日新月异，其中隐藏着巨大的商机和后发优势。

碧桂园第一期工程即将竣工。岕华山在笑，阳山荡的水浪在跳，芦苇在风中摇，荷花的芳香在飘，潮音寺的钟声又到。芳桥开始走向崭新的时代，阳山荡将和现代化的新城永相结伴：晨曦在潮音寺的钟声中露脸，碧水倒映着一座座别墅的倩影；夜幕在潮音寺的鼓声中降临，阳山荡飘逸着五光十色。静谧、安逸、生态、时尚、新潮、财富，构成一支浪漫的交响曲，回旋在岕华山和阳山荡之间。

如果吴国太有灵，见今日之潮音寺，该作何惊叹；如果周处再生，见甘草墩上的孝侯广场，该做何感想；如果周培源能寿至今日，看到农民入住洋楼别墅，定会兴奋不已。

美哉，山水芳桥！山水芳桥，人杰地灵的地方！

（2014 年 11 月）

相依相伴的宜兴红茶

中国人喜好喝茶，生活在产茶区的宜兴人更爱好喝茶。有人喜欢喝绿茶，有人喜欢喝红茶。我是老茶客了，独爱喝红茶。一手端着红茶杯，一手夹着香烟，这是我四十多年来的代表性姿势。可是烟抽多了影响心血管，不得已与香烟阔别了。喝红茶有百利，看来这辈子红茶要和我相依相伴到老了。

有人问我为何如此偏爱喝红茶，这大概与我的血型和气质有关吧。属于B型血和多血质的我，热烈鲜艳成为我天生喜欢的色调。吃菜喜欢浓油赤酱，喝茶也喜欢红色酱色。再说宜兴的红茶不仅色彩好，而且口感更好，绵柔味醇，先苦后甜，一进口便有美好的享受，几口喝下去就有相见恨晚的感觉。喝了一次还想喝第二次，几次喝下来就成为习惯，习惯一旦养成，就变成了一种心理依赖，有了心理依赖便是上了瘾。虽然常常有茶叶发酵后会产生对人体有害的物质，红茶不如绿茶之说，但是始终动摇不了我和红茶朝夕相处、不离不弃的选择。

全国乃至全世界的红茶林林总总、数不胜数，可是我很难接受非宜兴产的红茶，即使是那些驰名顶级红茶，也觉得大不如宜兴红茶。立顿红茶虽然制作独特，但总觉得鲜叶品质不佳；普洱虽然味浓，其霉味却难以接受；滇红虽然汤色鲜亮，口感却太过苦涩；祁门红茶虽然味柔，但缺乏清香；金骏眉虽然味道浓烈，回味也持久，却不像宜兴红茶那样细腻。唯有宜兴的红茶简直找不出什么瑕疵。

这与感情和习惯有关，更和一方水土养一方人有关。宜南山区，丘陵逶迤、土地肥沃、山清水秀、风调雨顺。有哪一个生长茶叶的地方能和宜兴这块风水宝地相媲美呢？怪不得宜兴的茶树长得那么秀气雅致、生机勃勃，怪不得唐代的陆羽能在宜兴写出世界上第一部茶叶著作《茶经》，怪不得唐代诗人卢仝喝了宜兴茶会发出"天子须尝阳羡茶，百草不敢先开花"的感慨。当代宜兴人聪明颖慧、好学勤劳，不断培育当地优良品种，引进外地优质茶苗，施有机肥，浇山泉水，改进从萎凋到揉捻、发酵、烘焙各道制作工艺，做出茶叶精品，创出茶叶品牌。"紫笋"重振雄风，"盛道"一炮打响，"乾红"创出品牌，"茗鼎"后来居上，"华锦"出手不凡，"岚峰"独领风骚……精品红茶层出不穷，令人应接不暇。宜兴人当然更适应在宜兴这块土地上生长出的茶叶，更适应由宜兴人制作出的宜兴口味的红茶。

不仅宜兴人喜欢宜兴的红茶，外地人也不例外。宋代大文豪苏东坡酷爱宜兴红茶就是佐证。苏东坡饮茶"四绝"的典故源于宜兴：饮茶非宜兴的贡茶不饮；煮茶用水非宜兴金沙泉水不用；煮茶和泡茶不用金属器皿，而是用宜兴的陶土自制一把紫砂提梁壶；烧水煮茶必须用桑树枝当柴火烧。用火煮茶当然是红茶了。苏东坡既是文学家，又是书画家，他也喜欢红茶，大概他的血型也是 B 型，他的气质也是多血质吧。苏东坡始料所不及的是，他让紫砂和红茶得到合理而默契的搭配，结成优势互补的最佳良缘，延传至今。

宜兴红茶和我还有一种特殊的生死情缘。我不仅有四十多年的茶龄，而且有同样长的烟龄。烟对心血管的破坏很大，日积月累，造成了大面积心肌梗死。命悬一线之际能转危为安，和我爱喝红茶不无关系。因为红茶能扩张血管，避免了猝死，留给了我手术的时间。时间换来了生命的空间。怎能不感谢红茶呢？

大病痊愈后的我，更爱红茶。起床后美美地喝上一杯红茶，冲淡血黏度；早餐后，一手握书，一手端茶，既享受精神又享受物质；打开电脑写文章，喝上一口红茶，沉思片刻，洋洋洒洒写下上千字；朋友来访，以茶当酒，以茶会客，谈古论今，谈天说地。红茶与我须臾不可或离。

端详细如丝丝秋毫的宜兴红茶，犹如在欣赏由天地人共同创造出的杰作；品尝用山泉水泡出的红茶水，宛如是喝下了色香味俱全的琼浆玉液；把玩泡着红茶的紫砂壶，似乎在重温和亲近茶文化在宜兴源远流长的历史。

宋代理学家朱熹说，喝茶就像人生，先苦后甜，苦中有甜，有苦有甜。与宜兴红茶相依相伴，可以喝出滋味，喝出快乐，喝出健康，喝出长寿，喝出文化，喝出历史，喝出人生真谛。

（2014 年 12 月）

湖㳇小馄饨

一天未顾得上烧午饭，想找个小饭店凑合一顿。小饭店大多卫生差，不是店里设施条件太过简陋，就是周边环境不好；不是菜肴不新鲜，就是用油有问题，找了好几家都没有选中满意一点的用餐地方。突然发现了一个叫"湖㳇小馄饨"的小吃店，下意识停下了脚步。宜兴以地名命名的美食很多，譬如和桥豆腐干、高塍猪婆肉、官林麻烘糕、杨巷葱油饼、徐舍小酥糖、张渚炒大栗……可是从没有听说过有湖㳇小馄饨一说，湖㳇小馄饨究竟是什么滋味？也许是出于对宜兴美食的钟爱之情，也许是怀着好奇心，我便走进了那家湖㳇小馄饨店。

馄饨店位于荆溪南路，店很小，仅一间门面，前半间是顾客用餐处，四张条桌，后半间是厨房。门面虽小，却窗明几净、纤尘不染，一扫小饭店呛人油烟味的浑浊。在简洁的装修中凸显着韩愈"辛夷高花最先开，青天露坐始此回"的诗句，显示出馄饨店虽小，但是文化元素犹存的风雅。

小店专营清汤小馄饨，不做其他。馄饨根据顾客胃口分大、中、小三种不同容量的碗，大碗四十只，中碗三十只，小碗二十只，价格分别为十元、八元和五元。

有期望就会有失望，期望值越高，失望就越大，没有期望不仅没有失望，反倒会喜出望外。因为仅是想填饱肚子，不是慕名来品尝和享受，所以对馄饨的心理预期只是零。可是后来的事却大大出乎意料。

馄饨端上来了，一只只小小的馄饨，透明的皮子，清清的汤水，青青的葱花，淡淡的香气，似乎有生命，有灵气，有神采，有韵味，给人精致、清淡、细腻、原生态的感觉。当馄饨进嘴，新鲜的肉馅，肥而不油腻；晶莹的皮子，柔软而有劲道；清澈的馄饨汤，鲜美而没有味精的刺激。一大碗馄饨下肚，还不过瘾，再加了一小碗。当吃到最后一只，感觉仍然和吃第一只一样，不厌倦，不乏味。喝完最后一口汤，碗底朝天、余味不尽、唇齿留香，不知是老年后少有机会尝到美食，还是因为肚子饿了饥不择食；是人老了嘴馋，还是馄饨确实好吃……

第一次尝试，因有新鲜感会产生好的感受，当新鲜感消失了，同样的东西感觉未必就好。过了几天，又去湖㳇小馄饨店，第二次吃的感觉依然和第一次一样。以后每次去都有同样美好的感觉。我想起毛主席说过的一句话，一个人做点好事并不难，难的是一辈子做好事。食品也是这样，一次好吃并不难，次次好吃就难了。我和科技打过交道，知道食品加工的核心技术是如何保持质量的稳定。而稳定的质量虽有技术问题，更有人的意识、人的修养、人的境界和人的追求。质量体现人品。

馄饨店去多了，就和店主熟悉了。在和店主的闲聊中，得知他家的馄饨店早在清代光绪年间就在湖㳇街上出了名。那些来自南北各地的商贾和马夫，在湖㳇小镇交易完山货，总要到他们的店里吃碗小馄饨。名声由此传播开来，手艺由此一代一代流传下去。

店主说，很多湖㳇人都进了城，当了宜兴的移民，所以他也来宜兴开分店。一碗馄饨能得到人们认可很不容易。首先要专心致志，除了做馄饨，他们什么都不做，不炒菜，不卖熟食，连面条也不做，不是什么赚钱就做什么。术业有专攻，专注于一项，一定会做得好。做得好就有名气，有了名气就有生意。虽然一碗馄饨赚不了大钱，但是可以赚小钱，赚长钱，积少成多，赚安稳钱。其次一定要坚持质量，肉要买新鲜的，面粉要用最好的，汤要用骨头熬出的原汁。第三价格要公道，赚钱要合理，价廉物美才会留得住顾客。第四服务要到位，有人吃了还要带着走，有要带熟的，也有要带生的，有要店里帮着送的，顾客的要求都要千方百计满足。总之，你对顾客好，顾客对你好，你对顾客负责，顾客自然就认可你，凡来过店里的客人都会是回头客。我禁不住为店主在浮躁社会中能有这份耐得住寂寞的平常心而感动。

店主的儿子大学毕业了，不准备找工作，就在馄饨店里继承祖辈的事业。经营馄饨生意同样是一份工作，一个社会需要的事业，一种有意义的作为。行行出状元，青出于蓝胜于蓝，都是真理。受过了高等教育，视野肯定要比老一辈宽广，把传统的手艺和现代消费观念相结合，把前辈的精神和现代的经营理念相结合，馄饨会做得更可口，馄饨生意会做得更红火，事业也一定会超越祖辈。我对他儿子说，以后多开儿家分店，把美食，把经营理念，把做事为人之道传开来，让更多的人得到享受。

宜兴算得上是美食之乡，出了不少名点美食佳肴，是宜兴饮食文化的代表、省市老字号特产、非物质文化遗产，而且得到继承、发扬和光大，驰名中外，成为宜兴的张张名片。为何湖㳇小馄饨不像其他以地方命名的食品那么有名？可能是因为现做现烧现卖的销售形式局限其规模。好的东西终究是好的，能经得起时间的考验，终会得到人们的广泛青睐。一碗馄饨是这样，宜兴各地能够流传至今的美食是这样，做人也是如此。每当我想起那一碗湖㳇小馄饨，心中油然而生一种别样的情绪，仿佛间一阵幽香袭来，令人心仪。

有大学生来接湖㳇小馄饨的班，湖㳇小馄饨一定会注入新的生命力，破解局限性，成为宜兴美食圈中的一族。

（2014 年 9 月）

"苏北元素" 遍宜兴

　　不需多加留意，便可以发现，宜兴的城镇乡村留有诸多的"苏北元素"。

　　宜兴人最钟情的早点是油条和烧饼。不管时代怎么变化，即使是麦当劳、肯德基这些最时髦的洋早点抢滩宜兴市场，都无法动摇它们在宜兴早餐桌上的统治地位。宜兴的油条和烧饼从何处来？来自江苏长江以北的地区。

　　还有那叫米饭饼的早点更有特色。用发酵了的米粥和米粉调成浆糊状，用平锅摊成两个圆形的饼，烤熟了，合起来，夹上油条，酸中带甜，柔中带脆，十分可口。有人称米饭饼为米爿饼，由两爿组成，倒也形象。不管叫米饭饼还是米爿饼，开山鼻祖也是苏北人。

　　中国四大菜系之一的淮扬菜，是由苏北的淮阴和扬州两地菜肴组合而成的。淮扬菜比粤菜热烈，比京鲁菜清淡，比川菜平和，最适合不南不北地区人的口味。所以淮扬菜系影响了整个长江下游地区，现在流传很广泛的上海菜、江苏菜、浙江菜，万变不离其宗，均由淮扬菜系衍生而成，成为清而不淡、油而不腻、细而不繁、鲜而不艳的色香味形俱全的江南菜帮。宜兴菜当然也在此列，糖醋排骨、松鼠鳜鱼、蟠龙雌虎、腻蟹糊、红烧狮子头、大煮干丝、扬州炒饭……宜兴餐桌上这些常见的菜肴都原创于苏北的淮扬地区。即使是所谓宜兴的土特产，如和桥豆腐干、徐舍小酥糖、杨巷葱油饼、官林麻烘糕等，其根脉也在苏北。

　　苏北人不仅让宜兴人享受到了经久不衰的口福，而且还带来了多方面的服务。宜兴最早的澡堂是苏北人开的；宜兴的剃头师傅几乎都是苏北人；宜兴的开水炉子和茶馆也大多是苏北人在经营……苏北人在宜兴这座消费城市里支撑着大半个服务行业。就是到了改革开放的今天，遍布宜兴城镇乡村的澡堂，林林总总的美容美发店，里面擦背的、修脚的、做足疗的、理发的、掏耳的，都是苏北口音。

　　还有那些卖梨膏糖的苏北人，他们活跃在宜兴的城乡和车船上，不仅给苏南人带来了既可口又有药用价值的梨膏糖，还带来了他们家乡的民间小曲。《杨柳青》《海棠花》《茉莉花》这些优美上口的苏北民歌就是通过他们的口传得以在苏南地区广泛传唱。

宜兴的制造业人员不少也来自苏北。宜兴最早的酱园、糟坊里的掌柜的都是苏北人，酿造黄酒、白酒的大师傅也来自苏北。当年宜兴酒厂和酱厂里酿酒和做酱的老师傅都讲地地道道的苏北话，他们把在苏北学到的技术在第二家乡宜兴做了淋漓尽致的发挥。

苏北地处黄河和淮河水患地区，十年九荒。一遇到洪涝灾害，大批苏北人摇着小船渡过长江，沿着支流南下。宜兴风调雨顺，是他们理想的落脚之地。小船靠岸，全家下船，或租种田地，或开垦荒地，或捕鱼捉蟹，用以糊口谋生。天长日久，融入当地，成家立业，繁衍后代。到了战乱，苏北人成群结队，从水上从陆上，蜂拥到宜兴。宜兴沿河的村庄不少是苏北村。先从一两家开始，搭个草棚，逐渐草屋变成瓦屋、楼房，发展扩大成一个村庄。苏北人、温州人和河南人是宜兴三大移民族群。宜兴在太平天国时期遭到了灭顶之灾，主要靠苏北人弥补战后的萧条，迅速恢复了宜兴的元气。

苏北还往苏南地区输出大量的劳务。运输劳务、建筑劳务、家政劳务、保洁劳务，无所不有。只要宜兴有需求，就会有来自苏北的劳务人员。苏北人不娇气，会吃苦，做劳务很受当地人的欢迎。

苏北女人常常是宜兴男人择偶的对象。苏北女人很贤惠，能吃苦，会持家，与宜兴人结婚，婚姻都是美满的，家庭都是幸福的，事业都是兴旺的，后代也都是昌盛的。

淮海战役节节胜利，解放区由北向南不断扩大。大批苏北干部进驻宜兴，接管宜兴。从县到乡，从企业工厂到事业单位，领导层几乎是清一色的苏北沭阳人。他们在宜兴扎下了根，在领导岗位上一直呆到退休，整整三十多年时间。

江苏省大部分的土地面积在长江以北，因为客观条件的原因，造成了长江南北在经济上的差距。多少年来，"江北"二字成为贫穷落后的代名词，"江北佬"变成对苏北人的贬称。多灾多难的苏北人为了生存，为了改变命运，背井离乡，到相对富庶的苏南地区去谋生，把他们掌握的技能和创造的文化，毫无保留地贡献给苏南，贡献给宜兴。聪敏的苏南人在苏北人创造的基础上作改进、作提升，变苏北创造为苏南文明，从而影响、促进和改变苏南地区的生活、社会、经济和政治。追根溯源，真应该好好感谢苏北人，感谢苏北人创造的那些元素。可有的苏南人非但没有给广袤的苏北大地留下一点自己的元素，反而自恃优越的地理条件以"苏南人"自居，蔑视苏北地区，贬称生活在那里的人为"江北佬"，这样做有良心吗？公平吗？

试想过没有，如果没有苏北人的融入，如果没有苏北那些元素的进入，宜兴将会是什么样子？

应当学会感恩，感激给宜兴带来如此多"元素"的苏北人。

应当学会报恩，力争给苏北带去一些"苏南元素"和"宜兴元素"，回馈他们对苏南、对宜兴的奉献。

（2017 年 1 月）

化腐朽为神奇

在丁蜀镇的镇北陶都路的路西，出现了一个占地面积0.53平方公里的公园。

这个公园与众不同。

这个公园建在已经消失了身形的青龙山遗址上，所以命名为青龙山公园。公园里一面是残败不堪的石灰岩山体，一面是苍郁葱翠的植被；一面是两口深不可测的采石宕口，一面是宕口边上盛开着的奇花异卉；一面是裸露着遍体鳞伤的大自然底色，另一面是点缀着古今交融、精彩纷呈的景观元素。眼前所见，过去和现在、原始和现代、苍凉和时尚、残破和完整、狼藉和美丽，并列着、对立着，一条条或黑色或灰色，或柏油或水泥，或木质或金属，或沙石或石板的道路把它们串联在一起，整合成一个个性独具的公园。

在这个独具特色的公园里，可以健身，可以休闲，可以回忆，可以展望，可以思索，可以遐想，可以把这个公园的前世今生、过去未来想个透彻。

遥想"鼎山"二字，源于宜兴的南部曾有的三座山。一座青龙山，一座黄龙山，一座乌龟山，三座山形成了鼎足之势，所以前人把这个地方称作"鼎山"。黄龙山蕴藏着丰富的陶土资源，鼎山由此兴起了陶业，发展成为一个镇。鼎山镇与东面的蜀山镇相毗邻，两个镇逐渐连成一体，并称为鼎蜀镇。"鼎"笔画太多，为便于书写，谐音简写成"丁"，于是"鼎蜀"变成"丁蜀"。不仅是字变了，而且青龙山和黄龙山也不见了。

黄龙山有世界上独一无二的紫砂矿。紫砂成为宜兴的名片，紫砂成就了宜兴陶都的美誉，紫砂为宜兴人带来了巨大的财富。无穷无尽的开采使黄龙山先从地球上消失。

青龙山虽与黄龙山一路之隔，却是石灰岩山体，石灰石是烧制水泥的上乘原料。省劳改局看中了青龙山的石灰石，在山的西麓盖起了监狱，办起了水泥厂。水泥是国家紧缺的建筑材料，劳改工厂既改造人又赢得不菲的经济效益。青龙山是宜兴人的资源，宜兴人不能眼看着资源让别人独占，自己也要办水泥厂。于是青龙山东麓也竖起了一家县属水泥厂。后来者居上，县水泥厂生产的水泥成为国家优质产品，"青龙牌"成为国家驰名商标，当年县水泥厂还成为学大庆的先进单位。

县里可以办水泥厂，青龙山大半在丁蜀镇，青龙山这么优质的资源，镇里可不能一点不沾边。于是青龙山的南麓有了镇里的小水泥厂。青龙山的一部分在川埠乡，镇里办了水泥厂，乡里也不能袖手旁观。于是青龙山北麓有了川埠水泥厂。山边的赵庄村离青龙山更近，靠山吃山，办不起水泥厂，因陋就简，土法上马，办起了石灰厂。

一座青龙山被四家水泥厂、一家石灰厂包围。一年四季，天天炮声隆隆、石头滚滚。开山炸石的灰尘、水泥厂的粉末，紧箍着丁蜀镇及其四周的上空。青龙山在炮声中变矮、变瘦、变丑，变得支离破碎。山被夷为平地，地底下还有岩石，岂肯善罢，继续往地下开采，向地球深处要资源。青龙山变成了两个巨大的深坑。

资源枯竭了，炮声终于消失了。青龙山不见了，四家水泥厂也遁形了。一座魁伟的青龙山变成了水泥，变成了财富。青龙山遗址上只剩下盛满天上雨水和地下渗水的两个"天坑"，还有几处破败的山体，几簇嶙峋的岩石和一大片废墟。此情此景，使难于言表的历史尴尬，无法解脱的现实矛盾，从心底油然而生。有对青龙山慷慨奉献人类的深切感激，也有人类无情肆虐青龙山的沉重愧疚。宕口里的水似乎是青龙山伤心的泪水，破碎的山岩似乎在无声地控诉。

宕口里湛蓝的碧水，清澈透明、微波荡漾，一到夏天，便成为游泳爱好者的好去处。可是每年都会有数人在深潭里溺水而亡。

荒废了多年的青龙山如今变成了一个奇特的公园，人们誉之为"天下石景宕，金银百花洲"。感谢青龙山公园的决策者、设计者和建设者，化腐朽为神奇，可谓用心良苦。资源和发展，财富和环境，这是一个两难的话题，也是一个绕不开的话题，更是一个永恒的话题。公园保留了青龙山的残骸，展示当年的劳动工具，成为名副其实的遗址公园。既让人们记住有恩于人类的青龙山，又让人们反思过去，汲取历史的教训，金山银山必须建立在科学发展、保护环境的基础上。青龙山公园又是一个生态公园，在残山剩水之间打造出一个绿色世界，既是对过去的"亡羊补牢"，又为人们创造一个美好的生活环境。青龙山公园更是一个人文公园，可以在遗址上巡视历史，可以在文化中心享受当下，可以在天人合一的环境中加深理解"绿水青山就是金山银山"的科学论断，从而去创造更加美好的未来。

（2019 年 10 月）

补庐不朽

每临清明，就会想起那座名曰"补庐"的小楼。

补庐位于宜城人民南路和光荣西路交会处。南北朝向，黄墙黛瓦，二层五架五间。北门门楣上有阳刻"补庐"二字，两字间画有瓶中插三戟图案。楼主人叫史曦宾。

在这座小楼里曾发生过永远刻记在宜兴革命历史中的不朽故事。

1927年5月的一个夜晚，补庐里响起了低沉而铿锵的宣誓声："牺牲个人""永不叛党""终身为共产主义事业奋斗"。宜兴五位马克思主义小组成员史曦宾、史乃康、吴曰信、汪茂遂、汪子柔被党组织吸收为中共正式党员，他们在中共江浙区委特派员潘梓年和李旸谷的带领下向着党旗庄严宣誓。原来的马克思主义小组改为中共宜兴县特别支部。三个月后，宜兴的中共党员发展到30名，建立了五个支部。同年9月初，经江苏省委批准，改称为"中共宜兴县委员会"，下设组织、宣传、农运、工运、妇女五个部。补庐的主人史曦宾当选为宜兴历史上第一任中国共产党宜兴县委书记。补庐成为初生的中共宜兴县委所在地。

同年十月底，补庐里又聚集了一批青年人。楼上楼下的窗户被黑布蒙得严严实实。屋外看似静悄悄，室内昏暗的油灯却彻夜点亮。江苏省委特派员万益、李旸谷、段炎华、匡亚明和史曦宾为书记的中共宜兴县委在补庐里召开紧急会议。"四一二"大屠杀，赤手空拳的中国共产党遭受了巨大的损失。中共中央在武汉召开八七会议，毛泽东提出了"枪杆子里出政权"的著名论断，会议做出了用武装斗争夺取政权的决定。为了贯彻落实八七会议精神，中共江苏省委在上海召开"江南农民暴动行动委员会"会议，做出了在最短时间内首先在苏浙皖三省交界处的宜兴发动暴动，建立工农苏维埃政权的决定。这时的补庐内气氛紧张，一个宜兴农民暴动的实施方案酝酿成熟。会议推选段炎华、匡亚明、万益、宗益寿、史砚芬五人组成农民暴动行动委员会，宜兴籍的万益、宗益寿、史砚芬分别担任正副总指挥。

1927年11月1日，总指挥万益在临近补庐的县政府门口的石台上对天开了三枪，一千多名隐蔽在饭店、茶馆里的农民军闻声在各路指挥员的率领下，臂缠红色布条，高举红旗，手持刀枪锄耙棍棒，高呼"农民革命胜利万岁""中国共产党万岁""杀尽土豪劣绅"的口号，向各个预定目标发起攻击。不到一小时，农民军一举攻占了县署和警察局，缴获了数十杆枪支和数箱炮弹，控制了整个宜兴城。万益立即以工农委员会主席的名义召开民众大会，发表工农委员会宣言书，颁布政治纲领，宣布废除旧政权，一切权力归农会，释放关押的政治犯，就地正法了四名罪大恶极的土豪劣绅。

　　宜兴的农民暴动运动虽然很快失败了，但是它所产生的影响却是深远的。周边地区革命暴动风起云涌，动摇着国民党反动派统治的根基。陈云称宜兴"是江苏省最早反对国民党的农民暴动的一个县"，是江南农民大暴动的开始。当时的中共中央主编的《布尔什维克》杂志指出："宜兴暴动是同两湖、广州、陕豫，直至鲁，全国各地不断爆发的全国农民大暴动之一部分。"时任中共中央临时政治局负责人的瞿秋白也撰文高度赞扬宜兴这次暴动，称"这种伟大的社会破裂和阶级战争之中，工农贫民的胜利，是中国的唯一出路，是扫灭混战纠纷而造成统一的劳动者的中国唯一力量"，并且指出"全中国工农贫民革命的任务，就在如何推翻中国豪绅资产阶级的经济基础，捣毁中国最强有力的豪绅阶级的大本营、发祥地——这就是这回江南农民大暴动之特殊意义"。

　　宜兴的党组织在补庐诞生，宜兴革命的火种在补庐点燃。补庐是宜兴历史转折的一个节点，是宜兴人民在中国共产党领导下民族独立人民解放的起点。从此以后，在补庐成立的党组织日益壮大，在补庐点燃的革命火种在宜兴大地上悄然蔓延，反剥削、反压迫、反侵略，直至呈现燎原之势。92年后的今天，宜兴大地天翻地覆乾坤再造，宜兴人民正昂首阔步迈向现代化。

　　看着补庐，这座始建于清末民初的小楼被周围栉比鳞次的高楼大厦包围着，看似低矮狭小，但它依然巍峨挺拔，充盈着无限的豪气。史姓是宜兴的望族大户，这座在当时宜兴城里十分显眼的楼房就是财富的象征。为何称"补庐"，虽难以考证，但通过"平升三级"的图案测度，建这座楼不是为补原住宅之不足，便是寄寓补科举或补仕途缺位之期望。同为马克思主义小组的成员和秋收起义的领导人出身也大多非富即贵。这批才二十出头的富家子弟偏偏在大革命处于最低潮的时候，背叛自己的阶级，抛弃优裕的生活，置生死于不顾，毅然投身革命，原因是他们接受了马克思主义，确立了共产主义的崇高理想和坚定的革命信念。信仰产生无穷的力量，信仰产生百折不挠的意志。那批活跃在补庐里的中共党员和进步青年，依靠着坚定的信念，有的当时就为革命殉难，有的倒在长征路上，有的在敌人的严刑拷打下坚贞不屈，有的牺牲在后面的战场，有的坚持到革命胜利甚至改革开放……"生当作人杰，死亦为鬼雄"，他们的伟大形象和崇高精神，永远为人民缅怀，永远激励着后人奋勇前行。

补庐记载着永恒的故事，补庐凝结着信仰的力量。"人民有信仰，民族有希望，国家有力量"，愿从补庐开始的故事更加精彩，愿从补庐里传递出的精神更加发扬光大。

补庐不朽！

（2019 年 3 月）

东坡眷眷宜兴情

坐落在蜀山脚下的东坡书院里，苍松翠竹、桂花海棠，掩映着一方卧牛小塘，皱漏瘦透的假山石点化出庭院特有的江南神韵。这是宜兴山水的浓缩，东坡品格情趣的物化。走过石板甬道，迈过青石拱桥，步入三进七间大厅。第一厅，耸立的塑像重现了东坡先生当年潇洒飘逸的风采；第二厅里"似蜀堂""东坡买田处"的匾额，溢出东坡对宜兴的挚爱眷恋之情；第三厅里讲学堂的课桌椅，诉说着厚文重德的宜兴人对东坡先生的仰慕，东坡书香在宜兴一代又一代地传承。

一处文物古迹是历史人物一个短暂的舞台，更是其精神风貌的久远记录。东坡书院，演绎了"东坡草堂—似蜀堂—东坡祠堂—东坡书院—东坡小学"的历史沿革。不管称谓怎么变化，不变的是它镌刻着苏东坡在宜兴的历史足迹，记载着他对宜兴的眷眷情缘。

"历典八州，行程万里"的苏轼，为何对宜兴如此眷恋，居然向皇上"乞骸骨"，把宜兴当作他的卜居之地？

是宜兴人让他了解了宜兴，是宜兴的好山好水吸引了他。

苏轼曾与宜兴同科进士蒋之奇、单锡等定下"鸡黍之约"，相约来宜兴游历。虽然亲朋好友不断描绘着宜兴的山水美景，苏轼仍在"岂敢便为鸡黍约，玉堂金殿要论思"的犹豫之中。在宜兴好友的多次邀请之下，他趁公务之便，终于来到了宜兴。他被群山苍翠、溪水明澈、古洞幽深、藤花掩映、杏柳错综的美景深深吸引住了。阳羡之地风调雨顺、物产丰饶、民风淳朴，确实是人杰地灵的风水宝地。东坡于是信笔写下了"江上秋风无限浪，枕中春梦不多时。琼林花草闻前语，罨画溪山指后期""惠泉山下土如濡，阳羡溪头米胜珠""莫怪江南苦留滞，经营身计一生迂"等诗句，满腔热情地赞颂了宜兴的山水胜景和风土人情，淋漓尽致地抒发了他对阳羡的留恋之情。以后他于宋熙宁、元丰年间，先后四次来宜兴探亲访友、游山玩水。他用紫砂提梁壶、金沙泉水泡阳羡茶，用陶釜文火煮红烧肉。在品茶吃肉喝酒之际，吟诗作赋，尽享山水田园之乐。并在宜兴买田筑室，遣其子苏迈、苏迨来宜居住生活。

苏东坡在宜兴得到的不仅是山水田园之美，更得到了精神的寄托，心灵的慰藉。

苏东坡作为一个文学家、书画家，钟情于宜兴的好山好水，当然在情理之中。但是中国之大，好山好水远不止宜兴一地，为何偏偏选择宜兴作为他的归老之地？苏东坡一生仕途坎坷，命运多舛、因政见不合，屡遭贬谪；因乌台诗案，囚禁流放；因谗言中伤，浪迹天涯。人在困厄之中，想到的是亲人，想到的是家乡。他在烟波浩瀚的太湖边，看到了獨山，思念起亲人，思念起家乡四川，脱口而出"此山似蜀"。于是他选择了这块地方，建起草堂，改"獨山"为"蜀山"。人处逆境中，常会以古仁人之心自慰自励。当他知道宜兴的水土适宜种橘，他想到了屈原，想到了屈原的《橘颂》，于是设计了一个种植柑橘的蓝图，并手书《楚宋帖·橘颂》。在前言里他写道："吾来阳羡，船入荆溪，意思豁然。如惬平生之欲，逝将归老，殆是前缘。……阳羡在洞庭上，柑橘栽至易得。当买一小园，种柑橘三百本。屈原作《橘颂》，吾园落成，当作一亭。"苏东坡十分崇拜陶渊明，《桃花源记》中所描写的优美淳朴的田园风光，与宜兴的山水何其相似，这不正是自己遁避浊世、修身养性的最好归宿之地吗？怀才不遇、仕途跌宕的苏东坡，不失屈原那样忧国忧民、"世人皆醉唯我独醒"的独立人格，保持着高远的理想；不失陶渊明那种"不为五斗米折腰"的傲骨，淡泊"浮名浮利"，隐归于山林之中。于是"买田阳羡吾将老，从来只为溪山好。来往一虚舟，聊从物外游"。他在这如诗如画的山水之中找到了自己的精神寄托，在这"物外"得到了心灵的抚慰：他可以无羁无绊地思念着家乡故土；他可以以橘明志，以橘寄情；他可以像陶渊明那样在"悠然南山"下躬耕退隐，乐做闲云野鹤。他毅然放弃了到四川、杭州、许昌养老退休的选择，给皇上多次上奏："臣有薄田在常州宜兴县，粗给饘粥，欲望圣慈，特许于常州居住。"

是宜兴人让他信任了宜兴。

苏东坡对宜兴的钟情，更在于宜兴人诚挚的为人。宜兴人尚德重文，善良淳朴，没有政治的险恶，没有政敌的残忍，没有奸佞的阴谋，宜兴因而是一块安逸祥和的净土。宦海沉浮之际的苏轼，当年"大江东去"的豪情已变成"多情应笑"的华发，"挽弓如满月""射天狼"的抱负已成为"一樽还酹江月"的叹息，"俯仰人间今古"的才华，只能付诸在"一张琴，一壶酒，一溪云"之中。就在他无可奈何花落去之时，是宜兴的好友成了他的莫逆之交。蒋之奇、单锡等宜兴人，和他比邻而居，陪他吟诗作赋，给他送信送物，从生活上、心灵上无微不至关心着他。在封建专制社会，面对一个政治异己者、文字狱案犯，能做到肝胆相照、生死与共，需要多大的勇气，稍有不慎，株连之祸就会降临。宜兴人就是这么厚道，这么无私，这么真诚。"锦上添花小人多，雪中送炭君子少"，苏轼饱尝了人间的世态炎凉，在宜兴得到了雪中送炭的人间真情，结交了宜兴这些可以生死相托的真君子。为此，他发出了深深的感慨："吾行四方而无归兮，逝将此焉止息""独徘徊而不去兮，眷此邦多君子。"所以一得到朝廷准予在宜兴居住的消息，他欣喜之情溢于言表："归去来兮，清溪无底，上有千仞嵯峨；画楼东畔，天远夕阳多。"

东坡寄情宜兴，宜兴情系东坡。东坡书院跨越九百多年了，越发显得年轻。兵燹毁了又重建，内乱废了又再兴，任何力量割不断它的血脉和筋络。即使把东坡书院改成东坡小学，莘莘学子成为栋梁之材者多若群星。现在书院已经修缮一新，作为省级文物保护单位。它记录着东坡对宜兴的情感，记录着宜兴人对东坡的怀念，也记录着苏东坡的精神在宜兴的发扬光大——"崇文厚德，和谐奋发"已成为当代宜兴的城市精神。

（2012 年 3 月）

岳飞生死宜兴情

美丽的太湖之滨，有一个唐门村，那里有两座被青松翠柏环抱的坟茔，一座是岳飞的衣冠冢，一处是岳飞儿子岳霖的安息之地。

占地不到八亩的两座岳家坟茔，记录着岳飞和宜兴的生死之情。

宋靖康元年，公元1126年四月，金国悍然入侵中原，迅速攻陷开封，灭北宋，掳徽宗赵佶、钦宗赵恒及皇家宗室北归。宋钦宗的胞弟赵构仓皇南逃，迁都临安，偏安江左。1127年5月，赵构正式登基，史称南宋。次年，金国再度大举南侵，临安岌岌可危。此时岳飞临危受命，率部北伐抗金。岳家军能征善战，所向披靡，金军惨败，望风溃逃。岳家军也有粮草匮乏，兵源不足之虞。宜兴是南北必经之地，当岳家军来到宜兴时，宜兴百姓箪食壶浆，夹道欢迎，慷慨捐粮捐资，补足军需，帮助招兵买马，扩充军力。岳家军在宜兴休养生息，队伍获得了发展壮大。兵精粮足的岳家军，如虎添翼，不仅在宜兴和金军展开了数十场大小战役，屡战屡捷，而且以宜兴为根据地，南袭广德，北克溧阳，收复了建康、镇江、常州等地，击溃了敌寇猖狂的进攻，重创了金军嚣张的气焰，由被动抵御变为主动出击，护卫了临安的安全。"撼山易，撼岳家军难"的威名由此响彻大江南北。岳飞视宜兴为他的"发祥之地"。此外，岳家军还帮助宜兴消除内患，剿灭了趁国难横行乡里的土匪强盗。从此岳飞和宜兴结下了难以割舍的深情厚谊。

岳家军抗金的足迹遍及宜兴，往事虽已逝去八百多年，至今仍有百余处遗迹清晰可鉴。

为阻击溃败的金兵，岳飞在宜兴城南郊筑起了一条长达一里多的堤坝，升起了岳家军猎猎军旗，金戈铁马拦截狼奔豕突的逃兵。后人把这条堤坝命名为岳堤，把耸立在岳堤上的那座大桥命名为升旗桥。

岳家军在宜兴城西十多里处与金军交战，大战一百回合，以少胜多，以弱胜强。为纪念这场战役，后人把古战场命名为百合场。

岳飞移师张渚，在金沙寺挥毫题壁，抒发"还我河山"的胸臆："予驻大兵荆溪……徘徊少憩，遂拥铁骑千余，长驱而逝。异日复三关，迎二圣，使我宋中兴……"。后人把岳飞的题壁勒于金石，精忠报国、中兴图强的赤胆忠心光耀当年，辉映当今。

宜兴从东到西，从南到北，许多村名、地名、建筑物名仍记录着当年岳家军行动的踪迹。周铁的前防村、后防村是岳家军的防卫所。芳桥的营家庄是岳家军的营盘驻地。洋溪的走马庄是岳家军的放马处。扶风的干戈阳是岳家军存放武器处。宜兴城南的分路口是岳家军分路进军处。新街的阵图村是岳家军摆阵处。堰头的大金山、小金山是围困金军处；汤堰是岳家军为当地百姓筑起的拦水坝；饿军荠是金军断粮处。太华是岳飞牛头山血战金兀术那场著名战役的古战场，那里的封岗岭是当年封守要道处，太平村是岳家军护民隐蔽处。

还有很多建筑物名、地名刻记着岳家军和宜兴人民结下的友情。宜兴城南的谢桥是岳家军和宜兴人共建之桥，军民在桥上互作答谢；太华民望村是老百姓盼望岳家军出征凯旋之地。宜兴百姓对岳家军更是感恩戴德，在周王庙内辟出一个厢房，建立岳飞"生祠"，勒石画像，供奉牌位，当时的县令钱谌代表宜兴人民所写《生祠叙》里说道，"父母生我也易，岳公保我也难"。

透过这些遗迹和名称，可以看到当年的岳飞在宜兴运筹帷幄之中，决胜千里之外的英雄气概，重现岳家军驰骋沙场，所向披靡的军威，可以感受到宜兴人民对岳家军无限怀念和爱戴之情，体味出岳家军和宜兴人民结下的深厚情谊。

宜兴不仅是岳家军抗金的根据地，也是他的第二故乡。

中原失守，家乡沦陷，岳飞夫妻离散。远在河南汤阴的结发妻子不知丈夫的生死，无奈中只得改嫁他人。1130年正月，经宜兴德高望重的老人说媒，岳飞和比自己大两岁的渔家女李娃续弦成亲。岳飞成为名副其实的宜兴人的女婿了。李娃聪颖贤惠，知书达理，孝敬长辈，相夫教子，深得岳母姚夫人的喜欢，也深得将士们的尊重和称赞。李娃在抚育前妻所生的岳云、岳雷的同时，为岳飞生育了岳霖、岳震和岳霆三子。李娃去世后，孝忠皇帝遵其"终后葬庐山，陪伴岳母姚太夫人"的遗嘱，赐葬九江县距姚太夫人墓五里地的太阳山腰，并下旨复原封正德夫人、晋泰夫人，还加封楚国夫人。

岳飞遭奸佞陷害，于1142年（绍兴十二年）屈死在临安风波亭，岳家被抄，家眷充军岭南。就在岳家落难之时，宜兴人帮助岳飞的儿子岳霖从岭南秘密迁到宜兴，定居在太湖边的周铁唐门村。危难见真情，宜兴人深感岳家一门忠烈，捐出田产家财，资助岳家子孙。宜兴人为岳飞这位民族英雄的悲惨遭遇愤愤不平，帮助岳霖和其子岳珂四出鸣冤叫屈。岳飞终于在二十年后得以平反昭雪。

岳飞平反后，岳霖被宋孝宗任命为右承侍郎。他虽为朝廷重臣，为政务奔忙，但是一直视宜兴为自己的家乡，不时回宜兴探望邻里乡亲。到了晚年，岳飞留遗嘱给儿子岳珂，要求死后把自己葬在宜兴。岳珂按父所嘱，选择了周铁唐门村金钩钓月之地，建起了岳飞的衣冠冢，将其父亲的遗体从岭南运回宜兴，葬在岳飞衣冠冢北侧，让父亲陪伴着祖父长眠在太湖之畔。岳氏后代陆续来到了这里，就此岳家在宜兴繁衍生息，枝繁叶茂，绵延了三十一世，成为当地一大族。

岳家军的到来，使中原文化对宜兴产生了很大的影响，宜兴方言里带有很多河南话的痕迹，唱春、打花鼓、划龙船等民间习俗也烙有河南的印记。张渚是岳家军驻扎时间最长的地方，所以张渚至今仍保留着尚武之风。尤其是岳家军忠勇刚毅、厚德重义、崇文尚武之精神品质滋养着一代又一代宜兴人，岳飞的国魂、军魂、民族之魂永驻宜兴。

岳飞离开了宜兴就不是完整的岳飞；宜兴缺少了岳飞，历史文化就会逊色得多。岳飞和宜兴有着生死之情，宜兴和岳飞有着血肉之缘。宜兴成全了英雄，英雄为宜兴增光添彩。

（2013 年 12 月）

二　　故乡人的故事

永恒的周处

宜兴城东庙巷底那座周王庙，几经兴衰，香火却延续了一千七百多年。这座坐南朝北的祠庙，只有三进：戏楼、大殿和后殿，规模不大，但精美绝伦，气势恢宏。苍松翠柏掩映着黄墙黛瓦。朱栏石柱的戏楼，是百姓颂唱周处的舞台，大殿里栩栩如生的壁画、塑像，重现了周处当年的风采，四周历朝历代的碑刻记载着周处的功业，名人大家的匾额楹联留下了后人对周处的颂扬。

被宜兴人誉为"阳羡第一人物"的周处，他曾只身上山，弯弓搭箭，射杀白额虎；他又纵身跃入水中，与蛟龙搏斗，"或沉或没"，三日三夜，血染河水，杀蛟而出；他身处朝廷，面对奸佞，仗义执言，掷地有声；他率军西征，身陷重围，奋勇杀敌，血溅战袍，马革裹尸；临终前，一首遗诗："去去世事已，策马观西戎。藜藿甘梁黍，期之克令终"，光耀日月，气壮山河。其人其性其行其言其事，无不显示了周处的侠义强悍、孔武勇猛、精忠为国、大义凛然、视死如归的英雄豪杰形象。他和金戈铁马、奋起抗金的岳飞，守节不变、名垂汗青的文天祥，一门忠烈、保家卫国的杨家将，同样顶天立地。周处死后，朝廷为旌表这位忠臣良将，赐"平西将军"谥号，遗体运回家乡，厚椁重葬，并敕建周王庙。

周处之所以叫周处，除了他和那些彪炳千秋的英雄们有相似之处外，更有其与众不同的传奇式经历。妇孺皆知周处除三害的故事。周处自幼勇力过人，好滋生事端，四邻叫苦不迭，乡邻把他和暴犯百姓的南山白额虎、水中蛟龙，并列为"三横"，"而处尤剧"。当周处斩蛟归来，血迹斑斑，浑身伤痕，迎接他的不是万人空巷，箪食壶浆，而是"里人相庆"。四邻以为他与蛟龙同归于尽，"三害尽除"，欢天喜地。周处委屈了，痛苦了，自己居然为"人情所患"，即使舍牛忘死，射虎斩蛟，为民除害，百姓也不肯原谅他。他将何去何从呢？他在困惑中找到了吴中贤达陆机、陆云兄弟。陆氏兄弟，循循善诱，苦口婆心，晓之以大义，让他明白了"朝闻夕死""人患志之不立，何忧令名不彰"的道理。周处幡然醒悟，从此改邪归正，改恶从善，用自己的行动塑造了一个全新的形象。

周处命运的转折，得益于"省人"和"自省"。用现代话讲，是批评和自我批评改变了他的命运，扭转了他的人生轨迹。当周处听到百姓对自己的怨恨声，如果他暴跳如雷，恣意报复，就不是后半生的周处了；如果他从此一蹶不振，自暴自弃，自毁自灭，周处从此就湮灭在苍茫世事中了；如果他铤而走险，走向极端，干出更大的危害百姓，危害社会，危害国家的恶行，就是遗臭万年的周处。而他从善如流，选择了一条正确的人生道路——摒弃了自己滥施暴行、纵情肆欲的恶习，保持了血性刚烈、侠义正直的秉性，弘扬了武艺高强、勇猛无敌的才华，确立了为国为民的信仰，用实际行动为百姓除掉了自己这个"三害"中最大的一害，成就了他的千秋英名。从某种意义上说，浪子回头成大器难能可贵。

有位哲人说过，世界上最大的敌人是自己；认识别人容易，认识自己难；战胜别人容易，战胜自己难上加难。人非圣贤，孰能无过。尤其当人学有所长，能有所强，业有所成，位有所高，权有所重，人有所赞的时候，就很难看清自己，最容易夸大自己，甚至飘飘然，忘乎所以。这正是走向反面的起点，悲剧的开始，灾祸的导火索。就像面前摆着一只潘多拉魔盒。在这个时候，人需要广开言路，倾听别人的良言，需要保持清醒的头脑。认识自己是困难的，解剖自己是痛苦的，改造自己是艰巨的，完善自己是无止境的。需要勇气，需要智慧，需要方向，需要动力。周处在人生的十字路口，通过高人的指点和自我反省，认识了自我，解剖了自我，战胜了自我，改造了自我，完善了自我。周处没有被潘多拉魔盒里的魔鬼击倒，而是击倒了旧时的自我。周处的变化，是中国史册上人性转化的杰出典范。

批评和自我批评，中国人是何等的熟悉。是批评和自我批评塑造了像周处这样的英雄，也是批评和自我批评改变了中国的命运。共产党之所以伟大，因为把批评和自我批评当作自身建设的三大法宝之一。共产党就是用这个法宝，清除自己身上出现的疾病，保持了肌体的健康，焕发了无限的活力。共产党创造了新中国，也创造了当今的空前盛世。

人无完人，"省人"和"自省"永恒；事业无止境，批评和自我批评永恒。历史见证：守之者兴，忽之者衰，弃之者亡。

周王庙通过近年的精心修葺，面貌焕然一新。雕梁画栋，飞檐翘脊，回廊侧厢，牌楼石狮，无不显示了古庙的规格和气宇。可是这座祠庙已经被闹市紧紧包围着。与外面的喧哗世界相比，庭院内却显得分外冷清。我长久地徜徉在院内，几乎没有遇到游人。后殿"泽被堂"大门紧锁着。我的心被重重一击，难道繁华的外界忘却了这位名垂青史的英雄吗？淡化了他那可贵的自省精神吗？顿时觉得那无声的祠庙里滚动着黄钟大吕声——周处永恒，周处精神永恒。

（2012 年 4 月）

廉为百世荣， 义使令名彰

在重视文化建设的年代，各地无不在努力挖掘历史上的高官重臣，名人才俊，以彰显悠久历史，扩大地方影响，延续厚重文脉，弘扬优秀传统。

宜兴作为人杰地灵、物华天宝之地，历朝历代，人才辈出。从古时的状元到现代的院士，从往昔的文臣武将到今朝各行各业的巨擘大家，灿若群星。其中明代的股肱重臣，内阁首辅大臣徐溥，当然是宜兴籍中的重要历史人物，是宜兴人的荣耀和骄傲。至今他的影响力有增无减，他那高尚的人格如泰山北斗，令现代人仰止。

徐溥天资聪颖，读书用功，八岁时就能把圣贤要语、经典法言抄录成册，背得滚瓜烂熟，令塾师羞赧不堪，主动请辞，宜兴人一直以此为美谈。徐溥在县试、乡试、京试中屡试不爽，金榜题名，而且在廷试中高中榜眼，官至内阁首辅大臣，宜兴人一直以此为骄傲。徐溥在朝中为官四十余年，为相十二年，焚膏继晷，夙兴夜寐，殚精竭虑，匡扶朝政，出现了被史学家称作的"弘治中兴"盛世，为国立下汗马功劳，被誉为明代贤相之一。宜兴人一直引以为自豪。

更令宜兴人敬仰的是写在徐溥身上"廉"和"义"两个字。

小时候的徐溥有两则经典故事，一则是手抄熟读圣贤语录，另一则是"黄豆和黑豆"的故事。徐溥在私塾读书时，在书桌上放有两个瓶子，分别藏有黄豆和黑豆。每当自己心里产生一个善念，嘴里说出一句善言，手里做了一件善事，便往瓶子里投一粒黄豆；如果心生邪念或言行有过失，便往瓶子里投一粒黑豆。他用这个方法来自省自励，抑恶扬善，驱邪扶正，修身养性，修德明志。此习惯陪伴了他一生，直至乞骸骨告老还乡，在他的案头仍放着贮藏黄黑两豆的瓶子。持之以恒的行为变成了良好的习惯，良好的习惯变成了正确的性格，正确的性格奠定了他为官的道德基础，决定了他一代贤相，景泰、天顺、成化、弘治四朝元老的命运。

徐溥在朝为官几十年，没有在北京城里建造府第，准备告老还乡时，才让家人在家乡宜兴城东南建一所住宅。他一再叮嘱家人，宅第不能造得豪华，只要能住就可以了。当这位年届古稀的老人被皇上获准退休回归故里时，虽然是"少小离家老大回"，阔别家乡四十多年了，虽然官至"一人之下万人之上"，虽然获"四朝元老"的殊荣，但是他不允许地方官员迎候，不允许有鞭炮和鼓乐声，更不允许设接风洗尘的宴席。当徐溥来到宅第时，天色微暗，又目力不济，他总觉得宅院深深，好像太过奢华，让僮仆搀扶着他在家院里转了一圈，并用双手抚摸遍每一座墙壁，每一根楹联。突然对着北方喃喃自语："皇上，臣罪该万死，栖身之所茅庐即可，如此奢华则寝食不安矣！"家人说："好歹你还是个宰相，人家三年清知府，还十万雪花银呢！""不可妄言！"徐溥一声呵斥，"从今日起老夫便为一介草民了。"

用现在的话说，徐阁老已经回归到人民群众之中，成为普通百姓的一员。这不是言不由衷的表白，更不是故作姿态的秀场，而是发自内心的真实意思，是实实在在的举动。一日，徐溥在家门外散步，四野悄然，不似往常。他心里觉得奇怪，这里原是蜀山和大浦等地乡民上城的必经之路，今日为何这般寂静？家人答曰，为了能让昔日首辅安静休息，所以把大路改道到河对面去了。阁老闻之大怒，即令恢复原路，以免乡民舍近求远。里人感其德，把他的宅第称为"世德堂"，即累世积德之意。

在上海世博会上，中国馆里让世人震撼的《清明上河图》，居然和徐溥有着密切的关系。赋闲在家的徐溥，突然想起一件事，当年京城同僚李东阳曾送给他一幅画，是宋代宫廷画家张择端的《清明上河图》。他知道这是一幅名画，是国宝级的极品。他每次欣赏这幅画，都会沉浸在画中当年开封城的繁华之中，感动于画图中显示出的艺术魅力。他觉得应该在自己健在时，把画送回京城，物归原主。于是徐阁老命他的孙子专程携画赶赴京城。孙子走后的一个多月，老人一直惴惴不安，直到孙子风尘仆仆回来了，看到了李东阳充满挂念和感动之情的亲笔信，他才把悬空的心放了下来。世博会上的《清明上河图》，用现代高科技手段和古典绘画技法相结合，向全世界展示了中国形象和中国文化，而且也展示了徐溥身上耀眼的精神光彩。

被人尊称为"阁老"的徐溥卸去了像泰山一样沉重的朝服，结束了伴君如伴虎的政治生涯，回归到了陌上青青的老家，扑进了故乡温暖的怀抱。这里是生他养他的血地，是这里淳朴善良的民风成就了他的功名，这里将是他永远的安息之地。他一生不喜欢钱，不管在朝还是在野，每天吃素菜，穿布衣，但是他知恩、感恩、报恩，把银子用在他的诸多义举上，造福桑梓。他把自有的千余亩田产作为义田，分给族里村人耕作，不收田租；遇到天灾，开义仓赈济灾民；遭到意外之祸，作义捐救急纾难；他聘请塾师，兴办义学，凡村里贫家子弟，一律免费入学；在进城的溇溪河口设置渡船，雇人摆渡，方便往来行人，乡人称之为"徐氏义渡"。史料中这样记载着他的义举："公既贵，乃拨己田千亩以赡其婚丧、服食之费，曰'义庄'。又以为养之不可以无教也，爰置学一区，曰'义塾'。"义田、义学、义仓、义渡、义庄……他通过尽可能多的"义"字，释放涌泉相报的心愿和乐善好施的善缘。一个读书入仕的书生，在仕途中用"义"为自己的道德碑添砖加瓦；回归故里后，在洗尽铅华生命将要结束时，唯一的爱好就是每天做一件好事，好似一支蜡烛，即使在风雨飘摇之中，也要发光发热，燃到尽头。瓶子里的黄豆不断增加，黑豆不断减少。

可惜明代朝廷恩准为徐溥敕建的"柱国太师"牌坊和榜眼坊、及第坊、义庄坊已荡然无存。但是徐溥居住的宅第得到抢救，修缮一新，虽然无法恢复四进的原貌，尚留有三进的明代建筑风格，成为省级文物保护单位。记述徐溥置义田、兴义庄事迹的《宜兴徐氏义田记》石碑完好地保存在里面。当年的义渡口竖起了一块闪耀着"徐氏义渡"四字金光的石碑。因为城市建设的需要，由徐溥后裔居住为主的溪隐村和徐家义田已经变成高楼林立的高档住宅区，徐家祠堂被懂得文物保护的房地产商复旧重建。不断繁衍的徐溥后代遍及全国甚至全世界，徐家成为宜兴第二大姓，其中不乏各行各业的优秀者，成功者，大作为者。真所谓泽被后世，恩荫后代。

廉为百世荣，义使令名彰。廉字造就了徐溥美好的官声，让他成为襄助景泰、天顺、成化、弘治四朝皇帝的罕见元老；义字不仅让他造福于家乡人民，更把价值重于官职的精神深深镌刻于宜兴的大地上，让世世代代的后人颂忆、传承和弘扬。

（2014 年 6 月）

将 军 情 深

1989 年 4 月的一天，时任杨巷镇党委书记的我，接到市委办公室的电话，原解放军工程兵副司令员马苏政要到老家杨巷镇小住几天，要求做好接待工作。

我很早就耳闻过马苏政将军的大名，知道他是人民的英雄，国家的功臣，也是家乡的骄傲。在抗战烽烟燃起，民族处于危亡之际，上初中的马苏政投笔从戎，瞒着家人参加了新四军。从抗日战争到解放战争，从创办军事院校到"两弹一星"发射基地建设，他为民族独立、人民解放和社会主义建设，屡建功勋。一别桑梓三十多年后，曾回过一次家乡。时隔又近二十年了，这次是他退休后，再一次回到自己魂牵梦绕的故土。现在要近距离接待这位半生硝烟半生劳累的老将军，我既激动又紧张。

马司令员来了。身材魁梧，步履铿锵，透出孔武骁勇的军人气度；一身便装，笑容可掬，流露出平易近人的从容；花白头发，戴着眼镜，在刚毅中显出儒雅；带着战斗中留下的伤痕，弯曲着右手，更令人肃然起敬。

"父母官！"马老对着迎上前来的我，一声洪亮而又亲切的招呼，一股暖流涌上我的全身，紧张和拘谨马上消失。马老刚坐下，第一句话就问，家乡老百姓的生活如何。我说，自三中全会后，实行家庭联产承包责任制，调动了农民的积极性，农业丰产丰收，农民的生活得到了很大的改善。但是杨巷镇由于地域和交通的原因，乡镇工业起步迟，现在还属于经济薄弱地区。我向他表态，一定尽最大努力，调动各方面的积极性，努力促进经济和社会的发展，尽快改变家乡落后面貌。马老听了很高兴，他说，过去打仗难免会打败仗，不过只要找到原因，有正确的决策，有一股勇气，就会反败为胜，你们一定会打翻身仗的。我说，一定不辜负马司令的期望。他说，不是不能辜负我的期望，而是不能辜负老百姓的期望。过去打仗是为了老百姓过上好日子，现在搞建设，更是为了老百姓生活能够幸福。老百姓的心是一杆秤，希望你作为人民的公仆，能造福一方，下次来，能看到新面貌。

在家乡的一个星期，尽管我们在生活上千方百计想安排得好一点，但是，那个时候的条件实在太差，尤其是住宿，连基本的卫生设施都没有，看着老人撑着伞上茅坑的样子，觉得实在太委屈了这位德高望重的老人了。可是他没有一点怨言，连声说比打仗的时候好多了。

马老的家乡行，一直成为我工作的压力和动力，也是我和马老成为忘年交的起点。每次上北京，我都要去拜访马老。

马老住在总参大院的一栋三层小楼里。客厅里东墙挂着军旅书法家赖少其录毛泽东《沁园春·雪》的书法，西墙挂着同乡画家钱松嵒的家乡山水图。这是马老家里唯一值钱的东西，书画里溢出他心系革命生涯和家乡故里的情结。在上下三层的房间里，朴素简单，找不到一件像样的东西。马老说要在家里招待我们，桌子上摆着的，除了一只特地外买的八珍鸡，就是他家自己吃的以素为主的几个小菜。他还反复着说这样一句话：做领导不能想发财，做领导想发财就会变贪官。我知道，这是他对我们晚辈的提醒和警示。他从没有向我们提出个人的任何要求，要办任何个人的私事。马老说，他只懂打仗，不懂经济，和地方也不熟悉，过去对家乡没有做什么贡献，现在家乡的发展也帮不上什么忙，只能支援一辆汽车，算是对你们工作的支持吧。马老心里时时刻刻装着家乡的父老乡亲。在他第一次回家乡的时候，支援了杨巷一批电缆，给几个村通上了电。还无偿地支持了杨巷医院一台 X 光肠胃专用机，奠定了杨巷医院后来成为肠胃专科特色医院的基础。

过了五年，马老再一次回家乡，我已经调到江苏省宜兴经济开发区工作了。当年向马老表的态都如期兑现了：经济得到了发展，砂石公路变成了水泥公路，建起了变电所，安装了程控电话，镇区开辟了新街，还建造了几个现代化的小宾馆。突然市委打来电话，马老要来开发区看我。市委副书记陪着他来了。马老一见到我就朗声说，你讲话算数，我要代表家乡的父老乡亲感谢你。还开玩笑地说，这次住在杨巷，拉屎撒尿不需要撑着伞到外面去了。

马老退休了，享受大军区副职的待遇。不管世事发生什么变化，历史总抹不去他那两枚勋章的光辉：三级独立自由勋章和三级解放勋章。眼望着身边这位心静如水、坚守清贫、豁达大度、和蔼亲切的老人，他往昔的一幕幕在我脑子里浮现：抗战阵地上飘扬着他所率"碉堡营"的旗帜，开辟苏中根据地有他忙碌的身影，孟良崮战役出现他冲锋的雄姿，淮海战役中听到他血性的呐喊，滚滚长江天堑中炮弹在他的身边呼啸，为创建我军第一所军事院校他挥洒了多少心血和汗水，为"两弹一星"在戈壁沙漠里留下他深深的足迹。

后来到北京的机会不多了，见马老也少了。一次在电视里看到马老在人民大会堂听江泽民同志作纪念建党八十周年的报告。晚上打个电话给他，说电视里看到了他。他听到我的声音很高兴，一面哈哈大笑，一面说"我也要与时俱进呀"。

马老在战争年代落下了类风湿关节炎，到了晚年引起并发症，经医治无效，于2008年5月6日在北京逝世，享年86岁。走得那么悄然，走得那么平静，走得那么简单。我一听到他离世的消息，眼前又出现了他的音容笑貌，出现了那座简陋的将军楼，耳边萦回着他对我的谆谆教诲，心中反复体味他那颗博大的只装老百姓的心。

马苏政副司令员离开我们已经四年了，我用这篇短文，祭奠他的英灵，寄托我对他永远的哀思，弥补我未能参加追悼会的深深遗憾。

（2012 年 5 月）

情柔似水　心热如火

——为《一百个宜兴人》补缺

翻阅沈重光先生所著的《一百个宜兴人》，眼前跃出许多我所熟悉的人物形象：泼辣的王金凤、敦厚的芮素生、睿智的史绍熙、耿介的储传亨、儒雅的张坤民、沉稳的朱启桢、谦和的邓铜山、实诚的奚同庚、奔放的范培松……，性格各异，音容不同，活灵活现，挥之不去。这些从宜兴走出去的名人，在不同时期、不同界别、不同岗位上为国家为世界做出杰出的贡献，家乡人引以为光荣，引以为自豪。

其中滞留在我眼前时间最长的是张志宏和张盘洪。在和他们的接触中，感动着我的不只是他们的作为和贡献，更是他们的为人，他们的品行。在此记述几件我和他们接触时发生的小事，作为《一百个宜兴人》的补缺。

1990 年清明前夕，市委老干部局的一位副局长早早来到我办公室，说是要我和他一起接待南京鼓楼医院的张志宏医生，他在南京凿了一块新碑，赶回家乡为父母重竖墓碑。老干部局分管市四套班子领导和离休老同志的保健和治病工作，和大医院的专家打交道很多，张志宏医生是他们联系最多的医生。所以听到他要回家乡，一定要尽地主之谊，接待好张教授，为他做好服务工作。

张志宏的大名我早就耳闻。知道他是中国四大消化道专家之一，南京鼓楼医院的博士生导师，在国内外享有很高声誉的著名医生。当地政府当然要热情接待。

张教授的老家金紫村，远离镇区，那时还不通公路，只有水路。我专门组织了一些年轻人，让交管所准备好港监船，争取为张教授解除一点交通不便和年迈体弱不及之虞。

十点左右，张教授来了。殊不知政府大院里挤满了人。张教授来家乡的消息不胫而走，乡人都想趁此机会，让这位名医亲自为自己问问诊，把把脉。那年张教授已经六十五岁，但是身体壮实，精力充沛，一头黑发，一脸善相。他面对那一双双渴望的目光，连坐都没有坐，水都没有喝，二话没有说，把我办公室边上的小会议室当临时门诊所，为一个个不速之客检查身体，诊断病情，为形容土气，说话结巴的乡亲们答疑解难。不厌其烦，来者不拒，连续工作了两个多小时，近下午一点钟才吃上饭。

原来张教授一早就通知了乡下的亲戚，当他一到杨巷，村里的农船就把他从南京带来的墓碑运到老家，并且竖在了墓前。下午农船把他接回了家，他在墓前烧点纸，磕个头，表了孝心孝道后便离开了老家。他不想多麻烦当地政府，耗费乡人们的资财、劳力和时间，坚决不用专门为他准备的交管所的那只港监船，也不要任何人陪同。

下午三点多，张教授回到镇里向我们告别，不料镇政府的院子里挤着比上午更多的人。对于普通百姓来说，能见到张志宏这位大医名医是千载难逢、千金难求的事，如今这位神医从天而降，获取消息的家乡人岂肯放弃难得的机会，他们在等待着张教授的返回，争取让他给自己看看病，哪怕是说上一两句话也是一件幸运的事。

张教授来家乡是办私事的，所以没有带任何诊断器械，为求诊断的准确性，要我联系当地医院，提供点方便。于是我建议张教授干脆带着求医者去隔壁的杨巷医院。医院马上安排了一间房间作临时门诊所，张教授连声向医院的领导和医生道谢。张教授耐心地询问每一个造访者的身体症状，仔细地检查身体每一个部位。还为几个有疑点的人亲自做钡透检查。自始至终满面笑容，满腔热情。夜幕降临了，随着人群的散去，张教授才歇手。

张教授谢绝吃晚饭，急匆匆要赶回南京。我觉得很不好意思，让他忙了一整天。他说，老百姓看病难，能够为家乡人多看看病，也算是对家乡的一种报答，心里非常高兴。

和张志宏医生的接触虽然只是大半天时间，但是我深深地懂得了好医生、大医生的内涵和标准：不仅需要有高超的医术，更需要有高尚的医德。张教授的行为证明，他是一位名不虚传的大医生，好医生。从他心中流淌出的情感，柔似水，深如海。

（2014 年 11 月）

宜南山区的青松

宜南山区一年四季都是绿。苍松翠柏、杉木香樟、修篁绿竹、冬青石楠，都是常青树种。那漫山遍野的茶树，使整个丘陵山区铺满了绿色。茶洲逶迤起伏，绿色似乎在漫流，山峦似乎在起舞。天是蓝的，水是清的，山是绿的，"阳羡山水甲江南"一说名副其实。钟灵毓秀，物华天宝，"人杰地灵"之说也恰如其分。

在绿色的山野里，有一位早出晚归的老人。太阳升起，他扛着遮阳伞，拉着工作箱，背着画框，走向绿色深处；太阳落山，又见他扛着伞，拉着箱，背着框，走回绿荫掩映的农舍。他虽年迈龙钟，头发大部分谢顶，所剩无几的几缕白发飘逸在山风中，但是腰板直挺，精神矍铄，仙风道骨，玉树临风。他如上好发条的时钟，每天按时出，准时辍，节奏稳定，步履稳健，醉心于山水风光之间，痴情于绘画丹青之中。

这位八十三岁高龄的老人是新中国第一代留苏生，中国著名的油画家，南京师范大学美术教授徐明华。他就是我笔下的宜南山区的青松。

徐明华就是从宜兴这块土地上走出去的。也许是宜兴的好山好水为徐明华的基因中注入了艺术的天赋，如画的风光默默地在他的身体里孕育了绘画的天赋。1950年，他以优异的成绩考取了当时的中央大学美术系，专攻油画。1955年经国家千挑万选，被选派到苏联留学，先后在莫斯科波将金师范学院和列宾美术学院研修油画。1960年学成回国后在南京师范大学任教。他是中华人民共和国油画事业的奠基人，"文革"后的第一批教授。他精湛的作品，曾在中国的美坛引起轰动，他出众的画艺，被油画界公认具有里程碑意义，"徐明华"这个名字标志着中国油画水平开始和世界水平接轨了。

游子走得再远，始终忘不了养育他的故土，声名再盛，心系家乡，情牵桑梓。六十多年后徐明华又回到了生他养他的这块土地上，他准备在自己的有生之年，尽可能多地把家乡美丽的风光定格在画布上，献给自己可爱的家乡，报答亲爱的家乡人民。

回家乡短短的一年多时间里，老教授马不停蹄奔走，足迹踏遍了宜兴的山山水水，城镇乡村。家乡的风光，家乡的变化，家乡的亲情，激励着他要与生命拼争，和时间赛跑，要抓紧把家乡的风光变成艺术精品。他背箱负箧踯躅在河畔水滨，有人以为他是极富经验的垂钓老翁找到了"钓位"，后面居然跟随着一群钓鱼人；他行囊在身，穿行在街巷村落，当地人以为他是行医者、卖药者，纷纷前来向这位"神医"般的老人求医求药；他戴着太阳帽，夹着画板，漫步在山间小路，眯着眼寻找写生题材，有人会用异样的目光扫视他打量他那不同寻常的举止。画画是他生活的全部，对于艺术他就是那么投入，那么忘我，那么专注，那么痴迷。

乡村山区是他工作的热土，老教授一头扎进山乡村野。他在太华乾元村一住就是数个月，在龙池山一呆就是几十天。春天，绿色的山野里有杜鹃花盛开；夏天，凉风吹过山岭，绿浪中闪出红墙绿瓦；秋天，满山苍翠中有枫叶、银杏叶和石楠红叶的点缀；冬天，冰封群峰，雪压松竹，满山依然苍郁，生机勃勃。这是上苍为人类创造的天然作品，人工不负苍天意，老教授用画笔不失时机把天成的奇葩记录下来。他在烈日下一站就是十多个小时，在雨雪中一画就是一整天。写不尽的家乡风光，画不完的家乡变化，抒不完的家乡深情，他要分秒必争，惜时如金，不辍笔耕。艺术让他忘记了年龄，乡情让他忘记了疲劳，美景让他忘记了冷暖，责任让他忘记了自我。

徐教授常说，如果一天不画画，就觉得是白活了一天。即使外面刮大风下大雨，出不了门，他也不停止画画。或拿个石榴，或找个南瓜，作静物写生。那些不起眼的静物在他的笔下显得那么逼真，那么传神，那么富有生命，饱含着老人家对生活的挚爱，对上帝创造物种的珍惜，对每一个画作的认真和竭诚。记得过去媒体宣传英雄人物，流行许多豪言壮语："生命不息，战斗不止""小车不倒只管推，一直推到共产主义"。我觉得徐明华就是这样的人，"生命不息，画画不止""身体不倒只管画，一直画到生命尽"。

艺术水平的高低与天赋和勤奋有关，与做人更有关，俗话说人品决定艺术水平。纵有再高的天赋，如果一旦为名利所困，就会懈怠，就会放松对艺术的追求而把精力转向名利，艺术就会成为市场的奴隶，艺术家就会沾满铜臭气。徐教授置名利于度外，恪守清贫，以其高尚的学养、涵养和修养，不懈追求艺术质量，不停创作艺术精品。他说艺术价值不是体现在当今，不是为一时的名利所左右，而是在将来，而是在名利散去之后，真正的价值才会从作品本身中体现出来。他不图虚名，坚守名节。他不去走关系谋取人为的学术地位，扩大自己的影响，不去炒作自己，抬高自己作品的虚高价位。他不爱钱，但是他珍惜钱。他不卖画，即使面对千人求、千金买也不变初衷，不改定力。夫妻俩在农村写生，连吃带住一天只花一百元，但是他吃得香，睡得着，画得好。他无心吃好穿好住好，一切都是那样简朴随便，拿个面包充饥，钻进帐篷在野外睡觉也是经常事。如果有人请他吃丰盛大餐，住豪华宾馆，居然会彻夜难入眠，画笔不随心。因为他的兴趣不在物质，不在名利，不在享受，而在于发现美丽，记录美丽，追求表现美丽的艺术质量。

生活是创作的源泉，艺术家的境界是艺术作品的灵魂。一大批诞生于家乡的作品，被业内人士认作是又一次艺术的跨越。老教授不仅用画笔用色彩描绘出家乡大自然的精彩，而且画出了隽永的诗意，画出了独特的神韵，画出了时代的精神，画出了真挚的情感，画出了老教授不同凡响的人格和境界。

在宜南山区一片绿色中，又多出了一棵不凋谢的常绿树。那是一棵艺术之树、生命之树、精神之树。

（2014 年 11 月）

"心无旁骛" 化芬芳

1967年的冬天，我曾和闵惠芬近距离接触过一次。

那时正是"文化大革命"期间，全国的学校都停课闹革命，闲来无事，于是和在上海华东纺织工学院读书的二哥热衷于拉二胡。在那个时代，自学拉琴只能是"自学成才"。因为酷爱二胡，自然知道已经崭露头角的闵惠芬，她在第一届"上海之春"音乐会中得过二胡比赛一等奖。闵惠芬不仅是宜兴人，而且她的父亲和我的父亲曾在官林中学共事，我于是准备冒昧登门，以求一教。

我们走进了上海音乐学院，见到一个老人正在用锯子锯树枝，便向他打听闵惠芬住在哪里，老人很和气地指点了她的宿舍，我们就直奔过去。运气好，一敲门，闵惠芬正好在宿舍里面。那时的闵惠芬二十二岁，长得小巧玲珑，扎了两条小辫子，上身穿了当时最时髦的黄军装，下身是藏青色裤子，红红的脸，一身单纯的学生气。我们做了自我介绍并说明来意。她奇怪地问怎么会找到的，我们说是校门口锯树的老校工指的路，她说那就是老院长贺绿汀。我马上想起《牧童短笛》《游击队之歌》这两首不朽之作。虽然这位中国音乐界的泰斗，正被打成"黑帮"接受批斗和监督劳动，能亲眼见到这位如雷贯耳的音乐大师，觉得是一件很幸运的事。

学生宿舍很小，除一张单人床和一架立式钢琴外，再容不下其他桌椅了。二胡是缘，素不相识的人马上变得无拘无束了。她叫我们坐在床沿上，用正宗的宜兴话介绍她是氿石桥湾斗里人。闵惠芬拿出二胡，叫我拉，我觉得自己功底尚欠，不敢在她面前献丑，二哥比我拉得好，于是他接过了琴。二哥拉了一曲《赛马》，闵惠芬问是谁教的，说是自学的，她很惊讶，连声说不容易，不比专业的差。紧张的情绪松弛下来了，我也拉了一曲，同样得到了鼓励。

闵惠芬开始拉了。她凝神屏息，让感情进入状态。只见她琴弓张成满月，手指在弦上揉动，《江河水》的旋律缓缓流淌出了。她忽而倾身俯耳，忽而闭目沉迷，忽而昂首似醉。饱满的音色，多变的技法，真切的情绪，抑扬顿挫的节奏，把曲子悲怆、期望、失望、愤恨、哀伤的情感细腻地演绎出来了。正像小泽征尔所说，"奏出了人间悲切""连休止符也充满音乐"。不用她指点，我明白了一个道理，二胡需要技巧，更需要情感。我们是拉得对，她是拉得好，一字之差，就是专业和业余的根本区别。

1983年秋天，我出差到南京师范学院，在南师的东大门见到了闵惠芬的父亲闵季骞。话题当然要说到闵惠芬了。闵教授说到女儿在和中央民族乐团合作创作的二胡协奏曲《长城随想曲》时，过度劳累，患了黑色素癌，做了六次大手术和十五次化疗。我眼前又浮现出二十二岁时的闵惠芬，心里默默祈祷，祝愿她战胜病魔，早日康复，重返舞台。

此后我一直没有见到过闵惠芬，但是一直关注着她的艺术踪迹。病魔没有打倒她，她依然生命力旺盛，活跃在民乐领域。她孜孜不倦探索和开辟了"器乐演奏声腔化"的道路，创造了自成一体的艺术风格；她让二胡走进了维也纳金色大厅，让二胡飞向了世界；她录制的二胡曲目成为最畅销的音乐作品，显示了民乐巨大的艺术感染力；她的足迹踏遍全国各地，深入民间采风，吸取前辈精华，创作了大量的二胡演奏曲，在各地流行；她像辛勤的园丁，培养一批又一批民乐新秀，让民乐得到传承。一个癌症病人居然爆发出如此惊人的艺术能量，闵惠芬成为二胡的代名词，民乐发展的里程碑。

粉碎"四人帮"后，她以极大的热情和紧迫感，如饥似渴吸取前人的艺术营养，努力拓展自己的艺术道路，频频向人民奉献新的艺术作品，为艺术花园增添朵朵奇葩。罹患癌症，始终紧抓手中的二胡，靠着二胡的支撑，靠着信念的坚持，终于战胜病魔，重返舞台。改革开放后，她心无旁骛，专注于弘扬民乐。她已是全国人民代表、全国政协委员和全国音协副主席，但她恪守清贫，活跃在二胡艺术普及的舞台上。进入晚年，她仍旧严苛地对待自己，对演奏的每一个音符，每一个细节，每一段感情处理，都那么较真，一遍又一遍练，一遍又一遍改，要求自己把最好的奉献给观众。

正是这样的"心无旁骛"，困难没阻挡得了她艺术的进步；"心无旁骛"，让她在好时代抓住了机会，走向了艺术的巅峰；病魔缠身，"心无旁骛"的艺术追求给了她战胜病魔的力量；因为"心无旁骛"，她没有被"钱江潮"迷了双眼。心无旁骛，义无反顾，一条道走到底，创作了大量艺术精品，打造了光辉的艺术人生，塑造了高尚的人生品格，酿造了名声的芬芳。

我收集了闵惠芬大量的二胡作品，在欣赏她近乎完美作品的同时，更在欣赏着她的人生坐标。我很希望再能见到闵惠芬，如果见到的话，一定要和她合奏一曲，从中找出差距，不仅是艺术的差距，更是人生的差距。

（2013 年 5 月）

小巷深处见洞天

巷中有巷是江南小镇常见的建筑格局。老宜兴城的东珠巷南侧，县图书馆东边，有一条无名小弄堂。20世纪60年代，在那条小巷深处，住着一位名叫程伯威的老人。

程伯威先生家和我家是老邻居，两家之间有着久远的家谊。抗战前两家的大宅院都建在东珠巷北侧的长桥河边。后来日寇侵华，飞机轰炸宜兴城，两家的几十间房屋全被炸成废墟。光复后，我们两家都在城东的水浮地上建造了新居，1949年后才各奔东西。我常听父母说，程先生家是宜兴的名门望族，父亲程适是晚清时期宜兴颇有影响的名士墨客，曾为清末官宦，民国幕僚。程伯威先生自幼勤勉好学，博览群书，国学功底深厚。先在上海复旦公学攻读英语，后赴日本东京早稻田大学留学，精通英语、日语。回国后，他在上海创办英语专修学校，后回到宜兴，和几个热衷于教育事业的朋友一起创办了私立精一初级中学，即现在的江苏省宜兴中学。

20世纪60年代初，我读小学，母亲见我对写作有兴趣，便带我去见程伯威先生。幼小的我，一想到要去见一位大学问家，心里不免紧张起来。

东珠巷里的那条小巷，狭窄得几乎要侧着身子才能通得过。巷底就是他的家。程先生家居住面积很小，客厅和卧室连在一起，家中设施简陋，走廊就是厨房，外面是一个小天井，可以见到一方蓝天。夫人已经仙去，生活起居由保姆照料。老人出现在我的面前了，清瘦的脸颊，戴着金丝眼镜，面带微笑，慈祥和蔼，说话慢条斯理，细声细气，一副学者风度，大家风范。即使对我这个十岁才出头的小屁孩，也彬彬有礼，客客气气。我心里的紧张感立即烟消云散。

去老先生家，母亲都要我带着作文本去请教。每一次去，他都正襟危坐，手执钢笔，一句一句阅读，一字一字斟酌，不时加以评点，在赞扬之中提出意见，在建议之中加以鼓励，"后生可畏"是他每次改完作文后必讲的一句话。和程老先生在一起，真有如坐春风，如沐春光的感觉。

因为我们两家是世交，每次去程家，母亲总要和老先生作一番攀谈。

我通过他们的谈话，了解了面前这位老人很多往事。他在日本留学期间，听说日本政府胁迫北洋政府签订了丧权辱国的"二十一条"，愤然辍学回国。早在20世纪20年代，他在任上海江海关统税署机要秘书时，一个靠帮会起家的暴发户请他转交厚礼，贿赂海关监督，其中也有他的一份，可是他断然拒绝，并且辞去机要秘书一职，回到家乡宜兴创办教育事业。抗战期间，有人强迫他给日本人当翻译，程先生和家人连夜转移他乡，保持了民族气节。20世纪40年代，程先生偕妻子去南京为岳母奔丧时，汪伪政府执意聘请他担任第一方面军总司令部的秘书长，同样遭到了他的严词拒绝。但是他爽快地接受了宜兴教育界朋友的邀请，带着女儿一起到宜兴任教。父女俩冒着生命危险，一路颠沛流离，到张渚、太华、蜀山等地办学校。后来，跟随他当美术老师的女儿被追杀的日寇杀害。他强忍家仇国恨，不改办学的初衷，即使在炮火之中也要让家乡学子有书可读。

有一次在程老先生家看到了一本油印的小册子，封面上写有"葵藿"二字。我既不认识那个"藿"字，也不懂"葵藿"为何意，当然要请教程老先生了。程老先生笑着说："葵，就是葵花。'藿'字你可以秀才不识字读半旁，是豆类作物的叶子。政协就像向日葵一样向着共产党，民主党派就像叶子，甘为共产党这朵红花当绿叶。"程老先生对党和人民的忠诚不是停留在嘴上，而是以实际行动来体现他像葵花和绿叶一样向着共产党，向着人民政府。中华人民共和国成立后，程老先生为了支持国家建设，把水浮地上那几十间房子全部捐献给了政府，创办了国营酱厂，自己却蜗居在东珠巷小巷子中一个狭小的空间里。程老先生是蒋碧薇的姐夫，徐悲鸿的连襟，家中收藏了很多徐悲鸿的画作。在北京成立徐悲鸿纪念馆时，他将珍藏的多幅徐悲鸿真迹《骏马图》献给国家，又将徐悲鸿四幅早年的作品赠给了宜兴县文管会。程老先生为了国家做到了倾囊而出，毫无保留，但他却从不向公家索取任何报酬。当他腿生丹毒，病休在家时，学校将工资送到程老家，他说："我未上课，不能领薪！"让来人把钱全额退回。他在人民群众中享有很高的声望，被推选为县人民代表和县政协委员。老人虽然病休在家，却始终闲不住，在宜兴政协的支持下，和宜兴教育界的吕梅笙、蒋品轸、赵永年等资深元老一起，创办编辑政协的诗刊《葵藿》，撰写《宜兴文史资料》，用诗词歌颂党的领导，用文字为人民做有益的事。

我还清晰地记得，老人常在我面前由衷地称赞在共产党、毛主席的英明领导下出现的百废俱兴的局面，赞扬学雷锋后，路不拾遗、夜不闭户的社会风尚。

程老先生教子有方，他的子女都是优秀的人才。其中儿子程一雄是我国著名的泌尿科专家，程一聪是著名的有色冶金专家。这是程老先生为党为国家为人民做出的另一种重要贡献。

我在小巷深处，透过小小的天井，看到了一片洞开的天地，感受到老先生的高风亮节和赤诚之心。

1966年夏天，红卫兵破"四旧"，程老先生家几次被抄，威逼老人交出所谓封资修的藏品。我深深地记得最后一次看到程老先生的情景，他踟蹰蹒跚在东珠巷那条小巷口，用一双恐惧的目光扫视着人群，脸庞更加瘦削。看到他那诚惶诚恐的眼神，我心里沉甸甸的，有说不出的酸楚。

1969年底，程伯威老先生在疾病和不安中与世长辞了。四十六年过去了，那条小巷早变成了华地广场的一部分，现在还能记住他的人不多了，我也没有像他所祝愿的那样成为"后生可畏"之人，但是那小巷里的一片天地，程老先生瘦弱的身躯里蕴藏着的那些高贵东西，真不应该被后人轻易忘记。

（2016年1月14日）

秋风萧瑟观海情

1912 年的 5 月 25 日，宜兴城白果巷里周姓大户人家添了个男丁。孩子生得虎头虎脑，天庭饱满，地廓方圆。周老爷觉得这个孩子生相大气，将来一定会有出息，能做大事，应该给他取个好名字。他油然想到了曹操当年北征乌桓班师途中所写的那首磅礴的四言诗《观沧海》，于是"观海"二字在他脑子里被圈定。周观海这个大名就这样产生了，寄托了父辈对儿子的无限期望。

周观海没有辜负父亲的期望。他天智聪颖，勤奋好学，他在宜兴读完小学，去常州读中学；中学毕业后，去上海读大学；大学毕业后，先后供职于武汉和杭州的国家机关。

沧海是精彩的，既有"澹澹"的"水河"，又有"竦峙"的"山岛"，既有"洪波"涌动，又有"树木丛生，百草丰茂"。而人是渺小的，与茫茫沧海相比，连一粟都不如。虽然人会有"日月之行，若出其中。星汉灿烂，若出其里"的理想和抱负，但是个人的作为离不开环境，个人的事业离不开社会，个人的前途离不开时代，个人的命运离不开国运。

周观海学业有成，开始步入社会和工作，犹如一艘乘风破浪远航的轮船，开启了人生航程上的良好开端。正当他准备"直挂云帆济沧海"之时，抗日战争爆发了。战火很快烧到了家乡，宜兴沦陷为敌占区。"澹澹"的沧海中卷起了恶浪，涌来了横流，他的前进道路受阻了。在战火纷飞，山河破碎之际，作为一介书生的周观海，学过商道，不懂甲胄，擅长儒学，不谙兵术，他不会持枪操戈，直接投身于抗日战场，可是他牢记孙中山先生"教育救国""实业救国"的遗训，全神贯注，身体力行，励精图治，创办实业。

20 世纪 30 年代的宜兴，还是个闭塞的农村小城镇，近代工业尚未传播到这里，与之相配套的服务业更不被人们所问津。学过新学，受过近代文明影响，见过世面的周观海，把新的经营理念、新的经营内容、新的业态和新的经营方式引入到封闭保守的宜兴。他办起了五洲药房，宜兴地区有了第一家西药店；他创立了信一账号，成为宜兴唯一的金融结算机构；他建起了荣和钱庄，成为宜兴最早的银行雏形。他所创办的实业，让家乡人感觉到耳目一新，这些店铺的开设，促进了家乡经济的发展，方便了城乡人民的生活，有利于民众的身心健康。在日军的屠刀控制之下，他做出了一番难能可贵的建树，在沧海横流之中，显示了他能力和本色。

抗战胜利后，时局像大海一样风平浪静，"水河澹澹"。周观海一面沉浸在反法西斯战争胜利的喜悦之中，另一面要用盼望已久的和平环境，以发展实业的实际行动来医治战争创伤，振兴民族，增强国力，造福家乡，改善民生。他把全副精力都投入到家乡的建设和发展中去。他办起了宜兴电力公司，给宜兴人带来了光明；他办起了印刷厂，告别了手工印刷的古老年代；他办起了宜兴民间银行，活跃了宜兴的城乡经济。周观海的事业给宜兴注入工业化的基因，培育了近代服务业的幼苗，带来了现代文明。周观海成为宜兴工商界最有声望的人，被推选为宜兴县商会理事长，成为宜兴工商界的首领人物。

"穷则独善其身，达则兼济天下"是对周观海的准确概括。从小受儒学熏陶的周观海不事权贵，更不屑与黑道白道三教九流为伍。他乐善好施，重视教育。他积极筹款兴学，慷慨捐资助学。他资助了很多贫困学生继续学业，他帮助了很多流浪难民解决生计难题。

短暂的和平为周观海事业的发展提供了难得的机会，可是好景不长，平静的海面又卷起了巨澜，激起了漩涡，国共内战开始了。一个政权的灭亡必定是遭到天怨人怒。只潜心于发展实业的周观海，面对多如牛毛的苛捐杂税，面对暴如猛虎的苛政，不由得产生了对当局极度反感的情绪，不自觉倒向了进步力量。尽管当局几次三番动员他加入国民党，都被他一口回绝。他在国民党高压统治时，冒险订阅苏联驻华大使馆刊物《新闻类编》，订阅左翼文化人士主编出版的《东方杂志》刊物。他还和家乡的进步知识分子创办了《民言报》，把报社的社址和编辑部设在自己的家里，力图在国民党当局新闻封锁中让民众说出一点他们的心声，为他们争取一点民权。周观海的政治倾向和激进行动，引起了国民党特务的关注，受到了严密的监视。那份《民言报》遭到了强行关闭，周观海被国民党警察总队及宪兵特务殴打致伤。国民党的法西斯统治，激起了宜兴商界的极大愤慨，为此组织了全县性的罢市，以示对当局的抗议，对周观海的声援和慰问。

就在国民党撤出大陆之时，国民党的飞机对宜兴城进行丧心病狂的轰炸。不知是无意还是有心，炸弹落在周观海城南那个大院，燃起熊熊大火，数十间房屋和庭院花园化为了灰烬。后人一直称这块地方叫"火烧场"。

黑暗终于过去，光明已经来到，眼前不仅是"水河澹澹"，而且"树木丛生，百草丰茂"。周观海兴奋地加入了迎接解放军进城的队伍，和人们一起欢庆家乡的解放，欢庆人民和自己的解放。

新生的人民政府把周观海奉作上宾，县委县政府和军官会的领导亲自登门造访，请他出山帮助共产党恢复社会经济生活。"投之以木瓜，报之以琼瑶"，周观海加入了与新政权合作的队伍。他带头捐献500石公粮，支援尚在进行的解放战争。他组织工商界人士协助政府保障市场供给，恢复战后的正常秩序，全力支持政府的各项工作。抗美援朝开始，周观海作为工商界代表在万人大会上慷慨陈词，声讨美帝国主义的侵略行径，表达抗美援朝的坚强决心。他组织工商界人士为志愿军捐献飞机大炮。1956年，为响应党关于社会主义改造的决定，率先把自己的家产、田产和公司全部资产贡献给国家。同时组织工商界人士学习党的政策，紧跟共产党，以积极的姿态，参与社会主义改造。周观海连续两届当选为宜兴县工商联主任委员，宜兴县政协副主席。

重任在肩的周观海诚惶诚恐，生怕自己跟不上形势，跟不上社会主义建设和改造的步伐，生怕做不好工作，辜负党和人民的期望。他购买了大量的马恩列斯毛的著作，加强政治学习。组织上让他参加江苏省各界人士学习班，参加中央召开的统战工作会议。每次参加会议回来，都要向工商界详细传达会议精神，组织同仁们学习中央领导的讲话。周观海受到了刘少奇、周恩来等中央领导的接见，聆听了李维汉传达的毛泽东关于统战工作的讲话，不仅使他激动万分，而且极大地鼓舞了宜兴的工商界人士。

周观海崇敬毛泽东，坚信共产党，对毛泽东和共产党感恩戴德，热爱中华人民共和国，痛恨旧社会，任何时候都支持党和政府的工作。不管是面对接连不断的政治运动，还是在"三年困难"时期，他都毫无怨言，毫不怀疑，认为只要是共产党的决定都是正确的，只要毛主席领导即使有最大的困难也只是暂时的。他把自己当作共产党最忠实的朋友，为了党他可以舍尽个人所有资产，为了党他可以披肝沥胆，为了党他会知无不言，言无不尽。

中华人民共和国成立十七年，大海虽然阵风不停，波澜时起，但和战乱时期相比还算是平静的。"海阔凭鱼跃，天高任鸟飞"，周观海所从事的并不是他喜爱的实业，而是行政工作，但是他知道这是共产党对他的信任，人民对他的重托，所以他尽最大的努力把工作做好做完美。

"文化大革命"中，周观海数遭抄家，又不幸患病，最终发展成癌症。1973年2月他离开了人世，享年只有61岁。

1979年10月，宜兴县委为周观海平反，补开了追悼会。

愿周观海的事迹为更多人知晓。

（2015 年 2 月）

难忘伯乐恩

朱震骅先生曾改变了我的人生。

朱先生的小儿子是我潘家坝中学的同事，我常到他家玩，由此认识并熟悉了时任铜峰中学副校长的朱震骅先生。他个子瘦小，眼镜比瓶底还厚，说话文绉绉，不紧不慢，低声细气。朱先生博学厚识，尤其精通古代文学，典故和古诗文名句可以信手拈来。大半辈子，除了担任中学副校长职务，还兼上高三的语文课。在言谈中，他赏识我。

"你愿意到铜峰中学来吗？我们需要你。"我一听到朱先生的话，有点喜出望外。因为我的恋爱对象就在缫丝厂工作，和铜峰中学仅一墙之隔，学校离城只有三四里路。这样不仅可以和对象朝夕相处，而且还可以一起早出晚归，这真是天大的好事。铜峰中学是一所新办的学校，想进这所学校的人特别多。所以我很担心会不会如愿以偿。

民办教师属于半农半教性质，离土不离乡，就地教书，没有调到他乡的先例。我这次工作调动居然一路绿灯，顺利得出乎意料，不到一个月就调进了铜峰中学。我知道，在这顺利的背后，是朱先生在起着作用。

任何事都有必然性，也有偶然性。偶然性就是所谓机遇。一到铜峰中学，一位教高一语文的老师因病动手术住院，在朱老的力荐之下，我这个只有初中文凭的人，挑起了高一语文课和班主任的担子。信任的力量无穷，再加语文是我的爱好，并且有一定的基础，我全身心投入新工作，绝不想辜负朱老的一片苦心。

许多持怀疑态度的老师纷纷来听我的课。一口流利的普通话，规矩大方的粉笔字，抑扬顿挫地讲解，启发互动的方法，令听课老师刮目相看。朱老也放心了。

由于朱老的推荐，我自身的努力，从高一教到高二，后来高中两年制变成三年制了，就一直坚守在高三毕业班岗位八个年头。

1978年的下半年，正遇民办教师队伍整顿，全县举行民办教师统考，实行优胜劣汰。我在考试中得了全县语文学科第一名。后来组织上让我们这些学历不达标的老师函授进修，我在入学考试中又得了全县第一名。那时需要从民办老师中选一批优秀者转公办老师。凭我的业务水平和教学能力，短中抽长，应当在转正之列。可是那时难度和阻力很大。朱老利用晚上的时间跑到公社的领导办公室推荐我，为我的事做不遗余力的努力。我在 1978 年的 12 月终于转为公办教师。从此就开始了新的生活——白天堂堂正正站在讲台上课，晚上夫妻甜蜜相守。至今我还清晰地记得朱老那撑着雨伞，穿梭在各个公社领导家门的背影。

朱先生喜欢平等地和我们这些年轻老师交流，从不好为人师，以长者或领导的身份居高临下说话。他多次对我说，一个好的语文老师，要写好一手钢笔字、粉笔字和毛笔字；要讲一口流利和标准的普通话；要精通语言文字，不论古汉语还是现代汉语；要通晓各类文学，古代文学，现代文学，外国文学；要能写各类体裁的文章；更需要懂心理学和教育学，以一颗爱心和科学的方法诲人不倦。有了这样的基本功，方能成为合格的语文老师。我知道，这是朱先生对我的指点。我们这一代，学历不高，读书不多，在师资队伍青黄不接的情况下才会不得已让我挑重担，长此以往会误人子弟。于是我按朱先生的要求，发奋读书，刻苦实践，努力追赶朱先生所希冀的标准。后来我所执教的语文科目在高考中平均成绩年年能在全县遥遥领先，被评为无锡市优秀班主任，就是得益于朱老的教诲。

和朱先生接触的时间久了，对他的过去也有了更多的了解。在抗日战争烽火燃起时，他以"征骅"为笔名，写了大量的抗日诗篇，表达了一个热血青年火一样的爱国情怀。他对党的教育事业的忠诚，把自己所有精力和心血都扑在学生身上，让学生感受到人民教师如火般的温暖。因为国家需要教育，国家需要人才，这是任何时候不会改变的。

我记得 1987 年的 5 月，宜兴成立民进组织，朱先生当上了首届主委。我那时在教育局分管统战工作，参加了民进宜兴支部的成立大会。看到年近七十岁的朱先生，脸上焕发出青春的光彩。他在热情洋溢的讲话中透露出火红的心，他表示，不仅要把宜兴民进建设成共产党的亲密朋友和助手，还要实现成为一个共产党员的终生夙愿。拳拳之心，可敬可叹。

一个人达到优秀并不难，要从优秀实现成功，伯乐就显得尤为重要。伯乐是一种重要的中介，他让你被公众和领导认识，让你有施展才华的机会，让你有实现成功的舞台。人间常有人才，但是人生难得伯乐。所以韩愈会有"世有伯乐，然后有千里马。千里马常有，而伯乐不常有"之经典论断。

朱震骅先生不仅是一位独具只眼的伯乐，更是我人生的可贵榜样。他改变了我的人生道路，而且以自己高尚的德才，引领着我的人生方向。他在临终前出了一本诗集《爝火集》。爝火是他生命的象征，他那生命的爝火也点亮了我的心，激励着我像朱老一样尽力竭力为他人、为社会发光发热。

一辈子感恩朱震骅先生，一辈子怀念朱震骅先生。

(2012 年 11 月)

灿烂的银杏

十一年前，宜兴市成立了老年科技工作者协会（简称老科协）。因为科委是他们的挂靠部门，理事长黄老向科委提出建议，能否带他们考察一下宜兴的工业和农业，以了解全局，找准角度，发挥余热，为我市的经济和社会做点力所能及的事。我代表科委欣然接受，精心安排，亲自陪同。

大家兴致勃勃跑了一天，边走边看，边看边议，不知疲劳。最后一站是考察太湖边的农业科技示范园。一下车，大家被眼前的银杏震撼了。

银杏果已经收完，剩下的只有黄灿灿的树叶。几百亩银杏园，密密匝匝，望不到尽头。满园金光灿烂，犹如云霞飘落在太湖边，又如云锦铺设在田塍里。风一吹，银杏叶一片片飘落下来，树隙间铺上了厚厚一层金叶。树上树下交相辉映，银杏园成了金色的世界，富贵的天堂。惊叹大自然的造化，感喟深秋的壮观，赞美银杏的魅力。

一位同行的林果老专家当起了讲解员。银杏源于中国，是一种孑遗植物，和它同门的植物已经灭绝，人称公孙树、老神树、活化石。银杏树一身都是宝：它是和松、柏、槐齐名的四大观赏树之一，树身挺拔，叶形古雅，树冠成荫，树姿优美，美化视觉，净化空气；银杏果属上等的干果，曾是朝廷贡品，肉质细腻，营养丰富，味道甘美，药食俱佳；银杏叶更是宝中之宝，从树叶里提取的黄酮素是治疗心脑血管、呼吸道、泌尿系统疾病的良药。

我很想补充一句，更可贵的是银杏的精神。它一生对人没有多少苛求，只需要有充足的阳光。一年中经历了春华夏荣秋果的过程，最后把自己的美丽彻底奉献给了人间。

此后一到深秋初冬，我就要到太湖边，尽情欣赏那一道感人的风景线。

十一年过去了，我也跨入了退休的行列。理事长黄老大我一圈，早已过了古稀之年，可还是那么精神矍铄，老当益壮。只要和他一说起老科协，黄老的话就如开闸的水，滔滔不绝。他告诉我，老科协这支队伍荟萃了当年宜兴各路科技精英，队伍越来越强大，人数已超过了一千人，越来越得到社会的关注。他不无自豪地拿出市政府表彰的"十佳社团"和"科普先进单位"的证书，如数家珍地给我介绍老科协的各项活动。每年都要组织老科协下乡入村、走街串巷不下十次，搞科普宣传，作科技讲座，搞医疗义诊，搞农技服务，发放科普资料上万份。偏远地区的老百姓，听说当年那些如雷贯耳的名医生到了家门口，为他们义务看病，围得里三层外三层。还有那些求知似渴的种养殖专业户，盯住农牧林渔专家，请教种养殖技术，咨询生产中遇到的各种问题，久久不肯离开。但是大家不喝群众一口水，不吃他们一顿饭，都是自带干粮，也不麻烦当地政府，连乘车的钱也是自己掏腰包。老科协需要有自己的尊严，能得到群众欢迎和尊重，比什么都重要。

黄老说，老科协比他的家还重要。老伴瘫痪在床，行动不便，但是他心里放不下老科协，还是提前上班，推迟下班。每到节假日，更要坚守岗位。因为老科协是老年科技工作者的家，家里一刻都不能没有人。不仅要安排协会的各项工作，而且要组织会员开展丰富多彩的活动。对八十岁以上的老会员，每到生日，一家一户送生日蛋糕。让全会人员得到家的温暖。我问他这么辛苦，有没有报酬，他觉得提这个话题有点俗气。虽然企业职工退休工资很低，但是有了这样一份精神享受，远比物质享受更为宝贵。他说，那些声望很高的专家都不计较报酬，他这个理事长更没有理由计较了；他追求的是老有所为、老有所乐。

听了黄老的介绍，目睹老科协十一年的工作，我感慨无限。我眼前又出现了那一片秋天的银杏。金灿灿，黄澄澄，壮观无比，闪亮着飘落前的亮丽风光。老科协的那些同志不就像那银杏吗？他们有过年轻的岁月，有过辛勤的耕耘，有过丰硕的成果，有过人生的辉煌。从青丝到白发，从成功到隐退，他们没有怨言，没有炫耀。不是向社会索取，而是将生命的余热余光，把毕生积累的知识、智慧和经验，无私地、默默地继续贡献给社会，再一次显示生命的灿烂。

大自然需要银杏的金色，社会需要老科协的精神。

（2011 年 11 月）

美哉，南虹河风光带

我家住在南虹河边。

南虹河原是老宜兴城的城乡接合部，经过改造，已经成为一个美丽的城市风光带。南虹河河南岸就是我们居住的欧式住宅小区，河北岸是名曰"沁园"的城中公园。公园里绵延的复古城墙，高耸的荆溪水城门，波光潋滟的水池，四季颜色变幻的花树，瘦皱透漏的山石，构成了颇具江南韵味的园林风光。和公园相连的是一个古色古香的大广场。河上除了原来的那座一跨拱形南虹河大桥外，还新添了一座时尚的悬挂式便桥。沿河是用防腐木铺设成的观光道，显得分外古朴和优雅。初春的迎春花如瀑布悬挂在河道的两岸，时而如飞泻的金箔，时而如流动的翡翠，把那条由原来的内护城河和外护城河合并起来的南虹河，装扮得富丽堂皇。河南河北、河上河中，构成了传统和新潮、生态和人文相融的美丽画图。

我喜欢南虹河风光带，每天都要从楼上俯瞰公园和广场，注视那里的一草一木，一景一人。上班族没有暇余时间光顾这里，统治这里的，不管白天还是晚上，都是退休的、休闲的、病残的群体。清晨，他们在这里打拳做操，这里是他们的运动场地；白天，他们在这里会友聊天，这里是他们享受"夕阳红"的天堂；傍晚，他们在这里跳舞，这里是他们的乐园；到了夜晚，他们在这里唱戏，这里是他们的舞台。场上虽然大多是老年人，但是，打起拳来，一招一式如行云流水；跳起舞来，舞姿翩翩，如履轻云；唱起戏来，字正腔圆，味浓韵醇。公园里，广场上，一年四季，守恒不变，春夏秋冬，乐此不疲。真感谢政府建造了许许多多像南虹河风光带这样的公园和广场，为市民建造了美好的天地，精神的乐园。也要感谢那些老年一族，为公园和广场、为城市注入了精气神。

在美丽繁忙的南虹河畔，有一个人特别引人注目，那是一个身体偏瘫的老人。我常常聚焦着他那佝偻的身躯，黝黑的皮肤，花白的头发，蹒跚的步履。每天上午的九点和下午的两点，他的身形就会准点出现在南虹河两岸。他用尚能正常运动的身体左侧推动着轮椅，偏瘫的右侧一瘸一拐随着轮椅行走着。从河北岸起步，穿过广场，跨过吊桥，迈过河南的观光道，经过南虹桥，再回到河北岸。无论阴晴雨雪，无论严寒酷暑，无论车堵人拥，一步又一步，一圈又一圈，一天又一天，一月又一月，一年又一年，周而复始，雷打不动。

这位老人患过胃癌，经过手术治疗和化疗后，总算死里逃生，可是祸不单行，大病刚愈，又因脑梗塞中风，言语含糊，半身不遂。求生是人的本能，延长生命是他的理想，恢复健康是他的信念。他明白，有了理想和信念就要付诸行动，健康在于锻炼，生命在于运动；他明白，病魔欺软怕硬，惧怕坚强的意志、刻苦的毅力和锲而不舍的精神；他明白，生命的延续离不开内心的快乐，他要享受南虹河两岸美丽的风光，到人群中去排遣孤独，寻找快乐和慰藉。酷暑，他光着膀子举步，严冬，他裹着棉衣跋涉，狂风骤起，他顶着逆风挪步，大雨滂沱，他穿着雨衣前行，汽车穿梭，他在车缝中蠕动，人群拥堵，他在人堆中钻挤，任何困难都阻挡不了他每天两次准时来到河边行走的脚步。他就是这样固守，坚持，拥抱南虹河和南虹河风光带，融入这里的人群之中。他四肢失衡却步履铿锵，身体偏瘫却意志如钢，行走艰难却风雨无阻，看似接近黄昏，却有着旭日初升般的蓬勃和热烈。他用自然、社会和时代的强大血流促进生命血液的新陈代谢。

美哉，南虹河风光带！我喜爱这个风光带，喜爱出现在这个风光带上的人群，更喜爱那个执着地行走在南虹河畔的老人。如果说南虹河两岸是美丽的风光带，那么活跃在风光带中的人便是一个个醒目的风景点。风光带是物质的，人是精神的，徒有物质算不得美丽，更不会产生魅力，正因为物质和精神结合在一起了，南虹河才会这样神形兼备，魅力无比。庆幸自己住在南虹河边，既能从风光带中得到大自然的美好享受，也可以从这里的主人们身上得到精神的营养——人的力量来自心中如明灯般闪亮的理想和信念。

（2015 年 2 月）

又见月清

生活中难免会有叶公好龙之类事发生。

自去年铜峰中学81、82届毕业生建了个"铜峰中学"微信群，分散在天南地北的五六十个同学蜂拥云集到这个群里。分别三十六七年的同窗，一朝在群里相聚，话题从话匣子里汩汩流出。无边无际、无拘无束，旧事新闻，说不尽道不完。

有个叫鲁月清的81届毕业生，见到这个群羡慕不已，以"踏山寻梅"的昵称加入了进来。先是在微信群里说古道今，指点江山，纵论天下，慢慢觉得仅是说说话不够尽兴，还想与昔日的同学见见面。于是他向群主提出，如果搞同学聚会，千万不要忘记通知他。

提起鲁月清这个名字，学生时代的样子马上浮现出来了。铜峰乡梅园村人，一个小个子，一副机灵相，一口带温州腔的不甚流畅的宜兴话，喜欢用夹文夹白的语言议论古今中外之大事。在高谈阔论之中，只要听到公路边的水沟里有响动，会戛然而止，一个箭步跃到沟渠里，摸鱼捉蟹抠黄鳝，常是半身黄泥半身水。毕业以后我就再也没有见过他，很想再见见他现在的模样，想再听一听他那带着温州腔的不甚流畅的宜兴话。

聚会的机会真的来了。薛丽华同学从美国回来探亲，有群友建议借此机会聚一聚，意见得到多数人的响应。7月22日，20多位同学顶着炎炎的赤日，冒着罕见的高温，分别从北京、上海、苏州、无锡、常州、南京、扬州等地，汇聚到了一起。

鲁月清不仅是聚会的响应者，也是邀请对象。可是事到临头他却食言了，退却了。理由是，参加者都是考上大学的同学，而自己是个高考落榜生，白鸭插在鹅群里，自惭形秽，太不相称。

是什么年代了，怎么还会有这样的想法，观念显然落伍了。大学早已褪去了斑斓的色彩，大学生也算不得时代骄子，职业只是社会的不同分工，唯有师生情同学谊才是永恒的。相见不易，你不来，干脆我们"踏山寻梅"，登门造访。四辆汽车，师生相伴，浩浩荡荡，直奔蒋笠村。鲁月清的家已从铜峰的梅园村迁徙到妻子所在的川埠蒋笠村了。

鲁月清按捺不住激动的心情，早早候在川张公路的路口了。三十多年后的他出现在面前了，当年的模样依稀辨还能得出：不高的个子，结实的身体，黝黑的皮肤，依然是不甚流畅的带温州腔的宜兴话，千锤百炼的圆脸依然不失机灵劲，那副眼镜显示出内在的文化味和书卷气。久别相见，同学间的情如地下的岩浆迸发出来了，炽热，滚烫，强烈，奔涌，源源不断，经久不息。他还像学生时代一样，一路上高谈阔论，说古论今，引经据典，半文半白，滔滔不绝。不知不觉走进了他三楼三底的家。

他家地处蒋笠村、林场和武警部队交界处。周边有山有水，有军有民，有工有农，有当地人也有外来户。那里原是妻妹的房基，鲁月清是个会吃苦而且具有商业眼光的人，一眼看中了这个地方，从妻妹手里买了老宅，就地翻建，安营扎寨，立业谋生。他充分利用这里的天时地利和人和条件，开小店，卖副食品，卖盒饭，为部队官兵和外来民工服务；在承包山上栽满了名贵木材，作为绿色储蓄；承包田地种瓜种菜种粮食，自给有余，还对外出售；上山挖梅花树根做盆景，浓缩锦绣，精心培植，卖上个好价钱（"踏山寻梅"的昵称大概就此而来吧）；暇余时间开车跑运输，挣点零用钱。可谓多种经营，多渠道创收，旱涝有保障，年年有进项。不知道他现在还下水沟摸鱼捉蟹虾抠黄鳝否？

温州人结婚早，生孩子早。鲁月清高中毕业不久就结婚成家，第一胎生了个女儿，不甘心，想生个儿子防老，可是二胎仍是女儿。大女儿早已结婚，外孙女都十三岁了。小女儿大学毕业后在城里工作。总之月清的日子过得殷实富足，有滋有味，享受劳作之愉，天伦之乐。

妻子看到这么多老师同学专程来看自己的丈夫，听说有的是作家，有的是企业家，有的是央企员工，笑得嘴也合不拢。从井里捞出浸泡了半天的西瓜，切成一瓣一瓣，端到我们的面前。自己种的西瓜又甘甜又新鲜又清凉，一口吃进，得到了四十度高温下最美好的享受。不只是物质的感觉，更有精神的作用。

看着眼前的鲁月清，生活是那么充实，家庭是那么殷实，待人是那么厚实，活得是那么真实，虽然他未曾有过上大学那份暂时的光彩，但是论创造和贡献，与上大学的同学相比有着同样的精彩，论财富和精神，与当了作家、企业家和央企员工的同学相比，都有过之而无不及。搞不明白，你为何要重演"叶公好龙"的一出呢？

果然，鲁月清的形象一上微信，立即得到微信群里昔日同窗的欢迎和点赞。

　　鲁月清，你感受到同学们是多么亲切吗？体会到同学们对你的那份牵挂了吗？下次同学聚会，不得再做叶公，不能再缺席了，充分享受和同学们在一起的欢愉。

（2017 年 7 月）

故人四章

春　生

　　春生姓谈，大我一圈，是我下放所在生产队的会计。他中等身材，身体壮实，虽然没读多少书，但一见就知道是农村中精明强干的人，因为从事体力劳动，长相比实际年龄大得多。

　　20世纪六七十年代人民公社是三级所有、以队为基础，虽然生产队不过十几户人家，一百多亩土地，但是当生产队长比当任何一级干部都难。既要安排指挥生产，管理一个队几十口人的吃喝拉撒，又要和社员一起干活，既要劳心，又要劳力。按春生的实际能力，当个生产队长绰绰有余，可是队长必须是贫农成分，他家是上中农，再加生了五个孩子，超计划生育，只能屈居生产队会计的位置。生产队长让队里一个好吃懒做的小青年当，因为他是队里唯一贫农出身的人。春生虽是队会计，能力远远超过队长，农活又干得好，办事也公道，所以是队里实际上的当家人和主心骨。

　　每年每天的农活都是春生考虑安排。冬天积肥料，春天忙备耕，夏天赶黄梅，秋天忙收种；今天翻地，明天挑肥，后天放水，再后天莳秧；谁干重活，谁干轻活，谁干手法活，谁干力气活……一切都安排得井井有条，停停当当。每天他吹着哨子，第一个扛着农具下田。尽管春生越俎代庖，一年四季为生产队操心，而队长大小事都不管，靠着他那贫农成分当他的名义队长，可是到了年终，会计的工分补贴要比队长少得多。春生倒也从无怨言，一如既往操着他那操不完的心。

　　春生有股虎气，管得住人，这是最基层干部必须具备的能力。队长既不想管事管人，也没有能力管事管人；春生不怕做恶人，敢于得罪人。谁干活不卖力，他会厉声呵斥；谁干活质量差，他会板着脸逼着你返工。我们知青干活不仅质量差而且会偷懒，所以被他骂得最多，评工分时，他总把我们的工分压得很低。当时我们最恨他，甚至会在背后诅咒他。现在想起来，这样的人实在太少，明明可以做个老好人，为了生产队的事他偏偏要充当大恶人，实在难能可贵。

春生为了生产队的事不仅对内敢于得罪人，对外照样不买账。当时大队里有一辆手扶拖拉机，轮流着给每个生产队耙田翻土。不知何故，好几天都轮不到我们生产队。一次拖拉机从村旁开过，春生横刀立马，拦住拖拉机往田里赶，任何人来劝都不退步，拖拉机不得不在我们队里开夜工，搞了个大通宵。

春生并不凶神恶煞，还很有人情味。冬季我们知青到隔壁村偷狗，被人发现，吵到门上，春生马上来打圆场，作掩护。事后当然要严肃批评我们了。还常常会送点自留地上的蔬菜给我们。到了春节，总要留我们知青吃饭，情谊非常真切，菜肴非常丰富。

离开农村后，我们一直没有联系过。到了 21 世纪初，春生来市政府找我，那时他已经六十多岁了，长相还是比实际年龄大得多，但依然精神矍铄，锐气不减当年。他要我帮他联系油漆墙面的业务。我请他吃了饭，但因力所不能及，业务没有帮他联系到。回想起来有点对不起他。

又十多年过去了，春生已经 77 岁了，身体不知好否，很想再见见他。

（2015 年 7 月）

阿　嫂

阿嫂是我插队落户时的邻居，全村人都叫她阿嫂，我们知青也跟着叫阿嫂，何况她的丈夫也姓史，大我十多岁，叫阿嫂更理所当然。至于她姓什么叫什么到今天都不知道。

阿嫂与一般农村妇女有所不同，皮肤白皙，不高不矮、不胖不瘦，长着一双大眼睛。20 世纪 50 年代末 60 年代初，她在上海的苏联专家家里当过保姆，看她当年在上海做保姆时的照片，很有几分洋气。

苏联专家撤走了以后她就回村了，先后生了三男一女。阿嫂多不下田干活，但是春秋两季队里的养蚕活都由她包了，能为生产队创收不少效益。家里养了两只猪和几只兔子，增添点家用。养蚕、养猪、养兔尽管辛苦，但是不需要栉风沐雨，所以比同龄的农村女人看年轻得多。她的活动范围以家庭为主，家里总是打扫得干干净净。

我们的知青屋就盖在她家的西边，阿嫂是我们知青接触最多的人。阿嫂见人总是笑眯眯的，为人热情大方，很有同情心。对我们知青特别照顾，只要家里有好吃的东西总要送给我们尝，见到我们缺少什么就会主动送过来。时间长了，我们的脸皮也老了，不仅接受起来毫不客气，而且缺少什么还会主动向她去借，虽说是借，却是没有还的借。烧饭没有草了，就去"借"一捆稻草，吃饭没有菜了，就去"借"一碗咸菜，烧菜没有盐了，会立马去"借"一调羹盐。

农民有句很通俗的话，你好我好，你端凳给我坐，我端凳给你坐。阿嫂对我们知青好，我们知青也会投之以桃，报之以李。我们的知青屋就在她家的隔壁，阿嫂想在中间盖一间房，向我们提出搭山头的要求，我们欣然答应。如果按常规办，需要当我们半个山头的钱，但是有了情义哪还会算这个账呢。

让我最为感动的是，我父亲含冤投河自尽，几乎所有人都躲避我，向我投来异样的目光，只有阿嫂走近我，悄悄塞给我两个煮熟了的鸡蛋。虽然她讲不出什么安慰的话语，但是一切都在不言之中，一切都在两个鸡蛋之中。同插队的知青一个个走了，知青屋里只剩下我一个人，阿嫂对我更好，就像对一个亲弟弟。每天吃的咸菜、蔬菜都由她家包了。家里只要有好吃的，哪怕孩子不够吃也要送给我吃。我母亲、兄弟到乡下来，她把他们当成自己的亲戚接待。春节我不回家过年，她总要请我吃饭，送我过年的花生、瓜子和自做的糕点。她知道我找了个漂亮的城里老婆，很为我高兴，说一定要带到乡下来让她看看。一次我的屁股被人锄了一铁耙，她马上从兔子身上拔下一把毛，给我堵伤口，说这是最有效的止血方法。

我返城了，一开始和她家还有点联系，他家人来宜兴会到我家歇歇脚，后来我走上了仕途，联系就中断了。还是十年前，她为孙女中专毕业找工作来到了我办公室。我热情接待了她，并做了力所能及的帮助。

又十多年没有见到阿嫂了，一想起她我心里就会充满着内疚。她对我是全心全意的，可我对她却是半心半意的，她对我毫无保留，可我为他们做得实在太少，我没有尽心回报她那在雪中送来的炭火之情。

（2015 年 11 月）

小 亲 娘

人记忆最深的事莫过于身处困境之中得到温暖和关爱。插队的十年，无论精神还是物质都是最困难的时期，既要适应独立生活，又要学习各种农活，经受饥饿和寒冷的考验。在非常时期，哪怕能得到片言只语的安慰，稍纵即逝的微笑，都像是寒冬里的阳光，干渴时的甘霖。所以我一直记得插队时对我最好的两个人，一个是隔壁的阿嫂，另一个是五保户小亲娘。

小亲娘年逾七旬，村上辈分数她最大，全村男女老少都叫她小亲娘。小亲娘早年丧夫，未有生育，享受"五保"，队里安排她半间小屋，吃喝拉撒全在这不满十平方米的小屋里。因为烧土灶，屋里所有东西都被烟熏得灰不溜秋。小亲娘是个瘦高个，一双小脚，常年都是一身自制的蓝色大门襟衣服，头发全白了，梳了个丫髻，嘴里不剩一颗牙齿。身体倒硬朗，声音洪亮，个性刚强。因为是"五保户"，有人会在背后骂她"吃白食""众人养"，如果被她听到，就会张开那张瘪嘴破口骂上半天："我靠的是毛主席和共产党，不是靠的你！"骂声东村西村都能听得到。

大概她和我天生有缘，下乡的第一天见到她，我跟着队里人喊她一声"小亲娘"，她开心得不得了，拉着我的手，从上到下把我打量了半天，说："作孽，作孽，嫩皮嫩骨的城里人要来吃我们乡下人的苦了。"自此以后，只要见到我，就会"金荣""金荣"叫个不停。宜兴话"久雄"接近"金荣"，她谐这个音一直这么叫我。

下田劳动，她家是必经之路。每次经过她家门口，总要叮嘱几句："暴苦难当，不要太出力，慢慢来。"收工回来，她总要问我有什么东西要洗，有什么东西要补。见到村上的小孩缠着我要我讲故事，她就会大声呵斥驱赶："快回去，人家累一天了，早点休息！"

每到自留地上收黄豆，晒黄豆，掼黄豆，捡黄豆的事都由她包了，把一大袋黄豆清理得干干净净送到我门上。她烧什么好吃的东西，都要给我留一点；人家送她什么吃的东西都要偷偷塞给我一点；到了过年，总要高一脚底一脚地来到知青屋，敲开我的门，送我一包年货，里面有瓜子花生、炒米糖糕，还有团子。

我父亲冤死后，人们见到我唯恐避之不及，小亲娘把我拉到她那小屋里安慰我说："你爹有什么想不开的，告诉你娘要想得开，把身体养好。"一句话暖人肺腑，催人泪下。

小亲娘没有子女，她把我当自己的小辈，处处想着我，护着我。我也把她当成自己的长辈，常从城里带一点松软的零食给她，她会笑得合不拢嘴，村前村后炫耀一番。

小亲娘唯一的生活来源就是五保户的待遇，基本口粮、柴草和有限的一点零花钱，但她就像一只微弱的萤火虫，对我毫不吝啬，毫无保留，尽其所有，尽其所能，发光发热，为我照明，给我温暖。

时光荏苒，当年我这个只有十八岁的小青年现在也快到她当时那个年龄了。时间越是久远，她那形象在我眼前越是清晰，她那真情越像一团火焰在我心里燃烧。

（2015 年 12 月）

老　谢

雨天我送妻子去菜场买菜，汽车停在路边香樟树下等候，突然一辆脚踩三轮车从车旁擦过。那个老态龙钟的踩车人不是老谢吗？插队落户时，老谢和我同在一个屋檐下生活了好几年，尽管时光荏苒，久未谋面，还是一眼就能认出来。

五十年前，老谢曾经风光过。他肯吃苦，耐力好，擅长长跑，多次在县和地区运动会上摘冠夺魁，创造纪录，一时间，掌声和赞美声簇拥了他。这是他一辈子最大的荣耀。可是眼前的老谢，腰背近乎四十五度的佝偻，一脸纵横交错的皱纹如深沟险壑，茂盛的头发从中间开始谢顶，三四厘米长的白胡须布满了脸颊和下巴。岁月就是如此无情，生活就是如此残酷，难以置信眼前的老谢和当年的长跑冠军会是同一个人！

老谢是六六届高中毕业生，比我大三岁，家里他是独子，所以结婚成家的愿望比别人早。队里有个绰号叫"牛婆"的大个子姑娘和他偷偷相爱了，但是对方父母嫌老谢家穷，又是知青，迟迟不放口。好心的队里人暗中撮合，让他们未婚先同居，等生米煮成了熟饭，迫使岳父岳母就范。老谢终于如愿以偿，和挺着大肚子的"牛婆"成婚了。

插队后，老谢再没有参加长跑比赛的可能了，但展示自我的欲望还很强烈。他托我给他找个上台唱歌的机会，他会用俄语唱一首名叫《修正主义的阴谋破产了》的阿尔巴尼亚歌曲。真的有机会了，公社要我去参加广场演出，我就带上老谢，我拉小提琴，他唱歌。当我的前奏拉完，他怯场了，硬是开不了口，台下哄笑起来，他只能尴尬地溜下台。以后他再也没有向我提出上台献艺的要求。

老谢虽有点小算盘，但还仗义，不卖友。1970年，溧阳出了个书写反革命匿名信事件，镇江地区说排案要扩大到宜兴和溧阳临近的几个公社。于是我们插队的潘家坝公社成为排查的重点地区，知青尤其是知青中家庭出身不好的成为排查的重中之重。公安部门召集几个出身好的知青开会，要他们揭发知青中的阶级斗争动向。老谢出身好，也在其中。会上有人告发知青偷听敌台的事，有人检举知青说对社会不满的话。当问到老谢时，老谢故弄玄虚，说我们知青组牢骚最盛，公安马上警觉起来，气氛骤然紧张。老谢不紧不慢卖了个关子："队里老是克扣我们的工分。"一场虚惊不了了之。

虽然老谢是老高三毕业生，可是厚重少文，不善文墨，无心机巧，唯独喜好体力劳动。这可能与他年轻时喜爱长跑，会吃苦，有过人耐力有关系。人只有选择自己的强项才能让自己活出精彩。

水西中学缺了个初中数学老师，我们几个知青民办老师竭力推荐老谢。通过审查，老谢出身好，又是高中毕业生，于是顺利当上了民办教师，上初中二年级的数学课。四十分钟的课，老谢十五分钟就讲完，剩下的二十五分钟无法打发，又缺乏驾驭学生的能力，所以凡老谢上的课，必是乱课，凡老谢管理的班级必是乱班。老谢的书教不下去了，这时正好有知青上调的机会，公社干脆让他招工，坏事反倒成了好事。

老谢分配在丁山大兴厂当工人。厂里看他是老高中生，征求他意见选什么工种，他说什么工种工资高就干什么工作。大兴厂推大缸是计件制，多劳多得，于是他就干上了推板车的活，专门运大缸。记得20世纪80年代初我出差丁山，第二天天未亮就赶前往无锡的汽车。当走到大兴厂门口，突然红灯闪亮，铃声响起，运大缸的板车队浩浩荡荡而来。在黑暗中听到有人呼唤我的名字，循声一看，在车队中依稀见到老谢身负重载的身形。我知道他的肩上负着的不仅是一车大缸，还负着一家七口人生活的重担。

20世纪80年代中期我到教育局工作了，老谢找到我办公室，要我帮他调到宜兴来。按政策帮他调到了面粉厂。到了面粉厂他依然要求当搬运工，因为搬运工的工资比其他工种要高一点。

后来我离开教育局，到乡镇工作了，一次在餐馆吃饭，见到老谢夫妻俩站在我们的餐厅外等候什么。多年不见，一下子觉得老谢老多了，上前和他握手寒暄。工厂的机械化已经代替人工，卖苦力的老谢也已下岗，为了维持生计，夫妻俩和多家饭店签约，帮他们洗餐桌布。我眼眶一热，掏出一包香烟塞在他手里。

又二十多年过去，我也青丝变白发了。看着久违了的老谢，想掏包烟给他，可是我已经戒烟了。

人生就是一个过程，途虽殊，归相同。当年的知青都进入老年，不管返城后各自走的路有什么不同，但愿以后的归宿都能是平安和健康。

（2015 年 7 月）

鲜艳的中国红

新西兰奥克兰市 Glendwer 中学 12 年级教室突然变成了一个中国红的世界。

教室前方贴着"富国花开家家乐，喜庆吉祥岁岁欢"的红对联和"五福临门"的红横批。教室天花板上飘曳着一串串红灯笼。玻璃窗上贴满了红窗花。教室后方的中华人民共和国地图周围，布满了中国戏剧脸谱、一只只红钱袋和一个个大红"福"字。

中国红教室在学校里炸开了锅。那林林总总的中国红饰物饰品让在中国万里之外南半球的青年们大开眼界，让"不知有汉无论魏晋"的英联邦国家的学生看到了别开生面的另一个世界，让他们感受到了中国人充满浓郁年味的习俗。学生们新奇不已，兴奋不已，激动不已，拥抱着中国红的装饰者，簇拥着他们的班主任，对着这位华人老师狂呼："杰克老师，我们爱你！"

杰克老师是我的儿子。我的儿子在这所新西兰国立中学里当老师。

出国留学人员定居国外，搞科研、当教授、做生意的居多，而当中小学老师的实在是凤毛麟角。儿子就是凤毛麟角中的一个。儿子学历不低，硕士研究生毕业。儿子成绩也不错，读本科读硕士都是荣誉毕业生，可是怎么会在异国他乡当一名普通的中学老师，甘愿拿着撑不死饿不死的菲薄薪金呢？

也许是基因的作用，也许是环境影响的缘故。他的祖父祖母是老师，他的父亲伯父是老师，他出生在教师世家。遗传的顽强力量，造就了他热爱传道授业解惑的基因，家庭的耳濡目染在他心底种下了长大后当老师的愿望，无论到哪里都不会改变。儿子在新西兰留学毕业后，从南岛到北岛，就业的目标基本围着学校的工作转。实践证明，当一名中学教师是最适合他的职业选择。看起来当中小学教师平凡，但是在新西兰能找到教师的职业不是一件容易事。需要专业师范院校的毕业证书，需要经过正规的训练，需要通过严格的考核。儿子为了当一名合格的中学老师，可谓煞费苦心。

他放弃了梅西大学的工作，自费读了一年师范专业，又经过一层又一层的近乎严苛的考核，终于得到了奥克兰大学师范学院院长的一句评价："你生来就是当老师的料。"儿子顺利拿到了英联邦国家教师资格证书，很快成为新西兰的全职教师，受聘于奥克兰 Glendwer 学校。

儿子确实是当老师的好料。十年前在苏州星海国际学校教英语时就崭露头角，他编写的教案成为整个 ALEVEL 课程教学系统的范本。在德威国际学校工作时，他的学生遍布英联邦国家知名大学，深得学生爱戴，深受学校好评。

教语言，他游刃有余，可是新西兰奇缺的是数学老师。学校要他教高一高二的数学。儿子学的是文科，数学不是他的强项。"热爱"是最好的老师，学生是他的第二生命。为了学生，为了胜任数学教学，他动力无限，把别人喝咖啡的时间都花在备课上。天才出自勤奋。先会飞的往往是笨鸟。幸好儿子的数学基本功还不错，新西兰高中的数学课程只相当于中国的初中内容，不仅很快适应了，而且教得风生水起，引来学校领导、同事和学生一片叫好。他用形象思维为抓手，娴熟地运用启发式教学方法，成功地把学生引入了枯燥的逻辑思维王国，由浅入深，由直观到抽象，生动易懂，引人入胜，变味同嚼蜡为有滋有味。学生家长纷纷向他表示感谢："我的孩子原来很不喜欢数学，但是在你的教育下，现在对数学越来越有兴趣了。"

中文教学是他的强项，他教两个不同年级三个班的中文课。他让学生通过中国语言文字的学习，了解源远流长的中国历史，灌输博大精深的中国文化，喜爱上那个名叫中国的古老国度。他还教旅游，不免要把学生带进中国的名山大川、历史古迹之中。

师德是老师能否受到学生、家长和社会认可和尊重的必要条件和本质要素。儿子生来忠厚老实，为人善良，无论到哪里都一以贯之奉行"捧着一颗心来，不带半根草去"的中国师范理念，把满腔的爱注入到他的每个学生身上。他循循善诱激发学生学习的积极性，他孜孜不倦为学生答疑解惑，他悉心关心学生的身体和生活，他为丰富学生的课余生活，会毫不吝啬地掏尽原本捉襟见肘的生活费。

"投之以木瓜，报之以琼瑶"，儿子的教师心、中国心换来了外国学生衷心的爱戴，学生家长发自肺腑的感动。他常常会收到家长的感谢金或感谢物，恪守师德师道的儿子会向学校报告，按学校规定，或谢绝，或还礼，或上缴。

真正让儿子感到快慰的是，一开学，很多学生家长找到学校，要求把自己的孩子调到他的班里。一位新生显得异常兴奋，她对她的杰克老师说："我很幸运，学校把我分在你的班里。因为我的哥哥是上一届你的学生，他说你是学校最好的老师。"这对于重情轻利的儿子来说，非常高兴，非常珍惜。这远比金钱物质重要得多。正因为此，儿子尽管一周 23 节课超负荷工作，但是乐此不疲，其乐无穷。

奥克兰市 Glendwer 中学 12 年级的教室里，中国红在彰显着中国的年味，中国的情调，中国的文化，更充盈着儿子这位华人教师对他异国学生的爱，也洋溢着异国学生对自己老师的敬。中国的师德师范，中国人的大爱，在中国红教室里弥漫、扩散、回旋。

最喜欢最有兴趣的工作能成为自己的职业是世上最幸福的事。儿子选择了老师这个自己喜欢的又是太阳下最崇高的职业，所以不在乎收入的多寡，不见异思迁。"君子固穷"，作为孔子的传人，理当遵循先贤的教诲，更应恪守先哲的训导。

愿中国红在儿子的课堂里继续红下去。

（2020 年 2 月）

得意的老岳父

老岳父已经九十高龄了，可是背不驼腰不弯，脸色红润，身手矫健，反应敏捷，模样起码要比实际年龄小二十岁。

老岳父是体育公园的常客。每天清晨就可以看到他和几个老友在篮球场投篮的身影，每天上下午都可以看到他和年轻人在一起绕着田径场健走，边走边朗声说笑。

老岳父为何如此年轻，也许和他的职业有关。20 世纪 60 年代，老岳父是宜兴锡剧团的台柱子，专演英雄人物，如《红岩》中的许云峰、《年青一代》中的林坚、《焦裕禄》中的焦裕禄……。他在台上的一招一式，年纪大一点的老宜兴人都记得一清二楚。走在路上，还常常会听到有人用剧中人物名招呼他。老岳父的年轻和非凡气质，与他多年的舞台生涯和艺术结缘不无关系。

可是与他同样经历的剧团同事并不都像老岳父那样健康长寿，身体好坏、寿命长短和心态有关系。"文化大革命"后，老岳父调到工艺美术厂当厂长，看似升了官，可是福兮祸所伏，剧团是事业单位，工厂是企业单位，官是升了，企业的退休工资不到事业的一半。老岳父想得开，他觉得健康比物质重要，长寿比金钱要紧。健康来自快乐，快乐来自心态，老岳父心态好，自然看年轻了。

也许有人会说老岳父身体好看着年轻，是因为儿女孝顺，福气好。这话也没说错。四个子女，虽不是大富大贵，却竭尽孝顺之能事。父母缺什么就给送什么，父母需要什么，不等开口就买什么。不只关心物质生活，而且重视精神生活，一有暇余时间，四个子女便簇拥在父母身边，让父母充分享受天伦之乐。

年龄越是增长，老岳父越发看年轻。周日那天，天没大亮，老人家就出现在体育公园。只见他身着一件崭新的墨绿色 T 恤衫，神采飞扬，步伐高远，形象格外醒目。

周围人汇聚过来，七嘴八舌嚷起来："老爷子，穿新衣服了？""老爷子真精神!""儿子买的还是女儿买的?""还是名牌,价格很贵吧?""起码几千元!"

老岳父笑而不答,露出得意而诡谲的神色。

老岳父紧跟时代,不甘落伍,前几年买了只智能手机,在儿女们的指导下,学会了玩微信,成为忠实的"低头一族"。接收信息,发送信息,联系朋友,联系子女,把智能手机玩得溜溜顺。亲手做了馒头,裹了馄饨,包了团子,便通过微信让子女们一一前来领取。时间一久,老岳父已不满足于此,还想上档升级,用手机购物。极具悟性的老岳父很快掌握了网购方法。学以致用,即学即用,他听说"拼多多"上的东西又好又便宜,于是上了"拼多多"购物。

第一样东西买什么呢?老岳父是老帅哥,长得帅的人不论年龄大小都喜欢买衣服。他选中了一件挺括的 T 恤衫,价格只要 19.8 元。价廉物美,老岳父很快下了单,第二天衣服就收到了。

围观的朋友们一听都笑起来了。老岳父也跟着哈哈大笑,笑得非常得意,笑得脸上像绽开了一朵花。老岳父笑的不只是因为得了便宜,更为自己的成功而得意。围观人的笑也不只因衣服价格便宜得意外,更有懂得这位老人不衰老奥秘在其中。

(2020 年 6 月)

三　自然的故事

品味"岁寒三友" 松竹梅

松竹梅为"岁寒三友",园林绿化少不了松竹梅。我们小区当然也有岁寒之中的"三友"。细心观察品味松竹梅,思想会得到新的启迪,心灵会得到良多的慰藉。

松

乔木松树高大挺拔,四季葱茏。"大雪压青松,青松挺且直。要知松高洁,待到雪化时。"陈毅元帅这首五言诗是对乔木松树形象和精神最好的描述和概括。

我们小区里的松树不是陈毅元帅笔下的那种乔木松树,而是灌木松树,它的名字叫五针松。

何谓五针松?叶子为针状,长三到五厘米,深绿色,细弱而光滑,每五枚针叶簇生为一小束,一束束针叶簇生在枝顶和侧枝上,形成了它特有的优美形态,也成就了它五针松的名谓。小区里栽种在花坛里的五棵五针松,树身不高,枝叶短小,灰褐色的树皮;树叶层层递进,错落有致,婀娜秀美。多姿和端庄,妩媚和苍劲,在一棵树上得到了和谐的统一。五针松极具观赏价值,庭院绿化总少不了它们。

乔木松树高大,灌木松树矮小,乔木松树气势雄浑,灌木松树风姿绰约,两种树种相去甚远,两种风格迥乎不同。但是它与乔木松树同属松科,同样耐得住严寒,熬得起冰雪,一年四季,都是常青常绿。

看着五针松苍劲优美的树姿,感受它们傲视冰雪,不屑酷寒的风骨,体味它们不忘其本,不改其色,不变其宗,异曲同工的神韵,深受感动。五针松代表着松树族群的精神,为人类创造了多元、多样、多彩的世界。

竹

毛竹太大太高,入不得小区,有种名叫孝顺竹的小品种竹子可以做精彩的园林绿化小品,美化业主生活。

孝顺竹是灌木状丛生竹，竿瘦个矮，枝叶纤细。竹根在地下延伸，竹根上的竹芽萌生出新竹，新竹簇拥着老竹子，就像儿女团团围着长辈一样，所以叫孝顺竹。竹子的特点是清秀颀长，一看就惹人喜欢。雅士喜欢画竹，文人喜欢写关于竹子的诗文，最著名的就是苏东坡"宁可食无肉，不可居无竹"的诗句和郑板桥画的几支水墨竹子。

小区四号楼下栽了几株孝顺竹，虽然竹子的个体十分细小屠弱，但是簇拥在一起却显得盛大茂密。每次经过它们的身边，总会多看几眼，欣赏它们亮丽的身姿，幽雅的气质。

丛竹边上有一棵构骨树，长得蛮横茁壮，张牙舞爪，密不透风的蜡质树叶闪烁着令人胆战的寒光，叶子上长着的尖锐而锋利的硬刺，使得鸟兽人都不敢走近它，更不敢轻易去惹它。怪不得人们给它起了个绰号叫"鸟不食"。

奇迹出现了，偏偏在那棵构骨树中透出了一棵纤细的孝顺竹子，在茂密的构骨树叶间亭亭玉立。构骨树如刀锋如利剑，孝顺竹如秀女如稚童，构骨树暴戾恣睢，孝顺竹温文尔雅，构骨树尖利，孝顺竹柔弱，可是秀竹不畏强暴，不恤身残，从刀丛之中破剑而出，立于其中。竹子的勇气是如此惊人，穿透力是如此坚锐，真叫人俯身折腰。

由此我发现了竹子的优点不只是能耐寒冷，四季常青，不只是优雅清丽，给人感官和心情的愉悦，那无所畏惧的气概，迎难而上的精神，激励着生活在现实中的人们。

梅

那是一棵落叶丛生的灌木树。那一树椭圆形对生树叶，长得密不透风，整棵树葱郁茂盛，青翠欲滴。

这棵树从春天到夏天，从夏天到秋天，用全年四分之三多的时间，向人们展示它满树的绿叶，蓬勃的生机，但是很难引起人们对它的注意。因为它的树叶不像桂花树的蜡质叶片那样闪闪发光；因为它只是单一的绿色，不像石楠树那样随着阳光的强弱而变幻着或绿或橙或红的色彩；因为它树身柔弱，不像那些参天乔木树那样高大魁梧，顶天立地。它实在太普通，太平庸，太不起眼了。

这棵树叫蜡梅。

尽管现在是如此不起眼，但是在天寒地冻，冰雪封冻之时，在万木萧疏、百花凋谢之季，尽管它自己也落光了树叶，枝干枯瘦，形容枯槁，但是它凌霜傲雪，踏雪而来，一树黄花冲寒而开，敢为百花之先。花朵花蕾色黄似蜡，扑鼻的花香从花骨朵里飘散出来，色艳而不俗，香浓而不厌。因为花似蜡质，所以人们才称之为蜡梅。因为在冰天雪地里唯有它一支独放，所以蜡梅成为人们的精神象征。

当百花盛开的时候，它凋谢了；当万木葱茏的时候，它显得平淡了。但是它没有怨艾之言，没有浮躁之心，不去回顾昔日之辉煌，不再眷恋曾经有过的精彩，也不在乎人们是否还知道它是傲霜凌雪的蜡梅，义无反顾，默默无闻，创造绿色，吐出氧气，增加负氧离子，继续为人类作出贡献。

蜡梅以其特有的精彩给人们留下永恒的记忆。

（2016 年 6 月）

天南地北话杨柳

　　说起杨柳树，可以说无人不知，无人不晓，但是为何叫杨柳树，知之者却甚少。

　　早在一千四百多年前，隋炀帝统一中国后，隋炀帝用七年的时间，倾全国之力，开凿了世界上最长的人工大运河，北起北京，南至杭州，成为继万里长城后又一个宏大的工程，贯通了中国东部地区南北水上交通。运河竣工后，隋朝大臣虞世基建议在运河两岸种上柳树，既可以美化运河，又可以加固河堤。隋炀帝杨广认为此建议不错，不仅亲手栽种，还御书赐柳树姓杨，享受与帝王同姓之殊荣。从此便有了"杨柳"之称。

　　杨柳四季敏感，易活速生，树形优雅，身姿清丽，深受人们的喜爱。贞观年间，唐太宗李世民传旨天下，"驿道栽柳树以荫行旅"，从此杨柳从河边走向了路旁，大唐所有的驿道边皆为婀娜婆娑，秀美潇洒的杨柳树。

　　文人钟情于美好的事物，袅袅轻扬的杨柳成为文人笔下的佳句绝唱。"漏泄春光有柳条""春色先从柳荫归""柳暗花明又一村""春风杨柳万千条"等名句脍炙人口，古今传诵。唐代大文豪柳宗元对柳树情有独钟，他那首《种柳戏题》五言律诗抒发了他偏爱杨柳的志趣："柳州柳刺史，种柳柳江边。谈笑为故事，推移成昔年。垂阴当覆地，耸干会参天。好作思人树，惭无惠化传。"柳宗元病逝后，柳州人民为他修了柳公祠，让柳树与他的灵魂相依相伴，不离不弃。

　　人们都说杨柳娇嫩细软，性喜湿润，讲究条件，只适宜平原沃土、水边溪畔生长，离不开水，耐不住旱，抗不了寒，受不起贫瘠之苦，生长快而寿命短，是江南风情的特征，是柔弱娇惯的化身。其实大谬也。

　　在西藏拉萨大昭寺前偏偏有一棵千年古柳。那是公元七世纪中叶，文成公主远嫁吐蕃国君主松赞干布时，特地从长安带去的柳树苗，种植在大昭寺周围。一是为和亲远嫁身在异地，可以遥思家乡，惦记大唐，不忘亲人，二是"柳"谐"留"，自己永远留在那里，要让大唐和吐蕃的友谊世世代代地传下去。这棵名为"唐树"的古柳，历经漫长的时间跨度，经受高原干旱寒冷缺氧气候的考验，茁壮生长。虽然古人早已仙去，但是文成公主希冀永葆民族友好的愿景，在杨柳树坚强不屈、长盛不衰的生命中绵延和传承。

不仅西藏有柳树，而且从潼关到新疆长达数千里的驿道上，也有望不尽的柳树荫。那是晚清时期左宗棠征战西北，收复新疆时，倡导军民种下的行道树。他以此明志，要把自己满腹爱国的热情，一腔报国的热血，七尺身躯，留在边陲，洒在疆场，葬在新疆。干旱没有泯灭它的生命，风沙没有摧毁它的意志，一百多年来，当年幼小的柳树已经长成了参天古木，依然保持着翠郁青葱的昂扬生机。后人称之为"左公柳"。

由此可知，杨柳是友谊树，英雄树，是生命力顽强的长寿树。

人们常说杨柳树中看不中用，只起美化环境，满足眼球视觉的作用，枝干弯曲，木质酥松，树干空洞，树皮粗糙，做不了大材，成不了大器。其实杨柳树浑身都是宝，只是用途不同而已。柳叶可以作牲畜的饲料，柳条可以编制箩筐，树干不会变形，是上好的家具用料。杨柳还有特殊的化学价值，化学家可以从中提炼火药。杨柳更有药用价值，柳叶可以清热解毒，降低血压；柳絮可以止血化瘀，医治牙痛；柳根能够祛风利湿，消肿止痒；柳皮能够除痰明目，治疗疥癣顽症；柳枝有接骨之妙用。

杨柳树在人们面前显示出的好像只是柔软和细腻，温顺和妩媚，其实秀美来自它的刚毅和粗犷，倔强和豪迈。到了冬天，修理工修剪杨柳树，锯掉了树冠，砍光了枝丫，留下累累伤痕，露出白色的创口，杨柳树依然倔强地挺立着身躯。这时我就会想起《山海经·海外西经》里刑天这个神话人物，"刑天与帝争神。帝断其首，葬之常羊之山。乃以乳为目，以脐为口，操干戚以舞。"这时的杨柳树，其形象和气概酷似被帝砍了头依然挺立的刑天，"以乳为目，以脐为口"，桀骜不驯，器宇轩昂，悲壮激烈，感天动地。它们在满怀信心等待着春天的到来，一到立春，伤口上马上长出树枝，刀疤上立即舒展出柳条，形成更茂密的树冠，重现它的柔软和细腻，温顺和妩媚。

这就是我眼中的杨柳树，形象和气质，感观和效用一致的完整的杨柳树。

（2014 年 1 月）

馥郁芬芳的香樟树

原来宜兴城里的大街小巷，行道树都是法国梧桐树。虽然法国梧桐树干粗壮，树冠庞大，夏季遮阳的面积巨大，但是一到春天满天花絮，一到夏天满树蠹虫，一到秋天满街落叶，一到冬天满身光秃，无论是从环保角度看还是从景观角度看，法国梧桐作为行道树都存在着许多不尽如人意之处。

1995年宜兴城进行大规模的老城改造，大街上的法国梧桐树被香樟树取代。香樟树做行道树有着明显优于法国梧桐树之处：一是它属于常绿乔木，四季有叶，二是它的树身里会透出樟脑味，具有天然的防病防虫功能，三是树干挺拔，树叶茂盛，树形秀气，美化环境，四是能够吸附许多有毒有害的气体，净化空气。为此香樟树不仅在宜兴各地得到普及，而且被定为宜兴的市树。

香樟树作为宜兴的市树十分恰当，因为宜兴四季分明，多雨湿润，土地肥沃，非常适合香樟树的生长，所以宜兴的香樟树比任何地方都长得好，长得美，长得蓬勃兴旺。

可是事物总会有特殊，气候经常会有异常。2008年那场百年未遇的特大暴雪给香樟树带来了严峻的考验，许多作为行道树的香樟树，都被大雪压弯了树枝，压垮了树身。对于聪敏的宜兴人来说，应当讲天算不如人算，驻宜部队的官兵和宜兴的男女老少一起，手持竹竿，走上街头，敲打树上的积雪。宜兴的香樟树避免了一场灭顶之灾，一棵树都没有受到影响，雪后的树长得更粗壮，更茂盛，更蓬勃，等于比别的城市早栽多栽了十年的树。

时隔八年，宜兴又遭到了一次百年未遇灾害的袭击，西伯利亚罕见的寒流来了，温度降到了零下十三度。面对这种霸王式的极寒，四季常绿的香樟树居然颤抖了，呻吟了，萎靡了，稀疏了。好在寒流光顾的时间不长，奄奄一息的香樟树在死亡的边缘上苦苦挣扎了一阵，总算熬过了一劫。

春天到了，大地复苏，万象更新，百花争妍，草木葳蕤，本来就是常绿树的香樟树，换上了嫩绿色的新衣裳，恢复了原有的郁郁葱葱和勃勃生机。

进入了暮春，宜兴城的上空弥漫着特别的香味，馥郁芬芳，淡雅清新，不厌不腻，沁人心脾。香自何来，味从何出，循香寻去，原来香味来自香樟树上的花。只见小花密密地开了一树，含而不露，多而不艳，淡黄中渗出翠绿，细腻的香味从肉眼几乎看不出的花萼花瓣中逸出。花是那么淡，味是那么雅，清淡的香味随着春风飘洒到了整个宜兴城。只知道香樟树因为产生樟脑味而得其名，不知道香樟树的花香会这么独特，这么纯正，这么悠长。

看着香樟树花开得那么稠密，闻着香樟树花香得那么宜人，我不禁想起了那句古老而通俗的名言："梅花香自苦寒来"。香樟树的花香不也是来自冬季那场极寒吗？世上一切美好的东西不都来自各种不同的磨难吗？

（2016 年 5 月）

那一对叫"对节白蜡" 的树

　　火辣辣的太阳光直射在大地上，腾起的滚滚热浪把小区里的常绿树烤得耷拉下了脑袋，片片树叶也卷起了半张脸，隆冬时对抗寒流朔风的英雄气荡然无存。树叶里长鸣不休的知了声，似乎在为树木喊出酷暑中无奈的心声。

　　在那片绿树丛中，有两棵不知名的树给人与众不同的感觉。

　　树干不粗却长得挺直，树高不过五米却枝繁叶茂，树叶不大却张张叶片舒展，树冠收紧成绿色的圆锥形。格外引人注目的是那树枝，一对一对生长，一律垂直向上。近看像插满了一树的碧玉簪，又像一头冲冠的怒发，远看酷似刺向蓝天的锋锷。它们在骄阳面前毫无惧色，毫不屈服，在副高压带面前，针锋相对，一争高下。这两棵亭亭玉立、眉清目秀的树，有着一身不屈的气节。

　　这两棵树叫什么名？因为树实在罕见，问了不少人，居然无人知晓。打听来打听去，还是那个维护园林的老人告诉了我，它们叫对节树。为何叫对节树呢，老人给我讲了这么一则故事：

　　在一千多年前的盛唐时期，武则天把天下所有的奇花异树都收集在宫中，天下仅有的两棵对节树，也在其中。武则天对对节树情有独钟，一棵栽在她寝宫的窗外，一棵栽在御花园。对节树的树叶很像人的手掌，树枝像翡翠一样透亮光滑，在皓月的映照下，对节树就像一尊千手观音在守护着武皇，守护着大唐的江山。信佛的武则天对对节树更是宠爱有加，每天和它们同饮琼浆玉露。对节树经御酒天长日久的浇灌，发出宜人的香气。武则天把对节树御封为国树，并传下口谕，除了她，任何人都不能碰这些树。一年大年三十吃年饭，武则天喝醉了酒，下诏御花园里所有的植物都要在第二天开花，供她和大臣们观赏。可对节树偏偏不领武则天的情，第二天只有它抗命不开花，因为不满意武则天的颐指气使和暴戾恣睢。武则天龙颜大怒，命人把对节树砍成一节一节，又叫宫女把它们全身都插满绣花针，埋到了皇宫外面。在埋的时候被湖北京山的一位商人看到了，他就带了两节回家乡种养。这样对节树就在京山繁衍生息开了，那满身的绣花针变成了一对对笔直向上的树枝。

民间的传说最具创造性和想象力，总要采用浪漫主义的色彩，赋予植物人格化，揭示真善美，表达人们的好恶情感。传说是传说，现实是现实，听了精彩的传说故事，我又从网上查阅了有关对节树的资料。百度上说，对节树属于木犀科梣属植物，原产湖北京山和钟祥。人们之所以不熟悉对节树，因为这个树种1975年才被发现。1989年被国家列为国家保护级珍稀濒危植物，被世界誉为"活化石"。对节树不仅有魅力无比的观赏价值，而且体内还能分泌出重要的工业基础原料——蜡质，所以它名字的全称是"对节白蜡树"。

这就是完整的对节白蜡树。

每天走过这两棵对节白蜡树的身边，总要把目光停留在那一对对秀美而坚强的枝节上，体味这两棵树外圆内方，外柔内刚，外秀中惠的独特个性，在盛夏酷暑面前显示出的不屈气节，感受它们形成的气场。

（2015年8月）

三 自然的故事

小区里的那棵罗汉松

我们的住宅小区里，园林绿化不错。一是树多，只要有空地就栽上了树，尽管树是栽在覆盖在水泥板上的一层土壤里的，水泥板下是庞大的地下车库，但还是一个劲地向高处窜，往横里长，郁郁葱葱，蓬蓬勃勃；二是树木的品种多，花树有梅花、樱花、桂花、广玉兰、夹竹桃等，果树有桃树、梨树、枇杷树、杨梅树、银杏等，还有红叶石楠、红枫、女贞、芭蕉、铁树、秀竹等，乔木的，灌木的，林林总总，不下几十个品种；三是多名贵树种，榉树、檫树、香樟、红豆杉、五针松、含笑、白蜡等。小区里四季是绿，四季有花，四季飘香，四季流韵。在这样的环境里居住，就像生活在阆苑中，在林荫中散步，犹如行走在瑶林间。

很少有人注意，在小区西侧的樱花树丛中，掩映着一棵绿色的小树，这是一棵与众不同的树。

主干直立挺拔，灰褐色的树皮有鳞片状的裂纹，显示出一股倔强向上的气概。树干支撑着卵形的树冠，分枝形成一个个小树冠，显得高雅绰约。树叶条状披针形，螺旋状互生，排列紧密，叶端尖细，基部楔形，溢出不屈不挠的气势。过了冬天，黛绿的树叶中透出翠绿色；到了春天，翠绿色变成了黛绿色；过了夏天，黛绿色又透出了翠绿色；到了寒冬，又是一树黛绿，绝无半点杂色。小树以其盎然的生机，充沛的力量，栉风沐雨，经霜傲雪。总之这是一棵不同凡响的树，身形独特，神韵清雅，气质高贵，性格沉稳，默默无闻地生长在树林之中。

此树谓何名？罗汉松。为何叫罗汉松？每年的八九月份，是它结籽的季节，种子渐渐成熟，颜色由绿色变成红色，圆圆的籽长在其中，其形其状恰似光头和尚身披一身鲜红的袈裟，故谓之罗汉松。其实罗汉松并不和松树或杉树同在一个种属里，而是单列为罗汉松科罗汉松属，只是因为罗汉松是四季常绿的乔木，树叶酷似松针，木质胜于松树，所以也称之为松。

罗汉松是罕见的名贵树种，有很高的观赏价值。人们在欣赏它古雅苍劲丰姿的时候，也赋予它丰富的"园式物语"。有人把它看作希望的象征，财富的希望，快乐的希望，幸福的希望，长寿的希望；有人把它当成神明的化身，认为栽上一棵罗汉松，神明在冥冥之中能够帮助人们驱邪避祸，护佑平安健康；有人把它比作善良宽厚的长者，和颜悦色，笑容可掬，恭迎宾客，谦送友人；有人把它比作美丽的使者，树身美，树冠美，树叶美，气质美，浑身上下无处不美；有人把它比作清廉的雅士，一身正气，仙风道骨，不谄不媚，不卑不亢；有人把它比作睿智的哲人，鼓励人们笑对坎坷，直面舛难，把生活的正能量源源不断地传递给人们。

罗汉松生长在美丽如画的园林里，心不浮，气不躁，我行我素，泰然处之，不和鲜花争艳，不和周遭树木争高，不和变色树种争俏，而是按照自己的生理规律潜滋暗长。尽管比别人长得慢，它不自卑；尽管比别人长得矮，它不气馁；尽管人们的眼球多注视色彩艳丽的树种，它不去羡慕嫉妒恨，而是恪守淡泊，保持宁静，活出自我，活出风采，活出特有的精气神。

我在这个小区里已经生活七八年了，居然一直没有发现这棵隐藏在树林里的罗汉松。我不仅想起了那句古语："小隐隐于山，大隐隐于市。"罗汉松就是"隐于市"的大智慧者，令人肃然起敬。

（2015 年 9 月）

渎边两棵古银杏

渎边上有两棵古银杏树，一棵在洋溪的师渎村，一棵在新庄的浯泗渎村。这两棵树相传是东吴大帝的母亲吴国太亲手种植，距今约有 1800 年了。

虽然两棵树是在同一时间，为同一个人所栽，但是模样却大不一样。

师渎的那棵银杏一身创伤，树枝被折断一半，树身被撕成两半，树腹被火烧成焦炭，成为空洞，疙疙瘩瘩的树皮像不规则的钟乳石，像冷却了的岩浆。可是树依然活着，枝叶依然茂盛，到了秋天，硕果依然累累。

浯泗渎的那棵银杏长得魁梧粗壮，枝繁叶茂，富态雍容。有二十余米高，十余抱粗。侧生的新枝丫将老树干团团包裹起来了，状如子抱老母，冠如棚盖遮阴，宛如一个大家庭，其乐融融，其喜洋洋，一派志得意满、蓬蓬勃勃的气象。

这两棵树各有各的精彩，师渎的悲怆，浯泗渎的喜兴；师渎的残缺，浯泗渎的完整。这两棵古树模样迥异，各自美丽，源于不同的遭遇。

师渎的银杏曾遭雷击，东向的那个大树杈被击断，树杈倒下时，巨大的力量把剩下的西向两个大树杈撕成两半；太平军攻入宜兴，火烧万善庵，银杏树就在其中，树枝被烧掉一半；小孩玩火，把髓心烧成焦炭，只剩下一层厚厚的树皮；太湖里一阵台风刮来，把五十多米高的树身拦腰折成了二十多米；不久又一场大火焚身，幸亏抢救及时才免于一死。

浯泗渎的银杏虽然也经历了师渎银杏同样的时代，但是比起师渎的银杏来要幸运得多，战争、动乱、天灾、人祸均和它擦肩而过。战火没有烧到它，台风没有折断它，雷电没有击倒它，无知的孩童也没有伤害它，千百年来它平平安安，顺顺当当，多子多孙，世代同堂，兴旺发达。

师渎银杏多舛的经历形成了它悲剧美，而浯泗渎银杏顺坦的历程成就了它的喜剧美。

世间万物既有普遍性又有特殊性。同在三国时期种下的树，经历居然会如此不一样。也许师渎的那棵银杏太高了，高达五十多米，成为万善庵的镇庵之宝，成为太湖里航船的航标，木秀于林风必摧之，所以会被拦腰折断，会被雷电击中，会被撕成两半，会屡屡被焚烧。也许浯泗渎的那棵银杏不像师渎的那么高，不仅台风和雷电不注视它，连太平军也无暇顾及它，因此在漫长的动荡年月里得到了偏安一隅的安逸，能够充分享受渎边香灰土和夜潮地里的营养和水分，生活得有滋有味。

世上像浯泗渎银杏那样无忧无虑、舒心如意地生长生活的事，实在微乎其微，而像师渎银杏那样多灾多难、曲折坎坷的经历却屡见不鲜。喜剧的美固然令人羡慕，令人垂涎，但是悲剧的美会给人以心灵的震撼和永久的回味。师渎那棵银杏，火烧不死，水淹不死，雷击不死，风折不死，人摧不死，病虫害侵袭也不死，虽然身分两半，腹中空洞，髓心枯焦，仅靠着一层表皮滋养着枝叶，支撑着整棵大树，不管烈日严霜，凄风苦雨，照样枝繁叶茂，生机盎然，照样挺立在太湖边。还有什么比它那不屈不挠的精神更感人肺腑的呢？

一个是残缺美，一个是完整美；一个是悲剧美，一个是喜剧美；一个长于精神，一个优于物质。它们互相对立，互相批判，但是谁也离不开谁。没有师渎银杏的残缺，浯泗渎银杏的完整何以证明？没有浯泗渎银杏的幸运，师渎银杏历尽坎坷的身世有何价值？浯泗渎银杏的幸运和幸福是我们追求的目标，师渎银杏的磨难和历练是我们难以回避的过程。同是吴国太手植的两棵银杏树，在漫长的时空里形成的不同身世，反衬了双方的价值。它们合在一起才是完整的美丽，完整的社会，完整的人类，完整的世界。

师渎的银杏树，出现了树根向上长的奇迹，那密密麻麻的小树根，高达一米多，纵横交错，盘根错节，环抱着伤残的树身。浯泗渎的银杏树在子孙们的拥抱下，如绿屏青盖，越发年轻。时光荏苒，世事沧桑，它们在向世人显示着生命的厚重和庄严，它们将继续凭借着自己的精神和物质顽强地生存下去。精神和物质相互依存，相辅相成，互为影响，相为作用，少了两棵树中的任何一棵，另一棵就没有存在的意义了。

（2015 年 7 月）

胡 杨 礼 赞

在茫茫沙漠中，在死一般寂静的洪荒里，挺立着一棵棵合抱粗的大树，这是胡杨。

戈壁大漠，没有绿水，没有青山，没有人呵护，只有贫瘠和干旱，只有骄阳和燥热，只有朔风和严寒，只有寂寞和孤独。生命到此却步，植物到此销声匿迹。只有胡杨在贫瘠和干旱中顽强生长，在骄阳和燥热中不屈抗争，在朔风和严寒中奋勇拼搏，在寂寞和孤独中坚强屹立。枝干横逸竖斜，树身峥嵘嶙峋，树冠杂芜繁茂，树叶绿意盎然，即使到了漫长的冬天，树叶枯而不黄，枯而不落。古老的银杏虽然有一树金黄的小扇子在煽动着不尽的悠悠古风，但是无法和具有一亿三千五百万年生命的活化石胡杨相比，苍翠的松柏虽然经风霜不凋，树叶如钢针般不屈，也无法与不畏风沙干旱，活着一千年不死，死后一千年不倒，倒地一千年不朽的胡杨气质相比。更不说纤纤如丝、腰肢袅娜的杨柳，一抹胭脂取媚于春风的桃李，不敢见一片冰霜的棕榈树，片刻离不开温湿水乡的老榕树了。胡杨这样顽强的生命力，铮铮的铁骨，伟岸的形象，令人惊叹，令人肃然起敬。不愧"沙漠脊梁"的称号。

胡杨是沉默的树，具有坚定信念的树。沉默是金，沉默是一种珍贵高尚的品质。信念是意志的基石，信念是坚守的动力。绵延的沙漠，茫茫的沙海，填平了万顷碧湖，消逝了千里清河，湮灭了座座城郭，埋没了无数村庄。在万劫不复中，只有胡杨向沙漠发出无言的挑战，把根深深扎到数十米的土壤中，吸取有限的水分，把千年不死的绿意、千年不倒的精神，即使倒下也要留下千年不腐的骨骼，竖起万年的丰碑，震慑着沙漠，撼动着戈壁。沙漠戈壁的死亡之神，无法夺取胡杨的生命，无法渗透胡杨的灵魂，无法改变胡杨的理想和信念。不管风云如何变幻，胡杨固守千年不变的信念，孑然挺立，不卑不亢，傲视风暴，任岁月沧桑，任大漠迷茫，始终不渝追逐着梦想的家园，默默地送走一个又一个昨天，期待着一个又一个明天，在昏黄中奉献一片绿色，在渺茫中给大自然以信心，在绝望中给人以憧憬和希望。

胡杨有凛然的风骨，更有宽广的胸怀。上天吝啬，不赋予它必要的水分，它毫不计较，把根穿透到沙漠深处；沙漠贫乏，没有有机养分，它就把苦涩的盐碱当作生存的营养；风沙和干旱，四十多度的高温，零下四十多度的极寒，肆意蹂躏着它，却奈何不了它倔强的生命。上天对它不公，环境对它苛刻，人类对它冷漠，它全然不计较，对社会、对人类的回报却是那么慷慨，那么无私，那么丰厚。胡杨木质坚硬，耐水抗腐，是上等的建筑和家具材料；树叶富含蛋白质和盐类，是牲畜上好的饲料；木纤维素长，是造纸的优质原料；体内的碱性物质除食用外，还用来制造肥皂，用来制革；树根吸收盐碱，可以"拔盐改土"，是改良土壤的功臣；即使倔强的身躯倒下了，庞大的根系仍然在护卫着沙堆，不让其流动，不让环境继续恶化。

胡杨有顽强的性格，也有独特的美丽。近处看，怪异诡谲的树身如同仪态万千的根雕，镌刻着令人不尽咀嚼和思索的远古历史；粗糙皲裂的树皮，如同远洋探险归来的航船上缀满的千疮百孔，记录着经风搏浪的精彩；扭曲变形的树干，如同剽悍的弓箭手拉开强劲的弓弩，凸起的一身饱绽的古铜色肌肉；纷披的树枝如旋风直指天空，如同喷吐出的蛇信，摇曳升腾的绿色火焰。远处看，苍浑而凝重，遒劲而突兀，犹如从奥林匹亚山擎着火把向你奔来的古希腊男子汉。无风时，岿然不动，肃穆超然，犹如静禅；劲风掠过，如同金戈铁马呼啸而来，如同惊涛骇浪翻卷而动。胡杨树一身都是力量，一身都是精神，一身都是魅力。

胡杨不乏丰富的感情。"男儿有泪不轻弹，只是未到伤心处。"胡杨虽然一腔男儿情，一身英雄气，也会哭泣流泪。当身体难以承受过度的盐分，它会偷偷流泪，但是不想让人们看到它针扎般的痛苦和煎熬，默默消化盐碱对自己身体的侵蚀。如果有人在它的身上挖下一块肉，就会流淌出黄色的汁水，那是它伤心的泪水，无声的哽咽，万般的委屈，对野蛮的控诉。它见证了亿万年间的海陆变迁，又度过了冰川时代，如今正在直面新的灾难，经受更严酷的考验。

胡杨横空出世，威风凛凛，是名副其实的英雄树。它把顽强的精神和意志埋藏在树根上，把饱受创伤的经历刻在树皮上，把坚定的信念写在枝条上，把无私奉献的胸怀蕴藏在身体里；把最深沉的情感融化在泪水里，把要倾吐的一切付于飞沙走石与日月星辰中，把伟大的精神留在天地间。

人有一种死不叫死，而叫作万古；树有一种枯不叫枯，而叫作千秋。胡杨虽死，精神万古，胡杨虽枯，豪气千秋。荒凉的沙漠有了胡杨就不再荒凉，人类有了胡杨精神就没有荒凉人生。

（2013 年 12 月）

新西兰的圣诞树

　　新西兰有一种树，拉丁学名叫 Metrrosidendron Excelsa。这种树在每年的十二月份，圣诞节前开花，所以称之为圣诞树。圣诞树开的花称之为圣诞花。

　　南半球的十二月份正是盛夏季节，一树花开，鲜艳热烈，美丽迷人，而且为新西兰所独有，所以被新西兰人誉为"第二国花"。第一国花是土著毛利人命名的银蕨，第二国花便是英国移民命名的圣诞花。

　　圣诞树是大乔木，常绿树种，高大魁梧，枝繁叶茂，四季青葱浓郁，苍翠欲滴。有的树一二支树干相依，有的树三五支甚至更多支树干结伴，围在一起，抱成一团，组成一棵大树。圣诞树高度会超过 20 米，树枝会伸展出 35 米，形成的树冠会达到二三百平方米。圣诞树既有伟岸之雄，又有纤细之秀。叶子与树干迥然不同，细小而厚实，黛绿而闪光。叶盖着叶，枝压着枝，就像一把撑开的巨型绿伞，头顶蓝天，遮阳庇荫。伟岸和纤细和谐地融合在一起，既令人为之倾倒折腰，又令人为之舒心怡神。春天可以在树下休憩，夏天可以在树下赏花，秋天可以在树下乘凉，冬天可以在树下呼吸新鲜空气。

　　圣诞树又叫火树。圣诞树花开，满树火红，覆盖了葱绿的树冠，像一棵熊熊燃烧的火树。花开在圣诞节前，真像是特意为节日献上的一份厚礼。圣诞花十分靓丽，红红的装束，饱满的花形，像芙蓉花那样秀丽，像玫瑰花那么绰约，在绿色中吐艳，在青色中绽放。圣诞花的花期很长，不像昙花虽美却只是一现，不像樱花虽妍却以快速陨落来吸引眼球。它从含苞欲放到喷芳吐蕊，足足要延续五个月以上的时间。夏天花开，开到冬天到来。花越开越多，越开越红，红花挂满了枝头，开满了树冠，红得无边，纯得无际，开得不知疲倦，终日不眠，红透了整棵树。圣诞花的结构与众不同。它的形状犹如一串串红红的毛刷子，稠密的红丝构成了毛茸茸的外表，里面隐藏着淡黄色的芯子。可是那毛茸茸的红色细丝不是花瓣，而是花蕊，那隐在红色花蕊之中的淡黄色部分才是花瓣。花瓣在内，花蕊在外，红色在外，黄色在内。圣诞花就是如此无私，把自己最美丽的部分尽献给人们。

圣诞树不像一般的花树，只有其表而无其实，只有观赏价值而无使用价值。圣诞树属于桃金娘科、铁心木属植物，木质坚硬，具有韧性，出材率高，不易开裂，适用于建筑、家具、胶合板用材。具有如此高的生态园艺景观植物，居然是上乘的优质木材，不仅难得一见，更是难得一求。

圣诞树虽然美丽奇特，雍容华贵，但是它对大自然一点不挑剔，一点没有苛求。它耐贫耐瘠，在条件恶劣的悬崖岩缝里照样生长，尤其喜欢选择火山岩地区生活。在新西兰特有的环境里，扎根火山岩土壤，享受阳光的抚爱，接受风雨的洗礼，一股劲地生长，长得又高又大又典雅。

大地创造了新西兰。新西兰特有的天时地利条件养育了圣诞树。圣诞树开出了圣诞花。圣诞树知恩感恩，以完美回报大地，奉献人类。称之为圣诞树当之无愧，称之为"新西兰第二国花"名副其实。

多看看圣诞树，多看看圣诞花吧，四季常青，郁郁葱葱，一身红装，满面红光，绿得诱人，红得彻底。在长空白云下展示丰姿，为青山绿洲增添色彩，向世人昭彰自己特有的品格。

（2017 年 5 月）

擦 树 开 花

一场罕见的寒流刚过，宜兴自行车公园里的擦树就开花了。

那是一片由几十棵擦树组成的小树林，每棵树有十几米高，一米多粗。擦树生长速度缓慢，木质坚硬致密，既属于观赏树种，又属于高档木材，算得上名贵树木。这片树林已经有一百多年的寿命了，为何人所种已无法查考，这样的擦木树林在江南一带很难见得到。为了保护这片小树林，新建的旅游干线阳灵公路从它们身边转了个大弯，绕道而过。

天气还在寒冷中徘徊，那擦树枝上冒出了一个个小花蕾，花蕾绽开了六片披针形黄色花瓣，花中沁出淡淡的香气。花很小，但是开得密，每根枝条上就像缀满了无数的碎金，整棵树就像披上了一身闪烁着金辉的纱衣，整个林子像蒙上了一层金色的帷幔。擦树花与蜡梅花相近，蜡梅树矮小，擦树高大，擦树花比蜡梅壮观。擦树花与迎春花相似，迎春花开在平地上，而擦树花开在高空中，擦树花开得比迎春花有气势。擦树花色相与油菜花差不多，但油菜花是开在温暖的三月，而擦树花是开在寒冷的正月，擦树花开得比油菜花有劲道。在隆冬之后的大萧条中竟会有如此的精彩，实属稀罕之物。

"山不在高，有仙则名；水不在深，有龙则灵""酒香不怕巷子深"。虽然自行车公园地处偏僻，但是消息灵通的"驴友"们，纷纷自驾着汽车从苏锡常、宁杭沪这些大城市赶过来，一睹擦树花开的风采。他们一边赏花，一边拍照摄像，他们通过互联网，把肃杀之中少有的亮点发送给亲朋好友。那些照片和视频在网上广泛传播后，又引来了更多的"驴友"和摄影"发烧友"云集在擦树林边。

那场百年难遇的极寒天气，把温暖的江南地区搅得周天寒彻，气温居然降到零下13℃。在朔风和冰雪的肆虐下，常绿树像害了一场大病，萎凋了，落叶树连一张叶都不剩。那片本来生机盎然的擦树，一个个光着膀子，在寒风中摇曳颤抖，深灰色的皮肤在开裂，又瘦又高的个子显得更加单薄。眼前的一切萧条屡弱、惨淡，让人觉得大有世界末日即将来临之虞。可是谁也没有想到，时序进入立春，气温依然寒冷，擦树便准时开出了一树金花，为大自然涂上了一抹鲜艳的色彩，为人们创造了酷寒中的温暖。怪不得前来观赏擦树开花的人越来越多，竞相把擦树的精气神定格在脑海中，记录在相机里。

人们在互联网上发送的不只是擦树开出的美丽花朵，而且在把春的希望传递给尚在严寒中困惑的人们。有人在担心，如此天寒地冻，何时是尽头？擦树告诉人们，擦树花开了，春天已经来了，尽管天气还很冷，那是暂时的，不久将大地回暖，万物复苏，百花盛开，绿树葱茏。不要迷茫，不要忧郁，坚信客观规律无法替代，不可逆转。到那时，擦树枝繁叶茂，整个自行车公园里风光无限，美不胜收。

赶快去看一看擦树开花吧，林子尽带黄金甲的精彩稍纵即逝，更值得一看的是，个中蕴含的永恒的人文内涵。

（2016 年 2 月）

迎 春 花

立春了。迎春花开了。

虽然立春了，但天气依然寒冷。细长的迎春花枝条在寒风中摇曳，没有叶片，没有生气，看似枯槁，可是一夜之间居然长满了金黄色的小花。花虽小，花虽嫩，花朵却尽情地舒展着花瓣，姿态端庄，花色秀丽，花香淡雅，气质非凡。迎春花长在草木中，犹如金星洒落在绿荫丛中；迎春花长在公路边，犹如金箔撒落；迎春花长在河岸上，河床犹如飞泻着金色的瀑布。它向人们奉献着冬春更迭时第一个令人振奋的画面，灿烂辉煌的景色。

我惊讶迎春花的守信。它和其他的植物一样，经受着漫长冬天的摧残：朔风、寒冷、冰封、雪盖。叶掉了，枝条枯萎了，四五米长的枝条有气无力地下垂着，无可奈何地随风摆动着，显得那样孱弱，甚至那么可怜。可是上天对它的托付是它坚定不移、不可更改的信念，诚信给了它战胜艰难困苦的潜在力量。它在严酷的环境中依然快乐地活着，耐心地等待着，倔强地与大自然抗争着。它不叫苦，无怨言，守时间，不失信，一到立春，它作为上天的使者，马上闪亮登场，迅速向人间报道春天来了，就像格林尼治时钟那样准时。

我感动迎春花的献身精神。当太阳光直射在赤道上便是春分，但是太阳光向北移动的速度很慢。虽说春天来了，春天的脚步有时会踯躅徘徊，有时会举步不前，有时甚至会向后倒退。所以，有时风雪漫天，有时温暖�... 身，有时寒冷彻骨。正当迎春花展开花瓣时，常常会遭到寒流的袭击，会遇到冰风冷雨的抽打，会被冰雪覆盖。刚开的花会立马凋谢飘落满地，会变得惨不忍睹。敢为人先者往往最容易受到伤害，先于百花报道春天来到者最容易遭到摧残。可是迎春花毫不顾及自己的安危，心甘情愿地承受风霜雨雪的折磨，乐意成为春天的信使。

迎春花的可贵在于耐得住寂寞。它不急功近利，不争俏于群芳。有一瞬间的辉煌，能给人们短暂的美好观感，给人以新一年的希望和生活的热情，它就心满意足了。一年四季中，迎春花的开花期仅有几十天的时间，在其他三百多天里，几乎无人关注它，搭理它，照看它。别的花开了，它的花谢了，秋天来了，它的叶子也凋零了，但是它的枝还在，根还在，无论旱还是涝，寒还是暖，土地肥沃还是贫瘠，照样出生成长，插枝便可繁殖，随处能够生存。正因为它有这样的品质，所以枝可长万年，叶可青万年，花可开万年。

迎春花开属于自然，花谢花落也属于自然。自然产生万物，自然产生真善美，自然产生哲学。

我爱迎春花。它虽小却灿烂，花期虽短却热烈而辉煌，让人赏心悦目，让人鼓舞振奋。

（2015 年 2 月）

醉人的油菜花

春天最美的花莫过于油菜花。

经过漫长冬天的苦熬，迎来了春天。幼嫩的油菜迎着春日，享着春风，沐着春雨，迅速长粗长大，菜薹猛地从中窜出，似乎一夜间长到近一人高，浑身缀满了朵朵黄灿灿的十字小花。一株株，一垄垄，一片片，金波翻滚，生机勃勃，馨香淡溢，蜂蝶纷至。给人振奋，给人希望。

江南气候宜人，冲积平原土地肥沃。江南人在这片膏腴的土地上，既种粮食又种油料作物，所以田野里是一片麦苗，一片油菜，麦苗和油菜相间，黄色和绿色相映。一边绿色悦目，一边黄色耀眼；一边黛绿沉稳，一边金灿跳跃；一边带给人们眼球的享受，一边把甜蜜蜜的丝丝花香送进人的口鼻。麦苗为大地铺上绿地毯，菜花为地毯镶上金边。好一派江南醉人美景，好一派大地春光。

西南边陲，地无三尺平。那里的油菜花又是另一番风采。人们在高山峻岭上开凿出梯田，抗争自然，稼穑庄稼，改变人无三文银的命运。梯田层层叠叠，盘旋着向云天攀升。梯田里的泥土是靠人工从山下背扛肩挑运上去的，铺在坚硬的山石上。尽管土层不厚，但是油菜接到地气，照样蓬蓬勃勃开出满身黄花。远眺绽放在梯田里的油菜花，如块块金片嵌在山腰间，如条条织锦飘在云间。油菜花在云中闪着光，在山间流着彩，如一幅朦胧的画编织着无数美妙的梦。

最壮观的油菜花还是在大西北。广袤的西域，无论高山还是平地，水边还是土丘，一到开春，都种上油菜。到了七月份，气温只相当于江南的春天，迟开的花朵分外峥嵘。眺望漫山遍野的油菜花，像滚滚黄金在流淌，从山头流向山脚，从山下漫向山顶，越过了一个山头又翻过另一个山头，缓缓地涌向天边。气度恢弘，浩浩荡荡，把荒凉的高原打扮得富丽堂皇。青海湖边，更是一个黄金的世界。油菜花丰腴茂盛，密密匝匝，看不到边际。磅礴，厚实，灿烂，壮美。青海湖为之波澜不兴，顿时失色，飞鸟到此驻足，游人踯躅不前。魅力无穷，辉煌不尽。

油菜花的灿烂不分天南地北，不管土地肥沃贫瘠。在江南地区长势当然旺盛，在西南山区的梯田里照样茁壮，即使在空气稀薄的青藏高原，也会流金炫彩。只要有阳光和土壤，哪怕上苍吝啬雨水，也阻碍不了油菜花的竞相绽放。

近看油菜花，实在微不足道，小小的一朵黄花，孱弱的生命，不起眼的色彩。但是无数的小花紧密团结，无隙地聚合在一起，就成为势不可挡的金色海洋。任凭风刮雨摧，油菜抱成一团，不离不弃，众志成城，栉风沐雨，小小的黄花依然金光闪烁，炫人眼目。

油菜花开，从大到小，从高到低，虽然花序排列参差不齐，但是色彩是那么一致，清一色的黄，纯而又纯，没有半点色差，更没有半点杂色。它们固守本分，拒绝各种诱惑，不为外物所动，始终不改变本色。

油菜花的美丽和旺盛来自冬天的酷寒。没有大棚，没有温室。最冷的天不惧怕，最厚的冰雪不回避。把根深深扎在土里，憧憬着春回大地，期盼着温暖的到来，以在希望中产生的力量与严寒和冰雪抗衡争斗。春天一来到，大地一回暖，积蓄在生命中的力量酿成了磅礴之势，不失时机迸发出来，辉煌的色彩便在田野中流动，无限的生气便在天地间升腾。

油菜花确实美丽，但是它的价值并不仅在于让人观赏。当它的花谢了以后，长出长长的果荚，饱含着圆圆的种子。成熟后，人们把它那种籽榨出食用油。油是人类不可须臾离的物质，菜油是人类食用最广泛的植物油。有了油就增加了人类的营养，改善了人类的生活，增强了人类的体质。不但如此，菜油还可以替代化石油品，广泛应用于工农业生产。

世上有不少奇花异卉，那只是一朵、一团、一片的鲜艳。有什么样的花能像油菜花那样浩瀚壮阔，无际无涯，又有什么花会像它那样纯净无瑕却又灿烂辉煌，更没有别样的花会像它那样不仅给人赏心悦目的感官享受，而且会产生巨大的物质财富。是勤劳的人们栽培了它，是质朴的土地给了它生命的营养，是严冬苦寒磨练了它的性格，是春天的气温给了它生长的力量，所以使得它成为不是自然意义的花，而是人化了的花，满贮人意志的花，寄托人理想的花，具有感动心灵力量的花。

如果没有油菜花，春天不会那么精彩；如果没有油菜花，世界肯定会逊色。

（2014 年 3 月）

信心不失紫薇花

太阳光直射着北半球，如火一样烘烤着大地，从早到晚，把天烤得碧蓝碧蓝，成为难得见的"水晶天"，把地烤得热浪翻滚，变成偌大的"桑拿房"。知了叫个不停，树叶卷成了团，路上见不到行人，医院里挤满了中暑的大人小孩，蚊子都被热死了，再吝啬的人家也不得不二十四小时连续开空调。这样的高温已经持续一个多月了。

今年（编者按，指 2020 年）天气真特殊，入夏后 42 天浸泡在梅雨之中，漫长的梅雨一结束便把人们抛进无休无止的高温酷暑之中。在煎熬中熬过小暑和大暑，在煎熬中送走立秋，在煎熬中又迎来了处暑。

虽然进入了小暑，可是副高热带依旧牢牢地控制着长江中下游地区，气温依旧保持在三十五摄氏度以上，天仍然蓝得出奇，地上仍然滚动着热浪，知了还是不停地叫，树叶还是卷成团，路上还是不见行人，医院里还是中暑人群不断，家里的空调还是二十四小时轰鸣。天气预报时时有"雷阵雨"的消息，可是既听不到雷声又见不到雨点。有了希望便会有失望，气象台干脆一直报告着"晴天"和"高温"，免得人们在希望中失望，在失望中抱怨，在抱怨中绝望。冬天的极寒需要夏天的酷暑补偿，前所未有的洪涝需要前所未有的干旱平衡，漫长的夏季低温需要疯狂而持久的"秋老虎"相克相抵。老天就这样左右着大自然。人们像是茫茫苦海中的漂泊者，无奈地等待着世界末日的来临。

就在这几近绝望之时，猛然见到一棵树干洁净、树姿优美的紫薇，在困倦的绿树丛中探出一身粉红色的鲜艳花朵。那如盘的花穗，如霞的花瓣，光彩耀眼，如火如荼，耳目为之一新，精神为之一振。在这酷暑无花季节，紫薇居然会顶着烈日，一花独放，满树绽开，实属少见，其精气神令人感喟不已。

紫薇花在高温中开得那么乐观，它给人们带来的不只是独特而奇异的美，而是彰显着可贵的精神和智慧。正当人们身处困厄之中，缺失信心之时，紫薇花已经看到了太阳的直射点正在从北半球向南移动，太阳光和北半球的角度在变小，虽然赤日的炎热不甘心立刻消退，但是秋天的到来是无法违背的客观规律，凉快替代炎热是不可抗拒的自然法则。于是它们一到立秋季节，不管气温如何，挺身而出，迎着如火的骄阳，开出灿烂的鲜花。它们在鼓励人们不要失去信心，目前的困难只是黎明前的黑暗，眼下的酷暑是一种最后的挣扎，希望产生于再坚持一下的努力之中。

紫薇花在酷暑中开得那么淡定，显示的不只是色彩的艳丽，而且在展示着卓识和远见。矛盾会有特殊性，更有必然性；变是绝对的，不变是相对的。紫薇花洞察到了天气微妙的变化：白天虽然炎热，但昼夜的温差开始变大；天气虽然顽固坚持着高温，但不时有阵阵凉风袭来；"秋老虎"虽然在逞凶发威，但是这是最后的猖獗，时序离白露不远了。它在告诫人们，要透过现象看本质，不要被暂时的表象挡住眼睛，满怀信心地去拥抱秋天的到来。

宋代大诗人杨万里有诗盛赞紫薇花："似痴如醉弱还佳，露压风欺分外斜。谁道花无红十日，紫薇长放半年花。"紫薇花不是一现的昙花，花期很长，号称"百日红"，紫薇花开得很盛，号称"满堂红"。热烈的紫薇花不仅会陪伴着人们战胜眼前难挨的高温迎来名副其实的秋天，还将和我们一起享受清风明月，一起收获秋天的硕果。

（2020 年 8 月）

花与树四章

梅 非 梅

我从小就景仰梅花。

梅花以其凌霜傲雪的风骨而被历代文人视作崇高精神、卓越品格的象征。中华人民共和国领袖毛泽东尤其推崇梅花，不仅在他的诗作中多处提及梅花，而且以"卜算子"的词牌专门写就了一首咏梅诗："风雨送春归，飞雪迎春到。已是悬崖百丈冰，犹有花枝俏。俏也不争春，只把春来报。待到山花烂漫时，她在丛中笑。"把梅花俏丽的形象，与冰雪抗争的精神，不与百花争春的胸怀，勾画得淋漓尽致。领袖咏梅，《红梅赞》等一大批以梅喻人、以梅抒情的歌诗舞曲蜂拥而出。

时序进入了小寒，一年之中最冷的时节到了，蜡梅花也开了。蜡梅树在寒风中摇曳着光溜溜的身子，瘦骨嶙峋，没有一张叶片蔽体，显得分外孱弱。然而枝条的两侧却盛开着小花，一朵朵，一簇簇，一团团，密密地开满了一树。小花多瓣，由内中外三层花瓣组成，中间吐出丝丝花蕊。花色淡黄，似蜡质，无一点杂色。蜡梅树虽然单薄，蜡梅花虽然细小，但是傲然独立于寒流之中，不畏凛冽的朔风，无视飘零的雪花，笑对满地冰霜，不猥琐，不打蔫，不枯萎，倔强桀骜，争相绽放。蜡梅不仅光泽鲜亮，而且散发出淡淡的幽香，淡雅的香气在寒风中飘逸弥漫、沁人心脾。这正印证了古人"枝横碧玉天然瘦，恋破黄金分外香"的诗句。

仔细端详着一树蜡梅花，明白了古人为何为它取上"蜡梅"这一芳名。一是因为蜡梅开花之时正是在寒冬腊月；二是蜡梅花"类女子捻蜡所成"。而那"腊"字，周代写成"蜡"，秦代写成"腊"，"腊""蜡"二字相通。

南方多蜡梅，蜡梅就是梅花，蜡梅树就是我从小崇敬的树，蜡梅花就是我从小景仰的花。这一概念在我的心里根深蒂固，难以更改。

可是查看了李时珍的《本草纲目》，颠覆了我固有的概念，蜡梅花并非梅花："此物非梅类，因其与梅同时，香又近，色似蜜蜡，故得此名。"原来，蜡梅和梅花并非同一科目，两者亲缘相去甚远。蜡梅属于蜡梅科，落叶灌木，而梅花属于蔷薇科。蜡梅在寒冬腊月里开花，梅花在早春时节开花。只是花形相近，花香相似，人们就误以为是同种。

人常常会因固有的观念而进入误区，因追慕虚名而迷失方向。一开始我为蜡梅不是梅花而大吃一惊，颇有点失望。其实这是一种附庸风雅的心态，大可不必。蜡梅比梅花开得更早，所处环境更为恶劣，但是它冲寒而开，久放不凋，淡黄高洁，艳而不俗，香气袭人，清而不浓，既有与梅花相近相似之点，又有超越梅花之处。人常常为虚名而困扰，其实虚名并不重要，蜡梅是否属于梅花也无所谓，重要的是蜡梅在严酷的环境之中显示出的那股浩然正气。

此梅虽非那梅，但是蜡梅胜于梅花。

（2015 年 1 月 8 日）

为黄山栾叫好

进入深秋，柳树蜷曲了舒展的叶子，悬铃木叶开始由绿变黄，花树果树的叶子渐渐枯萎凋零。秋天正以其"萧疏"向冬天的"肃杀"过渡。

但是，在街头上，道路旁，树林里，不时可以看到这样的树：在它们墨绿葱郁的树叶里，结着橘红色的果实。那果实是一个个灯笼般的泡泡，灿灿的泡皮包裹着一颗颗核。果实或一簇一簇地结着，或半树半树挂着，或满树满枝全覆盖。一株株，一行行，一片片，"小灯笼"是那么蓬勃兴旺，是那样辉煌灿烂。如锦缎飞上树梢，如云霓飘落枝头，如团团火焰在树上燃烧，如马良的神笔为大自然挥洒出一道热烈奔放的色彩。

树名叫黄山栾树。

黄山栾树前半生显得平凡平庸。它不像杨柳那样具有季节的敏感性，当杨柳已经满树翠绿了，它才刚刚发芽长叶；它没有悬铃木那样生有宽大厚实的叶子，在炎热的夏天为人类遮阴蔽日，带来凉快；它也不能像花树和果树那样，春天开出艳丽的花朵，夏天和秋天结出丰硕的果实，以颜值和果实取悦人们。但是它不甘沉沦，羞于平庸，养精蓄锐，厚积薄发，就在它满树叶子即将陨落之前，在其他树种的显赫即将消失之际，用其生命的最后一搏，开出了金黄色的花，不久便结出了橘红色的果。

黄山栾填补了生命过程中的缺憾，为大自然添加了光彩，为生命书写了精彩，显示了自身完美的价值。

为美丽的黄山栾的红果鼓掌，为精彩的黄山栾树叫好！

（2015 年 10 月）

樱花之死

20 世纪 90 年代初，日本兵库县的香住町与宜城镇缔结成友好镇，日方向中方赠送了五百株樱花树苗。

樱花树苗栽种在团氿东南岸。数年以后那里成为一个美丽的樱花园。每到春天，樱花怒放，就像天上的云彩飘落到了水渚氿滨，十分艳丽。

想不到今年夏天，这片樱花林死了。

原因是，宜兴今年遇到罕见的洪涝灾害，樱花林在水里浸泡了足足有半个月之久。福不双降，祸不单行，梅雨天结束，天气暴热，罕见的高温天又持续了半个月之久。一涝一旱，一冷一热，使得这片樱花林夭折了。

樱花的花期很短，但是异常美丽。日本人把樱花奉为国花，也作为国礼。因为樱花稍纵即逝的美丽是日本人的精神向往和行为追求。今天所见到的樱花之死，也非同寻常。绿叶变成了红叶，一棵绿树变成了一团燃烧的火焰，一片绿林变成了一片血红的火海。这倒也符合日本式的精神向往和行为追求，死得轰轰烈烈，死得辉煌悲壮。

不管怎样，这片樱花林死了，尽管它们在春天有短暂而美丽的花期，在终老时有火一般的气焰，但是它们在极端天气中无论作怎样的挣扎，还是过不了关。表象的华丽掩盖不了生命的脆弱。

环顾樱花林的四周，林木茂密，葱郁苍翠，遮阴蔽日。其实都是一些普通树种。虽然它们不曾有过炫目的花期，也长不出累累的硕果，只有最寻常的绿叶，但是它们偏偏能够经受住旱和涝的考验，大灾之后依然如故。

美丽樱花树的殒没，倒让人们羡慕和敬仰那些平时视而不见的普通树。

（2016 年 8 月）

小区里的绿化树

我们小区里的树一直长不高长不大。原因是庭院建在巨大的地下车库之上，为安全起见，地面覆盖的土层不厚，所以树木既形不成绿，也成不了荫，更谈不上美观悦目。

为改变小区环境，开发商煞费苦心，对花草树木作了大幅度的调整。先是把分散在共享空间里所有树木集中起来，归成若干个树丛，每个树丛占地几十平方米。树丛的组合，先是选择一棵高大的常绿乔木树种在中央，再在其周围栽上几十棵小乔木树。树丛四周用灌木和草本植物围成一圈，作为一个完整的单元。每单元之间的空地全都铺上草坪。

通过这样的调整，土层没有增厚，树木没有增加，但是收到了意想不到的效果。独木不林，丛树成荫，原本瘦小的树组合在一起，抱成一团，变得郁郁葱葱，茂盛兴旺。

树种的组合颇具匠心。选择的树种基本是常绿树，其中有花树，有果树。无论什么季节，绿色始终是树丛的基调，树丛中一年四季都会有花朵露出笑靥，会闪烁缤纷鲜艳的色彩。春天樱花喷芳吐蕊，夏天紫薇探出娇艳的身姿，秋天金桂银桂缀满叶间，冬天素淡的蜡梅在寒风中散发着幽香。树丛里不仅四季有花，而且四季有果。到了春天，山茶花凋谢长出了果子，到了夏天，枇杷、杨梅纷纷挂果，到了秋天，石榴、无花果躲在树丛里偷偷成熟，到了冬天，构骨结出鲜红的小果子。

在树丛四周镶的那道边，一层女真，一层雀舌黄杨，一层红叶石楠，再一层是杜鹃。女真黛绿，雀舌黄杨淡绿，红叶石楠随着季节的不时变换着色彩，绿色、黄色、橙色、红色，煞是好看。当杜鹃花盛开时，再加一道粉红色，真是一道美不胜收的天然织锦花边。

一个个小树林，枝繁叶茂，里面是小鸟的天堂。鸟儿们天没亮就叽叽喳喳叫个不停，天一亮便飞出林子，不是盘桓在路上，就是盘旋在林子上空，似乎在等待小区里的人走出家门。一到傍晚，准备归巢入林的鸟儿在人缝中钻来钻去，似乎在向人们作一天的告别。

那些树经过重新组合后，明显长高多了，虽还不够粗壮，肯定要比同时栽的同类树高得多。中间那棵乔木树高高地秀在空中，小乔木树围绕着它竞相向上攀升，四周的灌木一个劲地向上窜，连杜鹃花也不甘示弱，绿茵草地生命力变得更加顽强。

原因何在呢？各种植物密密层层地挤在一起，不管是大乔木树还是小乔木树，不管是花树还是果树，不管是灌木树还是草本植物，它们都需要生存。生存需要阳光，需要雨露。为了生存，为了得到更多的阳光和雨露，谁也不甘落后，谁落后了谁就少得生存的要素，谁就有被淘汰的危险。物种为了生存产生了争夺空间的激烈竞争。正是有了这种竞争，树就长得高，长得快，正因为有了这种竞争，物竞天择，物种互补，各展其长，各尽其美，所以小区的环境越发赏心悦目。

今年台风来得多来得猛，尤其是第十二号台风特别凶横。街边路旁刮倒了许多大树。可是小区里的树，看似细小瘦弱，但是一棵都没有折断。抱团产生了力量。

人们合理利用生命竞争和物种互补的原理，使得生命显示出精彩和力量，使得小区变得生气勃勃。

（2018 年 6 月）

无 花 果

幼时跟大人到一个远房亲戚家玩，主人从院子里的树上摘下一只熟透了的果子给我吃，那球根状的果子，肉是软软的，味是甜甜的，溢出独特的清香。大人说这是无花果。从此无花果的名字和它那甘甜而清香的滋味一直留在记忆深处。

读小学时在连环画上看到一则童话故事，说花仙子吃遍了世界所有的水果，觉得最甜的水果是无花果，最鲜的水果是石榴，前者是水果之王，后者是水果王后。

无花果顾名思义是不开花就能结出的果，多少年来我一直为之纳闷。世界万物，皆为阴阳相配、雌雄相交的结果，难道无花果是游离自然规律的另类，来自外星球的怪异之物吗？

现在栽种无花果树的越来越多了，我仔细观察，原来无花果也是有花之果，只是它的花托生得膨大，中间凹陷，像个大房子，把雌花和雄花包裹在里面，外面见不到花，里面却有花。有花就有种子，有种子就有生命，有生命就有果实，这是任何物种都离不开的地轨天道，自然之法。

无花果树缺乏耀眼炫目、招蜂引蝶的光彩，也没有花飞瓣舞、萼凋蕊残的伤感，但是它一年开两次花，结两次果，分别在春光明媚和秋高气爽时分。它悄悄开花，不炫耀，不张扬，潜心孕育果实，把它那淡淡的一点红花悄悄地藏在花托里，默默地把水分和糖浆储存起来，尽可能地省下有限的营养去孕育新的生命，让无花果的肉质变得格外甘甜。无花果向人类奉献的不只是最甜美最富营养的硕果，而且奉献着一份质朴与真诚。

这是无花果的独特之处，我敬重无花果。

（2016 年 4 月）

夹　竹　桃

有一种植物叫夹竹桃。为何叫夹竹桃，古人说："夹竹桃，假竹桃也。其叶似竹，其花似桃，实又非竹非桃，故名之。"

在我们小区二号楼和副楼交汇处的空地上，开发商安排种植了一片夹竹桃。细细看，正如古人所说，夹竹桃的枝干颀长秀美，枝叶似竹子，一年四季郁郁苍苍。从春天开始到秋天，一直盛开着鲜艳的花朵，花期有十个月之多。颜色有红的，有白的，也有黄的，绚丽夺目。花朵形状如漏斗，花瓣重叠，酷似桃花。花朵集中开在枝条的顶端，一簇簇的，聚集在一起，就像一把张开的伞。公园里、公路边，那成片成块的夹竹桃，绵延数公里，盛开着或粉或红的花朵，如云如霞，气魄宏大，蔚为壮观。而夹竹桃开的花朵，会散发出浓郁的香气，可谓芬芳钻口鼻，馥郁袭脏腑。

竹子"未出土时先有节，到凌云处仍虚心"的特点代表了高洁雅士、人淡风轻的人生境界，而桃花"灼灼其华千百年"，象征了美人。夹竹桃既像竹子高雅和坚韧，又像桃花一样芬芳美丽，怪不得会有这样一则民间故事：古时候有个大户人家，生有一位名叫桃的小姐，小姐长大了，爱上了家里名叫竹的长工，桃和竹私下订了婚约，可是因门第差异而遭到桃的父母强烈反对，桃和竹为此双双殉情，化作了夹竹桃。夹竹桃因此会像竹子一样坚韧，像桃花一样美丽。宋代诗人汤清伯有诗赞道："芳姿劲节本来同，绿荫红妆一样浓。我若化龙君作浪，信知何处不相逢。"

可是植物学家说，夹竹桃是有毒植物，体内含有"强心甙"等多种毒素，而且人与动物食用了夹竹桃会致命。于是夹竹桃的身价大跌，尽管它形象婆娑，色彩悦目，香味扑鼻，具有很高的观赏价值，但还是背上了"美丽的外表包藏着祸心"的恶名声，让不知情的人见之避退三舍。

夹竹桃体内究竟如何会有毒素呢？夹竹桃具有抗烟雾、抗灰尘、抗毒物和净化空气的能力，能够吸收二氧化硫、二氧化碳、氟化氢、氯气等对人体有害的气体，能够净化空气中的PM2.5，即使它浑身上下都沾满了灰尘，仍旧能旺盛生长。所以人们把它称之为"环保卫士"。

其实人不去伤害它，它体内的毒素也不会影响人。相反，如果把毒素提取出来，还可以制成防毒、驱毒、治毒的药物，起到以毒攻毒的作用，进一步造福人类。冬天生了冻疮，不妨用夹竹桃的叶子泡上一盆热水，连续浸上几天，就会慢慢痊愈。正是那个毒素在起着奇妙的作用。

因此人们大可不必谈毒色变，更不要攻其一点而不及其余。

看着那一片生长在大楼底下的夹竹桃林，虽然那里阳光并不充沛，土地并不肥沃，但是长得蓬蓬勃勃。它把绿色献给人们，把鲜花献给人们，把香味献给人们，把洁净的空气献给人们，自己却甘受毒气和污染物的侵袭，还要担负恶名，承受骂声，任人误解，任人诟骂，无怨无悔。我对夹竹桃油然而生深深的敬意。

（2016 年 1 月 20 日）

枇　　杷

果树进入隆冬，不要说开花，就是长叶的也几乎没有。但是有那么一种果树，不仅长满了茂盛的绿叶，而且开满了花朵。花很小，色为白，花瓣五块一朵，五至十朵成一束。花朴实无华，并没有多少颜值，又躲躲闪闪，藏匿于绿叶之中，不炫耀自己，不夺人眼球，但是开得密密层层，生机勃勃。在万木萧疏的冬天，那与绿色相间的簇簇白花，多少能给人温暖和希望。隆冬果树开花，真算得上难能可贵的一景。

这种果树是枇杷树。

枇杷树的叶子是长椭圆形，状如琵琶乐器，所以人们谐"琵琶"之音，称它为枇杷。果实呈圆形，似橘，故别名芦橘。

熬过了冬天，进入春天，果树开始开花了。"春华秋实"是果树成长的规律。春天开花，花谢后开始结果，越过夏天，到了秋天，果子才会成熟。所以在相当长的一段时间里，市面上水果要断档。长江下游的南方地区，到了立夏的节气，有"河里三鲜""地上三鲜"和"树上三鲜"上市。所谓"河里三鲜"即白虾、螺蛳、昂公鱼；所谓"地上三鲜"即蚕豆、蒜苗、苋菜；所谓"树上三鲜"即枇杷、杨梅、樱桃。冬天开花初夏结果的枇杷，不属于主流水果，再说它具有地域的局限性。但是那果实远不像树叶那样缺乏颜值，颜色内敛却温润柔和。称为"红沙"的枇杷现橙色，如玛瑙，称为"白沙"的枇杷呈白色，如白玉。果肉都是晶莹剔透，软而多汁，口感甜中带酸。枇杷果让人们在大宗水果短缺期得到一种有效的补充，得到一种独特的享受。怪不得苏东坡会写下这样的诗句："罗浮山下四时春，卢橘杨梅次第新。日啖荔枝三百颗，不辞长作岭南人。"苏东坡把芦橘即枇杷和杨梅、荔枝并列为岭南水果三宝。

枇杷果不仅味道甜美，而且营养颇丰，富含胡萝卜素、果糖、葡萄糖，以及钾、磷、铁、钙和维生素 A、维生素 B、维生素 C 等营养元素。枇杷还有特殊的药用价值，果实和树叶具有润肺止咳、降气化痰的功效。著名的中成药"川贝枇杷膏"，就是用枇杷树叶和其他药材制作而成。

矛盾有普遍性，也有特殊性。枇杷属于水果中的特殊者，另类异数。它不同于一般水果有"春华秋实"的生长过程，而是特殊的"冬华夏实"。当其他果树在寒冬季节沉睡之时，它却独自绽放出满树花朵；当其他水果刚开始结实时，它却和杨梅、樱桃一起硕果累累，让人们一啖为快。它的花不是最美，但是它填补了果花在冬季的缺失；它的果算不得最有影响力，但是它补充了夏季水果的空缺。它以它的特殊性在大自然中为人类发挥了它独有的作用。无花无果时期都是一树葱郁，默默地尽情汲取天地之灵气，然后无私回报给人类。

人们称枇杷为果木中"独具四时之气者"，我觉得毫不为过。

（2016 年 12 月）

幸运的小鸟

鸟叫声是清晨令人心情愉悦的天籁之音。

天还没有亮，小区林子里的小鸟就叽叽喳喳地叫了起来。有的对天长啸，有的向地浅吟，有的清脆悦耳，有的低沉厚实。这长短交替、高低互动的鸟叫声，打破了黎明的寂静，唤醒了熟睡中的人们。由鸟声组成的大自然轻音乐，是那么清亮欢快，那么美妙动听。人们在鸟声中起床，在鸟声中迈出家门，在鸟声中运动健身，在鸟声中开启新的一天。

小区里的绿化虽然没有大树密林，但是细瘦的小乔木树、茂密的灌木丛，长得倒也葱郁繁盛。树是鸟儿的家，林子是鸟儿活动的世界，树多鸟多，林密鸟众。只见一只只、一群群鸟儿在树丛中、在树林里穿来穿去，跳上跳下。有黑色的鸟，有灰色的鸟，有黑白灰相间的鸟，有绿色的鸟，有黄色的鸟，也有多彩的鸟。树林子不大鸟也不大，树林子秀美鸟也长得秀美。

鸟儿看到人们走出了家门，也要飞出林子。一会儿从这个林子飞向那个林子，一会儿从这棵树飞到那棵树，一会儿从树林里飞向天空，一会儿从天空飞到地上。人来了，鸟儿赶到人的身边，大摇大摆跟着人一起前行。见到有鸟从天空飞过，地上的鸟火速赶到同伴的身旁，比翼双飞。清晨的鸟儿是如此欢乐快活，自由自在，与人和谐相处，与同伴亲密无间。

生活在今天的鸟真是幸运，无忧无虑，无拘无束，可谓生得逢辰，生得其所。

今天的鸟儿肯定不会知道昔日同类们的坎坷命运。

民以食为天，以粮为纲，麻雀会吃稻谷，岂能容忍麻雀与人争食，所以把它与苍蝇、蚊子、老鼠一起归在"四害"之中。"除四害"运动开始了，从中央到地方，从城市到农村，男女老少一起敲金属器皿，响声震耳欲聋。麻雀不得安宁，无处藏身，心惊肉跳，精疲力竭，终于身亡坠地，影踪消遁，鸟声消失。麻雀吃谷更吃虫，没有了麻雀，稻谷不被啄食，但是虫子开始横行，肆无忌惮地吞噬稻谷，成片成片的稻苗死在虫口之下。

殊不知虫害对稻谷的危害远远超过麻雀。麻雀恢复了名誉，得到了平反，把它从"四害"中剔除，它的位置由臭虫替代。

粮食歉收，食不果腹，城门失火，殃及池鱼，鸟儿成了人类过失的祭品，成了人们度饥荒的美食。人们见鸟就打，用气枪打，用皮弓打。人们见鸟就捕，用网兜捕，用筛子捕，捕不到就用毒粉毒杀。在天灾人祸中不仅鸟声消失，而且鸟儿几近种群灭绝。

人违天道，人受其害，鸟罹其难，人鸟同命，难以分割。

人们从错误中得到了教训，从摸索中懂得了需要尊重自然，遵循自然规律。人尊重自然，自然尊重人，人保护自然，自然回馈人类，造福人类。人们开始绿化美化自己生活的家园。山上苍翠欲滴，平原绿色流淌，城镇绿丛成荫，乡村绿树成行。树多了，生态恢复了，天变蓝了，水变洁净了，空气新鲜了，环境优美了，鸟多了。人在其中舒畅健康，鸟在其中欢快跳跃。人是那么幸福，鸟是那么幸运。

让我们和鸟儿一起纵情歌唱吧！歌唱天人合一的和谐环境，歌唱千载难逢的美好时代，歌唱来之不易的幸福生活。

(2016 年 6 月)

动物写真三篇

菲利普企鹅岛

到澳大利亚的墨尔本，游菲利普岛是不可少的项目。

菲利普岛位于墨尔本市东南 124 公里处。这是一个企鹅岛。这里的企鹅不像南极的帝王企鹅那么高大，也不像南非的皇帝企鹅那么魁梧，这个岛上聚集着世界上最小的企鹅，身高仅三十厘米，体重超不过一千克，身高和体重不及南极和南非企鹅的五分之一。这样的小企鹅在世界上绝无仅有，相当于中国的大熊猫，被人称为神仙小企鹅。所以联合国教科文组织把这个岛列为世界自然资源保护区，菲利普岛成为世界著名的旅游地。

游菲利普岛就是为了观赏小企鹅。夜幕降临，出海捕食，与风浪搏斗了一天的公企鹅浮出海面，登上小岛。胖乎乎，黑压压，一大片，整整齐齐列成方阵，浩浩荡荡踏上沙滩。只见一只只小企鹅摇摇摆摆行走，急急匆匆赶路，神情专注，目不斜视，憨态可掬。迈过沙滩，登上斜坡后，队形慢慢散开，企鹅们自动分手，走向各自的巢穴。

公企鹅来到安置在茂密的杂草或灌木丛中的家，母企鹅早已在门口等候了。一个热烈而深情的拥抱后，携手步入它们温馨的家。公企鹅把嘴里衔满的鱼虾吐出，让母企鹅和小企鹅美美地享用。吃完后公企鹅安排它们睡觉，自己到洞外站岗放哨。等母企鹅和小企鹅入睡了，公企鹅才入洞休息。

企鹅对家庭是那么专一，那么负责，那么执着，那么敢于担当。无论四季更迭，天气变化，公企鹅都遵着固定的时间早出晚归，循着固定的路线回到自己的家；如果母企鹅到时在家门口等不到公企鹅，就会惊慌失措，发出厉声尖叫；如果一只公企鹅走错了门，母企鹅发现不是自己的配偶，马上会凶横地阻拦驱逐；如果一对企鹅中有一只死亡，另一只企鹅不仅终身不娶或不嫁，而且常常会郁郁寡欢，不久随后而去。

行万里路，来到天涯海角，等候一天时间，看这不到半小时的企鹅夜归。这是一场生动的伦理道德教育课，感同身受，实在值得。

蜜　蜂

春夏秋三个季节，蜜蜂忙碌在百花丛中。哪里有花开，哪里就有蜜蜂的身影，不辞辛劳地为人类酿造营养丰富，滋味醇美的甜浆。

太阳光移到了南回归线，北半球的冬天来了。冬天需要经历立冬、小雪、大雪、冬至、小寒、大寒六个节气，三个月份；冬天需要面对凛冽的朔风，极低的气温，坚实的冰雪，萧瑟的万物。无论是凶猛的禽兽，还是弱小的昆虫，都采用不同的方法，销声匿迹，潜入冬眠，度过那难受的冬天，等待着春天的到来。

在冰冷无情的世界里，蜜蜂以它们的行动讲述着精彩的"冬藏"故事，演绎着比采蜜更为积极的生活态度和可贵的精神风采。

冬天尚未来到之前，蜜蜂们已经贮存了足够的蜂蜜，做好了充分的过冬物质准备。蜂蜜不仅是蜜蜂的过冬粮食，而且是御寒的充沛热量。蜜蜂们自觉地围着它们的核心——蜂王，抱团取暖，使蜂巢里的温度升到三十五度。当在蜂巢外层的蜜蜂冷得受不住了，里层的蜜蜂便自觉地到外面来换防。它们不自私，不利己，想人所想，急人所急，把寒冷留给自己，把温暖让给别人。工蜂虽无生殖能力，但是把幼蜂视为己出。为了让幼蜂健康过冬，工蜂充当起专业而勤快的保姆角色，每天给幼蜂喂食一千三百多次。为了不让幼蜂受冻，工蜂们聚集在一起，形成了一道保温层，使得无孔不入的寒风无法侵袭到幼蜂们。如果幼蜂还觉得寒冷，工蜂们就会舞动起翅膀，使蜂房里的温度迅速升高。

感叹蜜蜂在困难面前表现出的智慧和可贵的团队精神。

萤 火 虫

夏天到了，当日落西山，夜色来到时，树丛中，花草间，田野里，道路旁，便是萤火虫的乐园。一只只小小的萤火虫，振动翅膀，竞相发出黄绿色的冷光，给夜幕缀上点点光亮，给盛夏带来丝丝凉意，给沉静增添生气，给万物创造和谐。

萤火虫实在是普通的小生灵，有两千种之多，遍布全世界。萤火虫属鞘翅目萤科昆虫，身体黄褐色，长而扁平，头狭小，体壁和鞘翅柔软，眼睛呈半圆球形，腹部有七到八节，末端下方有发光器。因萤火虫体内含有磷的化学物质，在发光酵素的催化作用下，磷化物产生热能，热能又转化为光能，便产生了荧光。

萤火虫的生命很短暂，只有五到十五天。但它们以其有限的生命，不遗余力为世界、为人类工作。每天晚间七点到十一点半左右发光，十一点半后，夜阑人静，人们已经进入酣睡中，它们才悄悄收起光亮，停止工作。

萤火虫发出的光亮是微弱的，但是给怕黑的孩子带来安心，给夜路的旅人照亮方向，在黑暗的世界点燃天明的希望。一首少儿歌曲《萤火虫》深情地唱出了小小萤火虫身上透出的生命意义。

萤火虫发光是为了吸引异性求得配偶，这是生物繁衍的本能，无可厚非。但是除了找寻配偶之外，还有警示其他生物的作用。因为蜥蜴和老鼠等动物误食了萤火虫会中毒死亡，为了避免两败俱伤，萤火虫频频闪烁光亮，向那些动物发出善意的告诫，既保护自己，也保护别的动物。可谓用心良苦。

萤火虫用自己孱弱的生命、有限的能力，放射出照耀人心灵的美丽光芒。

（2014 年 7 月）

向夏日致敬

　　每到夏天，我就会想起童年时夏日的快乐。

　　江南的夏季天气闷热，屋里不通风，当时没有电扇，更不会有空调，学校放暑假，家里实在待不住，只能偷偷跑出去，到河里降温，到桥下避暑。不用人教，与水为伴，没几天就熟悉水性，成为游泳的高手了，狗爬泳、蛙泳、仰泳、侧泳、蝶泳、潜泳无所不能。大人怕我们淹死，严禁我们下水，每次回家都要用指甲在背上划一下，用是否出现白痕来检查有没有下过水。魔高一尺，道高一丈，游完泳就去打乒乓球，打篮球，打得大汗淋漓再回家。身上出了汗水锈就被洗掉了，划不出白痕，可以瞒得过大人。不经意间，一个暑假下来，不仅学会了游泳，还学会打篮球打乒乓球。

　　不只是如此，知了、螳螂、天牛、蟋蟀、蜻蜓……这些都是儿时夏天的玩伴。在树丛里，在野草间，捕捉、喂养、放飞、逗趣，可以玩出多少乐趣。

　　痛苦会把岁月拉长，快乐却把时光缩短。近两个月的暑假不知不觉过去了，根本感觉不到蒸笼般盛夏的难耐和折磨，反而留下美好的记忆。

　　也许孩提时容易记住快乐，不容易留得痛苦。上山下乡的日子，既让我记住了夏日的苦，也让我领悟到了夏日的分量。

　　一年四个季节是宇宙安排给地球的主要节拍。每一个节拍里，大地的景观便会自然地交替和更新。聪敏的中国人用"生""发""敛""藏"四个字来概括四个不同季节的功能，揭示其本质和互相联系。万物生于春天，发于夏天，敛于秋天，藏于冬天，合在一起就是地球生命完整的一轮。为此天地间一切生命全部依从这种节奏运动着。在四季中最热烈最壮美的就是长长的夏天。它承续春天的起始，为秋天的收获而苦斗，为冬天的贮藏而拼搏。当夏天来到，气温上升，热得人喘不过气来的时候，也是农民最为高兴的时候。水稻的苗壮生长需要高温。高温使田里的肥料得到充分发酵，为水稻生长提供充分的养分。水稻在火辣的阳光下进行着光合作用，拔节、长粗、灌浆、分蘖、孕穗、结实、增加粒重。人热得难受，水稻热得舒畅，这是农民从生产实践中总结出的经验。苦原来是生活中的"蜜"，农民一年的主要收获就压在这沉甸甸的"苦"字下面。

水稻热得高兴，农民没有把酷暑看作无尽头的折磨，而是任凭天上烈日烤灼，田里水汽熏蒸，沉默而又坚韧地劳作，拔草、耘稻、治虫、施肥、灌水、干田，乐此不疲。人生的力量是对手给的，强者之所以成为强者，力量来自于承受力。农民把苦夏的压力吸收到骨髓里、血液中，在匪夷所思的承受中成为真正的强者。

今年的夏天有点特别。一是热得早，刚进入七月份气温就窜过了 35℃；二是持续时间长，一个多月时间高温不退；三是温度特别高，创下了40.9℃的历史最高纪录。火辣辣的毒日头烤得地上冒青烟，烤得树叶打了卷，烤得知了失了声，让人们尝足尝够了苦夏的滋味。但就在人们埋怨"苦夏"的时候，夏日一定也创造了许多快乐，编织了许多趣事。就在人们承受着"苦夏"折磨的时候，高温一定在孕育着许多收获，滋养着新的希望。世界是物质的，物质是运动的，事物就是这样在矛和盾、苦和乐、得和失中运动着，发展着，上升着，前进着。

立秋早过了，处暑已到了，白露也不远了，可是高温还不说一声再见，依仗着副高的强势回归，顽固地盘踞在江南的上空。台风来了，高温不肯退却半步，和雷阵雨倾情相伴。风神雨神一过，太阳君立即粉墨登场。即使到了夏天的最后一刻，夏日也要做最后一搏，酷热到极致。它要用耗尽自己的一切来显示盛夏无边的威力。生命的快乐正是能量能够得到淋漓尽致的发挥，不轻易言败，不轻易言退，直到耗尽自己最后一分光和热为止。这是一种无上的精神境界。

盛夏在用燃烧的形式来创造盛而不衰的辉煌。不禁对夏天充满了景仰和崇敬。向夏日致敬！

（2017 年 8 月）

斑斓的皇后镇

新西兰的南阿尔卑斯山可谓高大巍峨。用"黄鹤之飞尚不得过，猿猱欲度愁攀援"来描述是正好的。在飞机上，可以看见拔地而起的山峰刺破厚厚的云层，露出锥尖般的山顶。飞机降落，机身简直是贴着山尖勉强擦下去的。

有山便有水，山水总是相连。在群山环抱之中，有一条狭长的湖泊，蜿蜒逶迤在深山坳里，形成一个瘦长的"S"型。

就在这崇山之中，湖泊之滨，居然隐藏着一个世外桃源——这就是闻名的皇后镇。

皇后镇迷人之处在于它的色彩。

进入皇后镇马上会被多彩的树木迷住。进入深秋，常绿树依然是黛绿色，绿得好像渗出了油，在漫山遍野流淌。落叶树在肃杀的秋风中叶子有的变成了浅绿色，有的变成了淡黄色，有的变成了金黄色。含青花素多的树种，在光合作用缓慢时，树叶变成了紫色、绛红色、橘红色，最令人注目的是像火焰般燃烧的鲜红色。在萋萋青草地上，鲜花不让彩色树叶，竞相开放，色彩纷呈，光鲜亮丽。大自然就像一支神奇的画笔，绘出了皇后镇缤纷的色彩，又像一双神女的巧手，编织出斑斓的锦缎。

山也是多彩的。南阿尔卑斯山有大陆板块撞击形成的山体，有火山爆发形成的山峰。大陆板块撞击的山体是淡灰黄色，火山爆发形成的山峰是深黑颜色。不管是淡灰黄色的山体还是深黑色的山峰，腰间缠绕着白云，山顶有终年不化的积雪。深黑色的山是片岩山体，松树就扎根岩间茁壮地向上生长，把山头彩绘成苍翠欲滴。淡灰黄色的山是岩石山体，树木无法生根立足，但是有雨水和湖水的滋润，岩石上长满了苔藓和蕨类植物，像在淡灰黄色的背景上涂鸦了浅浅深深、大大小小、点点面面的杂颜色。

湖更是多彩的。乘缆车上山巅俯瞰湖景，这个名叫瓦卡蒂普的高山湖真像一幅巨大的斑驳陆离的玻璃画。浅水处呈浅蓝色，深水处呈深黑色，在阳光照射下湖面泛起的波光是金色的。乘与泰坦尼克号同年建造的蒸汽轮船遨游高山湖，一面领略老牌帝国蒸汽机革命的遗风，一面身临玻璃画之中，与湖水亲密接触。蔚蓝色的天空和湖水融为一体。乳白色的云朵融化在水里。山体和树木倒映在水中，如五颜六色在湖水里扩散。沿湖色彩艳丽的大小建筑，让人获得置身于变幻无穷的童话世界中的美好感受。

由三纵三横街道组成的小镇上，散发着浓郁的苏格兰风情。建筑物古朴、端庄、深沉，但是墙体和屋面的色彩却活泼、时尚、鲜艳。林林总总的餐馆，日本韩国料理店、中国餐馆、西餐厅和麦当劳、肯德基，耀眼的色彩互不相同。来自五洲各国商人开的商铺店肆，夺目的颜色各有所异。走在街上的行人肤色也是多元的，有白色的，有黄色的，有黑色的，也有棕色的。服饰更是多彩多姿，春夏秋冬，长短厚薄，赤橙黄绿青蓝紫，应有尽有。

到了夜间，沿湖的酒吧间、咖啡馆亮起了多彩却柔和的灯光。灯光随着曼妙轻盈的苏格兰风笛声，慢悠悠地飞入湖中。浪漫从静又不静，色彩含蓄，明暗相宜的小镇夜空飘逸出来。

蓝天、艳阳、白云、冰雪、湖光、山色、树木、花草、建筑、餐馆、店铺、灯火、人群……把小镇装扮成一个缤纷斑斓的迷人世界。

在这个连"黄鹤""猿猱"都无法抵达的地方，怎么会有这样一个如诗如画的梦幻世界？早在19世纪中叶，有人在这里淘到了黄金，继之引发了淘金潮。中国人冒着生命危险，远涉重洋，翻山越岭，居然也到这里来参与淘金，在曾经的淘金地箭镇留下了一个中国村。因淘金而暴富的领头人里斯（Rees），在这个依山傍水的地方建起了一个小镇，取名源于维多利亚女皇。

原来崇山间斑斓的皇后镇与中国有着这么密切的渊源。可以这样判断，凡世界精彩之处，都离不开中国人的贡献。

(2017 年 5 月)

神奇的米尔福德峡湾

4.5亿年以前，印度洋板块和太平洋板块相撞，碰撞之处被称作阿尔卑斯断层，向上鼓起的部分形成了新西兰南岛的主山脉——南阿尔卑斯山。

大自然神奇的力量造就了南阿尔卑斯山，大自然又在南阿尔卑斯山脉中隐藏了很多神奇。被联合国教科文组织列入世界自然遗产名录，被作家拉迪亚德·吉卜林描述为"世界第八大奇观"的米尔福德峡湾就是其中之一。

米尔福德峡湾的神奇，奇在那里的原始森林。繁茂葱郁的树林覆盖着一万平方公里的大山区，但是山上几乎没有土壤。米尔福德峡湾地区的山脉是由地球板块的碰撞和火山爆发的缘故形成的，只有花岗岩、板岩和石灰岩。奇迹发生了，树木从岩缝里长出来了，从山脚到山顶都长满了树。只见树连树，根连根，树和根连接缠绕在一起，紧贴在悬岩上，根植于峭壁间。雨林气候孕育着万物，树林间长满了藤蔓、攀缘植物、栖木、苔藓和蕨类。小树靠着苔藓和地衣输送养分，月复一月，年复一年，居然长成了参天大树，居然繁衍成了无垠的茂密的大森林。峡湾一带属于冷温带气候，一年降雨量高达9000多毫米。雨水多，森林里常常发生"树崩"现象，巉岩陡壁上的树木会大片倒塌滑落。奇迹又发生了，树崩之后，苔藓、地衣和其他灌木植物迅速覆盖住了因树木滑坡而裸露着的泥土和岩石，不久在树木的滑落处又长出新的更粗壮的树木。一点不要为树崩惋惜，这是森林防御灾害、保持自身平衡的一个自然过程。就像野火烧过森林后树木会在干燥地带迅速重生一样，这里的生态系统为森林的再生和植被的繁衍奠定了基础，森林就是通过山体滑坡来促进自己"推陈出新""后来居上"。没有旧哪有新，没有死哪有生，新陈代谢是自然规律。

米尔福德峡湾的神奇，奇在那条名叫荷马的公路隧道。通往峡湾的道路被高山挡住，在山腹中穿越而过的隧道是通往峡湾的必经之路，它为新西兰获得巨大的经济效益。这是一条神奇的隧道。说其奇，工程时间长得出奇，从1930年开工到1954年完工，用了二十多年的时间。说其奇，硬是靠人工在坚硬的花岗岩上凿出了一条长达1290米的隧道，使用的工具只有镐和手推车。说其奇，在人工开凿隧道的原始劳动中，居然解决了隧道渗水和入口出口处飞瀑、雪崩的高难度技术问题。虽然这条隧道只是单车道，也可以说是世界上最为简陋的一条隧道，但是当汽车通过时，看到洞壁上坑坑洼洼的人工凿痕，可以想象得出当年的劳动是何等的艰辛，劳作的工人是何等伟大，他们堪称新西兰的活愚公。自然的力量神奇，大自然造就的人的力量也是那么神奇。

米尔福德峡湾的神奇，奇在那里特殊的水环境。峡湾里的水分为差异鲜明的两层。上层水域是高山流入的淡水，下层水域则是来自大海的咸水。两层水域泾渭分明，又和平共处，互不干扰。浅水处为蔚蓝色，深水处为深黑色。奇的是蔚蓝色的水看不到水中的动植物，因为淡水是高山融水携带着植被和泥土流入，太阳光很难照射进去。而深黑色的是海水，清澈见底，穿透十数米还可以看清水底栖息的种种生物。

米尔福德峡湾最神奇之处当然在峡湾之中。

初看峡谷并无神奇的感觉，甚至有点失望。峡谷与长江三峡相比，山没有三峡的高峻陡峭，峡没有三峡的曲折离奇，水没有三峡的湍急澎湃；瀑布与黄果树瀑布比没有那么壮观，与壶口瀑布比没有那么惊骇，与庐山的三叠瀑比没有那么悠长潇洒；虽然在峡中会与海豚、海豹邂逅，但与旧金山的渔人码头的海狮海豹群相比让人觉得大相径庭。米尔福德峡湾怎么会被列入世界自然遗产名录，被称为"世界八大奇观"的呢？当听到这条峡江的成因时，立即产生肃然的敬畏。原来这条长达 17 公里的峡江，是 200 万年前冰河运动时，被冰块切割而成的。眼前仿佛出现了远古时代的画面：冰河解冻，坚硬锋利的冰块像金刚钻切割玻璃那样，把群山一分为二，切开了一道深邃的口子，成为今天所见的峡湾。这是何等神奇的力量，这是何等壮观的场面，这是无法想象的自然造化！看着峡江两岸陡峭的山壁上留下的一道道冰川的抓痕，当年冰川运动开山劈岭的踪迹，终于找到了峡湾被列入世界自然遗产名录，被称为"世界八大奇观"的答案。

米尔福德峡湾的神奇何止这些。峡口外辽阔的海湾，风平浪静，一望无际，里面隐藏着多少海生动植物的珍宝；那拔地而起高达 3600 多米的山峰，羞涩地躲藏在云雾之中，与长江三峡的神女峰何其相似；在亨利大峡谷里，有圣洁的雪景，有潺潺的溪水，有美丽的镜湖，有数不清的奇花异卉，珍奇树木。这都是大自然神奇的造化，无数神奇蕴藏在其中。

面对此，由衷惊叹大自然的力量，惊叹大自然的神奇，惊叹大自然不可抗拒的规律，惊叹世界自然遗产、"世界八大奇观"米尔福德峡湾。

（2017 年 5 月）

原始的汉布雷

在奥克兰贝肯海德（Birkenhead）地区，有一个被群山环抱的山谷，里面是一片茂密的原始森林。森林名叫汉布雷（Highbury），方圆四五平方公里。

为了方便市民亲近自然，健身休闲，政府在山谷里修建了数条栈道。栈道沟通了森林里的东西南北，也连接了山外的公路、街道和周边的住宅区。

我有闲进入原始森林一探，既当锻炼身体，又作原生态的享受。于是循着栈道穿越汉布雷森林。

栈道就山势地形而建。时而向上，时而向下；时而宽阔，时而狭窄；时而依附山壁而过，时而凌空越过沟壑涧滩。不管是以什么形态出现，木质栈道都非常坚固。为了防滑，上面还铺设了塑料网格。无论在上面走还是跑，都十分安全。

原始森林的特征就是自然生态，清一色的"野"味，没有半点人工的雕琢。满山满沟生长着原始树木，有参天大树，有低矮小树；有粗壮的大乔木，有瘦弱的灌木和小乔木；有树苗壮向上，有树枯朽倒地；有本地的树种尽显风骚，也有不知何处来的热带作物锦上添花；有藤蔓在空中飘舞，有根脉在地上盘缠；有林木丛生，有禾本植物簇拥。上千种植物杂居一林之中。因为这里属于雨林气候，没有工业污染，生态环境特别优越，不管什么树的身上都长满了苔藓，地上长满了地衣和各种蕨类植物。苔藓、地衣和蕨类植物能够帮助各色树种吸收营养，所以林子里的树木争先恐后，拼命向上，长得疯狂，长得蓬勃，长得摩天齐云，长得兴旺发达。

森林里见不到蓝天，却透进缕缕阳光；森林里没有毒蛇猛兽，却有飞鸟游鱼；森林里有危岩奇石，也有深沟险壑；森林里有盘旋的山路、崎岖的小道，也有跌宕的飞瀑、潺潺的山泉；森林里飘逸着氤氲薄雾，云雾里渗出甜甜的滋味。森林里漫卷的绿色都快把人都染成了绿色，飘逸在林子里富含负氧离子的空气洗净了人的脏腑，原始的森林美景除却了山间跋涉的疲倦，隔绝尘世的幽静让人忘却一切机心和所有烦恼，进入了淡泊宁静的玄空境界。

汉布雷森林面积虽不大，但可谓新西兰国家植物园，因为里面一大半的树木是新西兰特有的两个树种——考里（Kauri）和银蕨（Silver fern）。新西兰属于海洋性气候，温度和湿度变化不大。特有的气候孕育了特有的树种，考里和银蕨成为新西兰的国树，是新西兰的象征。正因为此，这片林子就显得非同寻常了。

考里树相对集中在林子的南面。考里树红灰色的枝干，圆锯针形状的树叶，长满了绿灰色苔藓的身体，挺拔、高大、无节、坚韧，不同凡响，在林子里亭亭玉立，透出轩昂的英雄气概，显得格外引人注目。考里树是名贵的树种，世界上最好的木材之一。好到什么程度？据说新西兰有棵考里树浸泡在沼泽之中长达五万五千年，至今仍不腐朽。传说无疑增添了考里树神秘而高贵的人文色彩。

正因为木质如此之好，所以十九世纪以来，殖民者大肆砍伐考里树，拼命掠夺这个太平洋岛国的稀有资源。人为的乱砍滥伐，使得新西兰原有三万公顷的考里树只剩下不到一万公顷。南岛的考里树不复存在，劫后余生的考里树龟缩在北岛。见到眼前这些考里树，真为它们的幸存高兴，更为生活在这个树林里的考里树庆幸。和平，生态，绿色、低碳、环保，人类的进步改变了它们的命运，为它们赢得了新的生机。

林子的北面银蕨树居多。银蕨虽属灌木，高不过三米，也不粗壮，但是那如含羞草样子的树叶却非常奇异。叶子的正面是鲜艳的绿色，反面却是明亮的银色，而且会反射出太阳和月亮的光辉。

当年新西兰的先祖毛利人在树林里打猎，靠着银蕨叶背面银闪闪的光亮，照亮了穿越森林的路径，从不会迷失方向。毛利人自豪地说，银蕨原本在大海里居住，是我们毛利人把它们邀请到了新西兰的森林里，银蕨专门为我们毛利人引路。原来银蕨与毛利人有着休戚与共、唇齿相依的关系。银蕨树是毛利人生存的向导，是毛利人的骄傲。后来新西兰的英国人尊重毛利人的情感，也喜爱银蕨，崇敬银蕨的精神，以银蕨树为自豪。银蕨成为新西兰世世相因、代代相袭、一以贯之的骄傲，成为国家的标志、荣誉的代表。在新西兰，无论是胸前的襟章，还是产品和服务的卷标，无论是画布上的画图，还是公园里的雕塑，都可以见到银蕨秀气、潇洒、飘逸的形象。面对着真实的银蕨树叶，心里默默地向它们致以敬意，它象征着新西兰的国家精神。

这就是汉布雷原始森林。树茂林深，青葱浓郁，珍藏瑰宝，记录沧桑。它的原始与现代相连，与时尚交融。在现代和时尚之中它又保持着自己的本色与独立，与人类和谐相处，长期共存，又为人类做出默默的无私的奉献。

汉布雷成为我难忘的记忆。在那里不仅有我儿子的家，而且穿越其中，回归自然，能得到原生态的享受，可以汲取新西兰特色的人文教益。

（2017 年 5 月）

无名景区有精彩

　　到了福建，本想去泰宁看看丹霞地貌，可旅行社偏偏安排去了永泰的赤壁景区。导游说都差不多。"泰宁""永泰"一字之差相距天涯，一个是世界自然遗产，一个默默无闻，怎么可以相提并论呢？我一肚子的不满。

　　到了永泰县城，汽车下了高速，沿着盘山公路蠕动。路窄，多弯，起起伏伏，坑坑洼洼，四十公里的路程走了足足一个多小时。越走心里越不是滋味，这样的地方会有什么好风景？

　　汽车在一个简陋得不能再简陋的小门楼前停下了，这就是景区的入口处。车子还没有停稳，一大群卖枇杷的农民把汽车团团围住。当地的枇杷，个大，新鲜，价格也不贵，就买了几斤。一尝，水分多，糖分高，既鲜又甜，远比家乡的枇杷好。心理总算找到了一点平衡。

　　既来之则安之，到了门口就进去看看吧。

　　一条峡谷出现在面前。对峙的悬崖绝壁高耸入云。仰视，一线天；俯视，一条溪。扑面而来的凉风，把旅途疲劳一扫而光，空气中丰富的负氧离子把五脏六腑洗得干干净净。沿着岩壁的小路向深处走，谷底的岩石被水冲刷出各种各样的形状，可以任人想象：戏水的猴子、腾跃的海豚、吸水的龟鳖、入洞的鳝鱼、龇牙裂齿的鳄鱼、云海中翻滚的龙脊……岩缝间伸出一根根纵横交错的藤，从空中飞舞，在地上蠕动，人在根枝交柯的绿荫中穿行，或弯腰，或抬脚，或侧身，或跳跃，乐在其中。

　　行走在山腰间千米栈道上，一阵阵山岚飘动，一团团氤氲曼舞，峡底潺潺的涧水，满山葱茏的古树，千姿百态的奇峰，蜿蜒盘旋的石龙，直插云霄的石柱，时隐时现，使人飘飘欲仙。我禁不住感喟大自然鬼斧神工的造化，禁不住赞叹上苍赋予人类原汁原味的美丽。

　　走完栈道，顺着石阶向山顶登攀。无限风光总是在艰苦登攀以后才能看到。拾阶而上，猛转身，巨大的红色崖壁巍然挺立，如火燃烧，闪耀在绿的海洋之中。崖上书"赤壁"两个苍劲有力的大字。瀑布从崖顶飞泻直下，冲出一百多米，跌入崖上的水潭，气吞山河，水声震天，顿时彩虹飞舞。两边山崖上分别刻着"中流砥柱""峥嵘江表"八个清晰的大字，烘托着赤壁的磅礴气势。水潭呈心形，被人称作爱心潭。大自然造物也把爱心造进去了。爱心潭把天上之水装进怀里，又把水送入无底的深壑。深壑再接过大自然的厚馈，通过涧沟，送进阡陌农田，送进城市乡村的千家万户。

由于时间关系，我没有去水上漂流，也没有去泡温泉，虽是短短的一个多小时的赤壁游，大有不虚此行的感觉，即使没有去成丹霞地貌，也不觉得遗憾了。

赤壁如刀劈的峡谷、如火的崖壁、三叠的飞瀑、满山的苍翠、奇异的岩石，壮伟而旖旎，原始而味醇，太出乎我意料了。我到过许多名山大川，拿赤壁风景和举世闻名的三山五岳相比，可以说毫不逊色。可是为何赤壁就是如此无名无声，不为世人所知呢？

如果有位皇帝曾御驾亲临此地，王侯将相、达官显贵定会纷至沓来，赤壁马上会名噪天下。秦始皇统一中国第三年，亲临泰山，并举行封禅典礼，从此，泰山被尊为"天下第一山"，历朝历代的帝王将相、文武百官，无不前来朝拜。如果有名人大家能到此一游，做些评价和赞叹，赤壁也会声名鹊起。《徐霞客游记》中记下了雁荡山的精彩，沈括对其造型地貌的形成做了科学的分析，从此，雁荡山获得了"寰中绝胜""天下奇秀""东南第一山"的赞誉美名。如果有文人骚客到此挥洒笔墨，留下千古绝句，赤壁就会蜚声中华。"日照香炉生紫烟，遥看瀑布挂前川。飞流直下三千尺，疑是银河落九天。"李白一首七绝诗，"匡庐奇秀甲天下"誉满天下。如果有高僧名士在此建庙造观，赤壁定会钟鼓声声，香烟袅绕，游人不止。嵩山靠少林寺在华夏出名，武当山靠道观让人们仰止。如果有重大事件或传奇故事在此发生，也会引起一代一代人的向往。井冈山，第一个工农红军的根据地，留下惊天地，泣鬼神的故事，无论春夏秋冬，前往瞻仰的人络绎不绝。名山大川之所以有名，除了自身的特色，无不是皇帝亲驾、名人评点、文豪赋诗、依山傍水建庙造观、政治事件发生等所致。可惜，中国太大，好山好水太多，帝王将相、权威人物、文人骚客、高僧名士、军事政治家再多，也无法顾及所有的青山秀水，美景佳境。没有这些人为的修饰和渲染，最好的风光也只能深藏在崇山峻岭之中，在漫漫岁月中等待着人们的发现和开发，在苦捱中等待着露出峥嵘。

好山好水客观存在，客观存在的东西不会改变。客观事物需要被主观发现、了解、认识和重视，但是发现、了解、认识和重视需要时间，需要眼睛，需要机会。感谢赤壁景区的发现者和开发者，把蕴藏着无限精彩的无名景区展现在世人面前。

无名景区有精彩。无名的人和事也会有精彩。希望有更多的眼睛来发现、了解、认识、重视诸多"无名"人和事中的"精彩"，给"无名"中的"精彩"更多脱颖而出的机会。

（2012 年 5 月）

十 月 随 想

一年十二个月份中我最喜爱十月。

十月对于江南地区来说是真正意义上的秋天。太阳由夏天的直射变为斜射，白天变短，夜晚变长，地面吸收太阳光的热量减少，蒸发在空中的水分也随之减少。天蓝了，云淡了。盛夏的暖湿空气逐渐南移，北方的冷空气频频南袭，驱走了夏日的闷热，气温保持在人体最感舒适的温度范围之内。秋高了，气爽了。看着那蓝蓝的天，淡淡的云，沐浴在习习凉风之中，享受着一年中最惬意的感觉。十月真好，没有冬天的寒冷，没有夏天的酷热，没有春天的乍寒还暖。真希望时间定格在十月。

十月的景色最美丽。花不比春天少，草更比春天绿，沁人心脾的桂花香飘逸在城镇乡村每一个角落。随着太阳光的减弱和气温的降低，石楠树体内的叶绿素减少，花青素增多，碧绿的树叶瞬间变成了鲜红色。那一棵棵红叶石楠，立着的如一树火炬，卧着的如条条火龙。秋风一吹，银杏叶变黄了，由浅入深，由淡变浓，就像镀上了一层金。单棵看，如黄袍加身，成片看，如金箔在流动。近几年引进的黄山栾树，一到秋天便开出淡黄色的小花，进入十月结成了一树果实。果实被三瓣红色的果膜包裹着，就像一只只小红灯笼。红灯笼挂得密密匝匝，好像盛开了一树鲜花，又像一片片彩霞飘落在乡村山野，街头巷尾。石楠渲染热烈，银杏透出尊贵，黄山栾树显示喜庆。十月就是如此多姿多彩，舞动着浪漫的旋律。

宜兴有山有水，资源丰富，宜兴人聪敏勤劳，长于稼穑。一年之计在于春，一年之获在于秋。从冬天的准备，春天的播种到夏天的汗水，辛劳一年，终于有了丰硕的收成。望不到边际的稻谷，沉甸甸地低垂着头等待着收割机收割。都是千斤以上的高产，都是无公害的庄稼。饭碗牢牢端在自己的手里，既要吃饱又要吃好，更要吃得安全。水果成熟了，黄澄澄的石榴，红彤彤的火龙果，绿茵茵的红心猕猴桃，金灿灿的柿子，彰显着宜兴农业科技水平的提升。还有张渚板栗、洋溪百合、滆湖大闸蟹、红菱白藕等宜兴名特产粉墨登场，一一亮相。十月是收获的季节，是享受甜美的季节。

十月舒适，十月美丽，十月收获，十月令人难忘。难忘的远不是这些因素，十月镌刻着历史转折的深深脚印，事关着国家和人民的命运。

忘不了107年前的10月10日，从武昌开始的那场推翻清朝统治的伟大革命，结束了两千多年的封建帝制，开启了走向民主共和的历史进程。

忘不了69年前的10月1日，毛泽东主席站在天安门城楼上庄严宣布：中华人民共和国成立了，中国人民从此站起来了。10月1日成为中华人民共和国的国庆节。

忘不了42年前的10月4日，一举粉碎了祸国殃民的"四人帮"，结束了长达十年之久的"文化大革命"。全国人民为之欢欣鼓舞，涌向街头，敲锣打鼓，欢歌狂舞，庆祝第二次解放。人们把十月看作胜利的十月、金色的十月，北京的文学季刊就因此而取名为《十月》。

更难忘的是40年前那次改变中国人民命运的十一届三中全会。三中全会召开的时间虽然是十二月份，但是孕育这次会议的中央工作会议却是在十月份举行的。长达三四十天的中央工作会议，拨乱反正，正本清源，平反冤假错案，恢复实事求是的思想路线，把全党工作的重点转移到经济建设上来，全面实行改革开放。中国开始了"第二次革命"。

四十年来，从城市到农村，从经济到社会，从物质到精神，在改革开放中都发生了翻天覆地的变化。人民富起来了，环境美起来了，国家强起来了，中国大地"换了人间"。

十月就是如此宜人，如此迷人，和国家和人民的命运如此休戚与共。当改革开放进入了深水区时，北京在去年的10月18日召开了党的第十九次全国代表大会。大会描绘了实现中国梦的宏伟蓝图，确立了新时代中国特色社会主义的思想，发出了"全面实现小康社会"伟大号召。又一个十月，给人们指明方向，给人们注入更大的智慧和力量，向人们展现了更美好的前景。

我喜爱十月。十月充满着希望。

（2018年10月）

四 心灵的故事

来自憧憬的力量

从乌鲁木齐筑一条路通往吐鲁番，长达二百三十公里。

这条路需要翻过高峻的天山山脉，需要越过莽莽的戈壁沙漠，需要跨过时有湍急水流的河谷险滩。会有烈日，会有狂风，会有冰雪，会有沙暴。这是一个何等巨大而艰难的工程啊！

> 阿拉木罕什么样？身段不肥也不瘦。她的眉毛像弯月，她的腰身像绵柳。她的小嘴很多情，眼睛能使你发抖。阿拉木罕住在哪里？吐鲁番西三百六。

王洛宾一首《阿拉木罕》的情歌，激发了筑路工人无限的力量。快快把路修过天山，去找阿拉木罕，去欣赏她那不肥不瘦的身段，像弯月的眉毛，像绵柳的腰身，去亲吻那多情的小嘴，感受使身体发抖的眼睛。

道路翻过了天山，眼前出现了戈壁。可是阿拉木罕在哪里呢？

> 达坂城的石路硬又平，西瓜大又甜。达坂城的姑娘辫子长，两个眼睛真漂亮。你要是嫁人，不要嫁给别人，一定要嫁给我。

王洛宾又一首情歌《达坂城的姑娘》唱起来了。达坂城不仅有又硬又平的石路，而且还有又大又甜的西瓜。达坂城的姑娘不仅有长长的辫子和漂亮的眼睛，还能带着嫁妆嫁给我。希望之火再一次点燃，力量又回到了身上，快快把路修过戈壁滩，到达坂城，等待坐着马车带着嫁妆而来的姑娘。

道路越过了戈壁，眼前出现了河谷。可是达坂城的姑娘又在哪里呢？

> 美丽的姑娘见过万千，唯有你最可爱。你像冲出朝霞的太阳……你比鲜花还艳……你像鱼儿，生活在自由的水晶宫殿……像夜莺歌唱在自由的青翠林园。

更加令人神往的姑娘出现了，快去见见这位美丽的姑娘，握着她的双手，让心偎依在她的身上，让身体沐浴在她的眼睛里。道路终于跨过了河谷险滩，修到了吐鲁番。

这当然是民间的戏言、虚幻的传说，却是一种真实的情感，现实的动力，富有深刻内涵的哲理。人要有目标，要有理想，要有梦想。实现目标，达到理想，圆上梦想，更需要有源源不断的动力。美丽的憧憬，如黑夜里的灯光，如严冬的炭火，如盛夏的凉风，如饥饿的食粮，如干渴的清泉，能够产生无穷无尽的力量；可以使道路翻过高山，越过戈壁，跨过河谷，可以产生不畏烈日、顶住狂风、战胜严寒、抗拒沙暴的精神动力和物质能量。

站在达坂城遥看湛蓝的盐湖，碧波无垠，惊叹亚洲最大的风力发电站，把大自然的飓风变成绿色的能源；行走在河谷滩上聆听水流声，感动着红柳在生与死、旱和涝中显示出的不屈生命力；徜徉在吐鲁番葡萄园里，感受大漠中绿洲的神奇，享受着葡萄熟了的喜悦，赞叹中国第三大奇迹——地下运河坎儿井的威力；坐在维吾尔族的帐篷里，欣赏姑娘们翩翩的舞姿，品尝着甘甜的瓜果，享受着民族和谐的温馨。我们不能不感谢从乌鲁木齐到吐鲁番这条路，它把这样的精彩世界带给了世人。不能不感谢那美丽的歌声，感谢那歌曲里的姑娘，她们带给了筑路工人们希望、信心、力量和意志。

路还在向前延伸。

在那遥远的地方，有位好姑娘，人们走过她的帐房，都要回头留恋地张望。

目标无限，希望无限，梦想无限，动力也无限。在那遥远地方的好姑娘在招引着人们继续前行。

（2013 年 12 月）

一面自省的明镜

自我感觉良好是人的一大通病。尤其当人处于顺境，或者得到别人赞许的时候，很容易飘飘然起来，甚至忘乎所以。我虽然已经是年过耳顺奔古稀的人了，依然跳不出这样的心理怪圈。

自从退休后，与阔别三十多年的二胡朝夕相处，不仅把昔日的老曲子拉得滚瓜烂熟，而且把许多高难度的新曲子也练得得心应手。我用二胡和伴奏碟片合作，俨然像是在一个大型乐队的伴奏下演奏，其感觉不亚于专业表演，其效果好像接近大师水平。听者也会发出赞美和喝彩。此时的我，踌躇之意，溢于言表。

于是我产生了录音的想法，准备把自己的二胡演奏录制成光盘，以流传后世。先用手机试着录下了自己无伴奏清拉的曲子，想听一听效果。可是万万没有想到，非但没有自己想象的"专业水平""大师效果"，反而是破绽百出，瑕疵迭现。不时出现的音不准，使得人如芒在背，不稳定的节奏，就如吞咽了苍蝇。生硬的指法，僵直的弓法，干瘪拖沓的慢弓，力不从心的快弓，捉襟见肘的情感表达，令自己羞赧汗颜。无伴奏录音就像是把一个人赤裸裸暴露在光天化日之下，毫无遮掩，毫无修饰；又像是一面明亮的镜子，即使是一丝一毫的差池，一点一滴的不协和，都真实而无情地再现在人们面前；更像注射了一针镇静剂，顿时让人从志得意满的混沌之中清醒起来。在录音面前，我看到了真实的自己，看到了自己的真实水平，良好的自我感觉一扫而光，欲与专业人士甚至大师一比高低的无知荡然无存。想起那些溢美之词，不由得记起《战国策》中《邹忌讽齐王纳谏》那则故事，虽然褒奖我的那些人没有"爱我"的情感、"畏我"的恐惧和"有求于我"的动机，但大都出于面子，出于应付，随口一说，随便一赞而已，我却大当其真，结果就如孟子所说，"以其昏昏，使人昭昭"，盲目地自满，莫名其妙自傲起来。

镜子照出了自己的真相，我没有知耻而后退，知不足而萎缩，而是知耻而后勇，正视不足而奋进。我不仅用录音来找出自己的不足，而且多放大师们的二胡碟片，多听名家的演奏，确立努力的标杆和方向。

不比不知道，一比吓一跳，大师们那扎实的功力、娴熟的技巧、丰富的感情、精湛的表演、博大的艺术修养，令人赞叹不已。曲子时而如行云流水，时而如金戈铁马，时而如诉如泣，时而喷珠吐玉，时而细腻如丝帛，时而粗犷如雷霆，令人震撼陶醉。更有意外的收获，在他们卓越的技艺背后，还有淡泊宁静、心存高远的境界，心无旁骛、目不斜视的专注，一丝不苟、追求完美的精神，感人至深。既可向他们学艺，又可向他们学德，既可跟他们学二胡，又可跟他们学做人。

发现不足，找对方向，就要苦下功夫，纠正缺点，提高水平。音不准，一个一个细抠；节奏不稳，一拍一拍矫正；技巧顾此失彼，反复练习，以勤补拙；拉奏时，用心揣摩情感，准确表达意境。就这样不断训练，不断录音，不断发现差错，不断纠正不足，不断播放大师的碟片，不断进行对比，不断加以完善，努力实现从拉得对到拉得好的跨越。日积月累，量变质变，缺陷在减少，水平在提高。再听自己的录音，与原来的效果相比，大有长进。

我虽然痴迷于二胡，但是不想也不可能成为专业的二胡演奏家；人不可能做到完美无缺，但是人可以孜孜不倦地追求完美。我用录音的方式发现缺点，保持清醒，缩短差距，追求完美，不让自我感觉良好的心理障碍束缚自己，裹足不前，甚至贻笑大方。

人要做到活到老学到老，改造到老，追求完美到老，就需要有这样的明镜作自省。

（2014 年 9 月）

黄金搭档"三合一"茶

茶是人类饮用最多最广泛的天然饮料，其功效专家早有定论：降脂、养胃、抗衰老、生津止渴、消暑解毒、通便利尿、预防癌症等，不一而足。总之喝茶有百利。

我是老茶客，茶对于我来说不仅每天必不可少，而且饮用量大，水量在一千克以上。每天喝，而且大量喝，自然要讲究一点茶的口感，否则又如何谈得上有喝茶的享受呢？

宜兴是全国有名的产茶区。宜兴茶集天地灵气，聚日月精华，美名源远流长。尤其是红茶，条形匀称，汤色红亮，香气浓郁，回味醇厚，茶圣陆羽在《茶经》中对宜兴红茶褒扬有加："芬芳冠世产，可供上方。"我是宜兴人，从小跟着父亲喝当地红茶长大，习惯了宜兴红茶的色香味，宜兴红茶成为我一生忠实的伴侣。

但是宜兴红茶不耐泡，沏上五六开水，原本红艳的汤色变淡了，原本浓醇的香味消失了，原本苦涩中带甘甜的滋味变得乏味了。喝一天茶，要换上好几次茶叶。人有局限性，茶也有局限性，人和物相似，物和人相近，有优点必有缺点，有长处也必有短处。

如何扬长避短，做到色香味不仅能俱全而且会经久，以飨口舌、以利身心呢？

普洱处云贵高原，年温差大，日温差小，再加终年雨水充足，云雾弥漫，土地肥沃，土层深厚，没有污染，所以在那里生长出的大叶种茶树，根深干壮，枝繁叶茂。把那里的鲜叶通过发酵制成的茶叶，颜色浓，色泽深，经久耐泡，喝上一天，茶色也没有多少变化。但是普洱茶特有的那股味对于喝惯了宜兴红茶的人来说，不太习惯。

福建的铁观音茶树生长在高海拔地区和岩石基质土壤之中，气候温润，云遮雾罩，在这样的自然条件下生长出的茶叶，滋润鲜爽，香气高强，浓馥持久，醇正回甘。如果把这样的鲜茶发酵做成红茶，茶未到嘴，那股天然的浓香已经给口、舌、齿、龈留下"醇、厚、甘、润"的享受。只是茶的味道不像宜兴红茶那样细腻含蓄，缺乏我从小习惯并且偏爱的口味，条形也不像宜兴红茶那样精致秀丽。

吃货自有吃货的兴趣和吃道。我灵机一动，如果把普洱茶、铁观音红茶和宜兴红茶合三为一，岂不是可以相辅相成，相得益彰吗？实践是检验真理的标准，有了动机，有了方案，马上动手实践。用三种茶叶泡上一大杯红茶，果不其然，色泽从早到晚没有改变，香气从开始到结束始终如此，味道融合了三种茶的优势，既有宜兴红茶的细腻，又有福建红茶的醇香，还带有普洱茶的一点回味。普洱茶味混合在其他茶中不再觉得不顺口，被混合成一种别样的美味。

三种茶叶的拼吃，是一种优选和组合，各种优势得到了充分的发挥，各自的短处得到了补充。一杯"三合一"红茶是开放的红茶，是以我为主、兼收并蓄的红茶，是黄金搭档的典范。每天享受这样一杯"三合一"茶，得到的不仅是口舌的享受，也会使身心得到保健。

（2016 年 6 月）

家里那盆绿萝

家中的室内绿植，只剩下一盆绿萝了。

那盆绿萝，叶子肥大厚实，呈黛绿色，粗壮的藤蔓下垂着，如同悬挂着的绿帘，随着微风飘逸舞动，显得洒脱秀美。有了这盆绿萝，人工和自然巧妙融汇，现代和生态有机结合，家里的空气明显清新，家里的格局明显活泼，家里的气氛明显生动。

原来我家的家庭绿植品种不少：新搬家时，朋友送了一棵红豆杉，不多久，红豆杉因帮助主人净化空气，吸收了新装修房子里的有毒气体，慷慨赴死了。当时除了心存万分感激，对它致以崇高敬意外，舍不得花大价钱再去买一盆珍贵的红豆杉了；后来买了一棵发财树，估计命中没有财运，时间不长，它就开始枯萎，慢慢死亡了；后来又买了一棵平安树，不巧是寒冬季节，缺乏平安树越冬的常识，眼巴巴地看着它被冻死；后来又是巴西木，又是棕榈芭蕉等，都因为气候关系或养护经验不足、功夫不到位等原因，先后死去。唯有这盆绿萝无怨无悔，不离不弃，和我们生活在一起已经好几年了。

绿萝的可贵之处是要求人的甚少。它耐阴，不像其他植物那样，需要阳光的直射，有散射光就足够了；它耐寒，只要室内温度不低于五度，照样长得郁郁葱葱，可以安全越冬；它生命力顽强，非常容易满足，茎节处长有气根，遇水即活，即使没有足够的肥料，只要有水喝，它就觉得满足，就会快活地活着；而且它是那么便宜，连盆带绿萝只需要百把元。怪不得人们称它为"绿色使者""生命之花"，把它当作守望幸福的象征。

正因为此，绿萝没有因为我们对它缺乏了解，更没有因为对它缺乏关心，而像其他植物那样离我们而去，反而茎节坚韧，叶色鲜艳，四季蓬蓬勃勃。

来而不往非礼也，绿萝如此善待我们，我们岂能无动于衷？从百度上搜索了关于绿萝的养护知识，开始精心照料起它来。

给绿萝换了个漂亮的青花瓷盆子，装上肥沃疏松的酸性土；给绿萝挑选了个精致的紫檀花架；每两个星期就给它浇一次透水，每个星期给叶面喷淋，让它有湿润的生长条件；夏天，一到晚上就把它搬到室外阳台，让它吮吸夜间的露水，充分汲取天地之精华；冬天，气温在五摄氏度以下就专门给它开空调，不让它受冻；觉得叶子有点发黄，马上给它施一次专用肥料；每次搬动绿萝，都是小心翼翼，把每一根枝藤捋顺，生怕弄痛压伤了藤叶；叶子长得太稠密了，给它剪枝，剪下的枝叶舍不得扔掉，插在装着水的瓶子里，又是一个雅致的家庭绿化小品；还常常专注地盯着绿萝看，欣赏它那养眼的绿色、质朴的造型，潇洒的舞姿，接受美的享受，进行心灵的对话。

植物通人性。我们对绿萝的悉心照料，绿萝心领神会。它长得又快又茂盛，剪下的枝叶已经分插到家中各个房间的各个角落，壮大着家中的绿色队伍。它们从室内四面八方源源不断释放出新鲜的空气，清洗着主人的脏腑，回报主人对它的照料和呵护。

家里的那盆绿萝就是这样和我们朝夕相处，互相关爱。万事万物都有个"相互"的讲究，因为"相互"，所以绿萝和我们的关系会如此亲密，而亲密的关系又给人增添了不少心灵的和谐与温馨。

愿家里的那盆绿萝陪伴着我们共同健康地生活下去。

（2015 年 8 月）

沸腾广场欢乐谷

　　夜幕降临，华灯初放，精彩便出现在城市和乡村每一个大大小小的广场。人头攒动，乐声阵阵，舞姿翩翩，热闹非凡。

　　大广场上聚集了几百人甚至上千人的群舞队伍，排列整齐，动作划一，气势宏大，阵容浩荡。小广场队伍分散，名目繁多，专业细分，各显风采。太极拳队，身着素装，动之则分，静之则合，一招一式，演变八卦；舞剑团队，身轻如燕，剑随舞起，寒光凛凛，势若游龙；腰鼓队，红绸翻飞，鼓声铿锵；花扇队，彩扇舞动，摘云撷霞；交谊舞，成双成对，配合默契；清唱角，歌声高亢，声情并茂，掌声四起。花在笑，草在摇，树在动，广场在沸腾。广场变成了老百姓的欢乐谷。

　　广场运动，城里的退休女工是引领者。她们告别了辛劳的大半生，老有所养，家庭幸福，生活安定，求健康，求长寿，自然是退休以后的主要追求。生命在于运动，广场就是政府为老百姓建造的免费运动场所。她们充分利用这个空间，在广场上寻找自己的快乐，追求健康和长寿。老城里人影响了进城的农村人，新城里人告别了过去单调的农村生活，需要学习和适应城里生活，因此她们也很快加入了这支队伍，并且逐渐成为主力军。中老年对生活的热爱，又影响了青年人，健康要早重视，青年妇女也成为重要组成部分。女人的生活态度又影响着男人，队伍里也开始有男人的身形。队伍由小到大，由弱到强，日益庞大，终于形成了浩浩荡荡的气势。麻将爱好者会觉得颈椎疼痛；肥胖者知道什么叫亚健康；体弱者懂得增强体质的关键是锻炼和运动。一个有希望的民族不是沉湎于物质享受，而是能够注重锻炼和运动。寓运动于音乐舞蹈，是最适合他们的锻炼形式。于是一到晚上，人流从四面八方云集广场，载歌载舞，自娱自乐，享受快乐人生，追求健康长寿。一个半小时下来，汗流浃背，回家洗个澡，美美地睡个好觉，告别过去的一天，迎接新一天的到来。广场成为老百姓不可或缺的运动健身场所。

　　舞蹈需要乐感，需要节奏，需要协调。出生在那个时代的人，接受的美学教育不多，参与音乐舞蹈的机会有限。长期在工厂和农村劳动，随着年龄上升，肢体僵直，身体变形，腰背佝偻，和舞蹈的要求相去甚远。心里向往美而羞于付诸行动，渴望融入群体而不敢入围。广场上谁认识谁，又有谁会取笑谁，人人平等，不分尊卑，能者为师，互帮互学。善舞者站在前排做示范，学习者隐在后面依葫芦画瓢。同手同脚不要紧，就怕你不动手动脚。一天不行两天，两天不行三天。天天效仿，日日参与，场上比划，场后矫正，耳濡目染，熟能生巧，终于也跳出个样子了。人都有表演欲望，当自我感觉良好的时候，已不满足躲在人后了，也要挤到前排，在众人面前尽情展示自己的才艺。沁园水城门下有块空地，一群老太太扭起秧歌，舞起马灯，跳起大头娃娃舞来了。扭秧歌的平均年龄六十五岁，舞马灯的平均年龄七十以上，跳大头娃娃舞和敲锣鼓的都在七十五岁以上，导演则是八十五岁高龄的老太太。这位老太太，满头银丝，步履蹒跚，但精神矍铄，一句一句教锣鼓点子，一步一步教秧歌、马灯和大头娃娃的舞步，她要把自己年轻时的绝活传下去。围观的人群不时报以阵阵掌声，为老太太们喝彩。唱戏文的，不仅轮番上台亮相，还请来了退休老艺人、当红名角，同台演唱，造声势，壮胆量。有广泛群众基础的活动就会出人才，出精品。多少在市里得奖的社区文艺节目，就是来源于广场活动。广场是老百姓才艺表演的大舞台。

有人就有社会关系。长盛不衰的广场文化需要和谐的社会关系支撑。几百上千人的群舞队伍，必须有组织者；一个个推陈出新的舞蹈，需要有教练；偌大的广场，需要购置音响设备。群众信任，推举出既热心又负责任的领头人，不分春夏秋冬，任劳任怨，为大家服务；教练白天在家对着碟片"学而不厌"，晚上对着广场上的习舞者"诲人不倦"；几个家庭经济条件好的人慷慨解囊，购置设备，为素不相识的人创造快乐的条件。有时舞友之间不免会因一些小事而伤点和气，闹点矛盾，但是过了几天又重归于好。都是为了快乐和健康，伤和气就事与愿违了。有谁身体有病，好几天不来了，大家就去探望。谁家的儿子要结婚了，大家凑一点份子，恭贺下一代喜结良缘。新城里人盛情邀请老城里人到农村老家观光，老城里人也请新城里人到家里做客，互来互往，其乐融融。快乐是通向健康的捷径，人最大的快乐莫过于心灵的快乐。在广场上，人们不仅得到了身体的锻炼，而且得到了人与人之间融洽的感情。广场就是一个创造和谐的大家庭。

广场是欢乐谷，是运动场，是大舞台，是大家庭。感谢分布在城市和乡村的广场，不断为人们增添快乐，增强体质，塑造自我，创造和谐，呈现精彩。

（2012 年 5 月）

快乐歌唱队

"百灵鸟从蓝天飞过，我爱你中国……"

嘹亮而深情的歌声从体育公园东南角飘出。那里有一支老年人自发组合起来的"快乐歌唱队"。

歌唱队每天上午九点准时开始活动。南虹河畔的围廊中和围廊外的天井里，挤满了头发花白的男女歌友。伴奏乐器很简单，一支笛，一把胡琴，一只吉他，偶然还会凑上一架手风琴。器乐不是主菜，只起个定调发音的作用，唱歌才是主业。独唱、对唱、重唱、齐唱、合唱、轮唱……各种歌唱形式一应俱全。唱的都是他们这一代人熟悉的经典老歌，那些老歌曾经陪伴过他们难忘的青春。

因为是他们熟悉的歌，带有特殊感情的歌，所以唱得是那么投入，那么有滋味，那么富有激情。或激越澎湃，或抒情婉转，或铿锵有力，或深沉悲愤。歌声吸引着来往行人，打动着周围人的心。随着旋律的起伏，感情的跌宕，歌唱者情不自禁进入角色，手脚舞动起来。唱《红梅赞》，有人扮临危不惧的江姐；唱《过雪山草地》，有人学顶天立地的红军；唱《保卫黄河》，个个器宇轩昂，同仇敌忾；唱《九九艳阳天》，大爷大妈们脸上露出曾经有过的脉脉含情；唱《歌唱祖国》，全场沸腾，欢蹦乱跳，手舞足蹈，各展其姿。身居其中，尽情歌唱，尽情表演，无人笑话动作是否协调，无人揶揄表情是否得当，每个人沉浸在情绪中，沉浸在角色中，沉浸在快乐中。一群无物无我的老顽童，一群超越时空的快乐老人。

歌唱队不知成立于何年何月。原来是几个音乐爱好者，选择在黄昏时分，聚集在体育公园东南侧的围廊里，拉拉琴，唱唱歌。不料很快由寥寥几人发展到人头攒动，由隔三差五聚会到雷打不动坚持，形成了不小的声势。河对岸小区里的居民对歌唱队作了扰民投诉，于是活动从夜间改在上午的九点到十点之间。

入门并不难，深造也能做得到"拳不离手，曲不离口"。"八十岁学吹鼓手"同样学得会。那些不曾经过专业训练、从未涉足过音乐舞台的大妈大爷，从跑调离谱到字正腔圆，从直着嗓子吼叫到掌握科学发声方法，从单声部齐唱到学会多声部合唱，从单一歌唱到载歌载舞，简直是脱胎换骨。歌唱队激活了他们蕴藏于体内的音乐细胞，挖掘了他们身上潜在的表演能力，还为许多人圆上了年轻时一直憧憬却始终未能圆上的梦想。有人实现了独唱梦，手持话筒大大方方站在天井中央引吭高歌；有人成就了独舞梦，尽管腿脚不那么灵活，还能博得掌声阵阵；过去只敢在家里暗练的种种表演功夫，现在能够在大庭广众中大胆秀出来。人都有表演欲，欲望一旦得到满足，心理是何等的惬意，精神是何等的愉悦。

歌唱队带来的不只是快乐，不只是歌唱表演技能的提高，还带来了健康，带来了真情，带来了和谐，带来了精神的升华。

最好的锻炼是唱歌，最好的药物是心情舒畅，最好的医生是自己。几年如一日地歌唱，让那几个曾与死神擦肩而过的心脑血管疾病和癌症患者提高了免疫功能，增强了体质，变得脸色红润，精神矍铄。唱歌如轻柔的心灵按摩，几个丧偶的和离异的在每天的歌唱中，忘却了形影相吊的孤独，弥合了感情破裂的痛苦，增强了生活的信心，增添了生活的乐趣。唱歌还能治愈抑郁症。有人因不适应退休生活，烦躁、焦虑、绝望的情绪终日缠绕在心头。唱歌充实了生活，热闹消除了寂寞，欢乐熨平了心理，他们终于找回了自我，找回了希望，找回了老有所乐的新生活。

这支歌唱队之所以能够长盛不衰，可以从围廊上悬挂着的那条横幅找到答案："快乐歌唱，以歌会友，传递真情"。这是歌唱队的宗旨，是歌唱队的灵魂。没有名可争，没有利可图，为了"快乐"这一共同目标走到了一起，在一起唱歌。在唱歌中互相关心，互相照顾，互相帮助，传递真情，成为纯洁而真诚的好朋友。经常唱着那些经典的传统老歌，犹如沐浴着春雨，在润物细无声中陶冶情操，拓宽胸襟，提高境界。正因为此，快乐歌唱队的参与者会越来越多，气氛会越来越热烈。

有机会到体育公园东南侧南虹河北岸去看一看那支快乐歌唱队，去体验一下那里的氛围。从中你会了解到唱歌的意义，生活的意义，生命的意义。

（2017 年 12 月）

南虹河畔戏曲社

南虹河畔有个戏曲社，因活跃在河边的沁园广场，所以取名"沁园"戏曲社。

沁园戏曲社成立已好几个年头了。一到夏天，戏曲社就在沁园广场上搭起一个小戏台，拉上"沁园戏曲社"的社标，装上灯光和音响。夜幕降临，灯光亮起，戏台前坐满了乘凉的观众，乐队在板鼓的引领下奏响了乐曲，锡剧演唱会开始了。

锡剧在宜兴有广泛的群众基础，几乎无人不喜欢听锡剧，无人不会唱锡剧。生活好了就要享受精神，锡剧是不少宜兴人首选的精神食粮。听多了就学唱，会唱了就想展示才艺。中央电视台有个"星光大道"的百姓舞台，但是能上得了那个舞台的人实属凤毛麟角。宜兴官方也会举办锡剧演唱会、锡剧大奖赛，但是能登上那些舞台的人也只是百里挑一。住在南虹河边的几个锡剧迷商量，决定自己来办个剧社，既满足跃跃欲试的广大锡剧爱好者表演的欲望，又让沿河的群众有个纳凉和娱乐的场所。说干就干，他们立即开始实施这个计划。自己凑出钱，搭了个唱戏的小舞台，买了全套灯光音响设备，置办了几十张椅子，请来吹拉弹打一应俱全的乐队，为来自四面八方的锡剧爱好者创造了登台献艺的条件。

沁园戏曲社真的是百姓大舞台，登台演唱的没有年龄限制，没有城乡界限，不论贵贱，不讲美丑，不设任何门槛，只要你愿意，都可以上台演唱。曲目也没有什么规定，可以唱古装戏中的唱段，也可以唱现代剧中的曲目；可以唱花旦，可以唱小生，可以唱老旦，可以唱老生。形式也不拘一格，叫以演折子戏，可以唱选段；可以独唱，可以对唱，可以齐唱和合唱；可以穿戏服唱，可以穿便装唱；可以化妆亮相，可以素颜登台。从古到今的那些耳熟能详、脍炙人口的经典唱段，深入人心，百听不厌。台上唱，台下听，台上唱，台下哼，台上唱，台下评，台上台下呼应共鸣，混成一个锡剧艺术的互动世界。

戏曲社不仅为锡剧爱好者提供了施展才艺的舞台，也丰富了群众的文化生活。每当乐声响起，南虹河两岸的居民便涌到小戏台前。虽然家家都有电

四 心灵的故事

视机，通过电视机可以得到最高水平的艺术欣赏，但是人需要交往，人需要热闹，人喜欢跻身群体。人们又像几十年前那样，熙熙攘攘，重温久违了的人挤人、人拥人的温馨。有一年，上海出现了外滩踩踏事件，政府停止了几乎所有的群众性娱乐活动，人们实在觉得不习惯。但是沁园戏曲社没有停止活动，于是酷爱锡剧的人流从四面八方汇聚到了南虹河畔，找回缺失的快乐。

锡剧有深厚的群众基础，观众有较高的鉴赏水平。他们既是听众，又是裁判员。虽然观众懂得礼貌，不管唱得好与不好，均会给予掌声，但是掌声的多寡轻重，便是评价唱得好坏优劣的标志。演唱者非常懂得"台上一分钟，台下十年功"的道理，要得到听众更多的掌声，非得在台下下一番苦功夫不可。他们或请来师傅耳提面命，或跟着碟片反复模仿，或一起身就吊嗓子，千方百计在幕后的磨砺中提高自己的演唱水平。小小的沁园戏曲舞台，锻炼、提高和培养了不少业余草根锡剧新秀。

戏曲社的不拘一格，不仅为锡剧爱好者创造了脱颖而出的机会，同时也打造了自己的品牌，扩大了戏曲社的影响力和吸引力。沁园小戏台上每天都有慕名而来的陌生面孔登台演唱，对着南虹河拉开嗓子，一展精彩。要提高戏曲社演出的水平，必须持开放的态度。他们不囿于当地的锡剧爱好者，还常邀请宜兴各地的戏迷来这个小舞台交流演出。今天官林的来了，明天和桥的来了，后天张渚的来了，大后天周铁的来了。宜兴真不愧为锡剧之乡，在来自各地区各乡镇的业余爱好者中，高手林立，流派纷呈。他们除了登台演唱，表演技艺，还在一起切磋交流，共同提高。

沁园戏曲社的夏夜演唱会，一年比一年唱得好，水平一年比一年高，看客一年比一年多，演唱的时间一年比一年长。只要不下雨，一到晚上，河边上人头攒动，座无虚席；舞台上引吭高唱，字正腔圆，韵味十足，大有响遏行云之势。唱者得到心理满足，听者得到精神享受，锡剧得到普及提高，文化得到传承弘扬。

今年还未入夏，那个小戏台就早早搭起来了。天幕上打出"文明宜兴，文化惠民"的字样，舞台两侧增添了字幕显示器。那几个剧社的创建人依然全身心投入，既是组织者，又是参与者。一个笃板鼓指挥乐队，一个做司仪上台报幕，还有一个做后勤的会趁着节目的间隔，拿着话筒上台即兴唱上一段，过上一把瘾。他们付出了钱财，付出了心血，收获着文化志愿者"与人为乐"的硕果。

愿沁园戏曲社兴旺，长久！

（2019 年 5 月）

小区晨景剪影

我们的小区小巧精致,不仅有优雅的环境,还有看似平凡却也感人的人文景观。每天在小区里都可以欣赏到美好的晨景。

一

太阳刚露出地平线,水池边的防腐木广场上便响起来了音乐声,一位身穿白绸练功服的人随着音乐声打起了太极拳。那一起一伏,一上一下,一放一收,一招一式,以意导气,以气催形,如行云,如流水。

无论春夏秋冬,无论酷暑严寒,音乐声都会准时响起,打拳人会准时出现,手脚会准时舞动起来。即使下雨下雪,只是打拳的位置换了个能躲雨避雪的地方,运动不会因此而停止。

打拳人七十有余,腰直背挺,腿脚矫健,不胖不瘦,一头乌发,一身健康,大有返老还童之势。因为淡泊的意念统领着他的全身,因为坚守的毅力支配着他的行动,所以他能达到生理和心理、体质和素养、人和自然、人和社会的融洽与和谐。

曙光映照着他白鹤亮翅的造型,溢出了他的精气神。小区晨景的序幕就此拉开了。

二

头发花白,身体略显佝偻,天刚亮,便见到她从楼道里走出,提着篮子,急匆匆迈出小区,奔向菜场。

家庭后勤部长是她终身的职务。从二人世界到三人世界,从四人世界到五人六人世界,一直忠实地履行着这个职务。

采购员是她坚守的岗位。每天提篮买菜,风雨无阻。经济拮据时盘算着囊中有限的钞票,既要便宜又要大家满意;经济充裕时,改不了节约的习惯,要做到物美价廉。

别人无法撼动她火头军的位置。早餐有粗有细,午餐有荤有素,晚餐有干有稀。

既出力又出钱是她心甘情愿的事。老夫妻都有一份不多不少的退休金，除了自己不多的消费，多余部分全部补贴给儿女，除此之外还要做家务带孙子。啃老吃老反正是当今你情我愿、见怪不怪的时尚。

六十多岁了，默默无闻坚守自己的岗位，坚定不移忠于自己的职守，以佝偻的身躯支撑着一个大家庭，以坚持不懈的辛劳创造全家的幸福。

几十分钟后，她提着满满的一篮菜回来了，紧张的一天又开始了。

三

环卫车开进小区，就像为小区里酣睡的人们敲响了起身钟。

仅几分钟的时间，环卫车就把小区里几十只垃圾桶里的垃圾收集到车上，轰隆而去。

环卫车走了，一辆板车来了。只见一位老人，步履蹒跚，推着车进了小区，车里装着一只只盛满清水的塑料桶。老人开始清洗一只只垃圾空桶，先洗桶里，后洗桶外，桶里桶外洗得干干净净，再用干抹布把桶揩干。见到塑料桶的缝隙里有污垢，用自备的工具把脏物一点一点抠干净。

虽然垃圾桶上印有"垃圾不落地，城市更美丽"、"文明在手中，垃圾请入桶"之类的广告语，但依然会有垃圾抛洒在外面，还有飘零的落叶落花。洗桶老人走了，中年的保洁员来了。她先用大扫帚把道路和广场打扫干净，再用小笤帚把砖缝里的不洁物扫出来。她还要钻进绿地和树丛，把丢弃在那里的纸片和其他漂浮物一一拣出来。

如果没有那辆环卫车每天雷打不动地运载垃圾，如果没有洗垃圾桶老人和保洁员的辛勤劳动，何来小区里优美洁净的环境？就是少了他们一天的劳动，小区都将大为逊色。

致敬，小区的美容师们！

四

每天清晨，四号楼一单元里就会出现母子二人的身形。母亲86岁，儿子还不到50岁，一看就知道是老来子。母亲年迈体弱，双腿关节里长有骨刺，疼痛难熬，难以行走。

"老人不能倒下，倒下了就很难再站起来。"儿子心知肚明。于是儿子每天一起床就要搀扶着老母亲到小区里散步，呼吸新鲜空气，观赏绿树鲜花。让坚持不懈的步行放慢母亲腿部肌肉的萎缩，延缓老人体能下降的速度。骨刺给行走者带来的痛苦是难熬的，母子俩行一阵停一阵，停一阵行一阵。儿子不断鼓励母亲，"把腿抬得高一点""坚持到底就是胜利"。实在走不动了，儿子让老人坐下来，为母亲全身按摩。从头部到颈部，从肩部到背部，从四肢的肌肉到关节，不紧不慢，不轻不重，面面俱到。

小区里，一早就有抱着小孩出来玩的，有牵着宠物跑的，习以为常，司空见惯。当见到儿子不间断地搀扶着母亲运动，就会想起孟子的那句话："挟泰山以超北海，语人曰：'我不能。'是诚不能也。为长者折枝（按摩），语人曰：'我不能。'是不为也，非不能也。"为老人折枝人人皆能，持之以恒却难能可贵。这对母子的形象格外夺目，母亲和儿子的微笑格外动人，儿子的孝心孝道成为早晨小区里最为亮丽的风景线。

五

在这个"坚持"的队伍中增添了我。迈开双腿大步走，坚持每天步行一小时，一万步，十里路以上。在坚持中愉悦心情，在坚持中增强体质，在坚持中，通过一个个剪影获取自然美景和人文价值的双重享受。

和他们一样，坚持下去，创造新生活。

（2015 年 6 月）

梦想成真的古董

梦想是美好的，人都会有梦想。实现梦想是艰辛的，甚至是痛苦的，需要决心和行动，需要执着和坚持，需要汗水和心血，需要精神和物质的付出。逐梦精神是可贵的，圆梦者是可敬的。

我在新西兰遇到了这样的逐梦人。他们是我儿子十七年前到新西兰留学时的房东。男主人叫布瑞特（Brent），女主人叫川茜（Tracey）。他们拥有一个地处闹市区的花园别墅。男主人是建筑师，女主人是会计师，男主人长得潇洒，女主人长得美丽，男主人和女主人都很善良，对远道来的中国留学生关怀有加。尽管事情已经过去那么多年了，儿子一直没有中断和他们的联系。我们到新西兰探亲，自然要去拜访这对夫妻了。

布瑞特家已搬到离原地三公里以外的一个山坡上。汽车爬过一条又陡又险的山路，来到了他们家。新家是一座外形独特的哥特式建筑，面积很小，只有 120 平方米。推门进去，是一条狭小的过道，过道尽头是厨房和餐厅，过道两旁是一大一小两个卧室，卫生间小得勉强容下一个人。上有个十平方米左右的阁楼，楼梯窄而陡，仄着身才能通过。家里的陈设十分陈旧，地板坑坑洼洼，墙壁斑斑驳驳，椅子规格不一，油漆已经剥落。餐具是 20 世纪初英国的手工彩绘盘。餐桌盖上了桌布，看不清是什么模样，但肯定是陈年老货。墙上挂满了维多利亚女王时代的旧报纸和古典油画。墙角那只玻璃盒子里，珍藏着柏林墙推倒那一刻捡回来的一块墙砖。待在这个空间里，犹如进入了一个早已逝去的昨日世界，置身于一个庞大的古董文物之中。

看来主人不是个恋旧癖，便是个文物收藏者。

果真如此，收藏是夫妇俩的专注和嗜好。布瑞特这位建筑师，魂牵梦绕的是大英帝国鼎盛时期的哥特式建筑，他觉得那不只是一个时代建筑艺术的标志，而且是日不落帝国历史的记忆。正因为此，他们进行了一场舍近求远，舍大求小，舍新求旧的搬迁工程，经历了长达 900 天的艰巨劳动。

布瑞特滔滔不绝地向我们介绍这座房子的来龙去脉。

二十一世纪初，新西兰政府为了美化市容，准备把奥克兰西区的一片破旧房子拆掉，建成城市轨道车站。黄金放错地方是垃圾，垃圾里面会有黄金。独具慧眼的布瑞特发现在这一片旧房子里有一座哥特式的房子，这是建于 1895 年的老房子，是年轻的新西兰罕见的建筑古董，是新西兰先民留在奥克兰的印记。"垃圾堆"里居然会有比黄金更金贵的珍宝，布瑞特欣喜若狂，立即产生了一个强烈的念头，一个美好的梦想：把那座旧房子买下来，异地重建，抢救一个行将消失的文物，收藏一个巨大的古董。

　　这是千载难逢的机遇，稍纵即逝的瑰宝，意义重大的举动，价值连城的工程。事不宜迟，迟则有变，须当机立断。布瑞特开始为实现心中伟大的梦想而行动了。他们辞去了工作，义无反顾地投身于浩繁而艰辛的拆迁重建工程。

　　和政府谈判，把旧房子买下来；卖掉宽绰的花园别墅，筹措拆建资金；在偏僻的铁路边、无人居住的半山腰，买下了一块三千多平方米的土地，作搬迁用地；到政府相关部门办理拆建应有的所有手续；把旧房子从里到外拍好照，录好像，量好尺寸，标好记号。

　　前期工作完成了，开始动手拆卸房子。妻子川茜是布瑞特唯一的助手。丈夫爬上屋顶把烟囱砖一块一块撬下，妻子把丈夫撬下的烟囱砖一块一块洗干净。丈夫钻到屋子下面，把支撑房屋的柱子一根一根卸下，妻子把丈夫卸下的柱子一根一根运走。丈夫进入屋子里，把墙体和地板一点一点拆下来，妻子把丈夫拆下来的建材按照标号分门别类整理好。丈夫雇来吊车，把房子的整体框架吊入平板车，妻子和丈夫一寸一寸地挪动车子，一直挪到那个无路可走的荒坡上。

　　房子拆好了，夫妻俩马不停蹄，恢复原样。两人一起打支撑房子的木桩木柱，一起安放房子的整体框架，一起拼装墙体和地板，一起筑路平整场地。毕竟是一百多年前的老房子了，再怎么细心拆卸，也会有残缺部分。有缺就要补，补不是随便的事，需要尊重历史还原真实，做到和谐协调，浑然一体。布瑞特不远万里，不惜重金，飞赴英国，寻找和老房子相匹配的门窗、玻璃、墙地砖、木地板，不能有半点马虎和苟且。

　　就在老屋子复旧工程竣工在即的时候，高龄的妻子怀孕了。照理说是双喜临门，妻子可以袖手旁观了，可是川茜不当闲人，她要自始至终和丈夫一起完成这项工程。拿起油漆刷子当起了油漆工，拿起拖把抹布当起了清洁工，撸起袖子当起了建筑工，拿起了锤子当起了装修师，她把一幅幅收藏的照片、油画、报纸恰到好处地挂到墙上。她理解丈夫的爱好，支持丈夫的事业，密切地配合丈夫的工作。

从 2002 年上半年到 2004 年下半年，房子拆迁重建工程历经两年五个月零七天的时间终于圆满结束。在夫妻俩不辞春夏秋冬、风霜雨雪的坚持下，一座原汁原味的十九世纪英格兰哥特式建筑以崭新的姿态重现站立在新址上。当房子完工后，川茜生下了一个女儿，第二年又生了一个男孩。成功总是属于有准备者，命运总是青睐有志者。锲而不舍逐梦的布瑞特和川茜终于把梦圆上了。布瑞特志得意满，川茜心想事成。夫妻事业有成，家庭生活圆满。布瑞特虽然老多了，但是精神抖擞，他因此而在业内声名鹊起，活跃在基督城灾后重建的工地上。妻子和丈夫共鸣，丈夫的成功使妻子依然年轻，依然美丽。

凝望着这座看似简陋却价值连城的房子，敬意油然而生。布瑞特夫妇以常人难以想象的艰辛，追求梦想，实践梦想，成就梦想，在圆梦中实现了超越房屋本身的价值——为社会抢救了难得的文物，为历史保护了行走的脚印，为时代展现了演变的轨迹，为人们显示了对历史对社会负责的精神。

向逐梦人敬礼，为圆梦者点赞！

（2018 年 1 月）

健康幸福的岳父母

我岳父 88 岁，岳母 84 岁。两人身板硬朗，骨骼强健，腰不弯，背不驼，没有一点老态。

街坊邻居无不羡慕这对老夫妻福气好，身体健康，生活幸福。

甘苦总是相连的，岳父母的前半生极为贫困。当时两人的工资不到五十元，却要养活一家七口人，四个子女还有一个瘫痪的老母亲，人均生活费连 7 元钱都不到。生活要靠借钱来应付，这个月的工资还上个月的债，这个月的生活费要借新的债。可想而知，当年的生活是何等艰难。子女长大了，恰逢改革开放，生活苦尽甜来。四个子女虽非富非贵，但无一不孝顺。今天这个送来吃的，明天那个送来穿的；家里缺了什么马上有人补，家里少了什么马上有人买；有病了儿子儿媳陪着上医院，有事了女儿女婿马上办妥了；这几天这个上门看父母，过几天那个来家陪聊天。因为他们亲眼看着父母含辛茹苦支撑一个家庭，也亲眼看着父母精心伺候瘫痪在床的老奶奶，明白了百善孝为先的道理。有这样融洽的家庭关系，有这样孝顺的子女，有这样高质量的幸福生活，岳父母身体怎么会不健康呢！

单向的快乐不是完整的快乐，完整的快乐需要双向。儿女惦记着父母，父母心系着儿女，父母与儿女间联结成了割不断的情感纽带。虽然岳父母年事已高，但仍然尽其所能，回应子女的孝心。隔段时间做上上百个团子，电话通知四个子女，一家一包；再隔个阶段，做上几十个馒头，一家一份。岳父是钓鱼能手，只要出门肯定不会空着手回来，待他满载而归，又是一家几条鱼。春节、清明、端午、中秋，由岳父母掏钱，请一大家子吃团圆饭，形成惯例，雷打不动。去年秋高气爽的时候，还请大家乘高铁游西湖。一大家子如葵花向阳，团团圆圆，热热闹闹，其乐融融，其喜洋洋，岳父母身体怎么会不健康！

健康离不开物质，也离不开精神，其中心态尤为重要。岳父曾是宜兴锡剧团的主要演员，他塑造的许云峰的艺术形象红遍过苏锡常。"文革"后组织上重用他，调他到工艺美术厂当厂长。可是世事难料，到退休的时候，他只能享受企业待遇，而其他留在剧团的同事都是事业退休。企业和事业的退休工资标准相差悬殊，岳父明显是吃了亏。可是岳父想得开，没有一点牢骚，没有一点怨言。世上有占不尽的便宜也有吃不尽的亏，不必拿自己的短处和别人的长处比，自己自有自己的长处和优势。而岳父母儿孙绕膝尽享天伦之乐，沉浸在人人羡慕的幸福之中，健康才是硬道理。

幸福离不开健康，健康离不开保养。岳父母珍惜生活，珍惜生命，注重健身养生，生活保持有张有弛，劳逸适度。家务分工操持，岳父买菜烧饭，岳母洗衣打扫卫生。饮食清淡，以素为主，少食多餐。每天上午外出锻炼，岳父打篮球，骑自行车，岳母步行，做保健操。钓鱼是岳父的终身爱好，到现在依然乐此不疲，既可健身又能创收。他们老是叨念，今天的好日子过去做梦都想不到，一定要多活几年，多享共产党的福。所以身体一有不适，赶快上医院，小洞不补，大洞吃苦；小病不看，有了大病就来不及。岳父还玩上了微信，盯着手机刷屏，不是看新闻就是传信息，不是语音聊天就是视频通话，与每个子女间建立了联系热线，随时随地可以说上几句话。劳动和运动，再加食疗医疗心疗，身体当然健康。

幸福是健康之本，长寿之源，最高境界的幸福是有爱心，多帮助人。岳父母都是善良人，岳母简直像慈善家。子女孝敬的钱和物，自己很少享受，大都是转赠给他人。哪家经济困难，不时要送上几百上千元；哪个身体有病，一定要带钱带物登门看望；谁家要是出了意外，不仅自己慷慨解囊，还要发动子女掏腰包；有什么好吃的，周围邻居都要享受到。岳母总是把这些话当作自己的座右铭——"帮助别人就是帮助自己""行什么良心过什么日子""人在做天在看"。

岳父母的善良心肠也深刻影响了第三代第四代。外孙外孙女不管在哪里都惦记着外公外婆，逢年过节一定要给外公外婆送上节日的问候，寄上节日的礼物。牙牙学语的重外孙在国外，也忘不了通过越洋电话向太外公太外婆问个好。整个大家族形成了以孝为先、以善为魂的家风和门风。

这就是我岳父母健康的原因。

好人一生平安，好人一定幸福，好人必然长寿！

（2018 年 5 月）

温 州 烧 饼

　　土城路上有爿"温州烧饼"店。其实烧饼店并非温州人所开，店主人是一对来自浙江丽水缙云的夫妻。

　　烧饼店有三个主要品种：一是梅菜肉烧饼，二是葱油烧饼，三是甜油酥烧饼。烤炉仍旧是传统炉子，但不用煤炭，而是用竹炭。竹炭不冒烟尘，比较环保，但又保持着烧饼的原汁原味。女主人姓胡，男主人姓金；女主人能说会道，男主人埋头干活；女主人负责做烧饼，男主人专事烤烧饼。可谓是珠联璧合、优势互补、天造地设的一对绝配。

　　烧饼是我从小就喜欢的早点，到了老年依然不改幼时所好。我特别爱吃温州烧饼店做的葱油烧饼。烧饼里包了满满的一肚子肥肉，再沾上厚厚一层葱花，经炭火一烤，又香又脆，吃在嘴里又肥又鲜，真令人叫绝。

　　食品生意的生命力在于质量的稳定。温州烧饼店自前年开张以来到现在，所做的烧饼一直是这个味道，香而不厌，肥而不腻，从未有过质量因人而异、因时而异、因生意好坏而异的事出现。

　　好的食品"酒香不怕巷子深"，名声会不胫而走。温州烧饼店虽地处小巷深处，但是生意很好，从早到晚食客不断，但店主人的心很平，不因为生意好而涨价，不因为原材料价格上涨而涨价。梅干菜肉烧饼2元一块，其余的1.5元一块，利润空间实在微乎其微。有人问生意这么好为何不涨价，他们笑着答道，都是老客户，涨了价就对不起他们。

　　到这家小店买烧饼会得到做人的尊严。店主人从不直接收钱，随买主把钱丢在盒子里，甚至连看都不看一眼，就像搭乘无人售票公交车一样自动投币。事情虽小，钱虽少，但是这一举动显示出夫妻俩的大气，会得到被信任和尊重的精神享受。

　　我患有冠心病，不宜多吃含有动物脂肪的食物，但是我却是温州烧饼店的常客。在那里不只可以饱口福，还会感动于这对外来夫妇的经商之道、为人之道。

（2016年4月）

宁夏硒砂瓜

夏天最爱吃的水果莫过于西瓜了。小时候能吃上西瓜是一种难得的奢侈。所以对西瓜的记忆很深，也有点偏爱。

儿时宜兴市场上出现的西瓜有两种。一种是夏至以后到立秋这近两个月时间里吃的西瓜，称作"解放瓜"。椭圆形，个不很大，皮薄，瓜纹较细，瓤一般是红色，有时也会是金黄色，味甜。这种瓜是中华人民共和国成立后江苏农科院研发的新品种推广到宜兴，所以叫作"解放瓜"。还有一种称作"渎上瓜"，产于太湖边的渎区，是本地传统品种，入秋后成熟上市。"渎上瓜"个大，一个起码十斤以上，形圆，瓜皮深绿色，瓜纹粗，皮厚，瓜瓤甜味不足，淡中带酸。

解放瓜虽甜但个小，没吃上几口便告罄了。渎上瓜虽个大却味淡而且皮厚，既不好吃又不经吃。所以即使在短缺经济时代，渎上瓜的销路也不是很好。到了收获季节，倒是上海益民食品厂常到太湖边上收购渎上瓜，去掉瓤，带走厚厚的皮，加工成酱西瓜皮，装入瓶罐中出口换外汇。我曾想过，最好能让这两种不同品种的西瓜合而为一，变成既大又好吃的新品种。

妻子花 85 元从网上购买了一只宁夏硒砂瓜，算是圆了我这个梦。经过五天的长途跋涉，数次的中转，数十次的磕磕碰碰，硒砂瓜寄到家了。拆开厚厚的包装，硒砂瓜亮相了。个很大，有十多斤重，形为椭圆，瓜皮为浅绿色。用刀切开，瓜皮薄薄的却很坚硬，瓜瓤红红的却很结实。咬一口，甘甜，爽口，清凉，润泽，无可比拟的甜美飞快从舌尖漫向全身。这不就是一直心仪的解放瓜和渎上瓜的结合吗？又远远超越儿时的想象和期盼。

这个注册商标为"甜典"的西瓜产自宁夏回族自治区的中卫市香山地区。那里的自然条件无法和我们这里相比拟。海拔 1300 米，年降水量仅为 200 毫米，年蒸发量却高达 2200 毫米，是极度干旱的沙漠地区。然而在这样恶劣的自然环境中，当地人用当年"千里百担一亩苗"的精神，在沙漠中、戈壁里、荒坡上铺上一层颗粒砂石，然后种上各种瓜果。砂石起着保墒、蓄水、保温作用，农作物得以生存生长。而沙漠地区温差大、光照时间长的特点，恰恰是瓜果生长的有利条件，而且砂石里富含硒、钾、氨基酸等微量元素。利用自然，改造自然，让自然为人类服务。奇迹发生了，硒砂西瓜、硒砂甜瓜、硒砂土豆、硒砂蔬菜、冰糖心苹果，一一诞生在沙漠里、戈壁滩上、石头缝中了。

吃完硒砂瓜还发现包装箱里有卖主的一封信："瓜瓜都是精挑细选的，从宁夏中卫本地发出。……如果万一亲收到的硒砂瓜有倒瓤、破裂、震伤等情况，请拍照联系我们客服，协商补发、赔偿、退款等事宜。在为您自己争取利益的同时也给我们为您做好售后服务的机会。"觉得西瓜的滋味更加甜了。

吃上了一个硒砂瓜，圆上了幼时的梦想，透过西瓜领略到了西部人的创业精神和商业品德。以后还要通过互联网多购买那里的瓜果蔬菜，权当是对西部地区的一点微薄支持。得到的会更多，不仅是优质商品，还有西部人的精神。

（2018 年 9 月）

药到病除一块钱

退休生活主要靠眼睛打发时间。看电视，阅读书报杂志，尤其是从早到晚无休无止翻手机刷屏看微信，都需要用眼睛。闲暇时间越多，用眼时间越长，用眼时间越长，眼睛负荷越重，眼睛的重负荷最终导致了眼疾。一早醒来，右眼充血，又痒又痛，泪流不止。眼睛不适虽不是大事，看不了书玩不了手机却不是小事。

原以为眼睛红上几天痛痒几天便会好，可不料过了一星期眼睛依然红红的，痛痒不止，右眼睑还开始溃烂，视力迅速下降，看东西模模糊糊。眼睛对于退休老人来说是何等重要，看不了书看不了手机，世界变得那么枯燥，生活变得那么无聊，精神变得那么空虚。拖延不得，必须上医院去看医生。

医生开出检查单子，循着医生的单子进行一条龙式的系统检查：查视力、查眼压、查视网膜……一切都是最先进的仪器设备。检查完毕，医生连看都没有看我一眼，问都没有问我一声，大笔一挥，开出了长长的一张药单：有保护角膜的凝胶，有缓解眼睛干燥的滴液，有止痛止痒的口服药丸……药是进口的，检查仪器是进口的，当然医疗价格不菲。

几天下来，病情非但没有好转，反而更加严重。右眼全红了，更痒更痛，泪流不止。不得已，来到一家专科医院求助名医纾解病痛。依然是查视力、查眼压、查视网膜等一条龙的系统检查。依然是长长的一张药单。比上家医院进步的是有了个明确的结论："结膜发炎"。

这不就是俗称的红眼病吗？我猛然想起小时候红眼病用红霉素药膏一搽，隔几天就好了。不知现在红霉素眼药膏还有没有，就怕科技发展太快被淘汰了，就怕新药不断问世被替代了。不管怎样，到药房去打听一下。看来红霉素眼药膏与我还很有缘分，一进药房，只见几支眼药膏静静躺在收银台点钞机旁，一问价格，一元就可以买一支。

按照药盒子上的说明涂抹在眼睛里。说来奇怪，干燥和痛痒的感觉很快得到缓解。第二天，眼睛不再觉得难受了，症状明显减轻。几天以后彻底好了。肯定是找准了病症，找对了药品，对症下药，所以能够以最低的价格做到药到病除。后来我向一位眼科专家咨询，果不其然，就是这个简单道理。

我不怨医生使用多个高精尖的设备和仪器为我做周全的检查，毕竟为我排除了其他方面的疾病；我不怨医生为我配了许多进口药，"病来如山倒，病去如抽丝"，也许那些药在悄悄起作用，为后来的彻底痊愈起了铺垫作用。我只是希望医生不要因为有了现代医疗设备而丢掉准确诊断病情的基本功，物在进步人也要进步；不希望在眼花缭乱的新药诞生时，遗忘了那些传统的好药。继续发挥像一块钱一支的红霉素眼药膏那样的作用，让广大的疾病患者得到价廉质高的医疗服务。

（2019 年 3 月）

失败了的糖芋头

烧糖芋头是我的绝活。

烧糖芋头需要把握好食材、工艺、火工三道关。食材必须挑当地产的香梗芋头，既香又糯。工艺流程是：第一掼芋头，把芋头装在麻袋里，用力往地上摔，这样容易去皮；第二削好皮，洗干净，下锅煮芋头；第三等水开了加食用碱；第四把芋头捞起来，用冷水冲干净；第五回锅，加食糖，加桂花。火工主要体现在第五步上，关键在于"一烧、二焖、三煨"。即把芋头烧开了便停火，焖上十几分钟，然后再用文火煨上三四分钟。这样一锅糖芋头就做成功了，吃起来会觉得甜而不腻，酥而不烂，让人拍案叫绝。

亲戚们都喜欢吃我烧的糖芋头。凡来了客人，我必烧糖芋头作招待。我烧糖芋头的绝活在我的亲友圈里是远近闻名了。

有位八十多岁的老教授是我的忘年交，他虽久居南京但充满着家乡情结。前几年回家乡，在一起说起幼时宜兴的一粥一饭、一菜一汤，都怀有深厚的情感。对宜兴的糖芋头更是情有独钟，他把糖芋头看作家乡的代名词。为此，只要听说他回到宜兴，我就要烧上一锅桂花糖芋头送给他，让他过过家乡瘾，温温童年情。

老教授吃了我烧的糖芋头连声说这就是正宗的家乡味道。教授夫人虽不是宜兴人，但也夸奖道"从未吃到过这么精致的美食"。

教授又回宜兴了，于是我还想拿出看家本领，让老教授享享口福。

一早妻子去菜场采购芋头。为了省去掼芋头削皮这道工序，她特意买了削好皮的干净芋头，因为剥芋头皮手会出奇地痒。我一看妻子买回来的芋头白白净净，一点疤痕都没有，禁不住赞道："好芋头！"于是我把芋头冲洗干净，丝毫不差地"拷贝"那烂熟于心的烹制流程。不一会，一锅桂花糖芋头烧好了。用不着品尝，闻闻味道就知道十分成功。接通了老教授的电话，听到了他乐不可支的笑声，我便兴冲冲地端着一大锅糖芋头赶往教授的住地。老教授见到香喷喷的芋头，脸上露出带有童心的微笑。

就在这时，我的手机突然响了，妻子从家里打来电话："芋头不熟！"

顿时觉得如一盆冷水当头浇下，明明是一烧一焖一煨的火工，怎么会不熟呢？洋相出尽了，我只能没趣地端着锅子回家再加工。

究竟哪个环节出了问题？我请教了小区里擅长农事的行家。他一听说芋头白白净净，一点疤痕都没有，立即回答道"那是用硫黄熏过的"。原来被硫黄熏过的芋头确实很好看，但是无法烧烂。

我恍然大悟：看来经验是最靠不住的东西。晚上，我把事情告诉了教授，教授笑着说："失败未必是成功之母，成功为失败之母倒是必然的。"

（2015 年 9 月）

我的那把紫砂壶

我虽然是老宜兴人，酷爱喝茶，而且在丁山一带工作过，但对宜兴最有影响力的紫砂茶具却没有一点研究，无论材质还是工艺，无论功效还是历史文化，都说不出个子丑寅卯，讲不出几句在行的话。

1997年出访台湾，没有想到，所接触的台湾朋友无不是用宜兴的紫砂壶泡茶，无不是用宜兴的紫砂杯品茶。他们对宜兴的紫砂茶具了如指掌，对宜兴每一位紫砂工艺师如数家珍，称颂宜兴的紫砂茶具是世界上最好的茶文化载体。台湾人对紫砂的钟情，让我这个生长在紫砂故乡的人汗颜，为之也产生了接近紫砂茶壶的紧迫感。

回来后买了把普通的茶壶，有闲时在家泡上一壶茶，自沏自饮，自斟自酌。工作上需要处理的事务多，需要应付的人事杂，常常身不由己，心不在壶，这把壶虽然陪伴了我十多年，也是若即若离，时热时冷，壶身上沾满了斑驳的茶渍和厚厚的茶垢，也顾不得擦一下。

离岗退休了，变成了自然人，无名可争，无利可图，心静了，气平了，暇余时间多了，于是产生了和茶壶亲密的雅兴。

我每天把玩欣赏这把紫砂壶。这把茶壶是一把再普通不过的寿桃花壶，既非名人所做，也无出新之处，但是看多了，觉得顺眼，感到雅致。紫酱色，圆润的壶身，饱满的大肚子。壶盖上有两片桃叶托着一大一小两只水蜜桃。壶把仿桃树枝梗，枝梗连着壶身上的四片桃叶和一只小桃。枝梗上的痂节疏密有致，栩栩如生，桃叶半卷曲着，颇像在风中飘逸，那只藏在树叶间的小桃颇有跃跃欲出的动态。壶嘴也是枝梗状，刻有一凹一凸的结疤，与壶把相呼应。壶体看似笨拙，但气质显得厚重，壶身虽没有诗画雕刻，但恰到好处的花饰透出壶韵书香。制壶人虽名不见经传，造型也没有新意，但其传统制作工艺可谓无懈可击。好壶不一定是名人名家之作，心里喜爱，不管是谁做的都是好壶。

和茶壶有感情了，便重视保养茶壶了。每次用壶，都要经历洗壶、暖壶、润壶、擦壶、亲壶的全过程。每过一道程序，都像长辈呵护小辈孩子、大人亲吻小孩那样，倾注了真挚的情感。茶壶也通人性，经过人的精心伺候，满是茶渍和茶垢的壶身开始发亮，透出灵气，闪动灵光。内行人说这是包浆渗出来了，茶壶已经活了。

　　紫砂壶最大的妙处还是泡茶。紫砂不是泥，而是砂、砂透气，所以泡出的茶，与其他茶具相比，色香味与众不同。泡好一壶茶，壶盖紧闭，茶叶幽雅的香气会从茶壶身体里透出来，沁人心脾。如果泡的是红茶，汤色分外鲜艳；如果泡的是绿茶，颜色特别青翠，不会因闷在壶中而改变颜色。紫砂壶泡出的茶，味道纯正，没有邪气。即便泡的开数再多，也会保持浓醇的茶味，因为壶体内砂粒间充盈着的茶叶分子会补充茶水的浓度。如果你一时疏忽，晚上忘记倒残茶，即使在三伏天，隔了一个星期，茶叶也不会变味变质。

　　现在我就是这样赏壶、养壶、用壶，紫砂茶壶陪我"long live"。

　　紫砂茶壶是饮茶用的器具，有其特殊的美妙处。它那客观存在的美妙要被人发现，需要有一双能够发现美的眼睛，而那双眼睛是和一颗平静的心相连的。

（2015 年 8 月）

有缘是假也作真

不知何时何人送了我一把壶名叫"夙慧"的双环壶，是仿顾景舟与刘海粟合作的茶壶。

1992 年，年已 78 岁的顾景舟制作了一把双环绳钮壶，送给在香港休养的刘海粟题字作画。97 岁的刘老挥毫题写了"夙慧"二字，并作一枝铁骨老梅图。书画送到宜兴后，顾景舟把刘海粟的字和画雕刻在壶上，于是成就了这把名壶。这是两位大师的合力之作，也是二老之绝唱。时隔不久，刘海粟和顾景舟分别于 1994 年和 1996 年驾鹤西去。

都说宜兴的紫砂壶假货太多，搞得真假难辨，正如《红楼梦》里所说，"假作真时真亦假，无为有处有还无"。我倒不这么看，虽然手中的这把壶是不折不扣的仿品，但是能到我的手里也是一种缘分，所以我像喜欢真壶一样喜欢这把假壶。

我喜欢这把壶，在意刻在壶上的字画。"夙慧"即早慧，语出《世说新语》，讲的是小时候聪颖智慧长大后成为杰出人才的故事。刘老先生用这样的题字来赞誉顾景舟杰出的制壶才华。而所作的铁骨老梅画和所题的"眉寿"字，意在祝愿顾景舟健康长寿。刘海粟这样一位闻名世界的美术巨擘，对一个制壶师傅竟然如此恭敬，年近百岁的老人对比自己小 19 岁的晚辈会如此关爱，可谓虚怀若谷，德艺云天，实在感人至深。把玩仿品，同样可以领略到大师的胸怀和品格，我怎么会不喜欢这把假壶呢？

我喜欢这把壶，钦佩仿制者的模仿能力，无论是形还是神都仿造得惟妙惟肖。这把壶造型简朴大方，壶身俊朗挺拔，线条流畅自然，一看就是顾景舟独有的风格和鲜明的个性。壶把大方得体，壶嘴曲直分明，壶把壶嘴成一线，壶盖壶身间致密无隙，显示了仿造者扎实的制壶基本功。尤其是盖钮上那两个活动的螺纹扣环，精巧细腻，增添了紫砂壶的动感和灵性，把"智欲圆行欲方"的壶韵表达得淋漓尽致。真正叫假作真来假胜真。

这把壶不仅仿制得精妙，而且雕刻工夫也非同寻常。壶身一面铭"夙慧"二字，刚柔并施，忠实再现刘海粟晚年书法的特色，壶身的另一面铭题为"眉寿"的梅花图，刀法洗练，刀工老到，融刘海粟绘画艺术和顾景舟陶刻艺术于一体。字画和陶艺的有机结合，使得世上独一无二的紫砂茶具更具文化气息，更具独特的魅力。

仿品往往比真品做得更好，无论是制壶技术还是雕刻水平都会高于原作。二老毕竟都垂垂老矣，一位年近百岁，一位年近八旬，力不从心乃自然规律。再说原创难免会有不足和瑕疵，模仿可以在忠于原作的基础上补其不足，去其瑕疵，从而高于原作。怪不得启功先生会说"凡是写得比我好的就是假的"。忠于原作就是继承，高于原作就是提升和发展，后来者居上，青出于蓝胜于蓝理所应当。

我持有这样一把仿品茶壶，并不想以假乱真，以假充真，或者沽售假货牟取暴利，而是透过这把仿品壶感受大师们高尚的德艺，体味紫砂工艺的特殊魅力，窥察紫砂艺人在模仿、学习中继承发展的脚印和轨迹。这就是所谓有缘是假也成真的道理所在。

（2015 年 8 月）

回味排队

只要有供不应求的事出现，就会有排队购物的现象。在 20 世纪 60 年代，大街小巷处处有排着像长龙一样的购物队伍。百货公司、小菜场、副食店、猪肉铺、水产摊，每天都有长队，短则几十米，长则几百米。到了年关，购物的队伍就会里三圈外三圈，弯弯绕绕，重重叠叠长达几里路。那个年代生活必需品的供应实在有限，供应点又少，难以满足人们的要求，所以老百姓买东西只能靠排队来解生活之急需。

排队买东西是自古就有的常事。凡排队者，按约定俗成，不分高低贵贱，不分男女老少，谁先到谁就排在前面，谁后到就排在后面，以此类推。

我从小就是这个队伍中的成员。遇到节假日，大人忙不过来，就叫我们小孩去排队买东西。节假日人多，一排就是几个小时。有时排了一个队还要排第二个、第三个队，直到完成了大人交代的任务为止。在长达几年的排队生涯中，觉得这是一个和谐的群体。认识熟悉了很多队伍中的人；从大人们闲聊中了解了许多社会知识；身边还可以带本书，看书长学问；在排队中培养了我极好的耐心。渐渐地我也喜欢上了排队购物，这是一举几得的好事。

但是在排队中我产生了"三怕"。第一怕夏天的太阳。夏天的烈日很毒，又没有遮阴的地方，不仅自己大汗淋漓，还要闻着周围人身上散发的浓烈汗臭，简直令人窒息。二怕冬天的寒风。排队要起早，隆冬的清晨天寒地冻，寒风刮在身上浑身打战，尤其是耳朵像被刀割一样。只能靠就地踏步、上下跳跃来增加一点热量，不断搓耳朵，防止生冻疮。三怕下雨。风夹着雨，从四处向身上袭来，想躲雨，又怕失去位置，不避雨，浑身湿透。等东西买到手，人就像一只落汤鸡。

在排队中我产生了"三恨"。第一恨插队。虽然大多数人能自觉遵守约定俗成的排队规则，先来在前，后来在后，但是总有一些不知趣的人会厚着脸皮插队，不是强词夺理，就是以石块替代人为借口，或是托着有熟悉的人潜入队伍。当许多人对插队者同仇敌忾般申讨和驱赶时，我也会大声附和，以解心头之不平。二是恨开后门。常常会出现一些有身份的人，既不排队，也不插队，等买东西的窗口开了，直接到营业员手里轻轻松松把东西买走。即使有人会发出不满的呵斥声，但是营业员理都不理你，再要吵下去，干脆把窗子都关了，愤愤不平的声音只能无奈地消停。三是恨劳而无功。常常会遇到这样的事，排了几个小时的队，等快轮到你了，营业员突然宣布，东西已经卖完，无货可售了。到了那时，失望、委屈、怨恨……一下子涌上心头，任泪水夺眶而出，哗哗直流，也顾不得脸面了。

排队成了当时人们下意识的习惯。只要有几个人在某个地方一站，马上就会跟上来一群人，形成一支队伍，不知道又有什么东西要卖了，不分青红皂白，排了队再问，生怕失去好机会。有一次，有几个恶作剧的同学，故意在商店门口排成队，果真，瞬间身后就变成了一支长队。物质的匮乏，使得人的心态都变了。民以食为天，食物是人生存的基本要素，生存是人的本能，人不可能不为生存而操心费神。

进入20世纪80年代，物质极大丰富了，街头巷尾很少见到排队购买农副产品的长龙了，只有彩电、冰箱这些当时的紧俏奢侈品，才会出现长长的购买队伍。那时我的身份也变了，不仅不需要身体力行排队购物，也不必插队、开后门，但是每次在大街上看到排队购买紧俏商品的队伍里，还有自己当年排队时熟悉的人，就会想起小时候挤在队伍中的我，想起排队时的春夏秋冬，想起个中的甜酸苦辣。

也许是心理的回归，也许是人生的反思，退休能做反思固然是好事，最好在位时能遵循这样的简单道理：人本来是平等的，排队买东西就是平等、公正的体现。老百姓之所以对插队、开后门这样的人和事会民怨沸腾、骂声不绝，就是对不公正的抗议。一晃几十年过去了，我也退休。不管经济怎么发展，物质怎么丰富，有人群就要排队，排队是永恒的。排队就是秩序，排队就是素质，排队就是公平，排队就是友爱，排队就是文明，排队就是境界。我已经自觉回归到排队的行列中了。不管在哪里排队，不管排怎样长的队，我都能做到心气平和，不插队，有耐心，即使有人插队，也会多宽容，不发怒，见到老人、小孩、孕妇、病残者，主动相让。

当然现在的排队条件和当年已不可同日而语了。购物排队在舒适的大厅里循序渐进，银行排队有电子叫号，乘车排队有凉棚，看病排队可以坐在空调房里等候电子显示屏的消息。不需要晒烈日，不需要沐寒风，不需要淋雨水。经济发展了，社会进步了，时代变化了，人也要随之提升和完善。我觉得在正常情况下做到循规蹈矩，自觉排队，尊老爱幼并不难，即使是位高权重的人，只要把自己当成普通的人，也能做得到。如果一旦发生突发事件，在生死面前，我们还能做到心存大爱，胸怀大义，礼让老弱，搀扶少幼，相帮病残，把安全让给别人，把危险留给自己，这才是真正的社会发展、时代进步和人性的升华。

人家已经做到了，我们能做到吗？

（2012 年 7 月）

芃芃发怒了

周末到我家来睡觉是芃芃一个星期的期盼。

芃芃是我外甥女的儿子，几乎一半时间是在我家长大。我们视他如己出，对他宠爱有加；他把我们当作他的依靠和后盾。上学后，一到周末他总爱到我家睡觉。这不只因为我们家床铺柔软，更重要的是我们对他百般呵护，百依百顺。他可以无约束地看电视，可以忘乎所以地玩平板电脑。睡觉前他把看了无数遍的《熊出没》一集一集地重复，一直看到眼睛睁不开。早上睡到自然醒。一觉醒过来立即打开平板电脑玩游戏。早饭躺在床上吃，有他特别喜欢吃的缙云烧饼、米饭饼夹油条，有专门为他熬的小米粥，再加特地为他准备的海参蘸日本鲜酱油。边玩游戏边吃早饭，有精神有物质，口、眼、心同时得到享受，身体和情绪得到彻底放松。

自芃芃上学后，再没有快乐可言了。每天清晨六点半就要从熟睡中被叫醒，七点十分像蜗牛一般背着沉重的书包跨进教室。放学回家做作业，从数学做到语文，从书写作业做到口头作业。做完作业想看看电视，想玩平板电脑，大人就会叫嚷："不许看电视，再看眼睛要瞎了！""不许玩游戏，再玩要上瘾了！"

不能输在起跑线上，是中国父母普遍的心理。除了完成学校里的学习任务，家长还要给孩子"加餐"。为了让芃芃全面发展，每周星期六的上下午都要进校外补习班补课，每周要和老外进行一次视频对话，强化英语口语训练，每周还要进行一次篮球训练、两次乒乓训练、三次大提琴学习。这就是芃芃雷打不动必须完成的课外学习任务。其他还要背唐诗宋词，练硬笔书法。

芃芃曾在国外生活过一段时间。国外的学校生活真令芃芃留恋。上课不是做游戏就是搭乐高，不是游泳就是打橄榄球，还要参加学校的篮球比赛。没读过一天书，语言又不通，直接插班到二年级，半年后升三年级，轻轻松松，总是班里的优秀生，而且逢奖必得。回到中国，从三年级降到一年级，可是没想到一切都是那么不适应。学校抓得紧，老师抓得严，家长唯恐孩子落后当然抓得更凶了。可怜小芃芃一年级就被逼得喘不过气来。每次看到芃芃背着的那只大书包，真担心会压垮了他那瘦小的身体。

电视和平板电脑是孩子的精神乐园，我们家是芃芃的自由港湾。他辛苦了五天，当然想利用周末在自由港湾里放松一下，在精神乐园中畅游一番，享受一番难得的奢侈。

大人发现了芃芃的鬼心思，阻止他周末住到我们家。一周的期盼要泡汤，希望要变成失望，芃芃不由得怒火中烧，一肚子的憋屈冲天而出。他喊起来了，强烈抗议起来了，跑到我家放声大哭。

父母啊，理解一下芃芃吧，辛苦了五天就让他到我们身边来轻松两天，一张一弛，才是文武之道。芃芃啊，中国式的教育就是如此严酷，要马上改变这种状况十分困难，你不适应还真不行。芃芃你一定听说过"吃得苦中苦，方为人上人"这句话，理解理解爸爸妈妈望子成龙的心情吧。

（2018 年 12 月）

喊 话 队

"水火无情，水淹一半，火烧精光"，"清炉膛，满水缸"，"小偷祸害人民，大家都要当心"，"白天出门关好门窗，不让小偷进门白相；夜里听到响动，赶快起来望望，不当猫狗'中桑'（动物）"。这些朗朗上口、通俗易懂的话语，出自 20 世纪 50 年代小学生喊话队的喊话。从 20 世纪 50 年代中期到 80 年代初的那段年份里，宜兴从城镇到乡村，处处都有小学生的喊话队，一到晚上便会出现喊话的队伍和声音。

提起当年的小学生喊话队，上了一点年纪的人都会有清晰的印象，因为喊话队是那个年代的产物。

追溯喊话队，源于城镇，始于公安系统开展的防火、防盗、防破坏、防自然灾害的"四防"专项活动。各派出所会同当地的小学和街道，组织辖区内的小学生成立喊话队。一到晚上，喊话队就出没在大街小巷呼喊口号，为开展社会治安"四防"工作大造舆论。当时只有城镇才设派出所，喊话队只能从城镇开始。后来每个公社都设了公安员，于是发源于城镇的喊话队向农村延伸，直至遍及全县城镇乡村每一个角落，实现了喊话队的"城乡一体化"。

喊话队确实为社会治安发挥了很大的作用。喊话队每天呼喊的内容等于给居民们提个醒，让大家多个心眼。居民们会留心家里有没有火灾的隐患，离家和睡觉前会检查门窗是否关好，也会当心街头巷尾会不会出现贼头贼脑的陌生人。治安和刑事案件也因此而大幅度降低，派出所经常会给学校送锦旗。

有活动就要有组织，有人群就要有管理。喊话队一开始由治安民警、居民小组长和老师带领喊话。后来逐渐变成学校负责，学生自治的形式。老师以居民小组或自然村为单位，在学生中选出正副队长。一般是正队长负责集合、排队、点名，并监督管理每个队员沿路的行动，副队长负责领喊口号。队伍按前女后男、由低到高的顺序排列。一到天黑，喊话队在正副队长的带领下，队伍整齐，步履铿锵，一人领呼口号，众人振臂应和。

城镇的喊话队先走大街再穿小巷；农村的喊话从村东喊到村西，从村前喊到村后。喊话队在学生的自治下，活动越来越正规，纪律越来越严明，喊话的质量越来越高。正副队长一般都是挑选成绩比较好的学生担任，每天的喊话活动又让他们的能力得到了锻炼，喊话队培养出了一批学生干部。记得我插队那个村的几任喊话队长，后来不仅考上了大学，而且在工作岗位上很有出息。

当年无论城镇还是农村几乎没有什么文化生活，喊话队倒成为一种文化景观，为人们提供了一种精神享受。喊话队阵容整齐，步履划一，口号响亮，动作有力，颇有军人的架势。一开始只是喊话，后来增加了唱歌，再后来还表演节目，可谓丰富多彩。喊话队一出现便会有众多的围观者。如果哪一天小学生喊话队因故停止喊话，大人们便会觉得生活中缺少了什么，很不习惯。那些尚未上学的幼儿们，十分羡慕大哥哥大姐姐们，每天都会像跟屁虫一样跟在喊话队的后面，呼喊着那些他们根本不理解的种种口号。喊话队已经融入了整个社会，融入了人们的生活。

时过境迁，喊话队绝迹了好多年了。那个时代留下的记忆遗产被发掘出来，觉得还是挺有意思的。

（2015 年 11 月）

说事　说人　说理

一

从小懂得"谁知盘中餐，粒粒皆辛苦"的道理，所以经过农田，从不敢为走近路而践踏庄稼。

下放农村后，一到冬闲，总有一样农活，那就是压麦。不是用脚踩踏，就是用木制榔头敲打，或者用石碾子滚压。踩踏、敲打、滚压苗壮而幼嫩的麦苗，觉得十分心痛，实在舍不得下重手。

一位在队里蹲点的公社干部对我说，初冬天气暖和，麦苗生长旺盛，如果寒流一来，就会被冻死。

原来拍打滚压麦苗，是为了抑制麦苗过快生长，避免冰霜的摧残，确保平安过冬。这样麦根可以吸足营养，来年有个好收成。

打压就是保护，"狠心"就是爱心，欲扬需要先抑。

二

闵惠芬是公认的民乐界泰斗。

有人说，她之所以会在第一届上海之春获得二胡比赛一等奖，是因为她的性别优势。

有人说，如果她学的不是二胡，而是小提琴，会远不如像拉二胡那样有成就。

有人说，如果她没有和小泽征尔合作的机会，也许不会那么出名。

有人说，如果不是刘文金和她一起创作大型二胡协奏曲《长城随想曲》，就不会成为民乐界里程碑式的人物。

有人说，如果不是因为她得了绝症，在死亡线上重新站起来，就不会成为传奇式的人物。

这些"如果"也许是对的，但是正由于这些偶然，才会成为今日的闵惠芬。她抓住了一个个机会，把偶然变成了必然。

三

一个村建自来水厂，怕河水受污染而影响水质，准备打深井取水。可是钻探了数十个地方，钻到数十米上百米，就是找不到水源。专家说，地表水多，地下水就少。

延安南边的富县适合种苹果，于是成为中国的苹果之乡，富县成为当时延安名副其实的"富县"。延安北面的吴旗县，可以说寸草不生，长了几十年的树木，树干才像手臂那么粗。可是发现那里地下有丰富的煤炭和石油资源。现在的吴旗县，靠资源起家，靠资源发财，靠资源奔小康，成为陕北最富裕的县。

老天爷就是那么公平，地上资源丰富，地下资源匮乏，地上资源匮乏，地下资源丰富。

四

到黄果树观瀑布，十分陶醉。当时黄果树还没有安装自动扶梯，旅游结束，只能徒步登山，原路返回。

我当时已是年逾"知天命"之人了，自知力量有限，只能一步一步慢慢往上登。跟在后面的后生，耐不住这样的慢条斯理，一个个从我身边越过，三步并作两步，飞速向前冲。

经过艰苦的登攀，一路挥洒汗水，终于到达山顶。回首望，那些快步如飞的年轻人都趴在半山腰喘气。等我喝完了两罐可乐，他们才来到我的身边。

欲速则不达。有时慢倒是快。

五

我很注重人的细节。

吃饭咂嘴，我反感；吃饭当众剔牙，我反感；领导做报告，多用"啊"，我反感；和人说话，对方出现不顺眼的动作和表情，我反感；看到有人衣冠楚楚，却没拉好裤子的拉链，我反感……

总之，让我反感的细节很多。也许"细节决定成败"对我的影响太深了。

可是有人说，你老是嗅鼻子，是不是感冒了，还是有鼻炎，实在难看。

只是注意别人的不良细节，自己令人反感的细节却毫无知觉。也许是

"不识庐山真面目，只缘身在此山中"吧。

<h1 style="text-align:center">六</h1>

朋友找到了称心如意的女婿，笑得合不拢嘴，见人便喋喋不休夸奖女婿：绝顶聪敏，工作体面，个子挺拔，五官端正，家境好，有房有车，可谓"高富帅"，而且言谈举止落落大方，待人接物彬彬有礼。我问他有没有发现女婿什么缺点，他说是无可挑剔，无懈可击。

过了几年，又遇到朋友。提起女婿，他一脸沮丧，久久才吐出三个字：离婚了。

我没有多问离婚的原因，只知道世上没有完美的事，也没有完美的人。看似没有缺点的人恰恰是最靠不住的。

（2013 年 11 月）

种田里的辩证法

种田有科学，种田里蕴含着辩证法。

一

夏天，烈日当空，如火灼人。稻田里水如汤煮，热气翻腾。不要说在田里拔草、耘稻、耥稻、干田，就是歇在家里也会热得喘不过气来。夏天真难受。

可是田里的稻子却发出阵阵欢笑。烈日的光焰促进叶子光合作用，烂泥里的有机物质发酵，让稻根饱餐丰富的营养。稻棵在光和热中，在水和肥中拔节、长高、长粗、分蘖、孕穗、结实，苗壮成长。

冬天，朔风怒号，天寒地冻，田野里覆盖着厚厚的冰雪，屋檐上挂着长长的冰凌。人躲在家里，或窝在被子里，或守着火炉，不敢正视风雪弥漫的广阔田野，冬天真难受。可是田野里的一片片麦苗，一亩亩油菜，却过得有滋有味。冰雪不仅像一床厚厚的被子严严实实盖在身上，而且为它们供应着纯净甘甜的饮料，既暖和又滋润。与它们为敌的虫害，在寒冷中冻死，在冰雪中灭亡。

人要舒服庄稼就不舒服，庄稼要舒服人就不舒服，这是农民的口头禅。其实不然，冬天过了，夏季作物大丰收，夏天过了，秋季作物大丰收，因为丰收丰产，难受一时的人同样也舒服了。

二

秋收之后，三分之二的土地种夏熟作物，三分之一的土地不是撒上一点红花草籽长绿肥，就是空着什么都不种。这叫冬闲田。每年都有一部分的土地轮流休耕。

农业学大寨，要挖丰产丰收的潜力。潜力在哪里，有人说潜力在冬闲田。如果把三分之一的冬闲田也种上小麦，产量不是可以多出三分之一了吗？于是层层发动，级级动员，说这是学大寨的革命行动，落实战略部署的具体措施。

农民天不亮就下田，到了晚上挑灯夜战，薄片深翻，精耕细作，三沟配套，沟沟相通，终于在立冬之后小雪之前，把百分之一百的土地种上了小麦和油菜。

这不是简单的加减法。到了夏收，应了农民的一句老话，立冬种收把种。非但没有实现学大寨夺丰收的目标，反而辜负了老人家的期望。单产减产，总产减产，成本增加，收入减少。

人疲劳了要休息，休息了才会精神振作，体力恢复。土地也会疲劳，也需要休息，休息了才会承载起丰收的庄稼。人不懂土地，土地懂得人，人亏待土地，土地报复人。

三

农活的方向大多是向前运动的。摇船向前，锄地向前，挑担向前……偏偏做埂和莳秧不是向前而是后退。

做埂用铁锹挖土，覆土，拍土，一步一步向后移，向后退。莳秧用手指把秧苗一棵一棵插进烂泥里，一步一步向后移，向后退。往后退比向前走难，不能用眼睛看，只能靠感觉退，四肢也不如向前那样容易协调。脚退得不直，田埂就做得不直，稻棵也插不直。脚步弯了多少，田埂跟着弯多少，秧棵弯曲得会更加厉害。总之，后退的活比向前的活难度要大得多，技巧要高得多。

退和进虽然方向相反，但是田埂做好了，人可以在埂上大踏步行走，不管是挑着担还是空着手。秧插好了，等到收获，人可以挥动镰刀奋勇向前。

退是为了进，退是为了更有作为，退是为了美好的未来。

四

生产队做了个新决定，劳逸结合，公平处事，放牛的活每人轮一天。

平时我不多接触牛，牛与我陌生，牛欺生。当我牵着牛走向圩埂，觉得很不情愿，眼睛瞪得特别大，带有点敌意。

牛在埂上啃草，我利用难得的机会坐在地上看书。牛趁我不注意偷偷跑到地里大口大口吞食自留地上的山芋藤。我大惊，赶快拉动牛绳，制止牛的不轨行为。谁知，牛不服我，把头狠狠一甩，牛绳断了。脱离了我的监管，牛毫无顾忌地把头扎进山芋地里。

面对这么大一头正在侵害农民利益的牛，我奈何他不得，如何是好？

只见迎面走来一个小孩，捡起掉在地上的牛鼻栓，轻轻插进牛鼻子，系上拉断了的牵牛绳，大水牛便乖乖地跟着孩子走出山芋地，回到了我的身边。

原来牛鼻子是神经最敏感的地方，拴住了牛鼻子就等于抓住了关键部位，抓住了主要矛盾，"四两拨千斤"，牛即使再庞大再倔强也会乖乖跟着你走。

五

队里有一块三亩左右大的旱地，栽上了桑树，春天、秋天养几张蚕，以增加收入。

每到冬天，只见养蚕婶婶会剪光桑树身上的树枝，只剩下主干和短短的几根主枝。

冬天一过，只见桑树长出条条新枝，枝条上长满绿叶，叶片又厚又大，满树蓬蓬勃勃。养蚕婶婶采下桑叶，铺在蚕匾上，春蚕吃得津津有味，发出细微的笑声。

春蚕结了茧上了山，卖个好价钱，又见养蚕婶婶再次疏去桑树一半叶芽和枝条，摘去新枝顶端的嫩头。等夏天一过，桑树又是郁郁葱葱，秋蚕又有了上乘的好食料。

这一次次的剪枝和疏芽、疏心，是为了集中营养，促进新枝的生长，调整通风条件和透光环境，增加桑叶的产量，提高桑叶的品质。

原来减少为了集中，减少可以增加。

六

1956 年，中央编制了十二年农业发展纲要，提出了粮食产量的指标：淮河以南地区达 800 斤。宜兴风调雨顺，土地肥沃，人民勤劳，于 1963 年就实现了粮食产量超"双纲"，即稻麦两季产量超 800 斤，水稻单季超 800 斤。

在"农业学大寨"运动中，江苏省革命委员会提出苏南地区实现吨粮田的目标。不知是真是假，是虚是实，宜兴太湖边的洋溪公社徐渎大队率先实现了吨粮田。为了当学大寨典型，实现吨粮田，他们付出了比别人多的勤劳，挥洒了比别人多的汗水，这倒是真的。

想不到现在的农民轻轻松松种田，两忙时间不到一个月，产量却高得出奇：小麦亩产达千斤，水稻接近两千斤。

原因何在，一是靠种子，二是靠化肥。种子从选优到引进，从杂交到转基因，颗粒大，穗粒多，分量重。化肥起立竿见影的催生助长作用，氮磷钾，复合肥，一应俱全。

高产丰产了，问题也多了。有人说转基因粮食不安全，吃了对人体危害无穷。有人说滥施化肥会引起土壤板结，肥力下降，污染环境，影响作物品质，甚至危及健康。

近年来很多地方又恢复了原来的栽培种植方法。自选良种，普施农家积肥，在稻田里养鸭、养螃蟹。产量回落到当年"双纲"的水平。不过，耕种不需要像当年那样面朝黄土背朝天，全是机械化，收下的粮食前面加上了"无公害""绿色""环保""有机"等几个既熟悉又陌生的修饰词，价格不菲，成为抢手货。

（2014 年 12 月）

四 心灵的故事

由分粥说开去

我曾听说过关于分粥的故事，围绕一锅粥如何分得既公平又有效率，先后采取了六种分粥的办法。

第一种办法是由一个人专门负责分粥，结果那个分粥人碗里的粥总是比别人的多。

第二种办法，撤换了原来的分粥人，推举了另一个公认素质好、私心少的人负责分粥。虽然这个人没有给自己多分粥，但是人有情感，时间一长，和他关系好的人能多分，关系差的人则少分。

大家仍然不满意，于是采取了第三种分粥的办法，每个人轮流分粥。结果轮到分粥的那一天，分粥人总能比别人吃得饱。

后来又换了第四种方法，选一个人分粥，选一个人监督。尽管有了监督，但是监督人也有利益在内，分粥的和监督的都会比别人吃得多。

大家又想了第五种办法，一半人分粥，一半人监督。分是分公平了，但分到好粥都凉了，失去了应有的效率。

大家又想了第六种办法，还是由一个专门人分粥，但是必须等大家把粥挑完后，剩下的那碗粥才是分粥人的。这个方法试行下来效果很好，大家再没有意见了。

这个故事，看似带有点玩笑，却发人深省。一锅粥是一个团体的共同利益，分粥人受公众委托施行公权。公权的使用必须公正，才能得到大家的拥护和信赖。由此看来，要达到公平公正又不失效率的目的，权力的正确使用不只是靠人的素质，更需要有制度的保障，在阳光下操作。

小而言之分粥是如此，大而言之说政治，更是如此。何谓政治，我认为政治是民众将自己的权利出让出来，委托给公共机构及其人员代为行使。这个机构是由人组成的管理集团，所以列宁把这群人称为"公仆"，当今把这个职业称为公务员。

不管叫公仆还是叫公务员，都是受人民委托，使用人民赋予的权力，为人民办事的人。"为人民服务"是对公务员职责的最好诠释。公务员自身没有权力，是人民委托的；公务员用人民赋予的权力是为人民办事谋利益的，不能用公权为自己办事谋利；公务员必须为人民办好事，而不是办错事，更不能办坏事。但公务员不是神，也不是机器，是活着的有血肉、有情感、有私利的人。是人孰能无过，他们在办事过程中，因知识、能力、经验所限，可能会决策错误，把事情办坏。是人孰能无私，他们可能碍于私情，动了私心，为集团或个人之利办损公利己的事。权力是双刃剑，没有权力无法为人民办事，但是有了权力却用不好权力会误民误事，滋生腐败。如何正确用好人民赋予的权力，保证权力为民所用，为民办成好事，保证权力不成为谋私利的工具，远比合理分粥重要，这已经成为全民关注的大问题。

让权力在阳光下运行，是让权力发挥正能量、消除副作用的好办法。决策让群众参与，与群众商量，倾听群众的呼声，集中群众的智慧，和群众共谋解决的方法，可以减少决策的失误。办事结果向群众公开，让群众评议，接受群众监督，可以不断改进工作。对群众有猜疑的事，敢于向群众说真话，交实底，反而会得到群众的信任和支持。在众目睽睽下，公务员的私心、怠惰会得到遏制，不作为、滥用权力、牟取私利等消极腐败现象会变得没有藏身之处。在公开中，人民会对委托自己权利的公共机构产生理解、信任和拥护。

邓小平说过，制度好可以使坏人无法任意横行，制度不好可以使好人无法充分做好事，甚至会走向反面。有了阳光，就会减少阴暗；有了公开，就会减少错误；有了监督，就会减少腐败；有了透明，就会增加公平正义；权力在阳光下运行，我们的事业会不断健康发展。

（2013 年 4 月）

五　我的故事

姓名与我同行

人类为区别人群中的个体，通过语言文字的信息，给每个个体以特定的名称符号，所以有了姓名。有了姓名，人类才能进行正常有序的交往。每个人都有一个属于自己的名字。姓名，由姓和名组成。一个人的名字通常都有一定的含义，其中不乏父母、长辈的期待和嘱咐。

我祖辈姓史，按宗族祠堂辈分排行，我这一辈属"久"字辈，我生于1950年8月1日，正是建军节，所以父亲为我取名"史久雄"。一是表明我的诞生日，二是希望我长大了也能成为英雄。"史久雄"这个符号就陪伴着我的人生一路行来。

自有认知感起，人家一喊"史久雄"就知道是叫我。我最早认识，最早会写的文字就是"史久雄"三个字。家人昵称叫我"雄雄"，亲友邻居简称叫我"久雄"，上了学校老师同学叫我"史久雄"。我姓史，恶作剧的同学也少不了用和这个音相近的字给我起点绰号，听到了，除了心里会有一阵子不好受，也算是我的一个代号吧。

上山下乡后，农民叫人不带姓，只叫名。宜兴话"雄"通"荣"，"久"字易误读为"金"，于是"久雄"便叫成"金荣"。虽然书写出来大相径庭，但名字仅是个符号，人家一喊，能知道是叫我的就行。

"史久雄"这三个字，一叫就叫了二十多年。叫起来雅俗共赏、朗朗上口，听起来顺心顺耳、亲切舒畅，写起来不繁不简、大气端庄。真感谢父母给我起了这么一个好名字，有男子汉的阳刚，有军人的帅气，有志存高远的追求。

后来当老师了，突然没有人对我直呼其名，而是改称"史老师"。这一改感觉特别别扭，简直叫人手足无措，难以适应。难得听到学生在背后叫我的名字，反而觉得自己去掉了伪装，还原了真实的自我，感到踏实和惬意。

当老师的时间长了，"史老师"的称谓慢慢地听习惯了。我当老师认真负责，尽心竭力"传道授业解惑"，得到学生发自内心的尊重，不仅当面叫老师，背后也很难听到叫名字。"史久雄"三个字好像离我越来越远了。后来当了教导主任，于是改称我为"史教导"，再后来当了校长，马上又改称为"史校长"。走上仕途后，一会当教育局副局长，一会当杨巷镇党委书记，一会到开发区当总经理，一会又调到科委、科协当主任兼主席，一会科委更名科技局，改称局长。局长、书记、总经理、主任、主席，再是局长……职务走马灯似的变化，称谓也跟着万花筒似的更迭。刚叫顺口，又要改口了。刚改口，又要变更称呼了。不管叫什么，都是以姓加职务相称。

由于职务变化快，会使许多人难以"与时俱进"。但是人家叫什么职务，倒可以辨别出对方是我什么时候、什么岗位上认识的人。叫老师的一定是我1983年前的学生；叫教导的一定是我1984年前的学生；叫校长的一定是1986年前的学生；叫书记的一定是杨巷人；叫总经理的，一定是开发区的人；叫主任、主席或局长的，一定是在教育局、科委、科协、科技局认识的人。称谓的变化，倒也折射了我人生的部分经历。

中国的文化既悠久又沉重。本来名字就是一个人的符号，但是如何称呼却大有讲究。不像外国人那样对姓名的含义理解得那么透彻，那么直接，最大的官，最有名的人，也都是直呼其名。封建的伦理纲常，演绎出一个博大的称谓学。小辈不能叫大辈名，小人不能叫大人名，学生不能叫老师名，下级不能叫上级名。皇帝不仅不能直呼其名，如有忤逆，便会获欺君之罪，轻者治罪，重者满门抄斩，株连九族，而且天下有与其名字相同的地名人名，必须避讳。宜兴本叫"义兴"，因宋太宗叫赵光义，所以为避讳而改为宜兴。称谓就是等级，就是身份，就是权威，就是礼仪，就是尊重，就是心理享受。

社会主义制度是一个追求平等的制度，让人有尊严地活着，是社会主义制度的根本宗旨。过去党内曾有规定，不叫职务，而是以同志相称。时任总书记的胡耀邦，不论开会还是下基层搞调研，凡是有人叫他总书记的，一律当面作更正，只允许叫"耀邦"或"耀邦同志"，不得叫总书记。一个看起来似乎是细微的小事，但是让人们看到了共产党的大彻大悟，让人们心里涌动着有尊严、享平等的暖流。

像我这样一个小小的芝麻绿豆"官"居然还这么讲究称谓。简单的一个名字，搞得如此复杂化，根本原因还在于官本位思想在作祟。你当了"官"，人家巴结你，就不叫你的姓名，而把职务变成了你的称谓。于是虚荣心得到了满足，久而久之，从不适应到适应，从不习惯到习以为常。这本来是一种世俗，一种应付，一条鸿沟，自己却飘飘然，居然心安理得地享受着暂时的职务替代永久姓名的快感。人家叫你的真实姓名，反倒觉得有大不敬。"以其昏昏，使人昭昭"，你越是计较称谓，越说明缺乏自知之明，越没有底气，离群众越远，群众也对你越反感。这不仅在折磨别人，也在折磨着自己。有人给我讲了这样一件事，有个什么局的科长打电话，生怕人家不尊重，一口一个"我是 x 科长"。听到此，我感到捧腹，感到鄙夷，感到汗颜，感到浑身起鸡皮疙瘩。

虽然在生活里还常常能听到人家叫我原来的职务，但是心里并不会高兴，因为这个职务早已不属于我了，只是人家碍于情面，给一点尊重。我可以从这些称谓中考量自己，反思自己，却不可以眷恋过去的职务，陶醉于称谓带来的心理优势，为失去这样的享受而倍感失落沮丧，以致惶惶不可终日。"史久雄"，父母给我这个个体的名称符号，才真正代表着我，才永远属于我自己。所以每每见到昔日的同学和发小，下乡时的"插友"，多年不见的老相识，一声真名实姓，听起来是那么亲热，那么平等，那么悦耳，那么舒畅。因为从中找回了自我，回归了真实。

（2012 年 7 月）

山芋不了情

自懂事开始，饥饿就如影随形般地跟着我们这一代。那时国家开始实行粮食统购统销，农村按劳动力和非劳动力分配口粮，城镇按年龄和职业定量。小学生的粮食定量为每天四两米。正处"上天差梯子，入地缺地洞"时的我不要说四两米一天，就是四两一顿也满足不了肚子的基本需求。

家里偶尔会从黑市上偷偷买一点山芋回来充充饥。记得那时的山芋，一身鲜红，人称"大红袍"。煮熟了，又甜又软。生吃，水分多，肉质细，赛过水果。20世纪五六十年代哪会像现在这样有各式各样的水果，即使吃到苹果之类的大宗水果，也是在成年以后。说赛过水果，不过是与想象中的水果滋味作比较罢了。山芋实在精贵，煮熟的山芋每人每顿只能吃半个，生山芋全家轮流着咬一口，谁咬多了，其他人就会有意见。街上有卖烘山芋的摊子，炉子一开，满街香味扑鼻。但囊中羞涩，只能闻其香而难品其味。也许是物以稀为贵的缘故，山芋在我的脑子里留下了刻骨铭心的印象。

"大跃进"大办食堂的时候。我的同桌是城郊农村的学生，他带我到他们的生产队食堂揩油。晚餐就是山芋。一见到山芋，哪顾得上脸面，大口大口吞咽，那可是有生以来的第一顿饕餮大餐了，一直吃到肚子里实在装不下半点东西才罢休。

之后生活恢复了正常，但是粮食仍然是紧张物资。"粮不足，瓜菜代"，山芋就是粮食不足的重要补充了。一斤粮票可以买七斤山芋或三斤山芋丝、片。终于又可以吃到山芋了，还可以喝上山芋丝粥，吃上山芋丝饭。有时把山芋片放进爆炒米机爆一爆，又脆又香，带一点到学校，咨啬地吃上几口，偷偷享受难得的奢侈。

上山下乡了，山芋和我的关系就更紧密了。我每年都要在自己的自留地上种上几十垄山芋。可是已经找不到当年"大红袍"的老品种了，取代的是"胜利八号"新品种，个子大，产量高，肉质紧，耐饥饿，煮熟了像栗子，但是生吃就一点没有水果的味道了。到了秋收秋种，屋里堆了一大堆山芋，每天煮上一大锅，从早吃到晚，从晚吃到早。强体力劳动，肠胃特别强健，简直可以消化钢铁。天天吃山芋，既简便又耐饥，大半个月吃下来，人还胖了不少。常吃山芋，胃里容易泛酸，蘸一点盐，就没有反应了，大概是酸碱中和的缘故吧。营养学家说过，无色无味的东西吃不厌，有色有味的东西吃多了，都会生厌。山芋吃得太多了，真的吃厌了，吃怕了。要不是为了活命，谁愿意连续吃上半个月呢。

人的感情是脆弱的，哪怕是"刻骨铭心"也会淡忘。返城后，社会发生了翻天覆地的变化，物质越来越丰富，生活越来越富裕，我也渐渐远离了山芋，甚至听到山芋，会下意识地倒胃泛酸。不仅我是如此，连农村人也不再青睐山芋了。山芋在餐桌上销声匿迹，变成了喂猪的饲料。

凡事都是双刃剑。物质丰富了，应酬频繁了，营养充沛了，各式各样的疾病也产生了。当今社会许多人都有高血脂、高血压、高血糖、脂肪肝。我身体一贯强健，居然也有了高血脂、高胆固醇和脂肪肝。我开始关注自己的健康了。从李时珍的《本草纲目》里找到了对山芋功效的阐述："补虚乏，益气力，健脾胃，强肾阴"，使人"长寿少疾"，还能"补中、和血、暖胃、肥五脏"。又从各种媒体上了解山芋的营养价值：最均衡的保健食品，在二十种抗癌蔬菜"排行榜"中排行第一。于是，山芋又回到了我的身边。

现在我每天的早餐，山芋必不可少。在宴会上，也要点有山芋领军的"大丰收"。饮料喝山芋榨成的汁。山芋也以千姿百态上桌：红色的、金黄色的、黑色的、紫色的、白色的，胖的、瘦的、小如枣子状的，真如群星璀璨，五光十色。一直是猪饲料的山芋藤、山芋叶，也成为餐桌上的佳肴，甘甜爽口，清香味美。山芋可谓浑身都是宝。随着和山芋的再一次亲近，我的血脂和胆固醇降了，脂肪肝也变成轻度了。

山芋对国人曾有过救命之恩，星移斗转，又一度被人们冷落。但山芋还是山芋，它甘于寂寞，毫无怨言，又始终不改变其价值。有价值的东西终会被人们认识。虽然山芋不会像过去那样成为人们的主食，但它在为改变人们的膳食结构、均衡营养、保障健康，发挥着积极的作用。

这就是山芋。这就是我和山芋的不了之情。

（2011 年 12 月）

踏 咸 菜

一想起家乡咸菜那特殊的滋味，就会从心底产生出一种特殊的情感。

咸菜的原料是大白菜，产于太湖边的渎区。渎区是夜潮地，既肥沃又疏松，日晒夜露，适宜青菜萝卜生长。那大白菜长得又高又大，菜叶是淡绿色的，菜梗很长，白白净净，是腌制咸菜的好原料。一到冬季，渎区农民把一船船大白菜运到城里，河埠头、沿街面，都是大白菜的天下。城里人通过讨价还价，买上几十斤或几百斤白菜，让卖主挑到家里，准备腌咸菜。咸菜是家家户户离不开的搭粥搭饭菜。

腌制咸菜的方法是用脚踩，宜兴人称之为踏咸菜。先把大白菜摊在地上晾个半干，再到河边或井边洗干净，备好一口大缸作腌制咸菜用。

踏咸菜是男人的活。男人身体重力气大，容易把白菜踏得透踩得熟。当然还有些重男轻女的封建迷信说法，女人踏咸菜不吉利，会变味，所以女人只是在一旁当下手，往菜上撒撒盐。我记得小时候，家里的咸菜不是父亲踏就是大哥踏，后来长大了我也踏。女人在白菜梗里抹盐，把抹上盐的白菜铺在缸底里，再在上面撒盐。男人就在菜上用力踏，从前到后，从左到右，节奏鲜明，步履铿锵。男人一边踏菜，女人一边撒盐，菜踏透了再加上一层菜，加上了菜再向里撒盐，就这样一层又一层，直到踏完为止。撒盐是个技术活，撒多了太咸不好吃，撒少了，会发酸变味，必须恰到好处。咸菜踏好了需要搁置几天，等到缸里渗出了卤水，压上几块大黄石。大半个月后白菜完全变成淡黄色了，便可以开始食用。

咸菜是从冬天吃到三春的主菜。每天从缸里捞出几棵咸菜，绞干后把菜梗和菜叶分开。菜梗切成一小段一小段，直接生吃，用于早晚搭粥。菜叶切成碎片，炒着吃，用于中午下饭。咸菜梗咸咸的，脆脆的，很爽口，很下粥。咸菜叶酸酸的，还带点鲜味，容易过饭。如果用荤油炒咸菜，再加点辣，那可是那个年月的美味佳肴，难得的奢侈品了。真要感谢咸菜既经济又实惠，怪不得吃咸菜的习惯年复一年，经久不衰，延续千百年。

自从农村实行了联产承包责任制，城乡面貌起了翻天覆地的变化，中国人奇迹般解决了温饱，经久不衰的咸菜开始淡出人们的视野。人们不仅要吃饱，还要吃好，不仅要吃得有营养，还要吃得绿色环保。据说咸菜富含的亚硝酸盐对人体有害，是滋生癌症的十大元凶之一。于是世世代代陪伴着人们的咸菜一时间内被人们疏远了。

人无不是由过去到现在，由现在到将来的过程。人行进在现在，向往着未来，当然也免不了回忆过去，回忆过去的衣食住行，回忆过去的甜酸苦辣，回忆过去的爱恨恩仇，无法割舍，挥之不去。青少年时代生活中不可或缺的咸菜，虽然被现在五花八门的吃食所取代，但是咸菜的滋味、印象、情感，岂能轻而易举从人们的心底抹去。越是吃得饱，吃得好，吃得有营养，吃得绿色环保，对咸菜的感情反而越浓厚，对咸菜的期盼反而越强烈。即使含有亚硝酸盐，即使会对身体产生一定的影响，只要不吃过头，重温当年的滋味也未尝不可。

按捺不住笼罩在心头的乡愁和埋在心底对咸菜的向往，去年冬天又开始踏咸菜了。

沿袭过去的程序，如法炮制咸菜：买大白菜，晾大白菜，洗大白菜，在大白菜的里里外外撒盐，踏大白菜，用黄石块压咸菜。一小缸咸菜又做成了。当然是我在缸里踏咸菜，妻子做下手，往缸里的菜上撒盐巴。倒不是怕不吉利，会变味，而是我身体重，力气大，咸菜需要踏得透踩得熟。妻子善于把握火候，盐撒得不多不少，恰到好处。各施其长，各得其所。

切上一盘咸菜梗搭粥吃，脆脆的，爽爽的，咸中带酸，咸中带鲜，又尝到了旧时的滋味。做上一碗咸菜炒笋丝，放上一点辣椒，再加点糖，比旧时做得精致，味道更鲜美。毕竟时代在前进，生活并不是回归到原点，而是在螺旋式上升。

（2016 年 4 月）

衣 着 春 秋

　　父母生了十个孩子，成活了六个，二女四男。虽然工资收入并不低，但是因为子女多，家里生活很是拮据。住宿拥挤不堪，吃饭饱不了肚腹，穿衣服只是解决遮身蔽体。姐姐穿不下的留给妹妹穿，哥哥穿不下的留给弟弟穿。我排行老五，所以轮到我穿的衣服都已经破旧不堪了。

　　父母工作忙，不仅无力多关心，而且无心顾及子女的生活。为此操心操劳得比较多的还是麻利的外婆。不是把大人的长袍改成短褂给我穿，就是把几件破得不能再穿的棉衣拆并成小棉衣裤，让我御寒过冬。穿着大门襟的短褂上学，会被同学取笑。冬天从被窝里出来，双腿伸进旧棉裤，就像插进冰窟窿。

　　照理说过年大人要给孩子们做件新衣服，但是我父亲总是说，孩子长得快，今年做了明年穿不上是莫大的浪费，坚持一下吧。所以童年时的我从未享受到春节穿新衣服的年味。好在那时对吃的向往远远超过穿，即使穿得不像样，也没有多大的怨言

　　小学四年级学会了打乒乓球，并爱上了踢足球和打篮球。看到同学们都穿着运动球裤打球，心里十分羡慕。体育老师在我母亲面前夸我是当运动员的料，母亲出人意料的给我买了一套运动短衫裤。裤子是白色的，镶着黄边，背心是红色的，镶着蓝边。第二天要紧穿着上学，想在同学面前炫耀显摆一阵。殊不知，天下起大雨，气温骤降，冷得直哆嗦。一看，全校居然只有我一个人穿着短衣短裤。

　　花花绿绿、长长短短、旧款新式的衣服一直穿到上中学。那条像冰窟窿一样的棉裤也穿不下了，干脆一条单裤过冬。好在那时正是长身体的时候，血气正旺，还坚持得住。上海的姐姐听说我就穿一条单裤过冬，甚为心痛，给我寄来了一条卫生裤。当然温暖的感觉要比寒气彻骨好得多。这条卫生裤一直穿到结婚。

　　"文化大革命"时期最时髦的服饰是军装。因为出身的关系，我家近邻远亲没有一个和部队沾边，虽然向往穿上一身军装，但这是可望不可即的

空想。我参加了毛泽东思想宣传队，宣传队把学校文工团舞台上的天幕和鱼鳞片拆下来，染上了草绿色，给每人做了一套土军装。穿着这套军装上台演出，下了台舍不得脱下来，台上台下一穿就是两年，既时髦，又省衣服。

上山下乡和粗活累活打交道，也不需要穿什么好的衣服。一到冬天，穿上父亲留下的一件破旧的短大衣，束上一根草绳，非常保暖，任何地方都可以钻，任何活都可以干。过了冬天也不需要洗涤收拾，灰尘一拍第二年再穿。穿习惯了，换其他衣服反觉得不习惯。所以当民办教师，也是穿着这样的衣服走进教室的。当时是贫下中农管理学校，教师的衣着打扮像贫下中农当然是一种时尚，所以颇受当地农民的赞誉。

结婚时，狠狠心，用一个多月的工资买了一件棉衣，成为二十多年的最大奢侈。面料是棉布的，内衬是丝绸的，夹层是骆驼毛，样式是中山装。骆驼毛的饱暖作用远远超过棉花，而且轻便。穿着它，不仅享受了新衣的温暖，更享受着新婚的甜蜜。

谁都没有想到，改革开放给中国带来了翻天覆地的变化，不仅很快解决了吃饱穿暖的问题，而且人们正在享受着吃好、穿好、住好、行好的幸福生活。爱美是人的天性，禁锢一旦打开，各种时装如潮水般涌现出来。当年男人最时髦的衣服就是西装，对穿衣着裳毫不感兴趣的我，居然也产生了拥有一套西服的念头。记得新街乡办了个西服厂，我专门赶到厂里量体裁衣定做了一套西服。学生们看惯了衣着朴素的我，突然西服领带闪亮登场，无不惊讶不绝。应了"佛要金装，马要鞍装，人要衣装"这句俗语。

时代在飞速前进，服装也在瞬息万变。仅二三十年的时间，中国人的穿衣出现了奇迹般的变化。面料有化纤，有天然纤维，也有混纺；风格有正装，有时装，有休闲装，有运动装；产地有国产服装，有进口服装；颜色有鲜艳夺目五彩缤纷的，也有清淡素淡雅致庄重的；款式可以选择品牌成品衣，也可以私人定制满足个性化。妻子为了不让我落伍，每年都要为我添置新款的服饰，正装、时装、休闲装、运动装应有尽有，精心装点我这个老来俏。

衣着远不止遮身蔽体、驱寒取暖的作用，而是体现物质，体现文明，体现文化，体现艺术，体现素养，体现气质，体现时代的脚步。

童年、青少年时候的衣服早就丢失，更遗憾的是"文化大革命"时的土军装和插队时的那件短大衣没有保存下来。好在那件骆驼毛的棉衣还在，虽然款式已经过时，而且很不合身，但不管买什么新衣服，换什么好行头，我都舍不得把那件棉衣丢掉。人总有个念想，睹物思旧，睹物思情，睹物思变，想想过去，看看现在，透过衣着春秋感受人生春秋和时代春秋，不失为一件有意义的事。

（2017 年 9 月）

居　所

从出生到现在，我曾搬过五次家，在六个居所生活过。

我祖父是清末的秀才，在县试中得了头名。脱了童生，当上了私塾先生，省吃俭用，买田置业。鼎盛时，家里不乏田产。宅邸在宜兴城的东珠巷内，长桥河边。日寇侵华，数十间房屋被日本飞机炸成废墟。

后在东门水浮地重建宅院，规模小多了，但还有十几间之多。我就出生在那里，那是我的第一个居所。因为年幼，那个住所是什么样子一点印象都没有了，只是听老人们在我面前说起大概的样子。名曰水浮地，四周环水，一座仓浜桥通向大街。十几间房子被高墙包围，墙内有卧室，有客厅，有厨房，有仓库，中间是一块用青石板铺设的大天井。

第一次搬家是在20世纪50年代初。祖父留下的地产、家产被没收，水浮地上的宅子建成国营酱厂。政府安排了我家临时住所——宜兴南门大人巷内万家小院，从原来的十几间房子缩成两小间。那时开始有点懂事，依稀记得万家院里有个小花台，盛开着大红色和橘黄色的美人蕉。

住了一年多，政府又把我家安排到毗邻大人巷的太平巷六号院内。房子原是一个姓史的大户人家的粮库，被没收后变成了居民住宅。一排房子有五间，坐西朝东，前面有个大院子。政府在这里安排了三家住户，我们在北面两间，大约每间十五六平方米，横向三米，纵向有六架半，五架半是室内，一架是走廊。我们的两间条件比其他三间好，木地板，东面有宽敞的玻璃窗，但西面是堵墙，没开窗，室内不通风。厨房是公用的，需要走过一条回廊。后来回廊倒了，烧饭只能在卧室门口的走廊里。下雨下雪，就把煤炉搬到家里。家里人多，小小的住所无法容纳那么多人，所以父母亲带着读中学的哥哥姐姐住在学校。一家人东零西散，家里只剩外婆、伯母、弟弟和我。

在这里我一住就是三十六年。幼年、少年、青年和壮年都在这里度过，学生、知青、教师和干部的身份都在这里变换。

小院子是我幼时的乐园，在那里滚铁环、打弹子、飞洋片、跳方格、骑竹马、捉蟋蟀，留下不少美好的记忆。小院子是家里的自留地，伯母在门前的空地上种了很多菜，我帮着浇水施肥，节省了不少伙食开支。

小院在宁静中度过了二十多个春秋，突然变得不平静了。前院几个略有权势的人觊觎上了我们的院子，前来圈地建房。看到自己的院子被占，岂能善罢甘休，三家也迅速动起手来。于是螺蛳壳里开展了一场你死我活的圈地运动。住房是一辈子的大事，谁都想住得宽敞一点，可是又有谁来关心呢，只能家家奋起为利益而战，人人拼命为寸土寸地而争。满地葱绿的菜园子，顷刻间变成了杂乱无章、密不透风的建筑群。原来和睦的邻里关系也为此变得以邻为壑，老死不相往来了。我也紧贴着卧室门口建起了十平方米的厨房。面积虽然大一点了，可是条件实在太差，夏天不透风，冬天不见光，雨天屋漏如注，刮风泥沙俱下，再加恶化的邻里环境，确像是在水火中煎熬。

终于在1989年八月再一次搬家了。在教育局工作时，原计划要分一套房子给我，在节骨眼上我却要调动工作。不料组织上主动关心，还是把那套房子分给了我。房子在碓坊新村教育局宿舍的二楼，面积虽只有六十平方米，但是两居室，有卫生间，有厨房间，有客厅，大门一关，再也没有邻里的干扰。我做了简单装修，仅两板车就拉完了所有家当，带着组织的关怀，高高兴兴住进了新居。从此告别了马桶尿壶的时代，结束了木盆洗澡的历史，顿时有了进天堂的感觉。

在碓坊新村住了六年，虽然面积小了一点，我却从没有喜新厌旧。世事的变化往往会出乎意料。正好市政府建的宿舍有一套一百平方米的房子空着，新上任的市委书记体贴下属，主动问我是不是需要换房。我喜出望外，欣然接受。装修后，于1995年的十月份搬到了大人巷的新家。面积大了，客厅宽敞了，装修考究了，家具、家电也上了档次，真可以说是安居乐业了。

社会在进步，需求在上升，虽然面积够了，但是没有小区环境，没有物业管理。眼看着一幢幢高档楼宇落成，一个个花园小区出现，一家家熟悉的人搬进豪宅，总有点眼红心动。我的一个学生是房地产商，所建小区在宜兴首屈一指，他数次登门，要我换房。有这样的条件，有学生这样的诚意，却之实在不恭，弃之有点可惜。于是我狠狠心，买了他开发的两百平方米一套的大房，面积比原来大了一倍。那时房价不贵，可以承受，老房子卖了有了装修钱。那个学生算是尽心尽责了，不仅优惠房价，还请了专业公司帮我设计和装修，花费了不少心血。2007年的十二月份我搬进了

娓娓道来不了情

新居。亲戚朋友们忙着在室外点燃花炮，在家里打牌暖房，热闹了大半夜。

新居有一个七八十平方米的大厅，两个卧室，一个储藏室，一个书房，两个卫生间，一个厨房间，前后大阳台。地板、大理石铺地，中央空调，液晶电视，冰箱洗衣机，一应俱全。夫妻俩在这样大的空间里寻找对方，简直要打电话。

小区是一个精致的花园，四季绿荫，花卉鲜艳，凉亭假山，雕塑喷泉，水池清澈，锦鳞畅泳；小区外是美丽的南虹河和城中公园沁园，白天绿地幽雅静谧，城楼古朴庄重，晚上满河飘彩，广场歌舞升平。远眺东西两汊，烟波浩瀚，气象万千；俯瞰城区，高楼林立，万家灯火。我生活在既现代又生态的完美生活之中了。

水浮地祖传的房屋虽然多，怎比得上现在的居所舒适；大人巷、太平巷的蜗居，怎能和现在的居所同日而语；碓坊新村的教育局宿舍和大人巷的市政府宿舍虽然大有进步，又怎么能和现在的条件和环境媲美。社会变了，生活变了，居所也在与时俱进。

有人问我，还愿不愿意再搬一次家，住上顶天立地的别墅。我说够了，因为我已经越过了人生的高峰期，不论财力和精力都不相适应，儿子又不在身边，更没有这样的必要。

需求和可能相统一，需要和必要相一致，才是合理的选择。老夫妻俩能够在这样宽敞而美好的环境中安度晚年，已经心满意足了，这就是我最为满意的养老福地。

（2013 年 6 月）

小人书店，儿时的精神乐园

老宜兴城内有两家小人书店，均在南大街东侧，相距不远。一家店主姓朱，一家姓姜。两家小人书店都是一间门面，前店后厨，空间狭小。店里左右墙上挂着一排排连环画，琳琅满目，供人挑选。连环画下面对面摆着两条木板，供阅读者就座看书。

小时候，我是这两家小人书店的常客。

学前大人教我识文断字，所以入学后老师课堂上所教的"人手口刀""上下左右"之类的内容远远不能满足我求知的欲望。当年少年儿童的读物只有连环画，又称小人书。连环画图文并茂，形象直观，内容丰富，文字简单，老少皆宜。看连环画不仅可以在阅读中多识字，而且能提前接受各种知识，达到认知上的跳级，这是一举两得的事情。

周围能够找到的或者可以借到的连环画不多，小人书店里的书非常丰富，可挑选的余地很大。于是小人书店便成为我向往的地方。读一本书需要付一分钱，只要身上有钱，便往书店跑，把钱全部贡献给书店。

小孩子的天性喜欢看打仗的书。一是故事情节扣人心弦，二是英雄人物令人敬仰。《平原游击队》《铁道游击队》《敌后武工队》《林海雪原》……一本本反映现代战争的连环画很快读完。自己受了感动，就把感动的故事讲给同学听，讲给家里大人听。这一讲，同学听得津津有味，听完了还余意不尽，围着我久久不肯散去；大人听了觉得惊讶，一个小屁孩居然能够讲一个完整的故事，会情不自禁表扬我几句。人需要得到精神鼓励，为了能讲更多的故事给同学听，为了能得到大人更多的表扬，我跑书店的热情更高，跑书店的次数更多了。手头只要有钱，一放学就急忙冲进书店，天黑才回家，星期天会在书店里泡上一整天。大人知道我是在读书学知识，也会显示出难得的慷慨，只要我开口要钱，有求必应。

现代战争的书几乎都看遍了，我开始把注意力转向古代战争题材的连环画。古代战争中的战车战马，刀剑枪戟，甲胄帽缨，旌旗金鼓，比现代战争更加精彩，更为诱人。我首选《三国演义》，源于史实又经几代说书人发挥而成的《三国演义》，故事曲折，情节跌宕，人物鲜活，场面壮烈，韬略超群，一接触就爱不释手，喜不掩卷。官渡之战、三顾茅庐、火烧新野、舌战群儒、草船借箭、血战长坂、失街亭空城计斩马谡……一桩桩故事引人入胜；睿智的诸葛亮、忠信的关羽、刚烈的张飞、骁勇的赵云、崇义的刘备……一个个人物令人仰慕。看了《三国演义》连环画，马上把三国故事讲给同学听，更受同学欢迎，同学称我为故事大王；讲给大人听，大人居然会给一块韭菜饼作奖励。看完了《三国演义》又读《水浒》，看完了《水浒》又读《西游记》。看完一本就给大家讲，讲完了再看下一本。为了看完整系列连环画，我在两家小人书店之间往来奔跑，互为补充，不看齐看全绝不甘心。六十册一套的《三国演义》，五十册一套的《水浒》，四十册一套的《西游记》，就此全部看完。

到了小学四年级，我已不满足于只看连环画了，开始读原著。因为有看连环画的基础，故事情节熟悉，所以半文半白的原著在似懂非懂之中全部看完。仍旧重复着原来的套路，边看书边把故事复述给别人听。这样的过程为以后的人生打下了阅读和表达的基础。如果说在成年后的工作中还有点写作和演说能力，则和那两家小人书店大有关系。怪不得上海育才中学的老校长段力佩说，中学生能读完读懂四大名著语文就合格了，中学的语文教学改革就应从读四大名著做起。此话不无道理。

"文化大革命"开始，红卫兵"破四旧"，连环画出租行业被取缔了。从此，宜兴城里再也看不到专业的小人书店了。

20世纪90年代初，宜城沿街的平房都变成了高楼大厦，那两家低矮的小人书店也荡然无存。

半个多世纪过去了，少年儿童读物应有尽有，各种形式的阅读场所光鲜敞亮，但是那两家简陋狭小的小人书店在我的心里无法抹去。因为那是我儿童时代的精神乐园，是我启蒙时代的知识摇篮。每次经过南大街总要寻找那两家小人书店的原址，思忆店里挂着的一排排连环画和坐得发亮的木条凳，重温当年在小人书店里的快乐和充实。

（2014 年 2 月）

"蹭" 电 灯

爱好是最好的老师，人一旦有了自己的爱好，就会以苦为乐，乐此不疲，虽苦犹甜。所以会产生"凿壁偷光""囊萤映雪""悬梁刺股"这些故事。

小学二三年级时，我爱上了读书。先是读连环画，再是读小说。读连环画一般在小人书店，只要手里有几分钱就往书店跑，从白天看到天黑。随着年级的上升，字认得多了，读小人书觉得不过瘾，就开始读小说。

记得读的第一部长篇小说是《野火春风斗古城》。李英儒的这部小说一出版就在全国引起轰动，上海的姐姐专门给宜兴的弟妹们寄上一本。其他兄弟姐妹对小说不感兴趣，我却一见钟情，打开书，立即被里面生动的情节深深吸引，一口气读了几十页，读得不肯罢休。从此一发不可收拾，痴迷于读长篇小说了。

幸运的是父母亲都在中学里工作，学校藏书多，书源丰富，而且不需要花钱。到图书馆借书机会多了，和管图书的老师也熟了，只要来了新书好书，就会向我介绍。《林海雪原》《苦菜花》《迎春花》《朝阳花》《红旗谱》《红岩》《创业史》……读了一本又一本，几乎把当年出版的所有著名长篇小说都读了个遍。

读现代小说又觉得不过瘾了，便开始读古典小说。第一本读的是《三国演义》，然后是《水浒》，再是《西游记》。《红楼梦》没有打仗，小小年纪更领会不了其中博大精深的思想意义和政治意义，所以小时候没能阅读。

读书的时间一般在白天，饭前饭后，课前课后，有时碰到不感兴趣的课，也会躲着老师，把书放在课桌里偷偷阅读。晚上是看书的好时光，可是家里没有电灯，靠煤油灯照明。一到晚上，大人就催着小孩上床睡觉。因为看书要点灯，点灯要耗油，耗油要花钱。为了节约开支，就只能在床上白白浪费看书的时间。

隔壁楼房的破屋里新搬来一对夫妻。丈夫在外地工作，儿子在苏州读大学，家里只有妻子在。单位给他们家装了电灯。电灯在当年宜兴这个小县城里还属于罕见之物，一到晚上，家里的大人总喜欢去她家聊天，"蹭"个电灯光，凑个热闹。

电灯在我的眼里是最羡慕最向往的读书照明工具。和昏暗的煤油灯相比，电灯光是那么和煦温暖，那么通明透亮。在电灯下读书该是世界上最惬意的事情，最美好的享受。

我产生了到她家去"蹭"电灯看书的念头。

趁大人到她家聊天，我有意跟着去，见到那位女主人主动地亲热地叫"姨娘"。也许小时候的我长得可爱，也许是我的嘴甜，"姨娘"挺喜欢我。于是我勇气顿生，提出到她家看书的要求。"姨娘"一口答应。目的达到了。于是每天晚上捧着书准时来到她家。

"蹭"电灯读完了一本又一本现代长篇小说；"蹭"电灯读完了多部古典长篇小说；"蹭"电灯完成每天的作业。不论春夏秋冬，不管严冬酷暑，坚持在她家"蹭"电灯，舍不得少一天。

"蹭"电灯的事延续了两年，直到我们家也装了电灯才结束。那时我已经上中学了。到了中学，学习内容多了，学习任务重了，很少有时间读长篇小说了。

时间已飞逝过半个多世纪，但我仍会常常想起那段"蹭"电灯读书的时光，由衷感激那位让我"蹭"电灯的"姨娘"。在她家"蹭"到的不只是电灯光，更是文化知识和可以享用一辈子的精神财富。

（2020 年 7 月）

车

车，是代步工具，也是地位、财富和社会的象征。从我和车子的关系中，我窥见了社会的变迁，国家的发展，时代的进步。

小时候的代步工具，大家戏谑为"11号车"。从甲地到乙地，基本是靠两腿走。除非走不动的路程才偶尔用其他代步工具。有时即使是走不动的路程，因为物质或精神的原因，往往也是硬靠双脚走。在农村，乘过汽车的人微乎其微；乘过火车的人更是凤毛麟角；如果听说有人乘过飞机，只当是外星人；一个公社也往往找不到一辆私家自行车。

自从有了这样的基本功，在插队农村时，舍不得五毛钱的车费，常在干完一天活后，用双脚从潘家坝公社走到宜兴城。晚上九点出发，凌晨三四点到家。

使用"11号车"似乎是原始的，但是我们这一代人在农村一直把身体当作车子，用肩膀运肥料、运泥土、运庄稼，运一切需要运送的东西。记得下乡第一年，技术性的农活不熟悉，力气还行，队里就专门安排我们知青挑猪灰，连续挑了十六天。平均每担重量七十五千克，换担距离一百米，一天平均一百担。十六天下来，等于替代了五吨卡车往南京送了二十四趟货。从此，练就了一身钢筋铁骨。

阔别了十年务农生活，当上了教师。因为工作认真，还出了点教育成果，连跳了两级工资，就托人买了辆无锡制造的长征牌自行车，开始了自行车生涯。上下班踩自行车，去家访踩自行车。不知不觉踩进了仕途。在基层工作更需要自行车。穿村走户，田间巡视，到企业考察，都离不开自行车，整整骑了十年的自行车。后来条件好了，有了专车，还配了专职驾驶员。虽然身体觉得舒服了，但是一直留恋那自行车的快乐，总觉得离自己熟悉的人、熟悉的东西远了。

公车改革了，除了少数领导还保留公车，其他都只能买私车。我的条件不好不坏，用十多万买了辆车，离岗后就潇洒地私车私用。跑南京，跑上海，跑杭州；走亲戚访朋友；逛山村赏风光，好不自在。记得在自己买车时，还写过一首《生查子》的打油诗——

> 垂髫足当车，路遥徒步走。
>
> 束发作农夫，沉担压肩头。
>
> 而立脚踩车，不惑专车溜。
>
> 年逾知天命，亲驾别克悠。

现在一出行，马路上尽是琳琅满目的各式车辆，越来越多，越来越好。宜兴居然有私家车十几万辆，上百万元的车子就有数万辆，车满为患，成为交通和城市管理的头疼事。但是毕竟老百姓富裕了，苦惯了的老百姓需要扬眉吐气，穷怕了的老百姓也需要做一点按捺不住的张扬。

我没有攀比的欲望，也没有换车的能力，更没有换车的必要，因为车对我来说，只是代步工具。想到用脚走过了漫漫长路，想到用身体当车运载了大量不值钱的东西，想到用自行车连接了老师和学生、干部和百姓的感情，想到现在自驾私家车漫游，我很满足了。时代前进了，告别了过去，告别不了过去难忘的生活，告别不了从磨砺中得到的精神，告别不了由车的变化看到时代变化带来的由衷激动。

（2009 年 8 月）

宣 传 队

每当看到广场文艺演出，就会想起"文化大革命"期间我在"毛红"宣传队的那段生活。

原学校文工团的一批学生组织了一支文艺宣传队，取名为"毛泽东主义红卫兵宣传队"，简称"毛红"宣传队，用文艺的形式宣传毛泽东思想。在近两年的时间里，宣传队的足迹踏遍了宜兴城乡每一个角落，凡有重大活动都少不了"毛红"宣传队的演出。"毛红"成为当年宜兴最有影响力的文艺宣传队。"毛红"二字，几乎家喻户晓，妇孺皆知，成为"文化大革命"时宜兴文化的一个标志。

"毛红"的节目，形式有歌舞有曲艺，有声乐有器乐，内容以演唱毛主席语录、毛主席诗词，歌颂毛主席和英雄人物为主，也演样板戏。"毛红"的演出，没有正式的舞台，不是利用广场上一个土墩，就是临时搭上一个小台，有时则是就地围上一个圈就算是舞台了。没有灯光，没有音响，更没有舞美，通电的地方挂两只大灯泡，不通电的地方点上几只汽油灯。演出服装是当时流行的黄色军装军帽、武装带和红袖章。

虽然"毛红"宣传队演出的内容单一，演出的条件简陋，但其受欢迎程度是现在人难以想象的。只要宣传队在哪里出现，无不是"万人空巷"，人们不惜步行数十里赶来一睹"毛红"风采。小小的舞台被里三层外三层的人包围得水泄不通，只看见无数的人头在攒动，就像黑色的波涛在翻滚。有时原本在室内演出，因人满为患，不得不临时改变计划，搬到室外广场上，防止发生安全事故。即使在室外演出，也会出现问题。一次，因为广场小，人拥挤，临时搭的舞台被挤垮，演员和乐队都重重地摔倒了地上。有时在某地计划演一场，可是当地人就是不让你走，要演上四五场才罢休。宣传队拥有众多的"粉丝"，不管走到哪里，总会尾随着一群男男女女，有的帮着挑道具，有的忙前忙后照料生活，有的跳上跳下协助演出事务，有的请我们辅导节目、教授乐器，有的则不管你在哪里演出他就会在哪里出现。好客的主人，为了表达对宣传队的欢迎，自己节衣缩食，用罕见的大鱼大肉款待我们，让我们得到物质匮乏时的饕餮享受。有个农村青年因仰慕"毛红"宣传队，生了儿子，连名字也取"毛红"。

"毛红"之所以会在当时众多的宣传队里脱颖而出，因为有一支中西合璧的乐队，开了宜兴洋为中用之先河。宣传队除了有吹拉弹打的民乐外，还有见所未见、闻所未闻的西洋管弦乐。铜管乐、木管乐声一响，气势磅礴，震魂慑魄，产生巨大的艺术魅力，让闭塞的农村人大开眼界。

"毛红"宣传队之所以会受到人们热烈的欢迎，因为荟萃了学校的文艺人才，能演一台精彩的节目。宣传队虽只有十多人，但个个能编能演，能歌能舞，能拉能说。既有优秀的保留节目，又有引进的新节目，既有自己创作的作品，又有模仿得很标准的样板戏，还有根据当时形势、当地好人好事即兴编排的演唱。一台节目安排得跌宕起伏，张弛有度，扣人心弦，而且每一次演出都会给人新鲜感和亲切感。

"毛红"宣传队之所以会获得社会的广泛认可，因为秉承了毛主席《在延安文艺座谈会上的讲话》中"文艺为工农兵服务"的宗旨。无论哪里邀请，有求必应；无论条件好坏，从不计较；无论演出多么辛苦，无人懈怠；无论天气怎么变化，个个精神饱满；有时路途遥远，交通不便，徒步数十里，无人叫苦。那争相荷担负篮、一路笑声一路歌的往事，至今记忆犹新。《白毛女》中演大春的演员，在转圈时不慎摔到台下，他顾不得疼痛，爬上舞台继续演出，激起了阵阵掌声。

"毛红"宣传队之所以会在动荡年代长盛不衰，因为宣传队是一个精诚团结的团队。队长是原学校的文娱部长，擅长做思想工作，是全队的主心骨。队员虽来自不同年级，出身不同家庭，但没有等级，没有歧视，没有嫉妒，没有隔阂，亲如一家。生活上有困难，互相帮助；身体有不适，互相照顾；心中有烦恼，互相安慰。只要演出需要，大家既是演员又是劳务，既忙前台又忙后台。来了新队员，老队员耐心辅导。演员偶有缺席，其他人主动救场。场上出现意外，马上有人补台。有次演舞剧《白毛女》，演黄世仁的演员外面穿着长大褂，里面没有穿长裤，一出场就露出了两条白大腿，引起哄堂大笑。在他下场时马上有人给他准备好了长裤。这件事一直成为队里的笑话，到了年近古稀之年，还会和"黄世仁"旧事重提，与他打趣一番。

"毛红"之所以会成为"文化大革命"时宜兴文化的一个重要符号，因为人民群众一刻也离不开文化生活。用现在的目光看当时"毛红"宣传队，充其量也不过是"草台班"，但是它成为文艺荒漠中的一块绿洲，精神饥渴时的一点食粮和泉水，文化在生与死的挣扎中闪动着的一丝光亮，缓解了人们对精神文化之急需，所以才会得到社会的青睐和人们的追捧。

"毛红"是特殊年代的特殊产物，无论是演出的内容还是形式，演出的水准还是手段，和今天相比，都不可同日而语。但那是一段历史，历史磨灭不了，常常会在我们这一代人心中忆起。存在总有合理性，"毛红"生活不仅锻炼了我们这批人多方面的能力，而且"毛红"效应所蕴含的一些精神内容，依然值得今人借鉴。

（2016 年 1 月 1 日）

旧 镜 重 现

记远不记近是老年人的特点，进入耳顺之年，特别喜欢回忆往事。尤其是插队落户的十年生活，天天如过电影般在眼前闪动，而镜头总是在上山下乡的几个"第一"上定格。

第一个春节

生产队里青年人很多，队长见我有文艺特长，就组织了文艺宣传队，让我教他们唱歌跳舞，排练节目。经过十多天的训练，宣传队在方圆十几里都有影响了。生产队准备趁春节期间，到邻近几个村去巡回演出。我主动要求，不回家过年，在农村过一个革命化的春节，显示我扎根农村的决心。

那个年代的农民，一年只能吃到三次肉，端午、中秋和过年。农村对过年特别重视。一到年底，生产队捕鱼杀猪，家家杀鸡宰羊，蒸团子、做糖糕、炒瓜子，忙得不亦乐乎，远比城里热闹。

从年初一开始，宣传队就到各个生产队去演出。一到吃饭时，每一家轮流着请我吃饭。台子上摆满了丰盛的菜肴。虽说丰盛，大多数的菜只是摆设，必须摆到正月十五，家里人只能吃几个素菜。女人和孩子不能上桌，桌子上的菜仅供男人和客人享受。为了显示他们的好客和诚意，即使作摆设的菜也大筷大筷夹给我。中午吃了这家晚上吃那家，今天吃了东家明天再吃西家，几乎吃遍了全队所有家。吃完了，每家还要送我一包自做的芝麻糖和花生炒米糕。

晚上听到有人敲门。一开门，是队里的五保户"小亲娘"。小亲娘是小脚，孤身一人，住生产队不到十平方米的小草屋，仅能容一张床、一个灶。她拿着几个团子，摸着黑，蹒跚着来到了我的住地。"城里的孩子嫩皮嫩骨，到乡下来暴苦难当啊。过年了还不回家，爹娘要想你了，送几个团子给你当早饭。"

虽然城里人不富，但是农村人更苦。穷不失慷慨，苦仍显大度，一年仅有的一次"奢侈"，也舍不得独占，从牙缝里挤出他们的心意，让我尽情享受他们的物质和感情。心里发酸了，我看到了农民的善。

第一个农活

过了春节，一场细雨，田里湿润了，农村开始春耕备耕。

下乡后第一个农活是做田埂。

生产队会计春生做我们几个知青的指导。他先给我们讲解了做埂的要领：离开老埂半锹，斜着挖土，薄一点，把土贴在埂侧，再挖一大锹，盖在埂上，用锹背拍平；后退时腿一定要走直线，走直了，埂才会直。讲解完了又做了示范。我们跃跃欲试，兴致盎然，因为这是到农村后的第一个农活。看事容易做事难，铁锹在手里就是不听使唤。不一会儿满手都是血泡，钻心痛。手上不了力，就用肚子顶，顶得满肚子乌青。一个下午下来，骨头架都散了，埂没有做到十米，却弯了好几个弯。春生过来一看，一顿呵斥，把我做的埂全部毁了，拿起锹动手重做。

只见他轻松地舞动铁锹，一上一下，一左一右，没多久一条笔直的田埂出现在眼前。我不觉得他在干一项粗笨的农活，而是像画家挥动画笔，演奏家操持弓弦，雕塑家摆弄刻刀。那灵巧的动作，拍土的节奏，坚实美观的新田埂，在展示着舞蹈的协调，音乐的节奏，雕塑的力量。

我无地自容。在一片空白的脑子里出现了当时最流行的一句名言——"卑贱者最聪明，高贵者最愚蠢"。我看到了农民的美。

（2012 年 1 月）

找不回的美味

四人一组的知青点，先是一个和当地姑娘结了婚，分了家；再是一个招工返城了；还有一个当了代课教师。一间半的知青屋里，就剩下我一个人，过起了"形影相吊，茕茕孑立"的生活。

年终分到的二百多斤口粮，即使忙时吃干，闲时吃稀，有时半干半稀瓜菜代，也熬不到三春二八月，只能借周转粮，混到夏收。夏收结束可以分到六十多斤麦子，加工后能有五十多斤面粉。靠面粉可以维持一个月的口粮。好在是一个人生活，想怎么吃就怎么吃，一人吃饱全家不饿，何况我又特别喜欢吃面食。

天不亮就起床，调一大碗面粉糊，放一把盐，在灶膛里烧起一把火，锅里滴几滴油，摊软锅摊当早饭吃。一开始不是面调得太稀，就是火烧得太旺，软锅摊不是不成形，就是烧焦了。只要能填饱肚子，焦也好，不成形也好，都无所谓。实践出真知，天天重复一样的劳动，熟能生巧，我便成为摊软锅摊的能手了。至今仍保留着这一技巧，偶尔还会露一手。那时的盐是粗盐，饼子里老是有没有融化的盐块，这影响不了我包容四海的肚子，盐块来不及吐出软锅摊就下肚了。

午餐、点心和晚饭吃面疙瘩。做面疙瘩既简单又省时，调一大碗半干半稀的面粉，锅里烧半锅开水，等水烧开了，就用调羹把面糊一勺一勺往开水里放。等面疙瘩浮出水面，放一把盐，再滴上几滴油，放上几棵青菜，便是充饥填肚的美味佳肴了。中午吃上一半，点心吃四分之一，八点收工，晚饭再吃上四分之一。

就凭这几十斤面粉，挺过了一个黄梅。一天十六小时的劳动时间，抢一天"九斤王"的铁耙，一天挑一百多担每担近两百斤重的猪灰，一天插几万株秧苗，都是靠着面粉的坚强支撑。黄梅天雨多，屋顶漏水，雨水沿着烟囱流到灶台，又漫入锅里的面疙瘩。哪里顾得上干净不干净，卫生不卫生，一碗带着异味的面疙瘩三下五除二就下肚了，第二天居然安然无恙。

黄梅过了，莳秧结束，队里可以放一天假。趁着短暂的休息时间，想改善一下生活，吃一次面条。农村没有轧面机，就自己动手做面条。和面，擀面，切面，虽是第一次，却也有几分像样。托上街喝茶的老头带五毛钱猪肉，切成肉丝，再加点小青菜，一锅香喷喷的肉丝面烧好了。袅袅的香味顿时弥漫和充盈了整个屋子。一入口，面条坚韧滑溜，肉丝肥厚滋润，小青菜清脆爽口，面汤无比鲜美。我面对的好像不是一碗肉丝面，而是沙漠里看到的一片绿洲，久旱禾苗喜逢的甘霖，嗓子冒烟喝下的山泉，寒冬里身披的温暖阳光，极度困顿疲惫得到的酣睡。我连吃了三大碗，直到锅底朝天才罢休。这是我这辈子印象最深的一顿美餐，余味萦绕了我大半辈子。

四十多年过去了，我一直向往着重温肉丝面的滋味，可就是再也找不回这样的味道了。超市里，有各式各样的面条，精白面、鸡蛋面、荞麦面、细面、中面、阔面；水面、筒面、碗面……没有一样会有当年的感觉。餐馆里，有阳春面、肉丝面、三鲜面、海鲜面、猪排面、牛肉面、猪肝面、大肠面、什锦面……再怎么丰富多彩，琳琅满目，也激不起当年的食欲。曾在家里重复当年和面、擀面的工艺，克隆当年烧面的配方，居然味同嚼蜡，平淡无奇。当年的滋味难道真的找不回了吗？

是人老了，味蕾麻木迟钝了？是生活好了，美味珍馐吃多了？是食物品种退化了？

其实道理很简单，最需要的又很难得到的东西，一旦得到了，就会觉得是最美好的东西。即使是最好的东西却能常常得到，并不会觉得珍贵和稀罕。记得孩提时代从大人嘴里听到的一个故事：皇帝吃厌了山珍海味，一到吃饭就一点食欲都没有了。他向天下下诏，如有人给他提供自己喜欢吃的东西，赐予重赏。过了几天，一个平头百姓提着一只鸡来见皇上，皇上一看就想发怒。布衣百姓不慌不忙说，我的鸡是特殊的鸡，吃它必须有特殊的要求，三天后才能吃，而且三天之内不能吃任何东西。皇帝将信将疑，真的等了三天。皇帝早已饿得饥肠咕噜，等鸡汤端上来，食欲大振，狼吞虎咽，不到片刻时辰，连汤带水早已入肚了，大呼"鲜美，好吃"。从此"鸡"就谐"饥"音，传到今天。

时光不可能逆转到缺吃少穿的时代，我们也当不了皇帝。但是四十年前的软锅摊、面疙瘩，还有那肉丝面的美味，成为我永恒的记忆，不会因时代的变迁而忘却。

（2012年6月）

摇 饭 碗

　　住进了高楼，四邻八舍，可以说是"鸡犬之声相闻，老死不相往来"。同住一个单元五六年，居然不知道对方姓什么、叫什么、做什么、住几楼几室。邻里之间没有接触，没有矛盾，相安无事，但是总觉得缺少了点什么。所以我常常会想起在农村的生活，尤其是吃午饭时的摇饭碗。

　　农村最闹忙的时候是吃午饭时。一到饭烧好，全村几乎每一个人都端着一只大饭碗，里面盛满了饭，上面夹一筷菜，慢悠悠地走出家门，自觉不自觉摇到自己愿意去的地方。几个人聚在一起，有的站着，有的蹲着，有的找块石头或在门槛上坐着。吃饭的时候，几乎没有人讲话，只有砸吧砸吧的吃饭声。到了碗底朝天，话匣就打开了，你一句，他一句，犹如炸开的油锅，热闹起来了。直到下田的哨子吹响了，人群才恋恋不舍地散去。

　　我们村摇饭碗的地点一般是三个地方，一个是谈老师家门口，一个是谈麻子家门口，还有一个就是我们知青点门口。

　　谈老师家在村中，三间丈五六的瓦屋，是全村最显赫的房子。家庭收入除了队里年终分红，还有谈老师每月四十几元的进项，家境相对富裕。一般农村人一年只吃三次肉，他们家吃肉的机会会比其他人多得多。这也是他们门口聚集摇饭碗人多的缘故。摇饭碗的一到他家门口，总要觊觎一下是不是又吃肉了。他家吃肉的时候，先到的几个在门口晃悠的人，总会尝到一块肉，等来的人多了，女主人就把肉碗藏到竹橱里，夹一两块肉埋在孩子们的饭碗底，让他们背着人偷偷地享用。吃到肉的人当然不胜感激，没有吃到的人，就会嘀嘀咕咕骂主人小气。不管高兴的还是不满意的，一到吃饭时，仍旧自然而然汇集到谈老师家门口，哪怕能闻到肉香味，也是一种快乐。

　　谈麻子是个享受型的人，半天下田，半天步行到离村二十里外的镇上喝茶。茶馆是民间自由论坛，老谈每次回来总会带来那里获取的很多信息。"病从口入，祸从口出"，因为传播信息，差一点送了他的性命。在"文化大革命"清理阶级队伍时，镇上挖出了一个"特务组织"，据交代，谈麻子是组织里的交通员，专门负责递送情报。大队里的武装民兵把他五花大绑送进临时专政组，又吊又打，逼他交出情报。谈麻子实在受不了皮肉之苦，说"情报"藏在家里的阁楼上。他趁回家取"情报"的时间，操起厨房间的菜刀，往头上一阵猛砍，顿时鲜血喷涌。幸好发现得早，送到医院算是救回了一条命。运动过了，头上的伤痊愈了，他的问题不了了之。积习难改，一到下午，谈麻子提个篮子，又开始重返茶馆了。由于谈麻子从外面带回来的消息多，午饭时总会有一大群人聚在他的家门口，等候他嘴里露出点小道新闻，权当下饭的佐料。

我们知青门口也是摇饭碗的集散地。知青不善于安排生活，自留地种得也不好，所以午饭质量是全村最差的。不是连续几天吃面疙瘩，就是顿顿吃山芋，即使煮米饭吃，下饭菜不是腌菜，就是没油的青菜，甚至是酱油汤。乡下人心地善良，看到我们的生活如此落拓，不是这家送来一碗米饭，就是那家端来一碗漂着油花的青菜。有时村里发生鸡瘟，瘟死的鸡舍不得丢，烧好了给我们分享几块。瘟鸡一点鲜味都没有，也不知道烧熟后会不会有什么病菌，但是吃在嘴里却津津有味，感觉特别美好。

摇饭碗是村里人的习惯，也是当时条件下的精神大餐。哪家有快乐，让全村分享，哪家有苦恼，让全村分忧。几乎每人所有的隐私，每家所有的资财，都会暴晒在摇饭碗时的言谈中。有时也会有口角，也会有争吵。记工员漏计了工分，就会争得脸红耳赤；猪灰里烂泥掺得多，队长折扣打多了，也会吵得声音震天响。尤其是哪家介绍对象，有人说了坏话，更是全村共讨之。但是吵归吵，闹归闹，过不了多久，饭碗又摇到一起，感情又重归于好了。

社会进步了，生活改善了，农民进城市，平房变高楼，贫困变富裕。每家各有各的天地，各过各的生活，邻里间没有往来，所以再也看不到摇饭碗的人。虽然少见口角和争吵，但是也缺乏了昔日人与人之间的友情。

我珍惜今天的生活，也难忘旧时的摇饭碗。

（2012 年 11 月）

稻草赛金条

"把稻草说成金条"是对巧舌如簧言过其实者的一种贬损。但是在那个艰苦年代，稻草对于农民来说，确实像金条一样金贵。

秋收后，生产队把脱粒后的稻草，一半按人口和工分分到户，一半留在队里。

稻草是当年农家主要的燃料，也是最好的燃料，烧饭、烧菜、烧水、烧猪食，都要靠稻草。麦收时会烧一两个月的麦秆作补充，其余时间都烧稻草。稻草不仅量比麦秆大，而且含丰富的粗纤维，比麦秆火力旺，比麦秆耐烧。

稻草是当年紧缺的生活物资，远远不够烧。为了节省稻草，农民都成了节能专家。他们创造了最经济最节约的烧火办法。把稻草打成不大不小的结，结打大了，火力过大造成浪费；结打小了，火力不够，也是浪费。草结塞进灶膛，放在锅子下的正中位置，燃烧热量均匀；把草结下的草灰扒空，让稻草在充足的空气中得到充分燃烧。为了利用好稻草的所有热能，灶台上砌一只铁制的井罐，里面盛满了水，利用柴草热量烧成半开的井罐水，是农家的主要饮用水。烧好了饭菜或猪食，会在灶膛的灰里放上一个山芋，收工回来，山芋已经在稻草灰的余热中烤熟，又香又甜，十分可口。稻草烧剩的灰烬富含钾，是上好的农家肥料。每家屋后都搭了一个灰棚，灶膛里的灰多了就收集在灰棚里，供给自留地上的蔬菜用。

我们知青缺乏生活经验，既不会科学烧火，又不懂得计划用草，浪费现象严重，分到的稻草不到几个月就烧光了，到了烧饭时常会出现没有稻草的事。只能东家借一捆，西家借一捆，一直混到收麦场。当然这个借是硬着头皮的，因为没有还。

生产队留下的一半稻草，主要是做肥料。到了冬季，队里的正劳力下河下塘罱河泥，河里、塘里的河泥罱上来了，把稻草放在河泥里搅拌，然后就地堆好。开春时，在田里开个草塘，把冬天罱好的草泥和猪灰、绿肥等拌在草塘里面。到了麦场收完，土地翻好，便把草塘里的肥料挑进田里作基肥，然后放水耙田，莳秧赶黄梅。

稻草的作用不仅仅如此，其他的用途也很大。

稻草是垫猪圈的好材料，等稻草吸足了猪的粪便就开始腐烂，这样的稻草是庄稼最好的有机肥料。稻草也可做猪饲料，把稻草轧成糠，再加点米糠，便是当年猪的主要饲料。人都吃不饱，猪能吃到这样的食料算是很不错了。到了农闲，老农们用一个铁钩摇起稻担绳和草龙来。到了收麦场收稻场的时候，要用稻担绳捆麦把捆稻把；养蚕时，蚕要爬到草龙上吐丝成茧。下雪天，手巧的女人在家里搓草绳打草鞋。那时种田人舍不得穿布鞋，干活不是赤脚就是穿草鞋。打出的草鞋不仅自己可以穿，还可以到街上去卖。一双草鞋虽然只能卖得三五分钱，但也能赚个酱盐钱。

到了冬天，稻草就是个宝了。那时一条被子盖四季，冬天乡下比城里冷，过冬就要靠稻草。抽几个稻把，把草屑刷干净，晒晒干，铺在竹片床上。俗话说千层盖不如一层垫，厚厚的稻草铺在身下，一条薄薄的被子足以御寒，即使是冰天雪地也奈何我不得。记得有一个冬天的夜晚，又是下雪又是刮风，雪花透过墙缝吹到我的床上。醒来一看，雪覆盖住了半条被子，可是人一点不觉得冷。

稻草还是农民专用的手纸。上粪缸拉屎，从稻草根部扯下几把草屑，揉成团，擦起屁股又爽又干净，根本用不着买草纸，可以节约一笔开支。

稻草一身都是宝，农民怎么不把它当金条呢！

几十年过去，液化气取代了稻草，化肥取代了稻草，席梦思取代了稻草，皮鞋胶鞋取代了稻草，上厕所再也用不着稻草屑了，稻草成了多余物。为了处置它，常常在田里付之一炬。这一烧，稻草便成了大气的污染源、人们的公害。

切莫把稻草当成废物，稻草不仅当年和我们有着如此亲密的关系，为人类做出过特殊贡献，而且稻草是当前非常重要的可再生的清洁能源，是即将板结的土地渴望的有机肥料。不论过去、现在还是将来，稻草都赛金条，还期待着它为人类发挥更大的作用。

（2020 年 6 月）

两道伤痕

秋收后，生产队总要安排一些农田休耕。虽说休耕，也不全休，撒上红花草籽，等来年春天收割后壅草塘，做水稻的基肥。

红花草收割后，晒上一个月太阳，然后翻地；翻好了再晒上一个月太阳。据说晒两个月太阳胜于壅一次基肥。

当地称翻红花草地为"锄板干"。锄板干是一项重体力劳动，必须正劳动力干。一人锄一行，一人锄三耙，当中锄一铁耙，再是左边一铁耙，右边一铁耙。锄得必须熟土生土分离，泥土块块直立。这样不仅太阳晒得透彻，而且上水耙地时泥土松软，便于莳秧。

上午一下田，大家你追我赶，锄得热火朝天，但是到了十点多，即使再有"学大寨"的革命热情，毕竟人是铁，饭是钢，上午的两碗稀饭早已消化，前胸贴着后背，体力明显下降，速度明显减缓。大家嘴里直嚷嚷，早点吃饭，下午再干。到了下午，体力更加不支，再加太阳晒得人懒洋洋，手里无力，脚也站不稳，铁耙东倒西歪，不听使唤了。

突然，我的屁股感觉到被什么东西猛击了一下，一阵麻木。一开始也没有打理，继续锄地。后来觉得有什么东西在裤子里爬行，撩起裤管一看，都是鲜血。慢慢觉得屁股开始疼痛，而且疼痛感越来越强烈。扒开裤子一看，伤口有一张嘴那么大，鲜血不断从里面渗出来。原来是在后面锄的人，因四肢乏力，铁耙无意识锄到我的屁股上了。

跑到大队合作医疗所，敷上一点药，继续锄板干。一是农村没有病假，不干活就没有工分；二是也不可能叫后面那个锄我屁股的人当我误工补贴，还是轻伤不下火线，重伤不叫苦吧。

收工了，隔壁的嫂嫂听说我被人锄到一铁耙，拿来了一撮兔毛，说是偏方，既可以止血，又可以消毒。究竟有没有科学依据，我也不去考证，把兔毛塞进伤口，倒头便睡。

以后再也没有去打理那个伤口，照样出工，照样干活。几天后结了个痂，屁股上留下了一道终生消逝不了的疤痕。

为了"学大寨",提高产量,农村开始种双季稻了。七月下旬八月上旬称作"双抢",即抢收第一季抢种第二季。农时不等人,人误地一时,地误人一年,必须用不到二十天的时间,赶在立秋前,把第一茬稻收完,把第二茬稻种好。

因为双季稻又矮又瘦,所以割双季稻不用带锯齿的割镰,而是用割草的镰刀。割稻真正叫抢,争先恐后,勇往直前,一片片稻子瞬间就倒地了。尤其是小孩,个子小,没腰没背的,动作敏捷,割起稻来,显然比我这样又高又大的人有优势。前面的人追不上,后面的人逼在屁股后。整劳力比不上孩子是件坍台的事,心急火燎,大汗淋漓,怎么办呢?"工欲善其事,必先利其器""田忌赛马,扬长避短",我磨快了镰刀,充分发挥臂长手大的优势,一镰刀割十株,以数量比速度,果然奏效。

不好,慌忙中手指被镰刀碰了一下,左手中指割破了。由于用力过猛,刀刃太锋利,一刀下去,伤口很深,掰开一看,见到了里面的骨头。被甩开的追兵又赶上来了,哪里顾得上见骨、鲜血、疼痛,继续一刀十株一刀十株地往前赶。总算没有落后,总算没有坍台,但是十指连心,痛得人直叫娘。

双抢期间,我居然一天都没有休息,照样风里雨里、泥里水里,割稻掼稻、撒灰莳秧。说来奇怪,既没有包扎,也没有吃药打针,不几天伤口愈合了。只是拉小提琴,中指碰到弦会觉得钻心痛,只能暂停一个多月的业余爱好。

受伤染恙,越是当它一回事,越是觉得痛苦,越是难以痊愈。越是不当回事,反倒会不知不觉好起来。人体有强大的自愈能力,还是要相信自己的免疫功能和修复伤痛的能力。这两道伤痕就是明证。

（2013 年 8 月）

小提琴，我曾经的挚友

我与小提琴曾经有过一段较长时间的特殊缘分。

小时候从电影《聂耳》中第一次看到拉小提琴，那美妙的音色，潇洒的姿势，给我留下了深刻的印象，同时产生了学小提琴的梦想。

"文化大革命"学校停课闹革命，有了足够的闲暇时间，圆梦的机会到了。从学校文工团的乐器堆里拼凑出了一把小提琴，开始自学小提琴。那时不仅没有人会教小提琴，而且连一张乐谱都找不到。幸好我有二胡的基础，收音机里不时播放样板戏，经过一番琢磨，不久便能在小提琴四根弦上奏出芭蕾舞《白毛女》中《北风吹》的旋律了，而且模仿得惟妙惟肖。

于是我开始钟爱小提琴了。每天听广播，记乐谱，悟技巧，模仿效果，反复练习，小提琴在我的手里玩得游刃有余。

偶然在公开场合一拉，惊动了整个宜兴小城。在宜兴这个农村集镇上很少能见到小提琴，更不会听到有人拉小提琴，小提琴优美悦耳的声音，耳熟能详的旋律令围观者不绝，听者动容惊奇。我的名声随着小提琴声而扩散出去了。

小提琴就这样走进了我的生活，成为我忠实的伴侣。

"上山下乡"运动开始，我带着小提琴来到了农村。农村更比城镇闭塞落后，农民从没有见过架在脖子上拉的洋玩意儿，不是叫作"小胡琴"，就是叫作"小琵琶"。当农民听到小提琴优雅的声音时，乐不可支，听了一曲又一曲，久久不肯散去。后来四乡八邻的人都赶来听我拉小提琴了。我也从不摆架子，农民要听什么就拉什么，不辜负他们的期望。想不到小提琴拉近了我和农民的距离，因为在文化沙漠中我为他们送来了滴滴甘霖。淳朴的农民真心地感激我，真诚地尊敬我，自觉地亲近我，把我当作他们自己人。

农村的艰苦远不是在学校里所想象的。超强度超时间的体力劳动，食不果腹的生活条件，孤独寂寞的生存环境，会使人陷入无边无涯的苦海之中，感到渺茫和绝望。是小提琴无私地帮助了我。精疲力竭时拉起小提琴，顿时觉得减轻了身体的疲惫；饥肠咕噜时拉起小提琴，立即缓解了饥饿的感觉；孤独寂寞时拉起小提琴，马上找到在和知心朋友对话、倾诉的感觉；精神绝望时拉起小提琴，瞬间会提振生活的信心，产生乐观的希望。小提琴就这样钻进了我的骨髓，占据了我的灵魂，成为我须臾不可或离的挚友。

下雨下雪天，我会躲在草屋里整天整天拉琴；睡在被窝里只要听到广播里有小提琴声出现，会马上翻身起来速记乐谱；盛夏酷暑，任凭汗如雨注，任凭蚊虫叮咬，顾不得擦一擦、拍一拍；寒冬腊月，手指冻僵了也不肯歇手；割稻不慎割破了右手中指，露出白骨，到了晚上，依然忍痛拉琴，琴声让我忘却十指连心的疼痛。

小提琴不仅给我带来了莫大精神享受，成为渡过难关的精神支撑，而且改善了我的物质生活。那个年代，从大队到公社，从区里到县里，不是要搞样板戏演出就是要搞文艺汇演。我就有了用武之地，一级一级的演出都要找我拉小提琴。拉琴误工，误工补贴。忙时生产队里挣工分，闲时拉琴误工记工分。到了年底，劳动的工分和误工的工分相加，居然全队工分我最多，分红也最多。

更感谢小提琴为我找到了工作。公社突然通知我当民办教师，因为我有拉小提琴的一技之长。从此我步入了教书育人的行列，在教师这个行业里走了十几年。不知不觉后来又走进了公务员队伍。追根溯源，是小提琴改变了我的命运。

因为工作繁忙，我与小提琴暂时分手了。可是这一分手就过去了四十年。现在有足够的时间可以重新操起小提琴了，可是时代在发展，我原来那点业余水平已无法适应迅速发展了的新形势新要求，我觉得羞于面对小提琴了。

但是我忘不了小提琴这位曾经的挚友，虽然不再"身体力行"，但是当起了不离不弃的欣赏者。每天欣赏小提琴华丽的音色，多变的技巧，动听的旋律，丰富的情感，更重温远去的与小提琴相依相伴的难忘岁月。

（2019 年 10 月）

复　式　班

　　20 世纪 70 年代初，我曾经在一所村小代过半年复式班的课。

　　所谓复式班是指生源不足，不同年级的学生在同一个教室上课。一般是两复式教学班，即两个不同年级的学生在同一个教室上课；有时也会有三个甚至四个不同年级的学生在一起上课，称为三复式、四复式教学班；在偏远地区偶然也会有单级独教的五复式班。我教的是二、四两个年级的两复式班。上半节上二年级的课，下半节上四年级的课；或先上四年级的课，后上二年级的课。如果是音乐、美术、体育等公共课，两个不同年级的学生上同样内容的课则合而为一。这是在那个特殊年代采取的不得已的教学形式。

　　当我走进农村小学简陋的教室，看到那些伏在破旧课桌上眼睛里闪烁着求知渴望的农村学生，心中顿时升起一种责任感和使命感。虽然一个课时要上两个不同年级的课，但是绝不能因此而误人子弟。如何在同一教室里上好不同年级的课呢？上半节课我在给一个年级上课前，先给另一个年级的学生布置预习题，让学生用半节课的时间根据预习题预习新课。等课授完了，马上布置学生做作业，然后给另一个年级上新课。不管哪个年级先上新课还是后上新课，方法都一样，预习—听课—练习。因为有了充分的预习基础，学生接受新课的能力明显提高。因为教完新课马上做作业，学到的知识能够得到迅速巩固。这样看似只有半堂课的教学时间，实际学习效果却胜过一堂课。

　　那时虽然没有统考、会考之类的教学质量检测手段，但是通过学生的作业或自己安排的知识测试来看，学生接受知识的效果是不错的。家长本来对复式班教学很不满意，认为这种一半一半的复式教学，学生能学到什么知识呢？但是，实践让家长放了心，觉得孩子比普通班的学生学得更好。

　　复式班的教学，功夫不在课堂内，而在课堂外。布置预习，需要根据教学内容设计半节课的预习题；布置作业，需要安排半节课时间的作业量。当时的教科书和教学参考资料里，没有预习题，作业题也有限。只要有心，办法总比困难多。于是我翻阅之前的资料，精心设计预习题和作业题。凡事预则立，不预则废，由于在课前做了精心的准备，通过课堂恰到好处的讲解和点拨，再加上学生事前思考和事后练习，掌握知识的速度很快，起到事半功倍的效果。

复式班其实就是包班，两个不同年级的所有学科，均由我一个人担任。好在是小学，语、数、史、地、自然、音、美、体我都还能凑合。除了教好语数两门主科和几门副科外，我还组织学生开展文娱体育美术等课外活动，给他们讲科普故事，参加公社中小学生的文艺会演和体育比赛。学生和我在一起觉得很长知识，很快乐，我走到哪里，学生就会跟到哪里。虽然我在那个村小只有半年时间，当地的干部、社员和家长都很尊重我，大队书记还多次到公社挽留我。

半年后我还是离开了那所学校。离校前，看着围在身边的学生的依恋目光，真有点依依不舍。大队干部和学生家长都来送行，我感到半年复式班教学得到了学生、家长和社会的认可，很有几分激动。恢复高考后，他们中的不少学生都上了大学，听到消息，我心里感到莫大的欣慰。

虽然代课的时间不长，但是复式班教学为我以后的教学生涯奠定了很好的基础。因为我从复式教学中悟出了教学的规律——"不愤不启，不悱不发。举一隅不以三隅反，则不复也"。学生的学习并不是老师用填鸭式的方法教出来的，而是在老师的启发下，充分调动学生学的积极性和主观能动性，通过多思、多练、多悟，来吸收、消化、掌握知识，从而达到举一反三、触类旁通的效果。

在后来几年的高三教学生涯中，我运用复式班教学的原理来进行语文教学。两节课画龙点睛读讲课本，两节课让学生做我自编的高考模拟题，两节课由学生自己来讲评试卷，订正所做的试题。少讲精讲，多用启发式，培养兴趣，让学生多思多练，掌握知识，提高能力。这样既减轻负担，又提高学习效率。每年高考，我所执教班级的语文成绩在全县都能名列前茅。《江苏教育》派专人来总结我的教学方法，我说了一句所谓的经验："我是用教复式班的方法进行高三语文教学的。"

我那一段复式班教学的历史已经过去四十多年了，复式班的教学形式也早已少见。现在的教学环境、教学条件和教学手段都发生了翻天覆地的变化。但是我觉得，复式班教学中体现出的教学精神和教学方法依然具有生命力，不会过时，值得现代教学借鉴。

（2013 年 8 月）

簇新如初的《文艺轻骑》

这是一本平装的小册子，出版于 1977 年，32 开本，页数 142 页，装帧简单素净，定价 0.28 元。这本看似再普通不过的书本，放在书架上已经整整四十周年了，居然簇新如初。

这本名为《文艺轻骑》的群众文艺刊物是 1977 年 8 月和 9 月两个月的合订本，由上海人民出版社编辑出版。我之所以会把它保存得如此郑重，因为里面有我的处女作，我的文字和我的姓名第一次以铅字形式出现在这本书里。

写文章是我自幼的爱好，公开发表文章一直是我魂牵梦绕的理想。可是苦于志大才疏，又加当年出版物少得可怜，一想到那些高高在上的出版部门，就有望而生畏、望而却步的感觉。不要说梦想成真，就连投稿的勇气都没有。

粉碎"四人帮"后，镇江地区教育局为了恢复正常的教育秩序，决定举办一次中小学文艺汇演。县教育局十分重视这次汇演，把我抽调到筹备组搞节目创作。领导说要搞一个有分量的节目，批判"四人帮"的"读书无用论"，激发学生为实现"四化"努力学习的积极性。既然是文艺节目，就不能干巴巴做政治说教，要有点艺术性，有点可看性。于是我设计了儿歌表演：一位名叫"小淘气"的儿童，受"不学 ABC，照样开机器"思潮的影响，不想读书只想玩，做作业老是做错题，后来在老师和同学们的帮助下，认识了自己的错误，开始认真读书了。在表演形式上，采用童话的方式，让"小淘气"和一群头戴"1""2""3""4""5""6""7"阿拉伯数字和加减乘除计算符号的孩子载歌载舞，进行互动，在数学演算对和错的形象化表演中展开故事情节。节目上演后，新颖别致的艺术形式，欢快诙谐的表演，优美活泼的音乐和舞美，收到令人耳目一新的舞台效果和观众的热烈反响。领导表扬说这是一个艺术性和政治性都很强的好节目。

观众的反应和领导的表扬使我产生了投稿的冲动，于是不假思索地把这个儿歌表演本子寄给了上海人民出版社。

稿子寄出一个多月，石沉大海，杳无音信。好在当时没有寄予多大的期望，也没有人知道我投稿了，所以也没有觉得失望和丢面子，随着时间的推移事情也逐渐淡忘了。

　　又过了一个多月，我发现学校里寄来了上海人民出版社的一封公函，信封上写着"江苏省宜兴县潘家坝五七学校党支部收"的字样，平静的心猛烈地跳动起来。我知道这一定和我的投稿有关系，一定是出版社来调查我的政治面貌。看来要发表我的作品了，希望之火在心里陡生。可是在"以阶级斗争为纲"刚结束的年代，要发表作品，对作者做政治审查是必经之路，政治合格是必要条件。想到此，我的心又一下子悬到了半空，刚产生的一点希望和激情如在寒风中摇曳的油灯火。家庭出身那个阴影仍然附在身上，我能政审过关吗？我没有勇气到领导那里打探消息，也不敢请求领导在政审中高抬贵手。听天由命吧。

　　又过了一个月，我突然收到了上海人民出版社寄来的一个包裹，拆开一看，是五本《文艺轻骑》，翻开书本一查，天哪，《小淘气找朋友》占据了重要位置，"史久雄"三个字赫然在目。我的作品上书了，我的名字出现在刊物上了。激动、兴奋、感恩、自豪……各种情绪化作热泪在眼眶里滚动。那时没有稿费，只赠送五本书。说实在的，谁在乎稿费，在乎的是能够圆上发表文章这个美梦。

　　那时能够在书刊上发表作品的人实属凤毛麟角，一听说我的文章发表了，学校里轰动了，一个偏僻的农村学校居然有人会在上海的杂志上发表作品，真有点不可思议。消息不胫而走，引来宜兴地区多少文学青年羡慕的目光，激起多少人写作创作的热情。

　　出版社寄来的五本书，我把四本书赠送给了亲友，自己留下一本作为终生的纪念。它记录着我的追求，承载着我的梦想，缀满了我各种复杂的情感。不管居住地如何变化，不管后来发表的文字如何多，那本《文艺轻骑》总要带好，保管好，珍藏好，所以至今簇新如初。

（2017 年 2 月）

大　学　梦

每到一年一度举国关注、全民牵挂的高考，我就会想起自己的大学梦。

我这辈子最大的遗憾是没有上过正规大学。

我这辈子最值得回忆的是，亲手送五百名学生上了大学。

从懂事起，上大学就是我的梦想。我大姐在上海工作，所以大哥考上了上海交大，二哥考上了上海华东纺织工学院。大姐对我说，将来也到上海来读书，考华东师大，和父母一样，做名人民教师。

一场"文化大革命"打破了美梦，不要说上大学，就连高中的门都跨不进了。接下来就是上山下乡，接受贫下中农再教育，在广阔天地里劳其筋骨，苦其心志，饿其体肤，整整十年。至于推荐工农兵学员，我是不敢觊觎和问津的。为了上大学的那个刻骨铭心的念想，专程去了一趟上海华东师大，神游校园，饱一饱眼福，算是圆了大学梦。

还算好，由于我劳动表现好，所以让我当上了民办教师，也算是和师范大学有了一点渊源。

1977 年国家开始一方面恢复高考，另一方面抓教师队伍的整顿。我在全县民办教师的统考和南京师范学院函授入学考试中获得了两个第一名，一下子让学校刮目相看，不仅让我转为公办教师，而且让我这个只有初中文凭的人担当重任，教高三毕业班语文课，兼班主任。当时师资极度匮乏，这也是短中抽长的无奈选择。

听说过这么一句名言，大材小用必然无用，小材大用基本有用。面对一百多名农村学生，我俨然产生了无上的责任感和使命感。他们的今天已经不是我们的昨天，他们的明天应当比我们的今天更加美好。上大学在当时是改变他们命运的唯一之路，在千军万马过独木桥式的竞争中，助他们一臂之力，让我曾经失去的大学梦在学生身上实现，同样美好。

用微笑对待学生，让他们感受到温暖；用朋友式的谈话，激发起他们的自信；用生活上的关爱，增添他们克服困难的力量；用不断的自学进修，提高自身水平，以不误人子弟；用互动式的教学方法，提高学生学习的兴趣和能力。付出和收获是对等的，心血必然换来希望。那时，尽管学校条件十分简陋，学生们拥挤在一个小教室，但渴求知识的脸是那样真挚；三个人拥在一张床上，不管是严冬还是酷暑，都是那样快乐；夜自修结束教室关灯了，还有蜡烛在闪烁，再三催促他们也不愿休息。这一切，都使我心中的快慰油然而生。

每到七月七、八、九日，把学生们送入考场，觉得自己在接受着最严厉的考试；每到分数公布，心脏跳速超出正常数倍；每到大学发榜，看到一张张来自北京、上海、南京、武汉等地大学的录取通知书，我和学生一样欣喜若狂；收到一封封学生来信，觉得价值远胜过任何物质收益。家长的感激之情更是溢于言表。记得有位家长含着泪花，紧紧握着我的手说："班老师，恩人！"我说我不姓班，姓史。他说儿子在家老是说班主任好，还以为你姓班。

时隔二三十年了，如果见到当年的学生，我还能报出他的姓名，哪一届毕业，上了哪个大学，甚至记得他当年的考分。快乐来自付出后的收获，记忆深刻来自无比的用心。

人生有得有失。这辈子失去了上大学的机会确实是我最大的遗憾，但是看到自己有几百位学生能够上大学，和我一己之失相比，那是更大的得，更大的收获，更大的补偿。梦是虚幻的，学生的成功是真实的；个人的失去是渺小的，一大批学生能够得到，才显出大爱。

（2011 年 6 月）

忆 高 考

1977 年，恢复了停止十多年的高考制度，高考成为当时最热门的话题，是全社会最为关注的头等大事。对国家而言，通过高考选拔人才，对个人而言，通过高考改变命运。尤其对于农村学生来说，一旦通过高考，就能成为时代的骄子、令人羡慕的国家干部。于是，高考变成千军万马争过的独木桥。

就在此时，我这个连中考资格都没有的人，居然担任了高三班主任和高三语文教师的重任。因为当时的师资条件正处于青黄不接的特殊时候。

作为一名有良心的教师，不能误人子弟，不能让学生错失高考的机会。高三毕业班的一切工作都是围绕学生的高考，做足做好文章。

作为班主任，首先要做好学生的思想工作，把学习的原动力调动起来，让他们实现从"要我学"到"我要学"的转变。我在班会上不厌其烦地讲高考的机会来之不易，讲上大学能够彻底改变命运，讲容国团人生能有几次搏的故事，讲有志者事竟成的道理。讲得娓娓动听，讲得群情激昂，讲得摩拳擦掌。其次从早到晚盯住学生，让他们实现从不自觉到自觉的转变。天不亮催他们起床，早自修监督他们读书，晚自修陪他们到熄灯，星期天也不让他们清闲。现在多吃苦，将来少受罪，现在多努力，将来多享福。再是多作个别接触，让他们实现从可敬到可亲的转变。面对面个别谈话，一把钥匙开一把锁；多作正面鼓励，多作说理分析，以情感人，使他们充满信心；及时进行家访，争取家庭的协助和配合；把学生当弟妹儿女，他们生活有困难，即使自己再捉襟见肘，也要慷慨解囊，相帮一把。

作为语文老师，要让学生掌握知识，学会方法，提高能力，去适应高考。我摒弃了传统的语文教学方法，把每一篇语文课文，从语音到文字，从语法到逻辑，从应用文体到文学作品，从现代文学到古典文学，设计出像高考那样的各种问题，让学生思考和回答，从而掌握读写听说的能力。精心编写试卷，有基础知识，有阅读训练，有各种题材和形式的作文，让学生坚持每周一练，在练习中提高学生应试的能力。语文不是靠老师讲出来的，而是靠学生自己练出来的，老师的作用仅是作点拨，教方法。一年坚持下来，大有裨益，学生的语文水平明显提高。一到高考，学生不仅掌握了思维方式，而且熟悉考卷上出现的各种形式的试题，有时还会遇到曾经做过的同样题目，学生心不慌，水平能够得到正常发挥。

三百六十五天磨一剑，剑指高考。高考来临了，要作考前动员，方法指导，心理辅导：战略上藐视，战术上重视；平时像考试，考试像平时；你紧张别人也紧张，谁明白这一点谁就赢得主动；做题先易后难，千万不要把时间浪费在做不出的难题上；细心细致，慢就是快，做一题对一题；考完一门丢一门，不要去多想，不要去懊恼；不要忘记带准考证，不要迟到，不要吃不卫生的食物……从心理到生理，从考试到生活，苦口婆心，事无巨细，千叮咛万嘱咐。

每年的七月七、八、九日，是高考日，一到那几天我就睡不好觉。早早来到考点，目送着一个个学生走进高考的考场，走向人生的考场，走向扭转命运的考场。那时的我，虽然表面神情坦然，心情却忐忑不安，感到异常紧张，就像在等待竞技搏斗的开始，一场战争即将打响，手术台上无影灯已打开，火箭即将发射升空。一门科目考结束，见到学生喜气洋洋，拍打着他们的肩膀，再接再厉；见到学生垂头丧气，鼓励道：把下一门考好，补回失去的。

到了七月底，高考成绩和分数线公布了。见到自己所教的学生大部分能够过线，超出当年县里平均录取率几十个百分点，欣喜欲狂。其中见到自己所教课程的成绩，非但没有拖学生的后腿，还能为学生上大学助一臂之力，也为之欣慰。对那些不过线的落榜生，一面安慰，一面帮助他们联系复读补习的学校，明年再战。

学生开始填志愿，我不厌其烦，帮每一位学生出主意，选学校，把好关，千万不能为志愿事而功亏一篑。大学开始发榜了，那时录取通知书寄到学校，我踩着自行车，把通知书送到每一个学生手里。见到学生家长激动得把香烟点着的一头往嘴里送，我同样感到无比的激动。

当上了大学的学生给我寄来雪片般的来信，我又开始重复下一届的"高考"程序了，希冀"更上一层楼"。

我自己没有参加过高考，离开教学岗位也三十年了，但是高考中那些酸甜苦辣的滋味比当事人的印象更为深刻。因为我这个没有机会上大学的人为有机会上大学的人抓住了机会。

（2015 年 6 月）

娓娓道来不了情

高 考 阅 卷

这辈子曾参加过一次高考阅卷。

1982 年 7 月高考结束后，接到通知到教育局参加紧急会议。原来上级教育部门要求宜兴派出十名语文老师赴南京参加高考阅卷。参加阅卷的老师必须业务水平高、政治可靠，因为高考阅卷不只是业务问题，也是政治问题，神圣而庄严。不知是谁推荐，我有幸成为十分之一。像我这个连高中大门都没有跨进过的人居然会因"业务水平高、政治可靠"而被遴选为高考阅卷人，用不着领导提什么要求，我自然感到受宠若惊，倍加珍惜，定会倾心倾力而为之。

语文分两个阅卷点，第一阅卷点设在南京师范学院，第二阅卷点设在华东工程学院。宜兴来的十个人分在第二阅卷点。

华东工程学院位于南京东郊的孝陵卫。原名南京炮兵工程学院，属于部队建制，"文革"后划归地方，改名为华东工程学院。现在已经成为一所综合性大学，更名南京理工大学，一直延续到今天。记得"文革"时曾去过这所学校，印象中学校占地面积很大，除了行政区、教学区、生活区外，还有看不到边际的火炮试验射击场。原来只是走马观花，这次故地重游，近距离接触，真让我这个没有上过大学，又长时间禁锢在农村中学里的"土八路"瞠目结舌，犹如刘姥姥进大观园。那一幢幢高大坚固的苏式大楼依山就势，高低错落，那一条条宽阔结实的水泥马路纵横交错，逶迤起伏，那遮天蔽日的法国梧桐树掩映着林林总总的建筑物，叫人直观地明白什么是大学，什么是重点大学，什么是培养军事工业人才的摇篮。

此时我想到了我那些学生，想到了即将要接受我们阅卷的那些考生，顿时觉得肩头沉甸甸的。那些寒窗苦读的农村学生，多么希望通过高考改变自己的命运。他们在靠种田为生的父母亲的支撑下，在那条通往大学的独木桥上拥挤、蹒跚、挣扎、奋行。在人生的十字路口，他们也许可以穿上皮鞋，也许继续穿着草鞋，也许能跨进圣洁的知识殿堂成为时代骄子，也许像父辈一样面朝黄土背朝天，也许会因我们的误判而断送他们上大学的机会，也许因为我们的谨慎和负责，会在关键时刻给他们雪中送炭。责任重大，良心所在，一定要设身处地为考生着想，一定要以高度负责的精神阅好每一份卷子。不能因自己百分之一的错误而造成考生百分之一百的损失。

那年的试卷是全国统一命题。内容有语言文字文学基础知识的考核，有现代和古典文学阅读能力的测试，还有写作。我分在现代文阅读一组。现代文分两篇，一篇是节选自郭沫若《屈原》中《橘颂》的片段，一篇是节选自朱光潜《谈写作》中的一章。考核方式是通过对十个词语的解释来检验考生的阅读理解能力，占12分。每一道题有两人批阅，一人批阅打分，一人复查，如有不同看法需要讨论，讨论不下上交组长仲裁。

语文阅卷比较复杂，不像数理化等自然学科那样有明确的标准答案。即使是词语解释，对与错的界限很难掌握。那时恢复高考不久，教学秩序刚进入正规化，学制还没有完全过渡完毕，学生的水平参差不齐，同样一个词语的解释，会出现五花八门的答案。这是命题者和阅卷领导小组人员所始料不及的。譬如比较简单的"苟且"一词，标准答案是"只顾眼前，得过且过"，答得牛头不对马嘴的且不说，与标准答案表达不一致，似是而非的就有"马虎""随便""糊涂""不认真""草率""不正当""姑且"等几十种之多。如果草率从事，一看到与标准答案不一致就不给分，虽只是一分二分，但是这里一二分，那里一二分，积少成多，岂不是误人子弟吗？所以在征得阅卷领导小组同意的基础上，把那些语言表达虽然不同但意思大致相近的答案判成正确。我觉得这是对考生的负责，也是一种心灵的安慰。

那年的作文是命题作文，题目是"先天下之忧而忧，后天下之乐而乐"，占40分。批阅作文比批阅阅读部分更加复杂，而且工作量大。到阅卷后期，作文组人手不够进度慢，我被调到作文组。那年的作文阅卷组组长是江苏师范学院（现苏州大学）中文系的范培松。他在阅卷开始前的培训会上，交代了作文的阅卷要求：分内容和表达两部分，内容分四等，表达分五等，每一等有每一等的要求；打分时先为内容定位，再为表达量化，两者相加为作文总分；两个人一组，同一篇文章两个人打分的误差不能超过5分，如在5分之内则平均一下，超过5分要交领导小组讨论。作文的评阅肯定是仁者见仁智者见智，尽管作了如此多的规定，分数还是很难把握。在我记忆中，阅卷老师一是分数扣得很紧，大多在20分以下，二是很怕麻烦，第一个批了，第二个也跟着打上同样的分，算是阅过了。我加入后，也无法扭转这样的局面，只能默默祈祷，我的学生千万不要遇到这样苛刻而不负责任的阅卷老师。

十天的阅卷结束后，心里一味关心我的学生：有多少人能达到大学录取分数线，我所执教的语文成绩会不会拖学生的后腿。分数揭晓了，文理两科进线率达80%，其中文科90%。语文成绩文科平均90分，理科平均76分，全县遥遥领先。也许我的学生也遇到了我这样的好心老师。

自此以后，我在宜兴这个地方小有名声了。后来也由此步入了政界。当然以后也没有机会参加高考阅卷了。

（2018年2月）

我曾姓过"班"

"班"姓在中国姓氏中属于小姓,《百家姓》中排序在第235位。人口也不多,全国不到30万。但是历史上班姓族群中人才辈出,灿若星河。其中最有影响的是汉代的班氏三兄妹:班固、班超、班昭。哥哥班固历尽磨难,终于修成史学巨著《汉书》,成为继司马迁后又一位史学和文学巨匠。弟弟班超出使西域,保边陲平安数十年,成为一代名将。妹妹班昭,继承父兄事业,续写完了《汉书》中未完成的八表,成为中国历史上第一位女历史学家。

班姓之所以成为名门望族,有着神秘传奇的渊源。班姓原本是芈姓,相传氏族中有一位在楚国任令尹大夫的先祖,是喝老虎奶长大的,身上出现了老虎斑纹。后人就改芈姓为斑姓。"斑"通"班",后又改"斑"为"班"。

如此神奇而且不同凡响的班姓氏族令人景仰。殊不知我也有幸姓过一次"班"。

20世纪80年代初,我在一所农村中学任教,担任高中毕业班的语文老师兼班主任。那个年代,农村生活还十分艰苦,城乡差别非常大。农家子弟要想跳出农门,改变命运,只有读书考大学这么一条路,所以有"千军万马挤独木桥"一说。

我是有漫长农村经历的知青,深知农村的艰苦,懂得上大学对农民子女意味着什么。作为老师,如果在他们人生的十字路口,能够助上一臂之力,意义是何等重大。我不仅在教学中倾注全部心血,而且在思想上分外关心他们,生活上尽力照顾他们。有时从有限的工资中挤出几块钱资助家庭穷困的学生,有时从家里带点荤菜给学生改善生活,有时会给缺衣少穿的学生送衣被御寒。

农村的孩子淳朴,理解老师的苦心;农村的孩子懂得感恩,老师的点点滴滴都铭记在心;农村的孩子勤奋,常常焚膏继晷般苦读。而且把为老师争气当成读书的动力。功夫不负有心人,每年高考发榜,班里大部分学生如愿以偿，跳出农门，走进大城市，成为当年人人羡慕的大学生。种瓜得瓜种豆得豆，我作为他们的老师，他们的班主任，当然也大有获得感和成就感。

　　一天我走出我家那条小巷，只听见有人在背后喊"班老师，班老师"。知道叫的不是我，我没有回头，只管往前走。叫声非但没停，反而叫得越来越紧，人也跑到我身后了。回头一看，是一位四十多岁的农村人，头发花白，皮肤黝黑，脸上的皱纹如刀刻斧凿。他一把拉住我问："你是我儿子×××的老师吗？"我说："是呀！"他说："那你不是班老师吗？"我说："我不姓班。"他又急急地问："我儿子在家老是叫你班主任，你不姓班？"我明白他为何叫我班老师了，告诉他我不姓班姓史，找我有什么事。他结结巴巴地说："我儿子说他能考上大学全靠班主任，他知道我今天到城里卖西瓜，就在你们家边上，如果遇到你一定要我送几只西瓜给你。我等了老半天了，见到有人从巷子里出来，我就猜想你是我儿子的班主任。"说完捧出几只大西瓜要往我家搬。我死活不肯收，再三解释，儿子能考上大学是他自己努力的结果，可他抓住我的手死活不肯松。不得已我收了一只西瓜，权当收下了他们父子俩的一片心意。

　　我就此姓了一次班，还收了一只西瓜。虽然我无法和历史上的班氏三兄妹同日而语，但是感到十分荣幸，终生难忘。就算是沾了他们班氏的一点光吧。

（2020 年 4 月）

想起大榕树

我常常会想起南方的大榕树。

远看榕树那壮实的树身，庞大的树冠，四季常青的树叶，就像一座绿色的小山。近看榕树，树枝上挂满了气生根，犹如男人的胡须，所以人们称榕树为"男人树"。别看气生根纤细柔弱，摇曳飘忽，可一旦接到地面，便会入土生根，状似支柱，形成独木成林的奇特现象。

我总觉得自己和榕树之间有相像之处。哪里相像呢？又觉得只可意会难以言状。

记得十多年前到苏州大学去办事，在苏大工作的十几个学生闻讯赶来看我。看到昔日的农村学生，现在有的成为教授、博导，有的成为学校的领导，不是在培养着未来的教师，就是在领导着现在的教师，作为曾教过他们的老师，我心里充满了自豪感。在畅叙师生情谊之后，不知谁提起了当年为何会报考师范院校的话题，结果众口一词，说是我强迫大家填的志愿。这是事实，当年教师是最不受欢迎的职业，填报师范的人很少，而我鼓励甚至逼迫他们考师范，原因之一是自己偏爱教师的职业，原因之二是考虑容易录取，便于让农村学生跳出农门。学生们说，当时真有点嗔怪老师，凭自己的分数什么样的学校不能录取，偏偏取了个让人抬不起头的师范院校。但是当自己留校当上了教师，感觉就不同了，工作虽然辛苦，但是感到很有意义。怪不得老师你嘴上常挂着这句话——"太阳底下最崇高的职业"，怪不得老师你身上有一股使不完的劲，我们完全理解了，也完全理解老师当年对我们的一片苦心了。他们就这样完成了从被迫到自愿的过程。

还记得前阶段和一个乡镇党委书记闲聊，那位书记谈起自己的成长经历，忘不了中学里的班主任老师对他的教育和关怀。在他学习徘徊不前时老师鼓励他，思想遇到问题时老师开导他，生活有了困难时老师帮助他，老师的言传身教奠定了他的人生基础。我问起班主任老师的姓名，当他一报出来，我情不自禁说，是我的学生。那位书记连忙说："你是我的师公！"

显然是爱屋及乌了。后来见到了我当年的那位学生，他已经是一所高级中学的校长，无锡市名校长。我向他转达了那位书记对他的感激之情，他谦虚地说："还不都是从你身上学来的！"我说青出于蓝胜于蓝，长江后浪推前浪。他告诉我同学中像他这样评为无锡市名校长的不是他一个，有好几个。我为我有这样的学生而光荣和骄傲。

前年铜峰中学1985届学生举行毕业三十周年联谊活动，我应邀参加了活动。三十年后再相逢，自然亲热无比。会议开始，第一个程序是自报家门从事何职业，一报下来，在当地做老师的居然有三十几个之多。怎么会有这么多，他们说原因还在于我，说我是他们效仿的偶像，我当老师他们也要当老师。而且说他们不仅自己选择了教师的职业，还动员他们的学生报考师范当老师，一代又一代地当下去。

我有点自惭形秽了。就在我的教学生涯风生水起时，我改行了，离开了教育岗位。在那个个人服从组织的年代里，虽然改行不是我的初衷，但是毕竟离开了自己擅长而又热爱的职业，去从事一个不是自己所长的陌生行当。如果继续从事自己喜欢而又熟悉的职业，继续在教师岗位上辛勤而快乐地耕耘，也许事业会更出色，桃李会更芬芳，当教师的学生会更多。我记得在美国迈阿密大学当教授的学生问过我这样的问题，如果按兴趣和特长，你准备选择教师还是仕途。我在这次联谊活动的发言中做了回答："如果会有来世，如果来世会有自己选择职业的权利，我还是选择当老师，和我的学生们在一起。"学生们说："如果你还当老师，我们还做你的学生。"

开始合影留念了。当年的学生们就像三十年前拍毕业照一样，簇拥在我的身边，在"茄子"声中微笑。我突然想起了那棵入土生根的大榕树，我不就像那棵大榕树吗？可惜又不像，我未能有始有终，只能让我的学生去当真正的大榕树了。

（2015 年 10 月）

人生三道光荣门

　　记得小时候父母亲经常在子女面前唠叨，人生有三道光荣门：少年加入少先队，青年加入共青团，成年加入共产党。少先队是共青团的后备军，共青团是共产党的预备队，入队就像上小学，入团就像上中学，入党就像上大学。那时年幼不太懂事，只是在电影里看到冲锋在前杀敌人的是共产党员，在敌人严刑拷打下坚贞不屈的是共产党员，中华人民共和国成立后劳动模范也是共产党员。共产党里都是好人，共产党员是英雄的代表、正义的化身，是智慧和力量的象征。入队、入团、入党肯定是最光荣的事，这三道光荣门从小就镌刻在脑子里。

　　上小学二年级，年满八周岁，够得上入队的年龄了，老师对我们进行入队教育，说入队是一件很光荣的事，现在要入队，长大了要入团，还要争取入党。那时入队很严格，每班只能先发展十名，然后成熟一个发展一个。我学习成绩好，还是班干部，所以有幸成为班里第一批少先队员。

　　入队仪式非常隆重。全体起立，在鼓号声中出旗，唱队歌，宣布入队名单，为新队员系红领巾，大队长讲话，新队员代表表态，辅导员讲话，最后大队长领呼："准备着，为共产主义事业而奋斗！"大家齐声响亮回答："时刻准备着！"

　　大队长和辅导员在讲话里都说到，少年儿童是共产主义的接班人，少先队是少年儿童的先锋队组织，红领巾是红旗的一角，是由烈士的鲜血染成的。当时我沉浸在无限的激动和光荣之中，觉得向共产党的大门跨出了第一步，上了"小学"，决心再上"中学"，将来上"大学"。那时唱的《中国少年先锋队队歌》是由郭沫若作词，马思聪作曲。后来电影《英雄小八路》的主题歌《我们是共产主义接班人》成为新的队歌。新歌比老歌好听，音域不宽，旋律优美，铿锵有力，朗朗上口。但唱新队歌时我早已退队了。

　　在少先队里我一直担任中队委员，臂上挂着二道红杠。到了高年级，当低年级学生的课外辅导员，帮助发展新队员。小学毕业后，我满怀信心，创造条件，争取早日跨进共青团的门槛，完成第二件光荣的事。

到了初二年满十四周岁，符合入团的年龄要求了，我主动接近团组织，听团课，写入团申请书，以实际行动积极争取加入共青团。

在农村插队务农的几年，我自觉接受贫下中农的再教育，不仅劳动表现好，而且农闲时帮助生产队、大队组织训练文艺队，宣传毛泽东思想，演革命样板戏，即使春节也不回家。贫下中农善良，看我帮生产队、大队做了那么多的事，招工上调、入党读大学却又轮不到，很同情我。一次大队书记问我，"你需要大队帮你点什么忙吗？"我没假思索，只回答了一句话，我想入团。过了几天，大队团支部书记拿着入团志愿书找上门来，一行一行指导我填写表格。没几天我居然入团了。原来大队书记多次找了公社书记，经公社研究，把我树为"可教育好子女"的典型，不仅批准我入团，还让我当了民办教师。

过了两道关，再也没有信心和勇气去闯第三关了，共产党是工人阶级的先锋队组织，可我又是什么呢？那简直是缘木求鱼。我和妻子开始恋爱时，遭到对方父母的强烈反对，她问我能不能入党，如果能够入党的话父母的态度也许会转变。我只能苦笑一声，入党对我来说比找老婆更难呀！

谁也没有想到，粉碎"四人帮"后，中国发生了翻天覆地的变化。父母得到平反，我得到了重用。新生活开始了，能有什么比获得做人的尊严更为宝贵，有什么比获得工作的权利更为珍惜。不倦工作，认真教书，报答共产党的大恩大德。其他就不敢有奢望了，只求个思想上入党吧。

你不想，组织却找上门了。在组织的引导下，我递交了入党申请书，听党课，参加入党积极分子培训班，填写入党志愿书，被批准为预备党员，一年后转为正式党员。原来一场"文化大革命"，使得各行各业人才断裂，党员队伍需要补充大量有知识的新鲜血液，干部队伍需要实现年轻化、革命化、知识化、专业化，以适应党的工作重心的转移。在这样的背景下，我跨进了党的大门——人生第三道光荣门。

我清楚地记得入党宣誓时的情景，当我举起右手时，觉得在做梦，难以相信自己能和那些冲锋陷阵杀敌人的、严刑拷打宁死不屈的、全心全意为人民服务的先进分子同在一个组织里了。光荣感、差距感、责任感一齐涌上来了。暗暗叮嘱自己，永远不能忘记自己对党旗做出的庄严承诺，要为理想和信念奋斗终生。

一晃近四十年过去了。回顾走过的路，入党后工作和职位不断变化，虽然没有取得显赫的业绩，没有做出多大的贡献，但是初心始终不敢忘却，责任始终不敢淡化，工作始终不敢懈怠。我认为，共产党员不是问出来的，而是干出来的；干部不是用职位架起的人，而是实实在在有益于人民的人。

　　退休时，组织部找谈话。我对组织说：虽然退休了，但我还是党员；虽然没有职务了，但我不会忘记责任；虽然是普通群众了，但我绝不会亵渎共产党员的称号。

（2020 年 6 月）

微　　笑

　　我喜欢微笑。别人也喜欢我的微笑。

　　微笑对我来说曾经是奢侈品。

　　小时候家里穷，父母为一家人的生计操劳，再加没完没了的劳作，使得他们成天愁眉苦脸，非但没有笑容，还常常会表现出愠怒。月底钱粮告罄了，要发愁，孩子调皮，要发火，哪个考试考得不好要发怒，谁在学校里受了老师批评，不只是遭呵斥，还要挨打，此外他们还常常会莫名其妙地爆发出无名怒火。如果偶然见到父母脸上露出一丝微笑，那几近是太阳从西边出来了。

　　上小学能够见到老师的微笑，尤其是女老师的笑脸，笑得那么甜美，笑得那么亲切，给人温暖，给人快乐，至今记忆犹新，难以忘怀。觉得老师比父母亲，比父母近，因为老师的微笑好像和煦的春风。父母老是板着脸，犹如冰冷的寒流。稚嫩的孩童喜欢春风温暖着心灵，不喜欢凛冽的寒风刺激着身体。

　　可是上了中学，老师的笑容不见了。当年，全国优秀教师南京师范学院附属小学的斯霞所倡导的"童心母爱"教育，受到了批判，说这种"母爱"是抹杀阶级性的"母爱"，是毒害"童心"的修正主义教育。阶级斗争无处不存在，教育有阶级性，课堂里有阶级斗争，老师要在教室里绷紧阶级斗争这根线，收起资产阶级的微笑，以严肃的表情表现出鲜明的无产阶级的立场。从此老师脸上的笑容不见了。

　　下放到农村，农民真实，农民善良，天天都能见到他们真诚的微笑。但是公社干部的脸上却很难看到一丝微笑。见到主管知青工作的公社团委书记，主动上前打招呼，听到的只是鼻子里发出的"哼哼"声；见到其他公社干部，笑脸相迎，结果是热面孔换来了冷屁股；即使遇到公社干部的太太们，想讨个近乎，讨到的是爱理不理的没趣。偶然见到县里的大干部，倒会朝我们笑一笑。这一笑，暖人肺腑，好不温馨。

　　我常常想，如果将来我成了家，一定要笑对家里每一个人；如果将来我能当上教师，一定会向着每一个学生微笑，做到有"笑"无类；如果祖宗坟上冒青烟，还能当上干部，一定会和蔼地对待下属，笑容满面地对待老百姓。因为经过寒冬的人希望让每个人都照到阳光，遭遇过冷落的人渴望大家都能享受到温暖。微笑就是阳光，微笑就是温暖。

真的成家了，有了妻子，又添了儿子。世道变了，经济宽绰了，有了微笑的环境，有了微笑的条件，有了微笑的资本。我每天对着妻子和儿子微笑，妻子和儿子也对着我微笑，小家庭里充满了温暖的阳光，小家庭里每个人都如沐春风。

真的当上了教师，我天天笑对着学生，不管是男学生还是女学生，不管成绩好还是成绩差，一视同仁。我懂得严师出高徒的道理，更懂得严基于爱，严是为了爱，严肃严格和微笑并不矛盾，严肃和严格寓于微笑之中，让每一个学生在微笑中体会到老师的挚爱，在微笑中受到严格的教育，在微笑中把一批批学生送进大学，送上社会。

真的破天荒，我居然也当上了干部，我深知，群众敬畏干部，干部需要亲民，百姓尊重官员，官员需要为民。微笑是亲民的外在表现，真心微笑是为民的良好开端，我用微笑面对每一个人，无论高低贵贱，无论居民农民。如果路上遇到人我就会用微笑向他们打招呼；只要有人进我办公室，我就会一面微笑，一面倒茶；如果开会，我微笑着讲话，微笑着处理问题，微笑着安排一样样工作；有人有困难找上门，我会不厌其烦，在微笑中帮人排忧解难；即使批评人，在严肃严厉之中也不失微笑和真诚。微笑多了，与群众的距离近了；微笑多了，与百姓的关系亲了；微笑多了，人与人之间的矛盾少了；微笑多了，工作容易推进了；微笑多了，置身于群众之中，就像鱼一样在水中畅游。

微笑让家庭分外和睦温馨，微笑给学生天天向上的动力，微笑融洽了干群关系，和谐了社会关系。微笑真好，我喜欢微笑，别人也喜欢我的微笑。只要生命存在，我的微笑就会存在。

（2015 年 3 月）

茶馆琐忆

杨巷老街有两家规模相对比较大的茶馆。西街的茶馆是属于供销社系统的，东街的茶馆是私人开的。西街茶馆有十张茶桌，东街茶馆只有六张。西街茶馆接待的对象主要是杨巷西部几个村的茶客，东街茶馆的茶客则是来自东部地区。西部经济条件好，所以西街茶馆人多，生意好。东街茶馆虽然座无虚席，但是只有六张桌子，茶客要比西街的少近一半。

西街茶馆是个百年老店，临河而建，四开间，木板墙，花格窗，就像样板戏《沙家浜》里的"春来茶馆"。农村老人有喝茶的习惯，天蒙蒙亮，店里已是茶客盈门。有上街买了菜来喝茶的，有上街卖完菜来喝茶的，也有专门来喝茶的。茶馆老板陈经理一面提壶续水，一面热情地和来客打招呼。一客一壶一杯，一毛钱，可以喝到九点钟。不管春夏秋冬，阴晴雨雪，茶馆里总是热气腾腾，热闹非凡，说话声，笑声，吆喝声，甚至叫骂声，不绝于耳。老人们一壶茶，一副油条烧饼，一支烟，优哉游哉，享受当时最美满的生活。茶馆是个小社会，既是休闲中心，也是信息中心。有说家长里短的，有发布各路新闻的；有愤世嫉俗慷慨陈词的，有心平气和说理的。在这里，大，可以听到世界国家大事，小，可以听到家庭个人琐事；正，可以听到对人对事的褒奖，反，可以听到各种对不平的鞭挞。

我在杨巷工作时，起床后喜欢在街上溜达。西街茶馆是必经之地。看到里面的热闹景象，免不了会止步探望。时间久了，有茶客认识我，挥手向我相邀。渐渐我也成了西街茶馆里的常客了。陈经理见我来会殷勤地给我端凳倒茶。茶客们都向找打招呼，并向我靠拢。于是大家很快就融为一体了。农民说话本来就没有顾忌，我成了茶客中的一分子，就更为随便了，他们会向我提出各式各样的问题。有邻里关系的隔阂，有建房造屋的矛盾，有对村干部的不满，有对计划生育政策的想法，有对交通不便的意见，有对党风不正的愤怒……面对这些问题，我总是和颜悦色和他们对话，向他们解释，也尽力为农民们解决一些合情合理的力所能及的事。农民是善良的，看我没有架子，对人和气真诚，愿意和我交朋友，说心里话。

记得 1988 年秋收，茶馆里满腔愤怒谴责当时的粮食收购价格，而且简直像在商定同盟，拒绝向政府交粮。因为那年中央准备价格"闯关"，化肥农药闻风涨价，就是粮价不涨，农民显然吃亏。茶客们主动邀我到茶馆评理。我只是一个基层干部，没有政策决定权，只有执行权。面对农民的诉求，既要站在国家的角度去说服农民，又要在可能的情况下给农民们说说话，角色甚为尴尬。我对他们说了三点意见：一是我们和国家签订了"三定"合同（定种植面积、定粮食上交任务、按国家计划价格定农资价格和数量），国家没有要农民吃亏，涨价的农资只是计划外的，交完了定购量，余粮也可以按市场价出售；二是皇粮国税历朝历代都要交，城里人、学生、解放军都需要吃粮；三是一定积极向上级反映农民的疾苦，争取让农民少吃亏，不吃亏。最通情达理的是农民，虽然他们对我的答复并不很满意，但觉得言之有理，没有把不满的情绪变成对抗的行动。那年秋粮的收购在全市名列前茅。

　　东街茶馆听说我常去西街茶馆，托人邀请我也要到那里坐坐。我不能厚此薄彼，所以一天到西街，一天到东街。东街茶馆是拆迁重建的，砖混结构，两开间，和西街的相比不那么古色古香，但是面对宽阔的北溪河，风光还不错。东街茶馆的茶客和西街的有不同，他们的话题比较多的是人与人之间的矛盾。我常开导他们，"和为贵"，还讲一些历史典故，启发他们化干戈为玉帛。

　　离开杨巷二十多年了，但是老是会想起那两家茶馆。不知道现在这两家茶馆还有没有，茶客还多不多。很想再去那里看看，再进去坐坐，再和茶客们说说话。

（2013 年 5 月）

带刺的真情

20世纪80年代末90年代初，我在杨巷这个偏远的乡镇工作。因为地处偏远，所以基础设施不太好。那时正是乡镇企业异军突起的时候，基础设施成为发展的"瓶颈"。交通仅有一条八米宽的砂石过境公路，通讯靠人工转换和一条铁丝传递信息。最令人头痛的还是电力，严重制约经济发展，直接影响千家万户的生活。

一到晚上，为了避高峰，几十平方公里的大地一片漆黑，只有小镇的水果摊上闪烁着几盏马灯。有电视不能看，有冰箱不能用，学生看书做作业埋头于油灯和蜡烛下。即使有电，电压不稳，电风扇的叶片也转动不起来。企业靠自发电维持生产。

这种情况一定要在我的任期内得到解决，我暗下决心。于是开始筹划建一个变电所。向市里打报告，和供电局商量，不知什么原因，年复一年，报告犹如泥牛入海。大概市里要做的事太多，这里偏远，排不上号。几年过去了，自来水通上了，公路得到了改造，程控电话也开始建造，就是电力供给的不足和电压的不稳仍然得不到缓解。

过了五年，总算有眉目了。市里来镇里商量建变电所的事，条件是资金自筹为主，市里补贴五十万元。35千伏的变电所在当时的造价五百万元左右，需要自筹资金四百五十万元，对于当时的乡镇财政来说无疑是一个天文数字。面对这样的情况，通过无数次痛说"革命家史"，通过动之以情、晓之以理的谈判，终于感动了上帝。市里让了步，照顾偏远地区，资金各出一半。于是紧锣密鼓四处筹集资金，就怕市里有变卦，期盼多年的计划又要落空。

变电所位置选在镇边的一块秧田。很快和村里办了征地手续，付清了土地征用费、补偿款和青苗费，一遍又一遍地对村干部强调这个项目的重要性和必要性，要求村里做好群众工作，配合供电局顺利完成工程。

我自以为做了一件功在当代，利在千秋的大好事，殊不知，后来发生的事远非如此。

先是几个村民闯进我的办公室，厉声责问："征了我们的地，还是秧田，我们种什么、吃什么？"我耐心解释，按国家的政策作补贴，土地由村里组里作调整，还可以减少定购粮。开工之日，一群村民躺在路上，不让工程队进场，要求运输由当地负责。镇里村里的干部都去做工作。通过协商，答应合理的要求后，才得以动工。过了几天，工地上又发生纠纷了，说是排水系统损坏，影响了秧田灌水，要求停工。镇里村里立即组织整理水沟，矛盾才暂告一段落。好不容易工程接近尾声，工地负责人找到我，说电柜运到，村民不让进门。正是午休时分，政府大院里找不到一个人，事情又紧迫，我只能独自一人赶到工地。只见围墙外一群村民手持竹棍，围着一车车电柜，不让卸车。我火冒三丈，大吼一声。人群被我突如其来的一吼惊呆了，不自觉闪开一条路，电柜趁势运进去了。刚一定神，人群马上把我围住，要求我补偿运输费的损失。我好说歹说，耐心解释，大家算是给我面子，人群慢慢散开，但嘴里还是喋喋不休，骂骂咧咧。我长叹一声，"最严重的问题是教育农民！"

一波三折，变电所终于建成了。竣工那天，组织上调动了我的工作。在一个地方工作了五年半，临走前总有一种留恋。早上起身后准备到各个地方走一走，看看自己几年来留下的足迹。一出门，只见门口拥着一大群人。那不是变电所所在村的人吗？男的女的，老的少的，几十个人。是来找我出气的吗？是来找我算账的吗？

"你怎么要走了，是生我们的气吗？""能不走吗？我们希望你在这里多工作几年。你为我们做了不少好事！""你要走了，我们来送送你！"鼻子酸了，是我小肚鸡肠，门缝里看他们。这就是中国的农民，淳朴善良，有什么说什么。他们依赖的就是这一亩三分地，失去生存的土地能不和你争吵吗？维持生计的利益受到影响能不和你计较吗？但是他们深明大义，一旦知道政府所做的一切是为了他们，又是那么感激，对你回报世上最真挚的感情。

岁月荏苒，世事沧桑，过去做过的一点小事，现在看起来实在是微乎其微，不值得一提。但农民的这一份带刺的真情却永远镌刻在我的心里。

（2011 年 11 月）

为谁辛苦为谁甜

我在杨巷镇工作的五年半时间里，两件大难事记忆最深。其中一件是1991年的抗洪。

1991年初夏，百年未遇的洪涝灾害发生了。杨巷镇海拔高3.5米，却是宜兴的洪水走廊，洪水一来水位竟然会高达近6米。水利设施年久失修，抗洪能力很差。正当险情迭起的时刻，上游溧阳的几个乡镇破圩，洪水直逼杨巷镇。如果杨巷守不住，三万亩粮田将颗粒无收，两万多农民的生命将受到威胁，而且将影响到下游五六个乡镇。险情就是无声的命令，百姓的安危就是最大的政治任务，全镇干部全身心投入抗洪斗争。

当老百姓还没有认识险情时，看到干部在忙碌，一面打他们的麻将，一面飘起了满口风凉话："平时你们大吃大喝，现在应当吃点苦了。"可是当洪水逼近了他们的家门，将要淹没他们的责任田，他们马上卸下自己的门板，拿出家里的草包和毛竹，和干部们齐心协力抗洪了。哪里有险情哪里就有干部，就有党员，更有成百上千的群众相随。钉毛竹，垒草包，抢险工，堵缺口，挥汗如雨，奋不顾身。党员干部下河，群众蜂拥而上。钢筋扎穿了脚板，全然不顾。三天三夜不合眼，无人叫苦叫累。在抗洪阵地上奋战了近一个月，没有人提出要一分报酬。街上那些剃头的、开小吃店的，自发组织起来为第一线的农民扛毛竹、送草包，还抬着一头头猪慰劳抗洪的农民。

洪水终于退了，杨巷镇胜利了。我所到之处听到的无不是赞扬声。茶馆里的老人还建议要为我竖一块功德碑，在这样的大灾难面前，杨巷居然没有淹掉一亩地，没有死一个人，可谓功德无量。从国家到省，从无锡到宜兴，我和我所在的党委受到一级又一级的表彰。我还戴着大红花，在庄严的无锡市人民大会堂闪亮登场，作了二十分钟的典型发言，博得满场掌声。

抵御特大洪涝灾害确实不容易，被称为奇迹，但是我觉得又是那么一呼百应，得心应手。不管走到哪里，就有一群群人跟着，一出现在险工地段，就有许多人在保护着我。这是为什么，因为我在做着老百姓需要做的事，代表着老百姓的根本利益，于是他们把我当成自己的主心骨，精神上的依靠。同样是艰苦的工作，同样是领导的表扬，却有迥乎不同的心理感受：踏实、欣慰、光荣、幸福，充满感激、充满底气、充满自豪、充满力量。

"为谁辛苦为谁甜"，为老百姓的利益而辛苦，才能享受到真正的甜。

（2012 年 6 月）

一条"骗"来的路

"骗",就是用谎言或欺诈的手段,取得别人的信任,使人上当,从而达到某种目的。"骗",不是件好事,因为欺骗连接着阴谋,欺骗通向罪恶。但是,有时也会有善意的欺骗。虽然用的是不真实的语言,但实现的不是恶意的,而是善良的,甚至是含有大爱的社会意义。

我曾用"骗"的方法,"骗"到了一条路。

杨巷镇地处宜兴的西北角,和溧阳、金坛接壤,因有"活水码头"而成为三县交界处的商贸中心,有过千年的辉煌。自从交通格局从水上转向陆地后,地理位置偏远而陆路交通又滞后的杨巷镇痛失了发展乡镇工业的最佳时机,开始衰落了,成为经济薄弱乡镇。20 世纪 80 年代末我到杨巷镇工作时,只有一条刚通车的 8 米宽的砂石过境公路,全镇 23 个行政村,19 个村不通公路。

要发展经济,摘掉穷乡帽子,必须先做路。通过节衣缩食、发动群众、积极向上争取,用了两年的时间,杨巷西部 5 个村总算通上了公路。还有 14 个村该怎么办?这 14 个村集中在镇的东部,那里集中了全镇 60% 的土地和 50% 的人口。宜兴泄洪的主通道北溪河横亘杨巷东西,把无际的田塍划成两半。宽阔的大河两边,河流成网,水塘遍布。如果要通公路,必须在那些河流、水塘上架起桥梁。筑路要钱,架桥更要钱。有限的财政收入勉强解决吃饭,即使一年不吃饭也满足不了修桥铺路的需求。钱从哪里来?

机会总是留给有准备的人。中共十三届六中全会做出决定,要求各级领导和群众建立血肉联系。为了响应中央的号召,无锡市委书记要求到经济薄弱地区蹲点挂钩,宜兴市委安排杨巷镇作为他的联系点。

一听到这个消息,我马上把无锡市委书记的到来和修路一事联系起来了。于是,我开始精心构思汇报提纲,反复打着腹稿,编织逻辑缜密的能打动领导的"谎言"。

无锡市委书记来了。我开始了从容不迫、滔滔不绝的汇报。从杨巷的过去讲到杨巷的现在,从面临的各种困难讲到克服困难的决心,从发展经济的构想讲到重振杨巷昔日雄风的希望。我边汇报边用眼睛的余光打量书记的表情，判断得出，他对我的汇报是满意的。于是把话头一转，提到了东部地区的那条路。当然我把 14 个村夸大成 17 个，把 60％ 的土地夸大成 80％，目的是强调筑路的极端重要性，以引起他的关注和重视。

书记开口了，除了作了一番解放思想，振奋精神，实事求是，因地制宜发展经济的指示外，开始批评我了："老史，你懂不懂大路大富，小路小富，无路不富的道理，为什么不抓紧给老百姓做路?"我说："缺钱。"他马上对陪同来的宜兴领导说："我们来个'三个一点'，无锡出一点，宜兴出一点，镇里出一点。"宜兴的领导也表态同意。我的信心陡增，看到希望了。

领导走了好几个月了，"三个一点"始终没有动静。我一趟一趟跑无锡，一个一个电话催书记的秘书，隔了近一年，终于拿到了无锡市交通局拨来的 30 万元钱。一见到真金白银，我马上发动全镇各村各企事业单位挑土方，筑路基。不到十天，12 公里长、8 米宽的公路雏形出现了。无锡拿来的 30 万元钱用来造桥。不到一年，北溪河上一座雄伟的板梁大桥横跨两岸。我马上打电话给无锡的书记，请他为大桥亲笔题词，他也欣然应答。不几天"北溪河大桥"五个大字邮寄过来了，我们把字刻在桥身上，并且鎏上金粉。飞龙走蛇，金光灿灿的大字，倍添了大桥的气势和光彩。

大桥竣工了，我又邀请书记来为大桥剪彩。他开完市委常委会后，立即从无锡赶赴杨巷，我们用一条海事船把书记和陪同来的分管副市长送到大桥上。杨巷一下子震动了，沿河两岸，百姓冒着大雨欢迎无锡的领导；大桥上，挤满了撑着雨伞的人群，全神贯注聆听领导讲话。领导轮番讲话，群众报以一阵一阵的热烈鼓掌。

一条 8 米宽的简易公路就这样终于通车了。东部地区 14 个村终于通公路了。

近 30 年过去了，一条连接宜兴和杨巷的双向四车通衢大道从那条小路边上擦肩而过。这两条路反映了时代的发展。

（2012 年 7 月）

割不断的政协情

《宜兴政协》向我约稿，给"我和政协"栏目写点东西。我欣然接受。不是因情面难却，不是为矫情，也不是因为我曾两次当过政协委员，而是觉得我和政协有割不断的情感。

我从小就知道中国共产党克敌制胜的三大法宝：党的建设、武装斗争和统一战线，因为我父亲是统战对象。他虽不是政协委员，但一直是政协文史资料小组成员，常到政协开会，讨论和修改文史资料。"文化大革命"开始，政协也停止了所有活动。

"文化大革命"后，中央为政协正名，不仅重申"互相监督，长期共存"的一贯原则，还加上了"肝胆相照，荣辱与共"，强调共产党和各民主党派、各阶层唇齿相依、血肉相连的关系。政协活动得以恢复，很快步入正常。我大哥作为无党派和高级知识分子代表，当选为宝鸡市政协常会。

1987年，我也当上了宜兴第八届政协委员，成为其中的一分子，心里很有光荣感和自豪感。

我在政协兼任教育小组副组长。当时国家教委把宜兴定为教育综合改革的试点地区，进行教育内部结构改革，由单一的基础教育调整为基础教育、职业技术教育和成人教育的多元结构，以适应新形势需要。时任教育局副局长的我，主持教改方案的起草工作。虽经大量的调研和考察形成了初步方案，但是如何让方案更科学完善，更符合实际，更具操作性，还需要广泛征求意见。政协是智囊团、人才库，为此，多次邀请政协委员参与讨论，并在政协教育小组会上通报情况，征求意见。教育结构改革是个新课题，教育组的政协委员是各学科的优秀代表，但对宏观教育不很熟悉。但他们参政议政的热情很高，责任心很强，翻阅大量资料，进行广泛调研，积极思考问题，提出了很多建设性的意见，为教改方案的完善起了很大的作用。方案形成后，得到了国家教委的高度评价。我感觉到，只要真心尊重人才，广开言路，政协不仅不会成为摆设的花瓶，人才库、智囊团完全能够出思想，出智慧，出点子。今天宜兴教育新格局的形成，也有当年政协委员们的一份功劳。

当时我在教育局分管统战工作。记得无锡教育局副局长张怀西找到我，他说这次来不是上级来找下级，而是请求支持工作，要在宜兴成立民进支部。我当然全力支持，从人员的挑选，到支部领导的推荐，我都十分尊重他们的意见，绝不妄加干预。在成立大会上，我作了热情洋溢的发言。一次在北京见到张怀西，他已是全国政协副主席了，还提起那件事，还记得我那天会上的讲话，说我把共产党和民主党派关系比作"一荣俱荣，一损俱损"，十分准确，给他留下了很深的记忆。

第一次当政协委员的实践，让我切身体会到，充分发挥政协这个组织的作用，充分运用统战这个法宝，可以调动各方面的积极性，有利各项工作的开展，促进政通人和。在基层工作的十多年中，乡镇还没有政协工作委员会这个机构，我们就成立了一个由教育、医卫、工商、农业、宗教、"三胞"等界别代表参加的政协学习小组，定期组织他们学习，定期向他们通报政府工作并听取意见，经常性开展考察调研活动，及时请他们反馈社情民意。当时群众对行路难、用电难、通信难、喝水难等问题意见很大，这些要求也通过政协学习小组传递过来。政府想方设法，在各方支持下，在较短的时间内，村村通上了简易公路，建造了变电所，办起了自来水厂，完成了程控电话的改造，改变了基础设施滞后的局面。老百姓看到学习小组很起作用，所以不断委托小组成员，反映民情，传递诉求，提出意见。政协学习小组的成员在社会上享有一定的声望，不仅可以畅通政府和民间的信息渠道，而且能够成为支持政府工作的重要力量。无论粮食收购还是建房造屋，计划生育还是征兵服役，当时农村的这些老大难问题，学习小组都能鼎力协助政府，做好群众工作。

宜兴和无锡政协、统战部很重视我们的做法，专门总结了我们的经验，让我在无锡市统战工作会议上作了专题发言，还用文件形式在全无锡市范围内推广。

2002年，市委为了强化政协的功能，更好发挥政协的作用，推荐了一批政府部门的正职领导充实政协组织。在市十二届政协大会上，我又一次当选为政协委员。每次例会我都认真召集和主持委员们的讨论，充分挖掘他们参政议政的潜力，让他们贡献出智慧。积极参与政协重大课题的调研，撰写调研报告，为市委的决策提供依据和建议。如加强科技创新、推进信息化建设、依靠科技做强做大企业、重视知识产权保护等。当时我在政府任科技局长，在政协兼任经济科技委员会副主任，这是广辟渠道、集思广益、促进本职工作的好机会。正由于我重视了这样的机会，发挥了这个平台的作用，吸取了各方的智慧和营养，宜兴的科技工作得到了突破性的提升，发挥了科学技术是第一生产力的作用，有效地推动了经济社会的发展。宜兴多次获得全国科技进步先进县的光荣称号。

另外还从全局角度出发，以政协委员的身份，积极反映社情民意，认真书写委员提案，作大会专题发言。多次获得优秀提案奖和优秀建言奖。

离岗后，虽不再当政协委员了，不管读报还是看电视，政协的活动仍是我关心的热点，觉得政协是我的家，有着从父辈开始结下的不解之缘。看到政协的活动越来越活跃，会议越开越有质量，政协委员的地位和作用越来越凸显，民主政治的气氛越来越浓厚，我心里同样感到高兴。

政协没有忘记我，把我发展为政协之友联谊会成员。为对得起联谊会成员这个称号，闲来无事，常常写些散文和诗词，向《宜兴政协》投投稿。书写宜兴悠久的历史、博大精深的文化和古今辈出的人才，讴歌宜兴奇迹般的变化，发表对时事的评论。以此抒发我对政协的特殊情结。

退休了就是普通百姓，群众的呼声和社会的反映也听得多。位卑未敢忘忧国，我做有心人，注意收集和筛选来自老百姓的信息，通过政协，向市委、市政府提意见、作建议。民主渠道畅通了，领导的民主意识大大增强了，很多意见和建议都能被领导接受和采纳。

孙中山说："世界潮流浩浩荡荡，顺之则昌，逆之则亡。"权力需要监督，监督需要民主，民主是社会进步的必由之路，是政治清明、政府清廉的根本保障。政协这个中国共产党领导的多党合作和政治协商的组织，一定会在发展中国特色的民主政治中发挥越来越重要的作用。我和政协的联系会越来越多，感情会越来越深。我想，如果我已故父亲和大哥在天有灵的话，看到这样的变化，同样会感慨万千，欣喜不已。

（2013 年 10 月）

上山容易下山难

俗话说"上山容易下山难",此话很有道理。

登山虽然很累,但是有沿途美丽景色的陪伴,有山顶无限风光的招引,又加体力充沛,必然三步并作两步行,崎岖坎坷不在话下,危岩峭壁也能攻而克之,战而胜之。登上了顶峰,以后便是下山了。尽管下山的体力消耗远不如上山,殊不知,不是会被绊倒摔伤,就是会扭了腿崴了脚。原因何在?登上了山巅有成功的愉悦,也有壮美景象的享受,自然多了几分心理优势,却忘记了体力几近耗尽,轻视了脚下高低不平的山路,于是屡屡受挫出险。下山难,难就难在这里。

纵观人生历程就像翻越一座山,有上山,也有下山。用"上山容易下山难"来表述人生道路,同样贴切。前半生向上攀登,登上人生的顶点,需要艰苦奋斗,需要流汗流血,需要天赋才华,更需要机遇运气。登上人生的顶峰确实不容易,但是到达极顶后下山,要走好人生的下坡路,就更不容易。

到了下坡时,不再风华正茂,青丝开始变白发,明眸开始变混沌,皱纹爬满面庞,老年斑在身上潜滋暗长,如果不加修饰,一定是个令人讨厌的糟老头;到了下坡时,不再身健体壮,精神抖擞,各个器官开始出现毛病,高血脂、高血压、高血糖等,一会儿这里痛,一会儿那里痒,晚上不想睡,白天打瞌睡,躺着睡不着,坐着呼噜响。

到了下坡时,曾经创造的令人瞩目的辉煌,已经黯然失色。如果还想提提当年勇,实在有点"不知有汉,无论魏晋"的无知。长江后浪推前浪,前浪早已在了沙滩上。

到了下坡时,离开了掌握社会资源的位置,而成为一个冷清的旁观者,多余的边缘人。再也轮不到你在公众场合居高临下,滔滔不绝作重要讲话了,只能坐在一旁洗耳恭听;即使勉强轮到你讲话,已经全无底气,变得语无伦次,反倒引来一片哄笑;过去是门庭若市,现在是门可罗雀,假如想去见见在位时热情邀请过你的人,对方会用"出差"或"开会"一类的借口来搪塞你。

下坡会遇到这么多的烦心事，可想而知是多么难了。

上坡是人生的起始，下坡是人生的归宿，上下坡都是生活的必然阶段，是人生的节奏。上山的路要走精彩，下山的路同样要走漂亮，否则就是不完整的人生。要把下坡路走好，需要有良好、积极的心态，甚至需要有高超的智慧和准确的技巧。

下坡路要走得好，必须有充分的思想准备，做到未雨绸缪。过了中年进入老年，身体由顶峰下降，是自然规律所致，任何人都逃脱不了这样的生命曲线。事业也是如此，从高峰走向低谷，从台上走向台下，从目光聚焦中心淡出公众视线，这是不可避免的现象。上坡时要讲"生活如逆水行舟不进则退"，下坡时要讲"退一步海阔天空"。你可能出过彩，做过好事，有过贡献，但不必耿耿在心，更不必用放大镜看待自己。人都是一样的，只是因社会分工不同而有点差异。结束了社会岗位，离开了社会舞台，便还原了自然人的面貌。有了这样的心理准备，心就不会慌，方寸就不会乱，身体就不会出现意外，疾病就不会乘虚而入。

其次要学会隐退闭嘴。见到别人在表演，即使你认为不好，也尽量忍着，少作评价。少参加公开的活动，有尊严地退出。因为那些场合你去参加会使得人无所适从。少跟人套近乎。你有资源的时候，人家会主动和你套近乎，你没有资源了，人家就不愿意再和你套近乎了，套近乎的目的显然是为了从你的手里得到资源，而不是接近你的人。如果硬要去套近乎，不仅会招来自己的尴尬，也会给别人带来尴尬。保持尊严的窍门就是别那么主动。

再次要学会变换生活方式。要经营好自己的"老窝"，那才是你温馨的港湾。要善待好老伴，她才是你风雨同舟相濡以沫的终身伴侣。要养好"老本"，身体是幸福快乐之本。学点养生方法，保持正常饮食和作息，参加力所能及的健身运动。任何事都有个度，物极必反，过犹不及，对于健身锻炼不要过分执着，对于养生秘诀的研究不要走火入魔，顺其自然最要紧。如果原来有什么兴趣爱好因工作忙而荒疏了，可以重新拾起来，既可打发时间，又可充实生活陶冶身心。练练书法，拉拉琴，写写文章。一切都是为自娱自乐，如果想表演显摆，主动送人，哗众取宠，倒会适得其反，自讨没趣。不要离群索居，脱离社会。结交几个志同道合的"老友"，定期不定期在一起喝喝茶，吃吃饭，聊聊天，新闻旧事，胡侃海吹半天。可以去游山玩水，遍览名胜古迹，弥补当年"想走遍名山大川，可惜没有时间"

的遗憾。沿途拍拍照，熟悉天南海北的驴友，游毕舞文弄墨，撰文作记。如果你还有点人脉关系，有点余热余力，争取为社会再做点有益的事。有人经济拮据，不妨慷慨解囊，作点资助；有人出点意外，不妨伸出援手，解人之困；有人有什么合理需求，能帮上忙的尽量帮人一把；见到不平的事，仗义执言，一声吼停。人生在世，多做好事，人生价值会更高，生命意义会更大。如果还有人来请教你什么事，千万不要好为人师，倚老卖老。虽然你会有经验，也一定会有许多失误和教训。经验固然要说，更要讲教训和失误，敢于提供后车之鉴的人更会被人尊重。

退休后时间充裕了，多看看书，补补上班时欠下的账。读读中华典籍，重温优秀传统文化；读读外国名著，知晓世界文化精华；读读各种新作，了解未来走向。通过学习重新认识自己，"朝闻夕改"，改掉思想上的旧观念，改掉行为上的坏毛病。开卷有益，用知识武装头脑，活到老学到老改造到老，都是至理名言。

上得山来，标志前半生走得漂亮。如果下坡路走得顺利，这一辈子也算圆满了。走好下山路并不需要花费九牛二虎之力，只要明白事理，调整心态，控制惯性，把自己当个普通人，一定能够有始有终，善始善终，把下山路走好。

（2017 年 9 月）

美丽的傍晚

年到耳顺，结束了四十多年的工作生涯，离岗退休回家了。轻松了，清闲了，也觉得多了点无聊，多了点莫名其妙的烦恼。也许是忙惯了，不适应轻松；热闹惯了，不适应清闲。对过去的留恋，对现在的无所事事，对以后的迷惘，产生了烦恼，产生了彷徨。

时间总要打发，生活总要过下去。在单调的吃饭、睡觉、看书之外，开始了晚饭后的散步。

落日的余晖染红了晚霞，给世界涂上一层金色的光彩。人流出现了：流向广场，流向氿边，流向绿荫，流向花园，流向或清秀或壮观的桥。宜兴的精美之处真多，散步、休闲、锻炼的条件得天独厚，方式也各异。树荫下，有独坐观景的老人；桥身上，有三五成群谈天说地的男女；广场上，乐声激扬，浩大的群舞队伍气势磅礴；氿滨河畔，小型的太极拳、花扇舞团队里，飘逸着和谐柔美的线条；曲径通幽处，再也不是年轻恋人的专利，更多的是中老年伴侣手挽着手无忌地潇洒。

在绿树鲜花中，在错落有致的建筑群中，得到的不仅是自然和时尚的熏陶，更有着人文的思索。在这一簇簇人群中，有男女之别，老少之分，有职业的不同，财富的多寡，但是没有高低贵贱，没有尊卑上下，只有一个目标，在一天将要结束之时，利用美丽的傍晚，健身强体，延年益寿，尽情地享受人生，平和地欣赏改革开放的伟力和家乡的变化。不同的人，同样的心态，同样的快乐。

独特的自然禀赋，精巧的人工杰作，成为自然和时尚的完美结合、天地人有机的合成。它们吸引着我不断变换着散步的线路：穿行在岳堤河风光带，漫步在大溪河边的大氧吧，徜徉在氿滨水渚。路越走越长，越走越远。长期以车代步的生活使身体变成了亚健康。一开始走，不到一公里就觉得气喘吁吁。健康是走出来的，现在围着团氿走一圈也不在话下。氿滨广场的喷泉，宜园的荷花，云溪大桥的凉风，湿地公园的芦苇，蛟桥堍的浮雕和碑廊，团氿周围栉比鳞次的建筑……赏不尽的无限风光，享不尽的美丽傍晚。偶然见到老熟人、老朋友、老同事，打个招呼，握个手，一切是那样的平和、温馨。

太阳消失了，华灯绽放。一条条河流，东西两汊，都被串串明珠点缀起来了。河水泛起五光十色的波浪，灯光勾勒出亭台楼阁古色古香的轮廓，映射出一幢幢高楼大厦的挺拔身躯。灯光映着密密的树丛，树丛更绿；灯光照着花圃，鲜花更艳。披着彩光的游人，被眼前的仙山琼阁、琼楼玉宇陶醉。

大自然走进了傍晚，大自然分外美丽；傍晚融入大自然，傍晚成为一天最美的时分。人又何尝不是这样呢？我想起了那首脍炙人口的歌，"最美不过夕阳红，温馨又从容"，"夕阳是陈年的酒，夕阳是迟到的爱"。不要抱怨，不要郁悒，不管过去是怎样的经历，人都会殊途同归。从繁忙走向清闲，从显赫走向平淡，从昨日的人为分工回归到今日的自然状态。傍晚是最美的时候，人的傍晚也应当是最美好的时分。乘着傍晚，寻找平等，寻找祥和，寻找过去不珍惜的东西，融入这络绎不绝的人流，和大家一起充分享受傍晚的美丽、傍晚的魅力，同时也创造着人生傍晚的美丽。

（2009 年 11 月）

二 胡 情

什么是幸福，幸福是一种感觉。无论你在哪个年龄段，无论你处在怎样的环境，只要你用心找，幸福会时时陪伴着你。我从二胡中找回了幸福。

小学四年级我学会拉二胡，中学加入了学校文工团，宣传毛泽东思想，上山下乡伴奏样板戏。二胡陪伴着我度过了那段时期。在文化荒芜的年代，凭我这点雕虫小技，在宜兴这个小城里还能小有名声。后来工作忙了，压力大了，居然和二胡阔别了三十多年。告别了机务繁忙的生活，进入离群索居的清闲世界，有事做事，无事寻事，我又想起了二胡。于是买了一把二胡，收集了不少新老二胡乐谱，开始了第二次与二胡相伴的生涯。

毕竟冷落了三十年，一拉起琴，音也不准了，调也不顺了，心手难配合，弓弦难协调。但是二胡通人性，你疏我我远你，你近我我亲你。通过从易到难，从简到繁，由慢到快的恢复性训练，几天下来，又找到了当年的感觉，倍感亲切。

和年轻时所不同的是，过去有广大的听众，现在是自娱自乐；过去是哗众取宠，现在是孤芳自赏；过去是给别人创造美，现在是寻找心灵的快乐，精神的升华。二胡成了我朝夕相伴的朋友，不可或离的知音，灵魂的依托。

二胡天天陪我说话。孤独时，一曲《赛马》，让我看到万马奔腾，令我激情澎湃；烦躁时，《二泉映月》让清纯的泉水和月色洗净了心灵；苦闷时，《葡萄熟了》激起我对未来生活的无限向往；哀怨时，《兰花花》让我品尝苦尽甜来的喜悦；牢骚时，《江河水》让我重新感受世事沧桑。一首首，一曲曲，融入了人生的积累，生活的体验，世事的理解。琴随人走，情随琴流，心驰神往，如痴如醉，忘却自身，忘却寂寞，忘却不快，全身心沉浸在精彩纷呈的精神世界之中。

二胡助我不断追求完美。心灵的浮躁难免在琴声中暴露：节奏总是偏快，快弓得过且过，感情处理缺乏轻重缓急，抑扬顿挫。为了解决这些弊端，我买了不少二胡的碟片，跟着碟片拉，和大家的演奏作比照。再请上首席评论员——妻子，拉一曲作一次评点。耳濡目染，真言直谏，用心省悟，从善如流，看到弱点，找到差距，克服弱点，缩短差距，追求完美，力争无瑕。现在跟着伴奏碟片拉，基本做到天衣无缝，难辨专业和业余了。朝闻夕改，活到老学到老改造到老的追求在二胡中得到体现。

二胡帮我追求新的目标。如果生活没有新的目标，人就会变得怠惰。我喜欢自加压力，不断树立新目标。原来的曲子都已经练熟了，找来了高难度的曲目《战马奔腾》，开始攻关。目标就是压力，压力就是动力。练快弓，学跳弓，学大跳弓；一句一句练，一段一段练，反反复复练，不顾汗流浃背，不顾手指麻木。一个小时过去了，再一个小时，一天过去了，再一天，不达目的誓不罢休。几天下来，新的技巧掌握了，新的乐曲攻下了。再跟着碟片磨合，居然成功了。攻关的过程是痛苦的，攻关的结果却是美好的。这一份精神的享受不亚于工作时获得的成就感。

二胡帮助我陶冶情操。欣赏音乐是人生的享受，自娱自乐更是一种难得的奢侈品。我配了套音响，放上伴奏碟，犹如置身于一个大型乐队之中。伴奏声在烘托，二胡声在流淌，我的灵魂随着乐声在飞扬。飞向了祖国的山山水水，大江南北；飞向了古代、近代和现代；飞向了跌宕起伏的风云世界。乐曲变幻大漠冷月，塞外朔风，吴侬软语，齐鲁豪情，春江花月，马蹄号声……在乐曲中领略着各地的风情，解读着历史的沉淀，品味着世事变革带来的苦涩和欢乐，搜寻过去岁月留下的思索。二胡是一本浩瀚的书，一幅跨越时空的长轴图，一泓淙淙的甘泉。心灵在书本中得到升华，在长轴中得到丰富，在甘泉中得到洗礼，在一曲曲二胡乐曲中得到净化。什么恩怨得失，荣辱毁誉，陟罚臧否都抛到九霄云外。

幸福依托了二胡，二胡流出了幸福。这辈子我再也不和二胡分离了。

（2011 年 9 月）

别了， SMOKING

陪伴我44年的香烟终于和我彻底告别了。这实在是一件不得已而为之的事。通往心脏的三根主要血管堵死了两根，出现大面积心肌梗死，命悬一线。幸亏抢救及时，才死里逃生。

抽烟是导致我得冠心病的元凶。虽然我酷爱了香烟大半辈子，也曾经说过"戒了烟就不是我"之类的狠话，但是香烟再好，总比不得生命重要。为了健康，为了生命，只能忍痛割爱，悲壮地与香烟作诀别。

与香烟分手，真有点恋恋不舍。想起44年与香烟形影不离，相依相伴的日子，可以说情深意笃。虽然关于"吸烟有害健康"的广告随处可见，禁烟的标记无处不在，规劝戒烟的忠告常响耳边，可就是视而不见，听而不闻，你说你的，我抽我的。少则一天一包，多则一天三包，从早抽到晚，从晚抽到早。嗜烟如命，饭可以少吃，烟不能少抽，觉可以不睡，烟不能不吸，只要人有一口气就要抽烟。殊不知，一支支，一包包，一条条，一天天，一月月，一年年，在尼古丁的作用下，从量变到质变，血液中的低密度胆固醇逐步升高，脂肪物质逐步在血管里沉淀，冠状动脉逐步粥样硬化，心血管逐步变细，终于血液在血管里凝固，动脉血管被堵塞，氧气无法输送到心脏的肌肉中，心肌细胞因缺氧而开始衰竭，死神正大踏步向我迎面走来。医生通过微创手术，在血管里装上了四根支架，险情虽然暂时解除，但是健康人变成了不堪一击的玻璃人，强健的体魄变成了怀揣定时炸弹的庞然大物。想起国外"NO SMOKING"的香烟广告上闪烁着的魔鬼头像，真觉得香烟就如恶魔，阴森恐怖，令人不寒而栗。

我对酒精过敏，一辈子滴酒不沾，但是对香烟却情有独钟。当知青时，插友偶然递给我一支烟，一抽就喜爱上了，一抽就抽了44年。一旦与香烟分手，很有点剪不断理还乱的惆怅。抽烟交友，抽烟动脑，抽烟助兴，抽烟消愁，抽烟提神，抽烟解乏，44年来，香烟给我带来多少快乐，留给我多少美好的记忆，伴我度过多少难忘的岁月，助我编写了多少平淡而带有曲折的人生故事。这些岂是三言两语就能了断，岂是一个决心就能戒绝。

动手术期间，确实不想抽烟，闻到烟味会反感，会恶心，甚至会痛恨。可是随着身体的恢复，对香烟的渴望油然而生，如饥饿的人渴望面包，如久旱的苗渴望甘霖，如久雨的天气渴望阳光，如三九中的生命渴望温暖。没有烟气的吞吐，精神萎靡，气血不旺，没有尼古丁的刺激，神魂颠倒，四肢乏力。但是如果故伎重演，继续与烟为友，与烟为伴，心血管会再次被堵塞，一旦出现这样的情况，就不会像第一次被堵那样便宜了，肯定是在劫难逃。想起医生的告诫，想起发白的手术室、冰冷的手术器械、病号的手术过程，想起亲人面对病危通知单的心惊肉跳、昏天黑地，嗜好必须放弃，对香烟的钟爱只能屈从于对生命的渴求。以理智驱赶欲念，以意志抵制诱惑，以毅力挺过痛苦，以憧憬振奋精神。和香烟的情感太深，对尼古丁的依赖过大，抽烟的习惯动作似乎被电焊工焊牢，别人戒烟会胖，我只会瘦，别人戒烟可以用其他替代品，我为了心血管的安全只能守着一个字——"熬"。一天一天熬，五天过去了，十天过去了；一个月一个月熬，四个月过去了，八个月过去了。尼古丁的作用在逐步减弱，烟瘾在逐步下降，死灰复燃的欲望在逐步消失。真是从恶如崩，从善如登。

与香烟分手，人会有浴火重生、脱胎换骨的感觉。原来黑色的脸变得洁白，紫色的嘴唇变得红润，人虽然显得清瘦一点，但是神采大不一样了，大有千金难买老来瘦的感觉。三个月一次的常规血检，甘油三酯、总胆固醇、低密度脂蛋白、血糖、血压等血液指标越来越好。原来让人掩鼻的一身烟味，满嘴臭气，变得口腔洁净，气息清新。承受了戒烟的痛苦，享受了戒烟后的轻松和快乐。当我看到戒烟的广告和禁烟的标志时感到十分亲切，见到像我当年一样的瘾君子就会把我的经历说上几遍，如果有人向我敬烟我都会铿锵地说一声"NO SMOKING"。我常常想，如果当年明知抽烟不好而拒绝抽烟，何来在鬼门关前兜一圈的险情出现；如果知道抽烟有那么多的后果就及时戒烟，何来生不如死的戒烟过程。一切都晚了，只能修补亡羊之牢。

经济学家说，改革有两种导向：一种是危机导向，非得走到了绝路才改革；另一种是利益导向，以利益为目标，防患于未然，早做改革。戒烟不就是如此吗？其他恶习陋规的改变不更是如此吗？早知今日何必当初，为何一定要死到临头才痛定思痛，改弦更张呢？教训太深刻了。

我要大声疾呼：在各种生活中多一点利益导向的主动，少一点危机导向的被动。

别了，SMOKING！

（2014 年 9 月）

快乐的失眠

痛苦莫过于失眠。看到别人呼呼大睡，自己却辗转反侧，毫无睡意，侧听窗外的风声雨声、虫噪蛙聒，仰望天上闪烁的星星、如洗的月光，无数遍地念黑羊白羊，无休止地数着数字。越念越睡不着觉，越数头脑越清醒，陪伴着夜间大自然的声响和光亮，在苦捱中等待东方欲晓。

进入老年，这样的失眠现象频繁地缠绕着我，何等痛苦，何等心烦。白天昏昏欲睡，精神萎靡，一到晚上头脑清醒，精神亢奋。怪不得有人把白天当夜晚过，夜晚当白天过，彻底来个昼夜颠倒。

我毕竟是凡人，必须恪守"夙兴夜寐"的自然规律。如何解决失眠呢？用暴走来增加体力消耗，促进睡眠，无效；睡前用热水泡脚，促进血液循环，还是无效；早早上床，前半夜迷迷糊糊，后半夜睁眼到天亮；推迟上床，则几乎彻夜不眠；睡觉前不抽烟不喝茶，仍然无济于事；有人建议服安定，又怕产生依赖。无奈之中想起毛泽东对待疾病的一句名言，"既来之则安之"。那就随它的便吧。

睡不着觉怎么办？就在床上回忆往事。半个多世纪以来国家发生的大事一幕幕在我的眼前重现：统购统销、"大跃进"、大饥荒、"文化大革命"、上山下乡、粉碎"四人帮"、三中全会、改革开放……自己大半生的经历如电影般在我的眼前掠过：难忍的饥饿、出身包袱的重压、丧父的痛苦、失学的无望、上山下乡的历练、拨乱反正的喜悦、当教师的快乐、仕途的艰辛……似睡非睡，似梦非梦，似喜似悲，过去的一切都在激荡着我的心。面对往事，扼腕伤痛，感喟沧桑，珍惜今日，憧憬未来。

睡不着觉怎么办？有人说，失眠是作家的天堂。我不是作家，但是拥有大量可供写作的往事。于是我便利用失眠的大好时机，以往事为素材，开始构思写文章了。想起缺吃少穿的年代，就想到山芋，于是《山芋不了情》的雏形在心里出现；想起父亲的惨死，于是《父亲最后的背影》的腹稿很快打好；想起接受贫下中农再教育的十年，再一次感受农民的真善美，于是《旧镜重现》的轮廓清晰地形成；想起中共十一届三中全会后自己的教师生涯，于是《大学梦》的构思在脑海里酝酿成熟；想起在乡镇工作的经历，《为谁辛苦为谁甜》《带刺的真情》的框架结构迅速搭好。一篇篇文章就这样在失眠中写就，见诸报端刊头。

睡不着觉怎么办？就在床上"游山玩水"。我曾有幸到过全国所有省、市、自治区、特区和台湾，到过全球五大洲。失眠是难受的、苦恼的、枯燥的，在枯燥中"游山"，在苦恼中"玩水"，在"游山玩水"中寻求快乐，以重温旧梦来度过漫漫长夜。国内的名山大川、人文遗迹、历史圣地、各族风情，一次又一次在眼前重现；国外的摩天大楼、草原牧场、原始森林、各色人种，一遍又一遍在脑中闪过。一个个景点，一幅幅画面，化成一个个意境，变成一首首诗词。用诗词固化锦绣中华、精彩地球的所见所闻所感。失眠成为免费旅游的享受，失眠变成诞生两千多首旅游诗词的温床，失眠成为神游天上人间、五洲四海的乐园。

睡不着觉怎么办？就和二胡说说话。祖国各地的音韵，中华各族的风情，历史的悲怆，新时代的壮伟，古人的哀怨，现代人的快乐，都在失眠中慢慢流淌过心头。如何用左指拨弦表现新疆的手鼓，用三度颤音表现蒙古长调独特的悠远，用跳弓表现西藏踢踏舞的节奏，用大滑音表现豫剧的诙谐，用不同力度的揉弦表现南北方迥异的韵味，用变幻的节奏和强弱的音量表现悲欢离合的情感……这一切都在失眠中细细琢磨，反复推敲。失眠为琴技的升华打下基础，失眠为演奏找到清醒时难以感悟的情感。失眠如曲，失眠如歌，失眠是丰富多彩的音乐旋律，心灵在失眠时默诵的优美旋律中得到洗礼，精神在技巧的揣摩中得到充实。

睡不着觉怎么办？想想亲情，想想友情，想想家庭的幸福，想想生活的多彩。生活是多面体，有喜有悲，有乐有忧，有顺有悖，有益有损。多想前者，阳光披身，乐观舒畅；多想后者，满眼阴霾，悲观沮丧。想起学生时代，虽有出身不好低人三分的卑微，也有学习成绩出类拔萃得到的尊重；想起"文化大革命"，虽受重创，也有因苦难而获得可享用一辈子的精神财富；想起上山下乡，虽有面朝黄土背朝天的磨砺，也有收获和城市姑娘爱情硕果的甜蜜；想起儿子，虽有年过而立尚未成家的遗憾，更有在教坛上小有作为、脱颖而出的骄傲；想起二十多年仕途的经历，虽未有赫赫政绩，也未能青云直上，但是能安全着陆，还能留下一定的影响、业绩和口碑；我虽然没有多少财富，但是也拥有宽敞的住宅、私家车和现代化的生活设施……还有和睦友好的亲戚关系，亲密无间的朋友情谊。这一切都在生活中得到实在的享受，在失眠中得到美好的回味。

在物质紧缺、生活困窘的年代，一到晚上，人们不管在草堆里还是在竹片床上，不管在严冬还是酷暑，都能倒头便睡。无钱买肉吃，睡觉养精神，白天损失晚上补，这是上帝显示的最大公平。但是现在什么都有了，在高楼大厦里，在席梦思床上，在空调中，居然会出现失眠的痛苦。可见世上没有完美的事，生活总有缺陷。痛苦是无法回避的，美好靠自己创造。失眠是痛苦的，我在失眠中回忆往事，构思写作，重游全世界的好山好水，吟哦诗词曲赋，揣摩二胡的技巧和曲调的情感，挖掘生活中的幸福和快乐，以此弥补难以避免的缺憾，得到意料之外的收获。

失眠竟然变得美好。生活万岁！

（2012年9月）

我陪妻子逛商场

女性大凡都喜欢逛商场，妻子也不例外。

逛商场与购物是两个不同的概念。购物的目的非常直接，就是到商场或商店购买需要的并在计划之中的东西，属于物质范畴的活动。而逛商场没有明确的目标，只是在商场里闲逛，尽情欣赏琳琅满目的商品，享受良好的购物环境和氛围，属于精神意义的活动。如果在其间发现有自己喜爱的东西，产生购物的欲望、激情和行动，则是附带的物质活动。

逛商场需要陪伴，妻子逛商场最好的陪伴当然是丈夫了，夫妻同逛商场更加具有精神意义。自退休以后，只要有时间我会尽可能陪着妻子逛商场，并且不断琢磨、总结、反思陪妻子逛商场的方式方法，充分享受从中产生的精神乐趣。

快乐是用付出换来的。

陪妻子逛商场需要忘却自我，完全顺从妻子的爱好，完全进入妻子的精神世界。从底楼的女式鞋到一楼的化妆品，从二楼的女装到床上用品，从五楼的工艺品到厨房用品，一律被动地跟着妻子逐一浏览。如果妻子不提到四楼去看男装，我绝不主动要求；如果妻子不问我需要买些什么，我绝不主动开口。

陪妻子逛商场需要耐住性子。跟着妻子一层一层楼面走，一个一个柜面看，如果有喜欢的，任其一件一件衣服试，一双一双鞋子穿，一样一样物品挑。不能计较时间的长短，不能有半点不耐烦的表情、语言和举动流露，否则会大煞妻子逛商场的情绪，会大大影响逛商场的效果。

陪妻子逛商场需要当好参谋。试穿衣服、鞋子，总要征求丈夫的意见，是好还是不好。当参谋也是一门艺术，不仅需要实话相告，还要有理有据分析，不能好的说不好，不好的说好，同时还要把好的理由、不好的理由说得明白透彻婉转。既不能误导妻子，也不能让妻子产生丈夫吝啬舍不得花钱的误解。

陪妻子逛商场需要大气，该出手时就要出手。妻子发现一件中意的衣服，她想买下，我也觉得穿在她身上合身得体，不管价格如何，便会斩钉截铁般支持她买下。发现一个新款的包，她想买又觉得价格贵而犹豫，我会鼓励她不要优柔寡断。理由很简单，称心如意的东西很难见到，失之交臂会非常可惜。

陪妻子逛商场需要追求全过程的完美无缺。买好了东西，我会大包小包拎到家；如果她觉得东西买得不够理想，我会对她多说安慰话，不让她感到后悔；如果她觉得东西买贵了，我会说千金难买一个好，让她感到值得。细节决定成败，千万不能不懂心理学，冒冒失失，让前面的努力功亏一篑。

爱和尊重都是相互的。每次逛商场，妻子都要带我到四楼的男装柜面溜达，如果发现有适合我穿的新款服装，价格再昂贵也要帮我买下，让我留有虎倒威在的架势。

随着社会的进步，商场的商业模式也发生了很大的变化。商场里不只有购物，还有美食、健身、影视、娱乐等诸多内容，逛商场成为一种新的生活方式，走进商场犹如进入了一个眼花缭乱的万花筒世界，看不尽，玩不够，即使在商场里逛上一天都不会觉得累，觉得厌烦。

陪妻子逛商场是一举三得的精神活动：一是丰富二人世界的生活，二是更新生活的内容，三是增进夫妻间不离不弃的感情。总之是为提高退休生活的质量，增添晚年的幸福感。陪妻子逛商场，既有物质又有精神，既有付出又有得到，既是被动式又是主动换来快乐，可谓其乐无穷。

我乐于陪着妻子逛商场。

（2015 年 11 月）

我又穿上红 T 恤

我第一次穿红 T 恤是在 1966 年的初夏。

我二伯母到上海治眼疾，回来时送给我一件 T 恤衫。

那件 T 恤衫是大红色的，色彩非常鲜艳，而且是出口转内销的产品，质地优良，手感细腻厚实。少年时的我风华正茂，再一穿上那件大红 T 恤，更显得意气风发，精神抖擞了。上身穿着红 T 恤，下身穿着白色西装短裤，是当时最为时髦的装束，一出门就像一团燃烧着的火般耀眼。

这件 T 恤不仅在学校里显眼，而且在整个小县城里也分外夺目。很多人前来打听是在哪里买的，是否可以从上海帮着买一件。也有人愿意用两件其他颜色的 T 恤来换我一件。我哪里舍得！

在那个缺吃少穿的年代，夏季的衣服最多是一洗一换，整个夏天就以穿那件时髦的 T 恤衫为主了。再说"文化大革命"开始了，红色象征革命，穿上红衣服更合适，恨不得天天穿着那件红 T 恤，所以那件 T 恤穿上两年就破烂不堪了。

但是那件红色 T 恤衫成为我记忆中无法割舍的念想，期待着何时再能穿上红 T 恤。

"文化大革命"后上山下乡。下放农村就是为了接受贫下中农再教育，贫下中农衣衫褴褛，我岂敢与众不同，再穿鲜艳夺目的红 T 恤？

后来做老师。做老师需要为人师表，从外到内都要给学生留下正儿八经的印象，树立千篇一律的榜样。如果穿上红衣服，肯定当成社会的异类，我岂敢与人民教师应有的形象相悖？

当公务员了。单一深色或浅色的正装似乎是干部的标准着装。如果穿上一件红衣服，与约定俗成的概念会大相径庭。我岂敢冒天下之大不韪，不拘一格地穿上红衣服去丢人现眼？

很快进入了退休年龄。被老观念约束和禁锢了半个多世纪，到了老年阶段，再也没有重穿红色 T 恤的念头和勇气了。如果穿着红衣服招摇过市，都要认为我是老不正经了。

在我前两个本命年的生日，儿子和外甥女先后给我买了价格不菲的红T恤。我不敢穿，把它们压在箱底，一动不去动。一件压了二十一年，一件压了九年，连标牌都没有摘除。

妻子动员我穿。她说，退休这么多年了，早成自然人了，还端什么架子，讲什么范，穿穿何妨，不要枉费了孩子们的一片孝心，再说年岁越是大，心态越要年轻，衣着打扮也应该年轻化。

犹豫了好几天，撑大胆子，终于又一次穿上了红T恤。这是在半个多世纪后又一次穿上红T恤，神情紧张，脸红耳赤，虽然照照镜子觉得精神焕发，换了模样，但是走到门口，如芒在背，举足踌躇，欲出犹止。

妻子把我推出门外。穿着红T恤的我在小区里一亮相，居然没有人注视，也没有人诧异，更没有人笑话。

在小区里现身以后，勇气顿生，跨出小区到大街上溜达。原来不注意人家的穿着，现在一注意，发现在街上行走的男女老少，身上穿的是各种式样、各种颜色的衣服，各色各样的服装汇成了一个色彩斑斓、花式繁多的世界。有谁在注意谁，有谁在笑话谁？服饰没有年龄界限，颜色没有性别区别。

原来我是一个天下无事却自扰之的庸人，我的顾虑是作茧自缚。现在的世界是多元的世界，现在的社会是开放的社会，现在的人们是包容的人们。

妻子说，烟不抽了，脸色白了，脸色和衣服的色彩很相配，看年轻了十岁。我岂可刻舟求剑，抱残守缺，应该与时俱进，有返老还童的信心。

（2015年7月）

拣　豆　芽

患了冠心病以来，豆芽成为我家餐桌上的常见菜。医生说，豆芽不只是富含维生素 C，而且有清除血管壁中胆固醇和脂肪的堆积物，防止心血管病变的作用。吃豆芽不仅是价廉物美的享受，而且是在做食疗。

豆芽菜固然好吃，拣豆芽却是一件麻烦的事。一小把豆芽就有几十条根须，一碗豆芽少说有上千条根须。我觉得要把一罐豆芽一根一根拣干净，真是一个艰巨而浩繁的工程。

市场上有又粗又壮又白的豆芽，煞是好看，而且没有根须。于是赶快买了吃。可是媒体爆料，那是用添加剂和防腐剂等化工原料浸泡出来的，对人体十分有害。谁还敢吃？

商界陷阱，防不胜防。民以食为天，食以安为先。怎样才能吃到安全的绿色的纯天然的豆芽呢？宜兴是陶都，陶都有得天独厚的紫砂原料，陶都人发明了制豆芽的紫砂罐。自己动手才能丰衣足食，才会安全可靠。用紫砂罐育豆芽既简单效果又好。把豆在水里浸泡六到八个小时，然后放进紫砂罐里。每天浇三次水，每次浇两遍。夏天三到五天，冬天五到七天，一罐生气勃勃的豆芽就育出来了。

育豆芽我可以帮忙浇浇水，可是一见到拣豆芽就逃之夭夭，因为这是一件既费工又耗时的事。妻子说，都是那芝麻绿豆的小官害了你，大事做不来，小事不肯做，到了这把年纪还是心浮气躁，坐不稳屁股静不下心。妻子的话虽然刺耳刺心，却一针见血，击中要害。事实确实如此，当点小干部，官不大僚不小，动嘴不动手，工作有人代劳，生活有人照料，导致退休多年了还积习难改，空想大事，不屑小事，无心做细致事，更做不了实事。我想起了周总理的话：活到老，学到老，改造到老。于是下决心从拣豆芽起"改造"自己。

抓起一小把豆芽，一根一根拣，掐掉根须，去掉豆皮屑。几小把拣下来，还不够吃上一口，眼花缭乱，心里发毛，就想歇手。妻子嘀咕道："心开始不静了！"于是强迫自己耐住性子静下心继续拣。时间一长，手指"鸡扒疯"，关节僵硬，开始叫苦不迭。妻子又嘀咕了："这是长期不动的原因，坚持一下就好了！""改造"自己真难呀！

"改造"自己既难又不难，有心就不难，无心就很难。这次我是有心"改造"自己了。育好豆芽我就主动要求一个人拣豆芽。拣到不耐烦了就告诫自己要净心静气，心无旁骛，耐得住孤独，耐得住寂寞；手指酸痛了，我就鼓励自己，困难是弹簧，你弱它就强，"希望产生于再坚持一下的努力之中！"一次又一次的历练，杂念在慢慢减少，心在慢慢静下；一次又一次的历练，手指灵活了，"鸡扒疯"消失了，关节不再僵硬。一根又一根的豆芽根须被掐掉，一把又一把的豆芽拣得干干净净，一个小时左右的时间不知不觉过去，一罐豆芽全部拣完。拣完了，余兴不止，盼望着新一罐豆芽早日问世。

真感谢妻子的"逼迫"和嘀咕，真感谢自制的豆芽，让我浮躁的心得到安定和宁静，让我从昔日的自我缺失中回归到真实的自我和踏实的现实中。

豆芽拣好了，成为餐桌上的佳肴。绿豆芽和着青椒丝在水里汆一下，凉拌吃，脆嫩清爽；黄豆芽或放点酱油或拌点咸菜炒着吃，鲜美可口。桌上那色香味俱全的自制豆芽菜，不仅有滋有味安全可靠，而且会滋养身体，清除血管里的垃圾；不仅能在豆芽里吃到生活的情趣和创造，而且感受到了其中养心的功效。

怪不得人们称豆芽为"如意"。

（2019 年 8 月）

再见， 贝肯海德

贝肯海德（Birkenhead），记得第一次和你见面的时候，是那么生疏，可是一个月下来，和你又是那么亲切。今天要离开你了，真有点恋恋不舍，特地与你做个道别。

再见了，通往我儿子家的那条小路。那条被树木拥抱的绿色甬道，一边是壁立的山体，一边是看不到底的深沟，就像一个神秘诡谲的峡口。第一次通过，真有点不寒而栗。可是天天在那里通过，天天和它亲密接触，感觉就不同了。上午云蒸霞蔚，晚上氤氲弥漫，小路一过洞开天地，儿子的家就隐藏其中。这不正是"柳暗花明又一村"的美好意境吗？

再见了，出门必经的那两个山坡。两个山坡都很陡斜，估计在三四十度左右。第一次见到山坡望而生畏，望而却步。第一次爬坡累得气喘吁吁，关节酸痛。可是走多了，倒觉得翻越山坡是一种享受。沿路不是参天大树就是沧桑古树，不是萋萋青草就是艳艳鲜花。边赏景边登山，既愉悦视觉感受，又得到有氧锻炼，岂不是一件大好事？于是不再胆怯了，也不再觉得累了酸了。

再见了，那个和市中心相对的海滨绿地。我喜欢海边高大挺拔的树木，也喜欢漂浮着长白云的海水；我喜欢近观竦峙的危岩峭崖，也喜欢远眺一水之隔的奥克兰市中心。那里有雄伟的跨海大桥，有高耸入云的电视塔，有密集的高楼大厦，有如林般的帆船桅杆。在海边会有穿越时空的感觉，会觉得心旷神怡。因为那里既可以品味山神海韵，又能够享受大都市的现代新潮。

再见了，贝肯海德的社区中心。忘不了那几棵高耸在路口的棕榈树，好像是专门为我们竖立的标识牌，不让我们迷失方向。忘不了街上Countdown 和南顺发这两个超市，里面囊括了全世界从大到小几乎所有的生活资料，是我们的购物天堂。尤其是在那里还能买到我们爱吃的葱油饼、豆制品、黄豆芽和香菜，让我们感受到了离乡不离土的温馨。

再见了，从海滨到社区中心的那条路。走在那条路上，总是得到来自

娓娓道来不了情

素不相识的人的友好问候，不同人种的隔膜感一下就消失了；走在那条路上，车水马龙般的汽车，见到我们这些步行者总要礼让三分，还会见到或是华侨，或是中国的旅游者，老乡见老乡，割不断的乡情和亲情感会油然而生。

再见了，那个叫汉布雷的森林。里面有高山流水，有深沟险壑；有密不透风的树林，有苔藓、地衣和各种蕨类植物；有上千种不同的树种，更有新西兰的国树考里和新西兰的国花银蕨。里面还设有供市民步行健身的栈道，四通八达，结实坚固。行走在里面，置身原始，回归自然，醉情于山水林木之中，顿时有远离尘世繁闹嘈杂，忘却世俗功名，宠辱皆抛，物我两忘的轻松和纯真。

再见了，儿子的家。那座地中海式的建筑，造型是那么端庄，结构是那么合理，层次是那么分明，奢俭是那么得体。在那里生活的三十天时间里，留下了多少骨肉团聚的欢笑，记录了儿子对父母的孝顺，吸收了精神和物质的营养。尤其是那个凌空的露天阳台，是我的摄影台、休闲台、观景台。清晨在那里拍摄旭日东升、朝霞满天的美景，下午在阳伞下喝茶看书倾听鸟叫声，傍晚静静欣赏树叶在瑟瑟的秋风中变幻着斑斓的色彩。在儿子的家里，其乐无穷。

再见了，贝肯海德，你给了我们美好的享受，给了我们深刻的记忆。你那里不只有蓝天、白云、高山、大海、森林、草地，还有亲情、友情、文明、包容和天人合一。只觉得时间过得太快了，一个月的时间太短了。

再见了，贝肯海德，我们还会重逢。

(2017 年 5 月)

五

我的故事

305

传承的家风

五六岁时，母亲见我喜欢画画，特地为我做了块小黑板，还配上几支彩色粉笔。我兴奋无比，整天埋头于小黑板，专注于涂鸦之中。没几天粉笔用完了，一口气跑到母亲办公室，从桌子上拿了几支粉笔想回家继续画画。没想到我的手被母亲一把抓住，厉声说道："公家的东西不能拿"。我觉得很失望，鼻子一酸，掉下了眼泪。晚上母亲回家，带回了满满一盒各种颜色的粉笔头。我马上喜出望外，破涕为笑。原来母亲在我走后，到每个办公室收集粉笔头，并到会计处付了钱。

一天晚饭后，我和邻居家的孩子们到体育场玩。只见体育场上堆满了小竹竿，大家从中抽出了一根当竹马骑。天黑了，玩得未尽兴，把竹竿带回家准备第二天继续"骑马走天下"。母亲见到我手中的竹竿，问我是哪里来的，我说了实话。母亲暴怒起来，把我按在床上，脱下鞋子，一面狠狠向我屁股抽打，一面吼叫："小小年纪居然学会偷东西了。"在母亲威逼下，我哭着把竹竿放回了原处。

幼儿园要升小学了，心里很高兴。可是老师宣布年龄要七足岁，属牛的才可以上小学。我属虎，比属牛的小一岁。可是我求学实在心切，于是在填写表格时，在属相一栏里填了"牛"。母亲知道了，赶到学校，把表格更正了。并告诉我，人不能说谎话，诚实比生命还要紧。眼巴巴看着其他同学高高兴兴上小学了，自己还继续留在幼儿园，伤心透了，哭了整整一个下午。

这三件事情、三次哭泣，伴随了我大半辈子，母亲的言传身教奠定了我的人生观，诚实守信，公私分明，成为我的自觉行动。不揩公家的油，不拿别人东西，不说谎话，无论贫穷还是富裕，无论从事什么工作，无论在什么岗位，都一以贯之，坚守不移。即使在拥有很大的公共资财支配权时，也时刻恪守家风。觉得用公家的钱比用自己的钱心痛。孩子懂事后，我无数遍给他讲述那三件刻骨铭心的往事，希望"诚实"二字能够早早埋入他的心间。

不像一家人，不进一家门，此话很有道理。妻子进了我的家，活脱又是一个母亲来了。她不仅是继承，而且是扩大了我母亲的为人做事之道。不说谎话，即使是善意的谎话也不说，对说谎话的人和事深恶痛绝；不揩公家的油，做了十多年单位的办公室主任，每天经手成千上万的资金，没有拿过一分回扣，没有获取过一丝一毫的非分所得；和任何人打交道，恪守信用，只是为别人付出，从不去占别人的便宜；办公事宁可用自己的钱也不愿开销公家一分费用。

她不仅对自己要求严，而且苛刻地管束着丈夫和儿子。

我有什么钱物拿回家，总要刨根问底，哪里来的，谁给的，不允许不明不白的东西进家门。妻子的提醒和把关让我始终保持着警惕和清醒，避免了很多是是非非，确保退休时问心无愧。

对孩子的要求是，诚实为上，学习成绩好坏不是主要的，人格人品才是最重要的。一次孩子放学回家，带回来一只小橘子，妈妈问哪里来的，幼稚的孩子说："同学们偷的水果摊上的橘子，我知道不好，所以只偷了一只最小的。"妈妈虽然没有像我母亲当年那样大打出手，但是义正词严地告诉他，只要是偷，不管大和小都一样，下次再有这样的事发生，就要打断你的腿。

儿子牢记我童年时发生的故事，妈妈的严格管教成了他自觉的行动，"诚实"二字在他身上扎下了根。不说半句谎话，不占别人半点便宜，不私拿别人任何东西。而且很像他祖母的风格，生活刻板，做事刻实，工作刻苦，任何时候守时守信守责。尽管儿子单纯得不合潮流，独特的个性不合人群，但能做到人格人品超群，一辈子不学坏。

诚实的人富有责任感和同情心。儿子在苏州中学德威国际班当老师时，不仅教学上尽心竭力，严谨细致，一丝不苟，而且在生活上对学生的关心无微不至。学生生病，带学生上医院；学生肚子饿，给学生买吃的；学生手头缺钱，慷慨解囊。学生家长为了感谢他，送给他一些土特产。儿子直截了当拒绝道："这是你对我人格的侮辱。"

儿子不说谎话，也相信别人和他一样，所以诚实的人容易上当。看到街头讨乞的人可怜巴巴，儿子马上拿出一张百元大钞。第二天看到那个人又在用同样的话来讨乞了，他知道上当了，心里很难受，叨念着人为何要如此呢。

儿子在新西兰定居了，继续做他喜欢的教师行当。他那诚实的个性和对人对事高度的责任感，深受异国学生的欢迎。班级活动的时候，有的学生举着"We love teacher Shi"的牌子簇拥在他的身边，有的学生干脆亲吻自己的老师，以他们的特有方式表示对老师的由衷尊敬。儿子快乐如游鱼。

　　这就是我们家三代的家风。

（2014 年 3 月）

雪　情

下雪了，纷纷扬扬。面对洁白的世界，脑子里闪出一连串关于雪的回忆。

一

俗话说"下雪狗欢喜"，欢喜雪的何止是狗，更有小孩子。白色世界引起孩子感观上的新奇和心理上的兴奋，不自觉奔向雪的怀抱。

打雪仗是儿童的天性。在雪地里你追我赶，抄起雪向对方脖子里灌，搓成团往对方身上砸。脸打痛了，衣服弄湿了，小孩哭起来，大人骂起来，不得息手。

堆雪人，男孩女孩都喜欢。男孩用铲子堆出个人的模样，女孩细心雕琢雪人的面部：耳朵、眼睛、鼻子、嘴，还会装上一对绿辫子。当眼睛变黑了，嘴唇变红了，真有点呼之欲出的感觉。

下雪"麻雀一肚子气"，因为麻雀找不到食物吃了。找来竹编的簸箕，用拖着绳子的木棒支撑起一面，里面撒上几粒米，然后躲在墙角等麻雀进来啄食。麻雀进了簸箕便拉动绳子，麻雀便被罩在簸箕里了。麻雀不仅是餐桌上难得的佳肴，更是小孩精神上的丰厚收获。因为那时麻雀属于"四害"之一。

在雪的世界里，孩子不怕湿，不怕冷，只有乐。

二

雪下得不大就停了。化雪需要大量的热量，虽然雪霁太阳出，但是太阳发出的热量都被雪吸收了，整个世界沉浸在寒冷之中。

教室外面朔风呼呼，教室是原来孔庙的库房，漏风又不向阳，逼人的寒气在教室里弥漫，人冷得直打哆嗦。手指冻得僵直，无法拿笔，无法翻书。一条单裤，一件硬得如铁的棉衣，实在御不了雪后的严寒。肚子饿得咕咕直叫，早餐一碗稀饭，早就化成小便，带走体内不少热量。真是饥寒交迫。

雪太可恶了，让我们这些吃不饱穿不暖的学生"霜上加雪"，饱受着"寒窗"之苦。

三

一夜大雪，人被冻醒。雪花从塞满稻草的砖窗里钻了进来，飘在帐子上，飘在床上，飘在被子上。推开门，无际的田塍被大雪覆盖得严严实实。

下雪出不了工，只能和床拼命。烧上一大锅粥，饿了起来喝几碗，喝完了上床睡觉。

农民喜欢雪，雪可以给庄稼保温、灌溉、杀虫，好处多多，所以有"瑞雪兆丰年"一说。我们这些离乡背井不得已当农民的知青，谁都不想一辈子生活在农村，谁都不想一辈子靠种田吃饭，当然也不可能像农民那样对雪怀有深厚的感情，只是感谢它给我们带来难得的休息。

风在呼啸，雪在漫舞，地上的雪越积越厚，只觉得心上也压了一层厚厚的雪。喝粥、睡觉、睡觉、喝粥、唉声、叹气……前途在哪里？茫然不知所去。

四

快下雪了。妻子挺着个大肚子，赶到当年宜兴城里唯一的国营小菜场，挤进人群，抢购一大篮蔬菜回家，迎接风雪的到来。

不料雪没有下，儿子却落地了。儿子一落地，雪下下来了。

第二天太阳露脸了，阳光映照着雪景，从来没有觉得世界是那么美丽。湛蓝的天空，灿烂的阳光，清澈的河水，纯白色的雪，还有那么多的琼枝玉叶，构成了一幅温暖、和谐、洁净的画图。

"文化大革命"结束了，父母落实政策了，知青返城了，成家了，生子了，一连串的喜事好事从天而降，境由心生，眼前的雪景自然觉得特别美丽了。

五

天气预报说夜里有暴雪。天黑了，雪真的下起来了，精神变得紧张起来。农村那么多危房怎么办？五保户怎么办？小菜场的顶棚吃得消积雪吗？乡村那些没有扶栏的小桥通行是否安全？村校的教室会不会有隐患……越想越着急，越想越睡不着觉。

我赶快跑到广播站，通过有线广播，通知各村干部务必一家一户检查危房，确保人身安全。

第二天一早开机关干部会议，下达任务，明确责任，让定村人员赶赴各村去检查落实工作。

一想到东石村那个挂钩的五保户，居住在草棚里，要亲自赶去看看。风雪大，伞撑不起，四处白茫茫，看不清方向辨不清路。人命关天，责任重大，岂敢怠慢，顶着风雪在雪野里前行，高一脚低一脚地在雪地里跋涉。脚踩进一尺多深的雪里再拔出来，要费很大的力，没走几步便累得气喘吁吁。三里路足足走了一个多小时，里外都湿透了。好在那个低矮的小草棚没有倒，好在村干部已经把五保户转移到村委会里了。悬空的心总算放下来了。

六

好几年没有下雪了，今天终于下起了大雪。

坐在十楼温暖的阳台上，身着棉背心，手持茶杯，居高临下，远近高低地观赏着美妙的雪景，心中涌出古人咏雪的诗句——看近处的树，"忽如一夜春风来，千树万树梨花开"；看远处的山，"终南阴岭秀，积雪浮云端"；看高处的雪，"乱云低薄暮，急雪舞回风"；看低处的景，"银装素裹，分外妖娆"。这是自然和人文的美好享受。

看完雪景，又看人。看着那些活跃在雪地里的小孩子，那些在风雪中匆匆行走的上班族，那些顶风冒雪忙碌的环卫工人，那些扫雪铲雪的机关干部和志愿者，不禁心生沮丧。时光如流水，逝者如斯夫，转眼间我已经成为这个世界的旁观者了。但我也觉得幸运，因为我是美好生活的享受者，尽情享受中华盛世的纷呈精彩，尽情欣赏大自然赋予的壮丽天象。

我很想东施效颦，写一首关于雪的诗或词，来赞颂美好的自然，讴歌美好的生活。但是面对先人的千古绝句，自惭形秽，望而生畏。还是打起铁锹，下楼跟大家一起铲雪去吧。

（2018 年 1 月）

我还没有老

时光真残忍，我这个出生在20世纪50年代的人不知不觉变成了年龄的70后。"70后"，无论是自然年龄还是生理年龄，都名副其实地跨入了古稀之年。

退休生活是人生的最后一个阶段，在这个阶段该做什么？补课，补偿过往人生路上留下的缺憾。

工作时没日没夜，废寝忘食，这是违反规律的不良生活习惯，退休了就该把过去调错了的生物钟调整过来。每天按时睡觉按时起身，按时吃饭按时活动；工作时少事家务，为弥补对家庭的失职，退休后专司家庭卫生工作；工作时总是以车代步，忽视锻炼，所以有了亚健康，退休后每天万步健走，雷打不动。

工作时忙于事务疏于学习，退休后有了充裕的时间读书看报。学习成了退休生活中不可或缺的重要内容。每天翻看四份报纸两份杂志，还要阅读经典的政治、经济、哲学、文学著作，让思想跟上飞速前进的时代步伐尽量不掉队；半个小时的二胡拉奏时间，不是为娱乐，而是为攻关，学习新曲子，练习新技巧，攀登艺术新高峰；每天动笔写作不可少，一写就写了近两百万字。每个月在报刊上发表一二篇"豆腐干"文章，从有限的字数和有限的稿费中获得无限的精神乐趣；学开车，学电脑，学玩手机，能够自己伺候自己，在学习中得到诸多的乐趣，汲取更多的知识和精神营养。

老年人记远不记近，我也免不了喜欢回忆往事。很多人喜欢唠叨昔日的辉煌，我却缺乏这样的勇气。每每想起自己从教从政的往事，一件件、一桩桩，很难找到值得自吹的题材和资本。过去的作为和现在的变化相比，能肯定的太少，该否定的太多，成功的不多，失败的不少，留下遗憾的常见，做到完美的难得。所以非但不会沾沾自喜，自吹自擂，反而羞赧负疚感会从心底陡升，顿时会觉得汗颜。时间无法倒流，事业不会重来，只能把遗憾告诉下一代，以我们为鉴，避免我们的错误，少走弯路。

我虽然老了，但是年轻朋友不少。我不喜欢在年轻人面前指点江山，对他们做居高临下滔滔不绝的说教，而是喜欢在和他们的胡侃海说之中做兄弟般的交流，在平等的交流中得到心灵的沟通，在心灵的沟通中达成两代人的共识，从而实现老年人和年轻人认识上的双赢。为此他们喜欢接近我，喜欢和我交谈，甚至喜欢和我做忘年交，没有代沟，没有年龄的界限，也乐意接受我那些为实践证明是正确的行之有效的"老人言"。我也从年轻人身上吸取新思想、新观念，得到莫大的教益。

乐于助人是我的本性，退休了，空闲时间多了，帮助人的时间也更多了。只要有人相求，只要是正当的，只要是我能办得到的，都会来者不拒，尽心尽力去相助。政府有事相托，我会不遗余力地去参与矛盾的协调；企业有事相找，我会竭尽全力助上一臂之力；个人有事相求，我会想方设法去排忧解难。我虽是个退休老人，但仍有余热可发挥，仍然有"废物利用"的价值。更重要的是"独乐"算不得乐，"与人乐"才是真正的乐，而且乐在其中，乐趣无穷。

人生苦短，不知不觉一大半过去了，早就过了"知天命"，即将告别"耳顺"，迎来"从心所欲"，该是到了忘记恩怨，淡泊名利的时候了。名利是身外之物，何必要为利所累，为名所困，为名和利搞得针尖麦芒，鸡飞狗跳。宇宙之中，天地之间，人是何等渺小，人生又是如此短暂，不必斤斤计较，锱铢必较，更不必耿耿于怀，睚眦必报。从名缰利锁中解脱出来，快快乐乐，轻轻松松地活着。我不怨三年困难时期、上山下乡，不羡慕豪车洋楼家财万贯，只是感到满足，因为国家强大，人民幸福比什么都好。所以我没有牢骚，更不发脾气，对任何人都是微笑，在任何场合都是正能量。心灵和谐是快乐之本，是一切和谐之根。

人到底什么时候开始变老？我曾听到过这样一种说法：每个人都有自己的巅峰时刻，你什么时候达到巅峰，就是变老的开始。对我而言，生理的高峰肯定已经过了，也不会再有事业的高峰期。但是人生还没有走到尽头，生活的巅峰、人格的巅峰、道德的巅峰还远远没有到达，所以我还没有变老，正在攀登巅峰的途中。人衰老与否的标准不能用自然年龄和生理年龄来区别，而是要用心理年龄来鉴定。这就是用永远学习的精神，否定自我的勇气和博大的胸怀去弥补前半辈子留存的遗憾，补偿工作和事业的不足，完善人格和道德的缺失，创造人生又一个巅峰。虽然我们无法阻挡时光的流逝，阻止不了脸上越来越多的皱纹，但是这样做可以减少甚至平复心里的皱纹。坚信，在路上的人不会苍老，一直在学习进步的人不会衰老。

　　我是在退休阶段，也奔波在追求人生新高峰的道路上。我没有老，依然年轻。

（2019 年 10 月）

"豆腐干"的美滋味

何谓"豆腐干"？龟缩在报端刊尾的短文章之戏称也。

退休后闲来无事，喜欢涂鸦几笔，投寄给报章杂志。不知不觉发表了上百篇，篇幅都在一两千字左右，是十足的"豆腐干"文章。我成了半个"豆腐干"制作专业户。

记得第一次公开发表"豆腐干"文章，看到自己的名字和所写的文字变成了铅字，见诸公开发行的报刊上，兴奋不已。劳动成果被认可，自然会产生兴奋，兴奋产生动力，于是撰写"豆腐干"文章的热情就一发不可收拾了。

文章发表后，常会接到读者的电话。有人说文采好，有人说气势大，有人说思想深邃给人启迪，有人说是彰显了社会正能量，更多的是发表读后感想。感动于八十多岁的徐明华教授咬定艺术不放松的精神而写的《不凋谢的常绿树》，同样感动了许多文化人："这才是真正的大师！"《药到病除一块钱》一文发表，医生打来电话："既指出目前医疗行业中的弊端，又中肯提出解决问题的建议。"《拣豆芽》一见报，临近退休的干部说，读了文章好似喝了一碗养心的鸡汤。读了《起跑线上论输赢》，许多家长说："输赢在起跑线上的不是学到多少知识，而是有没有培养孩子自立的能力。"商人读了《温州烧饼》《宁夏硒砂瓜》，不无感慨说："做生意就是做人。"

想不到我胡诌的"豆腐干"会得到这么多的鼓励，会产生这样大的社公效应。我不间断写"豆腐干"的动力就更加强烈了。

"文以载道"，文章的力量不只是文采，更在于思想。写文章要给人力量，作者必须努力学习。当老师的有句名言，"想要教给学生一杯水，自己要有一桶水"，写文章同样如此。读书学习成为我每天必不可少的内容，每天阅读量不少于一万字，内容涉及政治、经济、文学、历史、法律等。写作必须有素材，素材不是杜撰出来的，而是来自生活。来自生活、反映生活的文章才会得到读者的欢迎。深入生活、观察生活不仅成为我制作"豆腐干"必不可少的流程，而且成为我重要的生活内容。

偶然走过体育公园，听到悦耳的歌声，原来是一群退休老人在纵情歌唱。我走近这支歌唱队，对他们作仔细观察，写了《快乐歌唱队》。文章一发表，他们欢呼雀跃，文章复印成人手一份，因为文章准确反映了他们以歌会友、老有所乐的精神世界。每天会看到一位偏瘫老人倚着手推车从小区门口一拐一拐走过，不论春夏秋冬，不管阴晴雨雪，从不间断生命的运动。我记下了这个动人的场景，写了《美哉，南虹河风光带》一文，让人们感受信念和意志的力量。观察老岳父，用《得意的老岳父》探究他年过九旬而不衰老的秘密——不倦追求新事物，从而获得老年人广泛的认可。

　　此外还经常写宜兴的老故事，宣传宜兴悠久的历史文化；写宜兴的新变化，宣传宜兴在改革开放中取得的巨大成就；写宜兴各种各样的人物，宣传他们的可贵精神；写自己的往事，宣传时代的变迁，社会的进步；写宜兴的美食和土特产，让外面的世界了解，宜兴除了人杰地灵，还有物华天宝。总之，一有题材，一有灵感，就笔耕不辍。

　　"豆腐干"写多了，我也出了名。遇到陌生人，一提起自己的姓名，马上会说"你经常写文章"这么一句话。我沾了"豆腐干"的光，凭借"豆腐干"而成了知名人士。

　　常常有人对我说，总不能老是写些"豆腐干"，还应当写写长文章。我觉得，一是水平有限，很难写出长文章，不如因人制宜，不去改弦更张。二是写短文章短平快，个中有美滋味，与我有感情，可以"浓缩精华"。三是文章的价值不在于长和短，而在于言之成理，短文章写多了，聚沙成塔，集腋成裘，不就成为长文章了吗？

　　"豆腐干"充实了我的生活，提升了我的剩余价值，增加了晚年生活的快乐。感谢"豆腐干"！

　　品着"豆腐干"的滋味，坚持写下去。

（2020 年 8 月）

照片， 我的编年体史书

闲来无事，翻看我几十年来的照片。

第一张发了黄的照片，我的小学毕业照，摄于 1963 年 6 月。照片上的我，虽然已经十三岁了，但还是个小屁孩。理着当年"马桶箍"的头发，大大的眼睛，缺了一颗当门的牙齿。虽然大人一再关照，拍照要带着笑容，但因为是有生以来第一次单人照相，十分紧张，似笑非笑，有点腼腆和尴尬。当时家庭已经受到物质匮乏和精神桎梏的双重挤压，年幼无知的我，整天在古今小说的情节中游荡，在二胡中寻找快乐，在各种体育运动中享受愉悦，所以神情在腼腆中透出聪颖，在尴尬中露出阳光，在似笑非笑中看到童年的天真无忧。一个月后，我在小学升中学的考试中，以优异的成绩获得全县第二名。

家中多子女，我是第五个孩子。不论经济条件还是对子女的兴趣，都不可能像现在这样给孩子拍出生照、百日照、周岁照等繁多的照片。不到万不得已，是不会舍得花钱让我进照相馆拍一次照片的。

在此之前，我曾被拍过一次照。国庆十周年大游行，照相馆用相机记录了游行场面，照片在橱窗里挂出，无意中把尾随游行队伍的我也照进去了。照片上的我，穿着不合身的衣服，裤管吊在半空，样子很土。但我还感到特别新奇，特别兴奋，天天往照相馆跑，欣赏第一次在向公众展示照片中出现的我。

第二张是三年后的照片，初中毕业照，摄于 1966 年 6 月。人长大了，已经成为一个英俊少年，虽然脸上带着点微笑，但是在微笑中却掺和着忧郁和苦涩。三年来我懂事明理多了。初中一年级我还能当三好生，后来贯彻阶级路线，因为家庭出身的缺陷，即使成绩都符合三好的要求，"三好生"的名分却远离我去了。而且莫名其妙的歧视和羞辱会接连不断。那时的我，不仅为自己的出身和处境沮丧，而且为未来、为前途担忧。

第三张是毛泽东主义红卫兵宣传队的集体合影照，摄于 1968 年 10 月。"毛红"宣传队的足迹踏遍了宜兴城乡的每一个角落，影响席卷全县，为了纪念近两年的风光，在宣传队行将结束时摄影留念。我已经长到一米七六了，站在队伍的中间，戴着当时最时尚的军帽，有几分英气，几分成熟。

第四张又是一张毕业照，摄于 1982 年 3 月。为南师大中文函授毕业所照。我已经是一个成年人了。虽然照片上的我不修边幅，乌黑茂密的头发很乱，胡子没有刮，但是昂首挺胸，两道剑眉飞扬着得意的神采，微翘的嘴角流淌着生活的甜蜜。虽然因"文化大革命"失去了上正规大学的机会，但是在函授中拿到了大学文凭，也算是不幸中之大幸。更何况，各门功课都是优秀，总分又一次名列第二，获得优秀学员的称号，当然喜气洋洋。

这张照片离"毛红"的那张合影相隔十四年，这十四年间，天地翻覆，世事嬗变。上山下乡，当民办教师，返城工作，父母平反，取消成分，结婚生子。

这期间我也曾照过几张照片。其中两张是在陕西咸阳工作的二哥回家探亲时到我插队务农地拍摄的，一张是挑着担子行走的形象，一张是拉小提琴的剪影。挑担照片上的我，虽然近两百斤的重负在身，却显得那么轻松，拉小提琴的照片飘逸着浪漫的情调。照片显示了我在劳累和困厄中不屈的精气神，录下了小提琴陪伴我度过寂寞和无望岁月的情缘。

还有的是结婚照、生了儿子后的三人照、父亲平反时来自各地的兄弟姐妹的全家照。照片记录了我进入新生活的温馨，记录了社会进入新时代的印迹。

更多的是当教师时和一届届学生合影的毕业照，以及参加优秀教师旅游团时摄的风景照。这些照片记录着我教育生涯桃李芬芳的收获，得到学生和社会认可的荣光。

不久又摄了一张人民代表证所需的照片，那是 1984 年上半年照的。选人民代表的程序，先由组织内选候选人，再在组织的引导下由选民推荐，如果组织意图和民意相合，可以定为正式候选人进行差额选举。我所在的铜峰中学分配到一个代表名额，内选是教导主任。结果第一次推荐代表候选人时，我得票遥遥领先，与组织意图大相径庭。于是组织上临时调整方案，让我当上了乡人民代表，还作为知识分子代表参加大会主席团。在那以后不久，我便离开了学校，走上了政坛。代表证上的我，形容清瘦，带有倦意，但是目光炯炯，充满自信。

从政后，照片多起来了，而且彩色照取代了黑白照。有党代表、人民代表、政协委员证件上的照片，有各种会议上的照片，有接待各级领导的照片，有和外商谈判、签约的照片，有参观考察的照片。在 1991 年那场华东地区特大水灾中，我奋战在抗洪第一线，省长亲临视察，在他和我握手的那一刹那，被记者抓拍了。以滔滔洪水为背景，一脸大胡子的我为特写，登上了省报，让我和那场战天斗地的往事永远连在一起了。在招商引资的画册上，印有我的照片，西装革履，乌发锃亮，风度翩翩，中年发福，一扫当年不修边幅的土气。一本本画册送到中外客商手中。

还有很多风景照，记录了我漫游天下的踪迹。美国的白宫，法国的埃菲尔铁塔，意大利的罗马教堂，巴西的亚马孙河，南非的太阳城，澳大利亚的歌剧院，日本的富士山，新加坡的狮兽鱼尾，中国的东南西北，城市乡村，山水风光，名胜古迹。

换第二代身份证了，又要拍照。那时我已经接近花甲之年。照片无情地录下了我的颜容：稀疏的头发，断了半截的眉毛，成了三角形的眼睛，硕大的眼袋，松弛的皮肤，下垂的面部肌肉……这些都显示了我的衰老，光彩消逝。

从此不再愿意照相了。岁月的逝去，无法抗拒的自然规律，让我不敢再面对不会造假的摄影，不敢目睹日益老化的自我。翻看着从童年、少年、青年、壮年、中年到老年的一张张照片，禁不住感慨万千，唏嘘长叹：人生如此匆匆，不知老之将至！

照片是真实的记录，旧事的固化，人生的影像，我觉得这数千张照片像是我个人的一本编年体历史书。生命还在继续，历史还要延伸，书还没有结束，现实不能回避。春夏秋冬，日出日落，斗转星移，生老病死，都是客观规律。不要害怕人生的黄昏，照片还要照下去，否则就是不完整的人生。管他老态龙钟，霜发雪髯，缺齿掉牙，皱纹纵横，这都是人生的必然，无法抗拒。不要过多留恋年轻，不要过分怀念显赫，不要过分哀叹低谷，更不要为身后日短而伤感。每个年代都会有不同的光彩，每种经历都会有不同的收获。好在自己也有了各种各样的相机，胶卷的，数码的，手机也有照相功能，随时可以记录自己的生活。

像过去一样勇敢地去面对摄影镜头，照出老年时代的光和影，最好还能照出"满目青山夕照明"的灿烂，不让自己这本编年体史书有头无尾或狗尾续貂。

（2014 年 3 月）

还想再活五百年

退休了，头发开始变白，眼睛开始老花，耳朵开始不便，反应开始不灵。"老爷爷""老同志""老领导"……见面的称谓，前面几乎都要加个"老"字。孔子"不知老之将至"的感叹不禁在耳边响起，"人生苦短""余生不多"的悲怆油然从心底冒出。

自然年龄老了，生理年龄老了，心理年龄老了。心理年龄和生理年龄互为作用，突然胸口发闷，左手发麻。一检查是心肌梗塞，命悬一线。赶快在通往心脏的两根血管里装了四个支架，算是命大，和死神照了个面，又返回来了。

原来生命是如此脆弱！

重挫之后方能总结教训，大病之后才会寻找原因。心梗一是那个"老"字惹的祸，二是病从口入。

一提到吃，首先想到的是"民以食为天"那句名言。世上哪一件事有吃重要？经历过饥饿煎熬的人对这句话的理解刻骨铭心。世事沧桑，有谁想得到，从来没有吃饱过的中国人突然间不仅能吃得饱，还能吃得好。世代相因的饥饿基因承受不了过度的营养，吃多了，吃好了，吃过了头，反而吃出了"三高"，吃坏了身体，吃出了冠心病。亡羊补牢未为晚也，调整膳食结构，少荤多素，养成科学的饮食习惯。上苍赐予宜兴得天独厚的自然条件，土地肥沃，风调雨顺，物产丰饶，山水田地里的珍馐应有尽有。春天的毛笋，夏天的百合，秋天的雁来蕈，冬天的萝卜，在太湖流域小气候的孕育下，成为宜兴特产，是世间最美好的食物。不仅味美而且营养丰富，不仅是食材而且是药材。这是宜兴人特有的口福，再吃也吃不够，对身体也有百利。生活在食材宝库、美食天堂和养生福地里，有绿色有机食品的滋补，有美味佳肴的享受，何愁身体不会康健，形象不会变年轻。

说到吃，就会想到穿。忘不了小时候穿的衣服是哥哥姐姐穿剩下的，青少年穿的衣服是四季不分的旧衣服，进入中年穿的是款式颜色一律的衣服。进入老年反倒鸟枪换炮：款式从中山装到西装，风格从正装到休闲服，衣料从化学纤维到天然纤维，档次从自制到品牌，色彩不拘一格。这仅仅是开始，时代还在进步，服饰还在变化，风格还在翻新，新面料还会不断出现。佛要金装，人要衣装，忘记年龄，与时俱进，追赶时髦，变换行头，补回长久缺失的浪漫和潇洒。

由穿又想到了住。前半辈子在透风的草屋里栖身，在漏雨的平房中起居，在狭窄的小巷中穿行，在杂乱的院落里生活，虽有"风雨不动安如山"楼厦的憧憬，只不过是一枕黄粱。时代变了，梦想成真，住进了花园般的小区，堂皇高大的楼房。"楼上楼下，电灯电话"，是从小的向往，"三转一响六十五条腿"是青年时的追求，现在何止于这些呢？水暖空调一应俱全，家具家电应有尽有。小区虽不大，但布局合理，环境优美；居室虽不豪华，却窗明几净，宽敞精致。在林间的曲径中晨练散步，听鸟声，闻花香，观水景，吸富含负氧离子的空气，不是神仙胜似神仙。在客厅里会客，在卧室里休息，在书房里看书，在厨房里劳作，在阳台上赏景，如生活在梦境之中。住在这样的地方，舍得说自己老吗？

站在阳台上看宜兴城，居高临下，一览无余。一个仅二三平方公里的古老小县城，现在嬗变成了现代化的大都市。北望楼宇栉比，南眺苍山滴翠，西看如瑶池琼阁飘落，东顾似海市蜃楼降临。山在城中，城在水中，人在画中。白天波光粼粼堪称东方的威尼斯，夜间五彩缤纷可与瑞士的日内瓦媲美。这是一座老天眷顾的美丽城市，生活在这个长生不老之地，人轻易会老吗？

宜兴不仅市区美，而且山美水美平原美，各处都美。随时可以看到如画的美景，随处可以见到精美的园林。不说"竹的海洋""茶的绿洲""陶的古都""洞天世界"名扬四海，就说那依托山开发出的龙背山森林公园、龙池山自行车公园，那依托水开发出的宜园公园、云湖景区，足以让人心醉，让人健康，让人长寿。怪不得"中国陶都，陶醉中国"的广告语会传遍天下。宜兴是中国最宜居的地方之一，成为不争的事实。国际旅游度假区和健康生态产业园两个大项目落户宜兴，斥210亿巨资，建成全省最优、长三角知名、国内外游客向往的休闲旅游度假目的地。信息一经传出，炸爆了手机。翘首以待，期盼这个有史以来最大的投资项目早日在宜兴落成，到时一定要去体验什么叫国际化，享受天人合一的滋味。

宜兴虽然地处沪宁杭三大城市的中心点，一直因交通闭塞，枉有好山好水，枉为钟灵毓秀之地。想不到仅十多年时间，四通八达的道路连接了每个村镇，纵横交错的高速公路连接了祖国的四面八方。风驰电掣般的高铁从家门口驶过。小轿车早就进入了千家万户。公路铁路如贲张的血管、敏感的神经，宜兴活了，宜兴火了，宜兴红了。宜兴成为长三角都市圈的圆心、沪宁杭金三角的中心。宜兴实现了"宁杭半小时生活圈""上海一小时生活圈"。老两口怎能错失这样的机遇，抓住青春的尾巴，亲手驾车，过过"自驾游"的瘾，阅尽宜兴的好山好水好风光，参观宜兴人造汽车造飞机。乘高铁，乘飞机，到祖国各地去游览名山大川。还要飞越大洋，到五大洲去领略异国风情。

物质丰富了，精神也丰富了。进入信息时代，电视、电脑、手机是老年人最忠实的精神伴侣。在这里可以获取古今中外的信息，可以得到视觉听觉全方位的享受。老年人也成了低头族，与手机形影不离，用手机上网、聊天、刷屏、导航、摄影……不久5G手机要普及，更高更新的产品要问世。地球会变得更小，生活会变得更便捷更丰富。政府为老年人办起了老年大学，有文学有历史，有器乐有声乐，有书法有美术，有电脑有摄影，有舞蹈有拳术，有家政有茶道，应有尽有。"充电""蓄电""放电"，活到老学到老快乐到老。宜兴有一流水准的文体中心，那里是艺术的殿堂，体育的竞技场。博物馆让人们了解宜兴的昨天，科技馆让人们展望人类的未来，美妙的交响音乐送到家门口，最高水平的艺术作品展览到小县城，国际体育赛事在东氿之滨举行。

老有所安，老有所乐，老有所养，老有所尊。虽然退休了，但是政府年年给我们加工资；虽然赋闲在家，但是单位年年给我们做体检；不管乘公交还是进景区都享受免费；行走在斑马线上，汽车耐心等我们通过；上了公交车，年轻人自觉给我们让座；老年公寓、康养中心的条件越来越好；报社还等着我的"豆腐干"稿子发表……没有后顾之忧，为何要想着自己的年龄呢？有那么多的精彩生活在等待着我们，为何要想着"老之将至"呢？受到如此尊重，为何要哀叹"人生苦短""余生不多"呢？鹤发当有童颜相映，耄耋童心照样不泯。何况生活在这样的时代，说不定大变化会瞬间出现，奇迹会突然降临。珍爱生命，珍惜生活，不再说老，身体自然会好。只要健康地活着，更多的精彩就会看得到，就会享受到。

谁有我们这一代的经历那么完整，谁有我们这一代的机遇那么幸运，谁有我们这一代的生活那么富有。具有五千年文明史的中华民族焕发青春了。具有两千年建城史的宜兴返老还童了。奔七的人怎么可以妄说自己老了呢？

真是我们赶上了千年不遇的太平盛世。想借用一句歌词大吼一声："真的还想再活五百年！"

（2017年8月）

六　历史的故事

问道都江堰

站在安澜铁索桥上俯瞰都江堰全貌，只见滚滚的岷江水沿着岷山山脉自西北向东南奔泻而下。这条长达 800 公里的岷江，当流到山的出口与成都扇面平原顶端的结合部时，突然奇迹般地一分为二：一条为内江，流入成都平原；一条为外江，继续沿着岷山前行，汇入长江。咆哮的岷江水在这里变得温顺柔和。流入内江的那支水，滋润着四川盆地 30 多个县市，灌溉着千万亩良田，使成都平原成为闻名天下的"天府之国"。

德国地理学家李希霍芬曾这样盛赞都江堰工程："灌溉方法之完善，世界各地无与伦比。"当联合国教科文组织的官员们见到这座 2200 多年前建成的大型水利工程时，惊叹不已，感慨万千，写下了这样的评语："历史悠久，规模宏大，布局合理，运行科学，与环境和谐结合。"都江堰理所当然地被列入"世界文化遗产"名录。

岷江的水脉和水势原来并不是现在这样的流向和状态，是被人为改道分流的。四川的地形为盆地，四周是高山，中间是一个大平原。当湍急的水流奔涌到出山口，地势骤降，岷江与地面的水位落差竟相差 273 米。江水沿路挟带过来的泥沙大量沉积，河床不断抬高，岷江成为悬挂在四川盆地头上一条随时都会倾倒的天河，一条暴戾恣睢、狂妄肆虐的蛟龙。雨季时，江水横溢，泛滥成灾，下游一片汪洋。盆地的东边被玉垒山阻挡，江水无法流过去，一遇枯水期，下游便赤野千里，田地龟裂，农作物颗粒无收。岷江屡屡作祟，侵扰民生，鲸吞良田，祸害蜀地，成为古蜀国生存和发展的最大灾患。"蚕丛及鱼凫，开国何茫然""人或成鱼鳖"，李白在《蜀道难》中描述了当年蜀地遭水患的惨状，并发出无奈的哀叹。

公元前 272 年，隐居岷峨山间的李冰受命出任蜀郡太守。他与儿子和当地百姓一起花了整整八年的时间，开山劈岭，围堰筑坝，修建了这座跨越两千多年的都江堰。从此都江堰改变了岷江水的走向，化水患为水利，使得一个灾害频仍的地区一跃变成了"水旱从人，不知饥馑，时无荒年"的"天府之国"。

古今中外，人类修建了多少改变自然形态的工程，试图让自然为自己服务，可是到后来，不是人类受到自然无情的惩罚，就是自然又恢复到原来的状态。都江堰是世界上迄今为止使用年代最久、唯一留存、其他工程无法替代的宏大水利工程。即使经历了2008年汶川特大地震灾害，位于地震中心的都江堰居然安然无恙。个中原因究竟何在？

　　上知天文，下识地理的李冰，通过对四川的地形地貌和岷江的水脉水势作了详尽的考察后，决定凿通玉垒山，引水分洪，并在这段江中筑坝分流，把江水引到东边，灌溉广袤的成都平原。他为实现这一伟大的计划，设计了三大主体结构。其一曰"鱼嘴"，即在岷江弯道江心筑堤分水，对水量进行自动调节。水丰时六成水流入外江，避免下游水多成涝；水歉时六成水流入内江，确保下游有足够的水灌溉。其二曰"飞沙堰"，即在鱼嘴分水堤和宝瓶口之间构筑泄洪道，当内江水量超过警戒线时，水自动溢至外江，形成二次自动调节，确保下游旱涝都能得到保障。其三曰"宝瓶口"，即在玉垒山上凿开一个口子，让直泻而下的水流先冲到山崖下的大坑里，水流形成的涡旋产生了巨大的离心力，把泥沙甚至巨石抛过飞沙堰，减少宝瓶口周围泥沙的沉淀，防止宝瓶口淤塞，而溢出的水通畅地流向外江。李冰就这样充分利用岷江的特殊地形和水势，因势利导，无坝引水，使分水、泄洪、排沙、控流形成一个完整的体系。疏中有导，导中有疏，疏导有序，平衡自然。

　　难以想象，在当年没有炸药，没有任何工程机械，只有人工条件的情况下，如何完成这样一个浩繁的工程。开山炸石没有炸药，李冰一边让人用火烧山岩，一边让人在火烧过的石头上泼冷水，利用热胀冷缩的原理，让石头爆裂开，山体自然崩塌，在玉垒山上打开了一个形似瓶口的山口，把江水引流过来。在江心围堰筑堤，李冰采用"破竹为笼，圆径三尺，长千丈，以石实之，累而壅水"的方法，即用竹笼子装石头沉入江中，逐渐堆积成江中的石堰。利用自然科学的原理，凭着人工，达到了江堰大坝"重而不陷，击而不反，硬而不刚，散而不乱"的效果，真可谓巧夺天工。

　　"道法自然，天人合一"是人类对人与自然关系的准确认识，是人类必须遵循的科学法则，也是人类处理自己与自然关系的最高智慧。李冰难能可贵的是，在大自然面前，不是无视规律，胡作非为，也不是无能为力，无所作为；而是在恶劣的自然环境中，遵循自然规律，巧妙地让大自然服务于人类，又不被大自然所惩罚，让都江堰这个水利工程成就了天府之国两千多年的辉煌。审视眼前这个水利工程，不能不对都江堰的鬼斧神工仰止折腰，不能不对李冰超越时空的智慧顶礼膜拜。

战国时期，经商鞅变法改革后的秦国迅速崛起，国势日盛。灭六国，一统天下，成为秦国的强烈欲望和实际行动。楚国是六国中唯一有实力能与秦国抗衡的强国，秦惠文王深知"得蜀则得楚，楚亡则天下定"的道理。称霸天下必须剿灭楚国，而蜀地邻近楚国，要剿灭楚国必先剿灭蜀国。于是在公元前316年，秦国一举发兵，消灭了蜀国，使蜀国成为秦国的大后方。秦国要与楚国交战，必须有畅通的水上运输通道，方能解决军事战略物资问题的有效供给，而秦国无水路，难以满足这一需求。可以通到长江的唯一水道只有岷江，而岷江地形复杂，泥沙淤积，船舶难以在其中航行。应当彻底治理岷江，让江水从成都平原通过，便于舟楫，利于运输，同时也可以灌溉田地，益于稼穑。

李冰为秦国完成了这样的使命，让狂放不羁的岷江水乖乖流入了成都平原，开通了秦国与楚国之间的黄金水道。司马迁在《史记》中记道："蜀守冰凿离碓，辟沫水之害，穿二江成都之中。"果不其然，在秦国和楚国交战时，这条黄金水道成为秦国战略物资的交通主道，得到岷江水滋润的成都平原成为秦国的天然粮仓和重要的军粮补给站。秦国终于在公元前223年灭了楚国这个最强大的对手，在公元前221年灭了六国，统一中国。在其中，都江堰工程起了关键性的作用。

都江堰的惠民作用、对发展经济的意义，彪炳史册。都江堰工程不仅体现了李冰利用自然改造自然的卓越智慧，而且体现了他变军用为民用造福人民的远见卓识。

问道都江堰，为何经历了几千年风霜雨雪依然能够以挺拔昂扬的姿态伫立在岷江之上，为何会化水患为水利泽被世世代代，在世人惊羡的目光中，我们了解了原因，找到了答案。

点赞都江堰，礼赞李冰！

（2017年4月）

敬谒茂陵赞刘彻

在陕西省的咸阳市和兴平市之间，有一座陵墓。北面远倚九骏山，南面遥望终南山，东西为横亘百里的五陵塬。陵墓的四周呈正方形，上为平顶，占地近百亩，高约五十米，形似覆斗，庄严稳重，魁伟威武。这是西汉王朝第七位皇帝刘彻的长眠之处。

汉武帝刘彻是中国历史上杰出的政治家、战略家。自他16岁登基以后，在政治上抑制外朝，地方设立刺史，颁布推恩令，削弱王国势力，加强中央集权；开创察举制度，不拘一格招人才，像卫青、霍去病这样的人才都是从奴仆或奴生子中发现和选拔出来的。在思想和意识形态上，采纳董仲舒的建议，"罢黜百家，独尊儒术"，把孔孟之道作为维护王权统治的正统思想。在经济上，一方面承袭"文景之治"时休养生息等一系列发展经济和保障民生的政策，兴修水利，奖励农耕，发展生产，另一方面对盐铁的生产、运输、贸易和铸币，均实行官营制度，而且遣张骞出使西域，开辟了丝绸之路。在刘彻身上最显赫最有代表性的功勋是军事上的建树，他攘外开疆，东并朝鲜，南吞百越，西征大宛，北破匈奴，拓展了华夏民族生存的空间，远扬了大汉帝国的威名，使中国成为当时世界上最强大的国家。汉武帝刘彻可谓是一位具有雄才大略、文治武功的伟大人物，所以《史记》这样评价刘彻：历代帝王"功莫大于秦皇汉武"。毛泽东引用"秦皇汉武"填写《沁园春》词，把汉武帝和秦始皇相提并论，尊他为中国最杰出的帝王之一。

在茂陵墓区里，有李夫人、卫青、霍去病等人与汉武帝陪葬的坟茔。卫青和霍去病，三次大规模出击匈奴，守河套地区，夺河西走廊，打通通往西域的通道，开辟和保障了丝绸之路，把汉疆域从长城推至阴山以北，为大汉王朝和汉武帝立下了汗马功劳。

早在公元前139年，刘彻只有17岁时就开始建造茂陵。公元前117年，24岁的大司马骠骑将军冠军侯霍去病因病去世，刘彻念霍去病血战祁连山区数载，屡建战功，封狼居胥，下令把霍去病的墓建在自己未来的陵寝东侧一公里处，并调来玄甲军，列阵从长安排到墓地，把坟墓建成祁连山形，以旌表他卓著的功业。到了公元前106年，大司马大将军长平侯卫青病逝，汉武帝又下令把墓建在茂陵的东北侧，与霍去病墓并列在一起，以象征"帝国双璧"。因卫青把大汉疆域从长城扩大到阴山以北，所以敕令卫青墓"起冢芦山（阴山）"。

刘彻把霍去病、卫青和自己葬在一起，不仅因为自己强悍好战而偏爱尚武孔勇之才，也不仅因为他们为巩固自己的统治，扩大大汉疆域立下不朽功勋，还因为卫青是皇后卫子夫的弟弟，而霍去病是卫子夫和卫青的外甥。

可是在茂陵和刘彻合陪葬的墓区中偏偏没有当了38年皇后的卫子夫，而只有李夫人。卫子夫是汉武帝第二任皇后。由于卫子夫怀了刘彻的骨肉而被封为夫人，当生下皇长子刘据后被封为皇后，皇长子刘据也被立为太子。太子仁慈宽厚，个性与用法严厉的父亲截然不同，而父亲重用的都为严苛残忍的官吏，刘据常将一些他认为处罚过重的人从轻发落，这使得那些执法大臣心怀不满，常在背后诋毁太子。卫青去世后，奸佞江充、宦官苏文等觉得太子娘家的靠山不在，机会已到，便利用刘彻迷信巫术，蓄意制造了巫蛊案陷害太子。他们编造巫蛊之言，说从太子宫里挖出了桐木人，里面有太子书写的帛书，上面有太子恶毒诅咒皇上的话语。刘彻听信巫蛊之言，断言太子谋反，命宠臣江充率兵治巫蛊。太子被迫起兵反抗，兵败后自杀。因为卫子夫支持太子，遭到汉武帝的迁怒，赐白绫而自缢，葬于桐柏。第三任皇后，即后来的汉昭帝之母钩弋夫人，汉武帝为防止重蹈吕后专权的覆辙，找借口降罪并处死了她，下葬于甘泉宫。在汉武帝去世后，大司马大将军霍光追封李夫人为皇后，以皇后之礼下葬于茂陵，为汉武帝陪葬。

古今中外任何一个伟大人物不可能完美无缺，常常是优点多，缺点也多，功劳大，错误也大。尤其是在他事业有成，处于巅峰时期，也是他暴露弱点，犯大错误的开始。汉武帝在取得政治、经济、军事上一系列成功之后，便忘乎所以，穷奢极欲，挥霍无度，好神仙方士，多无端猜忌，迷信神怪，专注巫术，对内繁刑重敛，对外穷兵黩武。因杀戮过多而民怨沸腾，因横征暴敛而民力枯竭，因战争频繁而民不聊生，因社会动荡而盗贼四起，再加战事常常不利，李广出征全军覆灭，巫蛊之祸造成父子相残，夫妻反目，损兵折将数万。种种打击使得他心灰意冷。在汉武帝登泰山，祀明堂之后，他闭门思过，几天后在轮台宫中下了《罪己诏》："朕自即位以来，所为狂悖，使天下愁苦，不可追悔。自今事有伤害百姓、靡费天下者，悉罢之。"强调"当今务在禁苛暴，止擅赋，力本农。修马政复令以补缺，毋乏武备而已"。

金无足赤，人无完人，人非圣贤孰能无过。可是，皇帝是天子，皇帝是金口，更何况汉武帝功高盖世，声名齐天。正是这个曾叱咤风云的一代英雄，具有文韬武略的天之骄子，他没有一意孤行，变本加厉，向着错误的道路越走越远，而是深刻反省自己的"狂悖"给天下百姓带来"愁苦""伤害"和"靡费"，他强调既要"禁苛暴""止擅赋""力本务"，修改补充政令之不足和缺陷，又不能放松"武备"的新政。他以巨大的勇气开创了中国历史上的先河，他以宽广的胸怀向天下颁布了《罪己诏》。他为刘据建了"思子宫"，为卫子夫建了"归来望思之台"，以表忏悔和哀思。

史学家曾这样评论，汉武帝后期"异于秦始皇者无几矣"，但是西汉王朝"所以有亡秦之失而免亡秦之祸"，与刘彻能够幡然醒悟、思过改过有着密切的关系。

虽然刘彻还没有来得及全面推行与民休息的政策就去世了，但是他的后继者汉昭帝和汉宣帝坚持执行了他晚年的政策，天下又逐渐重归于和谐，出现了"昭宣中兴"。

拜谒茂陵，虽然因为陵区没有卫子夫而存有遗憾，但是心灵还是受到了极大的震撼，不只是因为那座高耸的皇帝陵墓和陪葬的霍去病、卫青的坟茔，也不只是因为汉武帝和他的爱将们创建的伟大功业，更在于他那勇于剖析自己、敢于承认错误的气度和智慧。

为汉武帝刘彻精彩的收官之笔击掌！

（2015 年 9 月）

永不褪色的青冢

在内蒙古呼和浩特市南郊九公里处的大黑河南岸，高耸着一座青草如茵的坟冢，形似一只巨大的覆斗，高 33 米，底部面积达 1300 平方米。这座坟茔里长眠着一位两千多年前的汉族美女，她叫王昭君。

提起王昭君，无人不知，无人不晓。她是一位绝代美女，是一位跨越历史跨越民族的伟大女性。

王昭君的美，美就美在她出众的容颜和才华。王昭君出身于长江三峡秭归的一个普通农民家庭。王昭君虽然出身低微，但是天生丽质，人们用"落雁"来形容其美貌。王昭君不仅容貌美丽，而且聪慧异常，擅长弹奏琵琶，琴棋书画，无所不精。汉元帝好色，下诏天下，遍选秀女。因王昭君才貌双全，闻名于南郡，"以良家子"而被选中，"掖庭待诏"。

王昭君入宫后，一直隐没在冷宫之中，未被汉元帝发现和重视。当北方匈奴首领呼韩邪单于来汉请求和亲，元帝从后宫"召四五女示之"，单于一眼就看中了王昭君。当汉元帝见到昭君，"丰容靓饰，光明汉宫，顾景裴回，竦动左右"，大为惊奇，实在舍不得把这位绝代佳人拱手送给匈奴人，"意欲留之"，但是已经有了任单于在后宫挑选的承诺，不可失信，不得已把王昭君赐予了匈奴单于。

王昭君貌美倾国，后人把她和西施、杨玉环、貂蝉并称为中国古代四大美女。

王昭君的美，美就美在她冰清玉洁的风骨。当秀女入宫后，按规定，由宫廷画师画了像，然后交由皇上遴选所喜所好。宫廷画师成了秀女们能否为皇上宠幸的关键，一旦宫女通过画师的生花妙笔而被皇帝选中，命运会发生天翻地覆的变化。秀女向画师贿赂成为一种潜规则。可是王昭君心高气傲，偏偏不肯随波逐流，低眉折腰，向画师毛延寿行贿。毛延寿大为不满，在她的画像上点上了一颗丧夫落泪痣，使得王昭君被贬入冷宫三年，无缘面君。王昭君虽然受到不公正的冷遇，但是蕴藏在她体内的傲骨比外貌更为光鲜夺目。

王昭君的美，美就美在她忧国忧民的境界。当匈奴向汉廷提出和亲的要求时，皇亲国戚的女儿不肯远嫁番邦，只能从后宫挑选宫女冒名顶替。后宫的宫女们犹如鸟儿困在樊笼，都想争着出去，可是一听说要去那遥远而荒凉的匈奴地，马上避退三舍。唯有王昭君，她想到，和亲是事关边疆和平、国家安全、人民安康、社会稳定的大事，于是挺身而出，慷慨应诏。

　　汉元帝大为感动，赏锦帛二万八千匹，絮一万六千斤，还有大量的金银珠宝，亲自送出长安十里。王昭君出塞时，望着北方漫天的黄沙，不觉幽思自叹，伤感无限，便弹奏起琵琶曲。南飞大雁的哀鸣声和王昭君凄婉的琵琶声交汇在一起，抒发了她心中深深的乡愁和丝丝的憧憬。在车阵马队的簇拥下，王昭君肩负汉匈和亲重任，别长安，出潼关，渡黄河，过雁门，历时一年多，终于到达了漠北。

　　"娥眉绝世不可寻，能使花羞在上林"，王昭君来到了漠北，受到了匈奴朝野的热烈欢迎和衷心爱戴，被封为"宁胡阏氏"，意为匈奴有了汉女作"阏氏"（王妻），安宁始得保障。

　　王昭君出塞后，不辱使命，不负众望，汉匈两族团结和睦，国泰民安，"边城晏闭，牛马布野，三世无犬吠之警，黎庶无干戈之役"，展现出欣欣向荣的和平景象。

　　王昭君的美，美就美在她深明大义的历史责任感。呼韩邪单于和王昭君完婚三年，生下一子后就去世了。王昭君上书朝廷请求回归。可是匈奴游牧民族的风俗是，"父子同穹庐卧，父死，妻其后母；兄弟死，尽妻其妻。"更何况王昭君貌若天仙，多才多艺，呼韩邪单于的长子复株累单于朝思暮想。汉成帝敕令"从胡俗"。"妻其后母"对于华夏礼教来说是一种荒谬的大逆不道的乱伦，难以为汉人所接受，但是王昭君为了国家，为了两地的和平，忍受极大的委屈，嫁给了呼韩邪单于的长子复株累单于，成为"后单于阏氏"，并生了两女。

　　王昭君死后，匈奴人选择在大青山麓，黑水河畔，厚葬了她。老百姓闻讯，纷纷赶来送葬，用衣襟包上土，一包一包垒起了这座高高的墓冢。据说入秋后塞外草色枯黄，而只有昭君墓上一片葱绿，故称之为青冢。史料上有这样的文字记载："塞外多白沙，空气映之，凡山林村阜，无不黛色横空，若泼浓墨。昭君墓烟垓朦胧，远见数十里外，故曰青冢。"

　　人类历史的发展过程就是战争与和平交替出现的过程。为了利益，就有侵略和反侵略、掠夺与反掠夺，战争的发生在所难免。有的战争是为了侵略，为了掠夺，是非正义的战争，有的战争是为了反对侵略，为了维护正当利益，是正义的战争。霍去病率兵西征就是为了保卫领土，制止侵略。但是战争毕竟是残杀，是流血，是灾难，战争的最大受害者最终是人民，是无辜的百姓。人民痛恨战争，百姓渴望和平，我们世世代代怀念王昭君，因为她是献身于中华民族友好事业的伟大女性，她出塞和亲给汉匈两地带来了五十多年的和平和安宁。史学家对王昭君的评价是"功劳不亚于汉代名将霍去病"。不管后来汉朝与匈奴之间又发生过多少摩擦和战争，但是匈奴不仅一直精心呵护着这座青冢，使这座坟冢始终保持着青葱的颜色。

当今世界，依然有野心存在，有邪恶出现，所以依然会有侵略战争，会有恐怖行为。对付侵略和恐怖，必须有强大武装力量，消灭战争，必须要有霍去病，否则就无法对付邪恶和野心，无法保卫和平。人民需要和平，世界需要安宁，和则两利，斗则俱伤，无论战神霍去病还是和平使者王昭君，都是为了实现和平，而不是为了战争。中国人民饱受了战争的创伤，中国人民倍加珍惜和平。

如今的青冢，已经变成了爱国主义教育基地。墓前竖起了雄伟的牌坊，筑起了高大的碑亭，建起了长长的诗书画廊，高耸着的王昭君汉白玉雕像，娥眉秀发，衣袂飘飘，手持琵琶，目视远方，再现了她两千年前出塞的丰姿，塑造了永恒的美的化身。王昭君在历史上不朽，昭君青色的墓冢永不褪色。

（2015 年 4 月）

石头城沧桑

何谓沧海桑田，南京石头城遗址公园这个实物见证做了最形象最准确的诠释。

一千八百多年前的一天，一队人马自西向东急驰狂奔。为首的是诸葛亮。他千里迢迢，从长江中游的荆州赶往长江下游的京口，要去会见东吴君主孙权。曹操亲率百万水陆大军，准备先打荆州，再战孙权，试图一举称霸天下。刘孙势单力薄，面临如泰山压顶的铁骑坚船，单靠刘、孙任何一方的力量都无法与之匹敌。诸葛亮决定亲自出使东吴，与孙权共商破曹大计。

诸葛亮一行途经时称秣陵的地方，当他看到钟山山脉像苍龙一般蜿蜒蟠伏在秣陵东南，西部清凉诸山突兀在长江之畔，山崖呈绝壁状，酷似猛虎雄踞江滨，江水绕清凉山麓东去，秦淮河从山脚流入长江，于是发出"钟山龙蟠，石城虎踞"的感叹。诸葛亮在会见孙权后，建议他在适当的时候把都城迁往秣陵。

赤壁一战，孙刘联袂，以少胜多，以弱胜强，重创了曹操的军事政治经济实力，形成了魏蜀吴三国鼎立的局面。年方 26 岁的孙权登上东吴大帝的宝座，统御着长江以南广大地区。孙权接受了诸葛亮的建议，踌躇满志，意气风发，把东吴的都城从京口迁至秣陵。

秣陵县原为战国时楚威王的金陵邑，建邑于楚威王七年（公元前 333 年）。秦始皇二十四年（公元前 223 年），楚国被秦国所亡，金陵邑改名为秣陵县。东汉建安十七年（公元 212 年），秣陵成为东吴的都城，孙权改秣陵为建业。

孙权来到秣陵县，一眼看中清凉山这座石头山，在这座山上构筑城池。清凉山山体以火山岩为主，还有一段 7000 万年到一亿年前的晚白垩纪时期形成的赭石色沙砾岩。孙权在这样的自然山体上垒土筑墙，故称之为石头城。石头城周长约 3000 米，南面开二城门，东面开一城门，西北悬崖峭壁，紧靠长江，故不设城门。

石头城既是东吴的都城，也是吴国的水师总部。城中建有石头仓库，储存粮食、兵器等物资。江上停泊着上千条战船，水师陆军每天在山下江上操练。城西最高处建有烽火台，一旦有敌情，烽火台烽火一举，半日内烽火便可传遍长江沿线，水陆军马上组成拒敌的铜墙铁壁。孙权就这样依仗长江天险，御敌于江北，守土于江南。

自东吴以来，这座"山以为城，江以为池"的石头城，既是长江上的要塞，也可控制秦淮河入江口，既是南京城的西大门，又是保卫南京的军事要冲。到南北朝时，建业改称建康。建康城在400多年的岁月中，之所以能成为东吴、东晋、宋、齐、梁、陈六朝都城，与这座石头城的军事作用密不可分。南方政权与北方政权战争胜负的标志是能否夺取石头城。而石头城山高崖陡水险城坚，一夫当关万夫莫开，得建康者可得天下。

隋文帝开皇九年（公元589年），隋灭陈，建康城毁，石头城闲置。唐代以后长江日渐西移，自唐武德八年（公元625年），石头城的军事价值减弱，开始废弃。唐代诗人刘禹锡作《石头城》："山围故国周遭在，潮打空城寂寞回。淮水东边旧时月，夜深还过女墙来。"此时的石头城已经成为一座荒芜寂寞的空城。

明代朱元璋定都南京，接受刘基"高筑墙，广积粮，缓称王"的建议，委托刘基主持筑城墙的浩大工程。洪武二年（公元1369年），石头城融入南京城，石头城墙成为南京百里城墙的一部分。在刘基的亲自督办下，南京城墙建成了当时中国最坚固最雄伟最规范的城墙。自此以后，刘基以南京城墙为样板，推广普及到全国各个大小城镇。

被废弃的石头城成为千年南京城兴衰的目击者、南京历史沿革和时代变迁的见证者。它好像在历数着南京曾有过的金陵、秣陵、建业、建康、白下、升州、江宁、集庆、应天等林林总总的名字。它好像在叙述着明王朝栉风沐雨的276年，它所亲眼目睹象征朱家王朝的明城墙从建成到被努尔哈赤皇太极的炮火炸开口子的全过程；为尸横巷陌、血流成河的惨状而扼腕长叹顿首，为徒有高墙坚壁又无奈洋枪洋炮的威逼而被迫签署一张张割地求和的条约痛惜哀叹。它又像在倾诉青天白日旗在南京飘扬的那段历史，南京又一次成为中华民国的国都，可是不久又看到大屠杀惨剧重演，三十万同胞倒在日寇的屠刀下。更像是在说，青天白日旗飘了38年后，喜迎"钟山风雨起苍黄，百万雄师过大江"，南京城从此"换了人间"。

从石头城建成起到现在整整1800年。长江已经改道，从清凉山脚下西移十多公里。石头城虽然还是"山以为城"，但不再是"江以为池"了。江河里的泥沙长期沉淀淤积，地面升高了不少，清凉山四周成为一马平川。时月几经改朝换代，当今已经由战事频仍、兵荒马乱的岁月进入太平盛世、国泰民安的年代。

石头城被当作国家级文物古迹保护下来了。千年古城堡经过整修，恢复了当年逶迤雄峙的峥嵘。进入 21 世纪，石头城又建成了遗址公园。公园以"石城怀古"为主题，将石头城的悠久历史与自然山水有机结合起来，将古代战场与现代国防教育融为一体。那裸露着的山岩还是坚强地支撑着坚固的城墙墙体。中间的赭红色沙砾岩中有一块突出的椭圆形石壁，因长年风化，砾石剥落，坑坑洼洼，斑斑点点，中间还杂有紫黑相间的岩块，怪石嶙峋，远看隐约可见耳目口鼻，活脱是一副狰狞鬼脸，增添了历史的诡谲性和神秘感。怪不得人们又称石头城为"鬼脸城"。"鬼脸"倒映在山前的水塘中，可以看到"鬼脸"的倒影，俗称"鬼脸照镜子"，成为金陵十六景之一。在岩石上可以清晰地看到历朝历代在山上夯筑的土层和增砌的城砖，一土一砖都铭刻着一个个历史时期的风云故事。秦淮河经过治理，清澈见底，如一条青罗带缠绕着遗址公园，在绿树的簇拥下流入长江。

昔日的长江古道，已经成为南京市的建邺区；石头城下的古战场，已经成为全新的河西新区。石头城被千姿百态的高楼伟宇拥抱着，城下立交桥飞跨东西南北，通衢大道四通八达，满城绿荫掩映，花团锦簇。命运多舛，饱受创伤的南京城，一扫满身伤痕，成为一个欣欣向荣的大都市。在怀古思幽之际，耳边不禁响起毛泽东豪迈的诗句："虎踞龙盘今胜昔，天翻地覆慨而慷。"

石头城的变迁就是"沧海桑田"的注释。"天若有情天亦老，人间正道是沧桑"又是对石头城沧桑的再注释。

（2018 年 8 月）

大同悬空寺

享有"佛国龙城"之称的大同，有山就有寺，有圣就有庙，有石崖就有窟。现存庙观上百座，佛窟有九处。在这些林林总总、琳琅满目的庙宇石窟中，我觉得最吸引人的还是悬空寺。

在北岳恒山金龙峡西侧翠屏峰的悬崖峭壁上，高高地悬挂着一座寺庙。整个院寺上载危崖，下临深谷，背依岩龛。远望，像一幅玲珑剔透的浮雕，镶嵌在万仞峭壁间；近看，如鹰展翅，凌空欲飞。古人诗叹："飞阁丹崖上，白云几度封。蜃楼疑海上，鸟道没云中。"这就是悬空寺。

人们用"奇""悬""巧"来概括悬空寺的特点。"奇"，寺庙不是建在地上，而是建在山崖上。"悬"，152.5平方米的建筑面积，四十间大小房屋，全部悬挂在空中。"巧"，一是建筑基础巧，建设者依照力学原理，半插横梁为基，巧借岩石暗托，梁柱上下一体，廊栏左右紧连，虽然悬空，历经一千五百多年，还是坚固无比。二是建筑结构巧，建设者别具匠心，根据建筑体不同的负载力，运用抬梁结构、平顶结构、斗拱结构来支撑空中这座寺庙。三是外形设计巧，屋檐高低错落，有单檐、重檐、三层檐；屋顶花式多样，有正脊、垂脊、戗脊、平脊，攀岩援壁，重重叠叠，险而无惊；楼和山体有机结合，窟中有楼，楼中有穴，半壁楼殿半壁窟，窟连殿，殿连楼；上有松树，如一把巨大的伞在悬空寺上方遮阴挡雨。诗仙李白欣然挥毫留下"壮观"的墨宝，徐霞客叹其为"天下奇观"。

曾为"三代京华，两朝重镇"的大同，"三面临边，最号要害。东连上谷，南达并恒，西界黄河，北控沙漠。实京师之藩屏，中原之保障"。为求天下太平，边疆安宁，人民阜康，从北魏开始，官府大兴佛教，以政盛教，以教兴政。史书记载："京邑帝里，佛法丰盛，神图妙塔，栉比相望。"古寺名刹天宫寺，世界文化遗产云冈石窟和这座悬空寺，均建于那个时代。北魏时的大同，经济繁荣，人民富庶，历经六帝七世，一直是中国北方的政治、经济、文化中心。也为后人、为世界留下了许多宝贵遗产。

我们的先人为何要选择在"不闻鸡鸣犬吠之声"的金龙峡崖壁上建造一座悬空的寺庙呢？大同历来是兵家必争之地，曾发生过上千次大小战事。金龙峡又是外敌入侵的必经之路，多少次血腥的厮杀，就在这里发生。悬空谐音"玄空"，以楼寓理，以形达意，告诫人们，大千世界的纷争，到头来还是又玄又空的过眼烟云，何必兵戎相见，冤冤相报。应当心悟空，和为贵，勿杀生，善为本，循自然，求大同。

悬空寺虽小，但是四十间大小房室里，展示的内容却丰富多彩，应有尽有。有寺院、禅房、佛堂、鼓楼、钟楼；有佛教的释迦殿、送子观音殿、地藏王菩萨殿、千手观间殿、伽蓝殿、雷音殿、三官殿；有道教的太乙殿、纯阳宫；有三教合一的三教殿、三佛殿、五佛殿；还有关帝庙。殿堂里端坐着慈眉善目的佛祖释迦牟尼、须发飘逸的道祖老子、庄重睿智的儒家先圣孔子、孔武勇猛的武圣关羽。还有八十多尊大大小小、仪态各异的造像，栩栩如生地或站或坐在一个个房间里。听着深山险壑里回荡着的阵阵钟鼓声，我明白了建设者当初建造悬空寺的苦衷，就是要让各教派的诸路尊神，三教九流，从不同的角度，造福于人民，降福于人世，保佑江山，永固太平。

在边塞民族融合之地，在战争此起彼伏的金戈铁马时代，悬空寺把三教合一，不能不说是一个奇迹，一个思想文化的重大突破，一个伟大的创举。悬空寺虽谓之寺，却时僧时道时儒，僧道儒融合，还供奉了关羽这位山西的大英雄，创造了多元化的宗教文化。佛教强调缘起性空，慈悲为怀，追求大智、大悲、大能；道教要求人循地轨，地循天道，天地人循自然之法，提倡"修炼""修持"和"养生"。儒教崇尚"礼乐"和"仁义"，提倡"忠恕"和"中庸"之道，主张"德治"和"仁政"，恪守伦理关系。关羽则是中国人景仰的忠勇信义的化身。这些教义教规，都是总结了人类的社会活动，经过千百年的锤炼而提炼出来的文化精华，成为一代又一代人的信仰。虽然教派不同，但是教义有异曲同工之处，都是强调真善美，强调真爱大爱，强调和谐、和睦、和平。悬空寺显示了大度，显示了包容，显示了"和而不同"的真正智慧。

世界越来越朝多元化、多样性方向发展。包容是一种美德，是一种胸怀，更是一种智慧。不论社会制度如何，意识形态如何，民族习惯如何，历史恩怨如何，宗教信仰如何，存在总有合理性，成功总有规律性，认识总有局限性。"他山之石可以攻玉"，对于"异"，不是采取简单狭隘的排斥，而是实行辩证唯物主义，异中求同，为我所用。只有大度包容，兼收并蓄，博采众长，才能创造和谐，才能求富强于国，造福祉于民。这正是悬空寺给我们的启示。

悬空寺是个建筑奇迹，更是追求大同的文化奇迹。

（2012 年 5 月）

阅读无字功德碑

陕西乾县有座梁山，北面有一座山峰高高耸起，山上覆盖着苍松翠柏，南面有二峰，山势较低，东西对峙，呈北高南低之势，一条宽阔的大道从两峰间向南延伸。苍茫的山岚烟云衬托着三座挺拔峻峭的山峰，犹如一位新浴出水的少妇，披着长长的秀发，仰面躺在蓝天白云之下。大自然神工鬼斧造就了这样气势磅礴而又钟灵秀美的山川。

这是在公元 684 年，用了 23 年的时间，依山势建成的一座帝王陵墓。这是世界上独一无二的陵墓，为两朝帝王、一对夫妻皇帝的合葬墓。一位是唐朝第三位皇帝唐高宗李治，一位是中国历史上唯一的正统女皇——大周皇帝武则天。

乾陵是中国古代最大的帝王陵寝之一。乾陵的南北主轴线长达 4.9 公里，陵园周长 40 公里，陵区仿京师长安城建制。史料载，陵墓由内外两重城墙组成。现在外城遗迹已难寻觅，内城遗址至今犹存，面积达 2.4 平方公里，四面有门，北为玄武，西为白虎，东为青龙，南为朱雀，其中有献殿阙楼等宏伟建筑。那条从两峰间穿过的司马道两旁，有华表一对，翼马和鸵鸟各一对，石狮一对，石马五对，翁仲十对，王宾像六十一尊，十七座陪葬墓，还有石碑两道，一道为《述圣纪碑》，另一道则为无字碑。

乾陵之所以有名，并非墓内男主人之故，而是因这里埋葬着一位叱咤风云的女人；乾陵之所以神秘，不是因西侧那座女主人为男主人立的功德碑，而是东侧女主人为自己树的那块无字碑。

无字碑是用一块完整的巨石雕凿而成的，高 7.53 米，宽 2.1 米，厚1.49 米，重达近百吨，给人以凝重厚实、浑然一体的美感。碑首雕刻了八条螭龙，巧妙地缠绕在一起，鳞甲分明，筋骨裸露，静中寓动，生气勃勃。碑的两侧有《升龙图》，龙腾若翔，栩栩如生。碑座上有《狮马图》，其马屈蹄俯首，温顺可爱；雄狮则昂首怒目，十分威严。碑上还有许多花草纹饰，线条精细流畅。这座无字碑显得神圣庄严，气势恢宏。碑的中间留着的空白，给人留下无限的想象空间。

在中国历史上曾有过汉代的吕后、唐代的武则天和清代的慈禧太后三大女性统治者。但是十六年"号令皆出太后"的吕后未能称帝，垂帘听政、临朝称制四十七年的慈禧始终只能称太后，能够牢牢掌控朝政五十余年又名正言顺称帝二十多年的只有武则天一人。

这位中国历史上独一无二的正统女皇帝，为自己树立的为何竟是一块无字碑呢？原因何在，众说纷纭，莫衷一是。

有人说武则天在由一个民间小女通向皇帝宝座的半个多世纪的时空道路上，布满了心计、阴谋、残忍、杀戮……武则天自知罪孽深重，无脸在碑上刻上什么文字。

因父辈的渊源和其"美容止"的丽质，武则天被李世民召入后宫，封为"才人"，赐号"武媚"；她在宫中，用铁鞭抽身、铁棍敲头和匕首割喉管的手段，对付谁都驯服不了的"狮子骢"，慑服了后宫，惊骇了太宗皇帝；她以美色诱惑太子李治，暗中乱伦，所以在太宗皇帝驾崩，武才人削发为尼时，与唐高宗李治邂逅又能旧情重温，召回后宫，封为"昭仪"；她又以掐死亲生女儿安定思公主然后嫁祸于皇后的方式，使得皇上废后，自己登上皇后宝座；她以自己的强势和超人的才华，获得"百司表奏皆委天后详决"的权力，与唐高宗并称为"二圣"；她笼络朝臣，结党营私，排斥元老，翦除异己，架空皇帝，专断朝政；高宗死后，先让李显即位，后废李显立李旦为帝，自己以太后身份临朝称制，改名为"曌"，意为自己如日月一样凌挂于天空，光耀于大地；她暗中让僧人法明等编造《大云经》，称其是弥勒佛降生，应为大唐"阎浮提"（人世）主，又命心腹大臣搞几百人的"劝进"，引来朝廷上下、京城内外、四夷酋长、僧道等数万人跟着"劝进"，67岁的武则天遂登上皇位，改唐为周，自称大周皇帝，迁都洛阳；为了巩固皇位，武则天采用奖励告密、任用酷吏、屡兴大狱的手法，不惜毒死已立为太子的亲生儿子，挑动酷吏之间内讧恶斗；生活荒淫无耻，穷奢极欲，宫闱秽乱，内戚擅权……武则天之行径，达到了"鬼神之所不容，臣民之所共怨"程度，满盈的恶贯，累累的罪孽，罄竹难书，武则天还有何脸树碑立传？

有人说武则天知人善任，治国有方，继承了贞观遗风，为其孙玄宗"开元之治"奠定了基础。因其功业遍寰宇，恩泽披华夏，不是语言能够表述尽，所以干脆用无字之碑，反倒能起到"此地无声胜有声"的效果。

执掌朝政之时，武则天在政治上敢于打击士族显贵的保守势力，不惧王侯门阀的嚣张气焰，扭转权力分散、诸侯割据的混乱局面，确保中央权威，君主集权；武则天广开仕途，发展和完善科举制度，开"殿试""自举""武举"等选任人才的办法，广泛吸纳人才，重用寒门；武则天善开言路，杜谗言，体恤下属，为八品以上的官吏"益禀入"，增加工资薪金，文武百官任事已久，才高位下者"得进阶申滞"。

武则天在经济上"劝农桑，薄赋徭"，鼓励发展农业生产，扶持手工业和流通业。在均田制面临瓦解之时，对农民逃亡现象采取宽容政策，让农民得到休养生息。对长安地区废除徭役，对其他地区"省功费力役""南北中尚禁浮巧"。

武则天在文化上推崇佛教信仰，宣传"息兵，以道德化天下"的主张，要求"王公以降皆学《老子》"，除继续倡导忠孝礼义儒家学说外，还专门规定"父在为母服丧三年"，以提高妇女的社会地位。

武则天在军事和外交上，一手用武力击退入侵者，稳定边疆，保卫国家安全，另一手以怀柔政策改善与少数民族的关系。

作为封建社会的一个女流之辈，能够实际执政五十多年，其中当皇帝二十多年，政策稳当，兵略妥善，文化复兴，百姓富裕，可谓功高盖世，泽被后代，被誉为"女中英王"，为国家和民族立下的"鸿业大勋"，这些功勋岂是一块小小墓碑上的碑文所能容纳？

有人说武则天有大智慧，究竟是功是罪，自己不说，而是交由后人去评说。

历史不是自己写的，也不是御用史家所撰，需要时间检验，需要后人评说，需要社会民众鉴定。武则天是一个多色彩的人物，一个在历史上有争议的人物。有人说她是美的化身，有人说她是丑的象征，有人说她是解放女权的先驱，有人说她是鲜廉寡耻的淫妇，有人说她是伟大的政治家，有人她说是阴险的野心家，有人说她是施恩天下的明主，有人说她是心狠手辣的暴君。所以她一直是史家争论的矛盾之人，是艺术家刻画的冲突之人，是民间传说的脸谱之人。

在封建社会，女人当皇帝是封建伦理所不允许的，武则天当上了，当然为正统理论所不接受；正统理论向来是主张光明正大，遵循伦理纲常，可是武则天是靠她的心计、权谋、手段和残杀当上了皇后乃至皇帝，世人难以接受；在封建社会，女人理当三从四德，男人可以三妻四妾，可是武则天颠倒伦理，从太宗的妃变为高宗的后，而且宫闱藏有"面首"相侍，怎会不引起诋毁和鞭挞。就在武则天病重时，宰相张柬之发动了政变，迫使武则天退位，拥立唐中宗李显复位，结束了大周，恢复了唐朝。虽然唐中宗很给面子，上尊号"则天大圣皇帝"，可是武则天知道，女性再强悍再有作为也难以为世人所接受。82岁时，武则天留遗言，改称"则天大圣皇后"，驾崩后，唐中宗按遗命将武则天以皇后身份与其父唐高宗同葬于乾陵。

可是如果换一个角度思考，即使是男人，即使是太子，要当上皇帝，爬上权力的巅峰，同样需历经很多阴谋、争斗和残杀，但是从没有大惊小怪，而女人"素多智计，兼涉文史"，强悍泼辣，就觉得是异端了；皇帝拥有三宫六院七十二妃，世间都认为是理所应当的，而女人如要越雷池半步，就觉得是大逆不道。当儒家思想占据统治地位时，对武则天的评价是贬多褒少，因为男尊女卑的观念在中国人的思想中是根深蒂固的，不可动摇的。看来武则天把这一切都看得清清楚楚，所以还是留个空碑让后人去做评论，去做论断。

武则天毕竟是一个曾活动于中国政治舞台中心的耀眼人物，她也成为一面历史的镜子。许多政治家和历史学家纷纷用不同的理解，从不同的角度评论武则天。南宋著名学者洪迈说："汉之武帝，唐之武后，不可谓不明。"郭沫若说："政启开元治宏贞观，芳流剑阁光被利州。"翦伯赞说："武则天的打击门阀贵族和提拔普通地主做官的政策，是符合当时社会发展趋势的，因此她的作用是积极的……武则天在巩固封建国家的边疆方面，也做了不少工作。"毛泽东说："武则天确实是个治国之才，她既有容人之量，又有识人之智，还有用人之术。她提拔过不少人，也杀了不少人，刚刚提拔又杀了的也不少。"随着社会的进步，评价也越来越接近客观，尤其是她那治国之才，以及她的施政理念和方法给当时中国的经济社会带来的变化和进步，更值得后人借鉴。能够给人以充分解读空间的人才够得上个大人物，从这个意义上讲武则天是个大人物，不仅是中国历史上唯一的正统女性皇帝，而且是有所作为的皇帝。

乾陵前的那座无字碑是一面历史的多棱镜，能够折射不同的光谱，给人们多方位的思考。历史、经济、社会、政治、国家和人类就是在这样的光谱的折射面前，多方位的思考中，不断变化、进步、发展、提高和升华。

（2015年1月）

北京有座景山

　　北京有座景山，位于故宫以北，与故宫神武门隔街相望。景山高45米，周长1015米。山上植有上万棵树，建有绮望楼、峰亭、寿皇殿、兴庆阁、永思殿、吉祥阁、观德殿等建筑，成为北京一个著名的旅游景点。

　　景山并非地壳运动造就的天然山，而是一座人造山。

　　远古时期，景山同北海等处均为永定河故道，景山所处的河道位置地势较高，永定河改道后，景山一带逐渐成为土丘。辽代营建瑶屿行宫（今北海公园琼华岛）时，将余土堆积于此。金代大定十九年（公元1179年），在该地南侧建太宁宫，凿西华潭（今北海），挖起的泥土在那里堆成小山，建造了皇家苑囿，称"北苑"。十三世纪中期，元世祖忽必烈营建元大都，建筑垃圾继续往小丘上堆，小丘不断增大增高。土丘一带正处于大都城的中心，皇宫的核心建筑在延春阁以北，小丘被辟为专供皇帝游赏的"后苑"。元代皇帝常在这里躬耕，以昭示天下。蒙古有大青山，小丘被蒙人称作"青山"。

　　明代洪武初年，工部郎中萧洵主持元故宫的拆毁，为防止元朝残部围困北京引起燃料短缺，在景山堆煤，称为"煤山"。

　　永乐年间，明成祖朱棣在北京大规模营建城池、宫殿和园林。依据"苍龙、白虎、朱雀、玄武，天下四灵正四方"之说，紫禁城之北乃玄武之位，当有山，故将挖掘紫禁城筒子河、太液和南海的泥土堆积在青山上，构成了现在的五峰形态。山下种植了许多果树，山上养殖鹿和鹤等动物以寓长寿，所以山下称"百果园"，山上称"万岁山"。因为景山的位置正好在北京城的中轴线上，又是皇宫北边的一道屏障，风水术士称它为"镇山"。

　　清顺治时期，改名为景山。《诗·殷武》中有"陟彼景山，松柏丸丸"的诗句。取名"景山"，意为三千年前商朝的都城内有一座景山，如今北京也有了景山，今日之大清似当年的商朝一样，如"松柏丸丸"，繁荣昌盛。

　　永定河故道上从无到有，从小到大，从低到高，渐渐造出了一座山；山名由无名到"青山""煤山""万岁山""镇山"，演变成"景山"。景山由此成为北京城的制高点，成为皇家的御园，故宫从此有了"前有照、后有靠"的好风水。

不管是建起人工小山，弥补风水的缺陷，还是取名"景山"，其目的都是为了天安地宁，国泰民阜，皇权永延，江山永固。可是事物的发展变化偏偏不会合人意、如人愿。景山上发生了一出又一出的悲剧。

明崇祯十七年（公元1644年）三月十九日，李自成军攻入北京，杀进紫禁城。明思宗朱由俭见大势已去，自觉有愧于祖先基业，挥剑乱砍身边的妃嫔嫱媵，斩杀了自己的亲生儿女，要他们生生世世不再投胎到帝王家，最后逃到宫后的景山上，解下腰带，自尽于观妙亭下的歪脖子槐树上。276年前朱元璋从成吉思汗后人手里夺来的大明江山，瞬间灰飞烟灭。

李自成坐上了金銮殿的龙椅，明宫里飘起了"大顺"的旗帜。42天后，"大顺"王朝消失得无影无踪，李自成死于乡间村民之手。

256年后，八国联军攻占北京，景山被法国侵略军占领，寿皇殿成为法军的司令部。寿皇殿里存放着历朝历代上百个由玛瑙、玉石和黄金制成的君王御玺，被劫掠一空。

1911年，景山目睹山下清宫里飘扬了267年的龙旗突然降下。后来目睹了溥仪这位中国两千多年封建帝制的末代皇帝被赶出故宫，前往天津栖身。后又被日本人装入木箱，像货物一样吊到船上运往东北，在日本军的刺刀威逼下当上伪满洲皇帝。

纵观中国两千多年的封建历史，用暴力、用杀戮换取的仅是个人或少数人的权力和利益，并没有改变阶级性质，没有改变封建制度。所谓"君权神授"的封建皇权制度，是集天下之利为一人所有的制度，是背离人权的制度，不管朝代如何更迭，国号如何改变，始终超越不了兴衰治乱的发展过程，逃脱不了"其兴也勃焉，其亡也忽焉"的政治周期律。即使选择最好的风水宝地建造皇宫，题取最好的名称名谓，也无法实现皇权永存、江山永固的期望，无法避免朱由检、溥仪这样惨痛可悲的结局，无法避免李自成等揭竿而起的内乱，无法避免八国联军在景山上、在北京城里野蛮的行径，无法避免国家罹难、民族蒙耻的悲剧。

中国的末代皇帝溥仪特赦出狱后，来到了景山那棵吊过崇祯皇帝的树下，久久打量着那棵歪脖子槐树，一言不发。溥仪触景生情，涕泪满面："过去是不会有人让我到这里来的，今天看到了这棵树，心里是感慨万千啊！中国历史上的末代皇帝，下场大都是很悲惨的。"溥仪知道，前朝的末代皇帝并非和他一样是个无能之辈。朱由检作为明代第十六位皇帝，继位后面对岌岌可危的局面，大力革除朝弊，励精图治，铲除阉党，起用人才，勤于政事，生活节俭，试图中兴大明王朝。可是偏偏遇到大旱不断，瘟疫爆发，赤地千里，尸殍遍野，国库空虚，入不敷出，内忧外患，积弱积贫，怎奈何得了李自成在陕西举兵作乱，怎对付得了努尔哈赤从关外乘虚而入。即使再有能力，最为勤勉的君王也挽救不了如山崩塌的危局，因为这是天意、民意、不可抗拒的规律，是不可违逆的命运。他只能以这样的方式结束自己的生命，与先帝创造的基业同归于尽。他的才华，他的人品，他的精神，他殉国的惨烈，连想取代他的敌人也佩服之至。灭明建清后，清廷称这棵树为"罪槐"，用铁链加锁锁住老槐树，规定清室皇族成员路过此地都要下马步行，边上竖着刻有"明思宗殉国处"六字的石碑一块，还为这位前朝皇帝谥号"守道敬俭宽文襄武体仁致孝庄烈愍皇帝"。溥仪面对崇祯皇帝，默默地吟诵着后人写的那首哀悼诗："巍巍万岁山，密密接烟树。中有望帝魂，悲啼不知处。"他深知自己的幸运。

民国后，景山这座皇家林苑变成了对民众开放的公园。可是军阀连年混战，后有日军侵扰，再加上国共内战，使得景山这座明清两代御园破败不堪，一片萧条，已全无昔日之皇家风采。中华人民共和国成立后，景山经过全面修建，正式作为人民公园对大众开放。银杏园、海棠园、牡丹园、桃园、苹果园、葡萄园、柿子园，苍翠葱郁，各显风姿。红墙黄瓦的亭台殿阁，坐北朝南，辉煌灿烂，面目焕然一新。公园里早晚舞乐笙歌，白天游人如织。

可惜现在景山上那棵槐树不是当年吊着崇祯皇帝那棵老槐树了。"文化大革命"期间，老槐树被当作"四旧"砍掉。1981年在原址上移植了一棵小槐树。1996年又从建国门内北顺城街7号门前移来了一株150年树龄的古槐替代了1981年的那棵小槐树。

树可以不断移植，可是历史却无法更改。树并不需要砍掉，需要彻底改变的是封建皇权制度。前事不忘，后事之师。

（2015年1月）

外滩，穿越时空的交汇点

　　1840 年的鸦片战争，帝国主义用洋枪洋炮打开了清朝闭关锁国的大门。清朝政府被迫签订的《南京条约》，把广州、福州、厦门、宁波和上海作为通商口岸。上海是长江的门户，是连接中国腹地的重要一点。英国人有着殖民主义者的目光和工业革命的经验，特别青睐上海这块风水宝地。于是，英国人迅速在上海设领事馆，建商埠。

　　黄浦江边是一片泥滩，芦苇丛生，坟冢成堆，荒无人烟。英国第一任总领事巴富尔一眼就看中了这块荒芜的土地。凭他的慧眼，他看到了潜在的商机，看到了上海的未来，于是向上海道台宫慕久提出要在远离上海县城的那块泥滩上建领事馆。普天之下莫非王土，皇上的地是不能卖的，只能到农民手里租。于是签署了《上海土地章程》，批租了八百三十多亩土地，在这块泥滩上建起了第一座洋房。随着领事馆的建立和通商口岸的开埠，一艘艘外国船只在黄浦江上穿梭往来，一船船货物出入港口码头，一批批洋人接踵而至，一个个洋行在外滩争相开张，一幢幢西洋建筑在泥滩里迅速崛起。他们在上海这块肥沃的土地上，抢栽西方列强的发财树。外滩的雏形出现了。

　　港口的开通给洋人带来莫大的商机，航运业迅速崛起，世界各国的货物运到中国，中国各地的资源运到海外，上海马上变成了亚洲地区最繁忙的海运中心，航线覆盖了五洲四海。

　　航运业带来了西方的工业和新技术，上海变成了中国近代工业产业中心。钢铁业、造船业、纺织业、轻工业、机械业、化工业……在上海遍地开花，取代了中国几千年来的手工作业。

　　随着经济的快速发展，金融业在上海应运而生。外国各大银行纷纷来上海抢滩，取代了中国昔日的钱庄。外滩变成了远东的华尔街，全中国近一半的财富聚集在外滩。

　　传教士来到了上海，外滩成为他们传播西方文化的据点。设教堂，印圣经，建学校，办报纸，介绍西方新思想和新文艺。马克思主义、社会主义也随之传到了中国。

英国人在这里发财了，美国人跟来了，法国人也来了，欧洲几乎每一个国家都来了，日本人、犹太人、印度人也来了。土地不够，继续租地。老百姓不愿意租地，一手靠钱，一手靠黄浦江里的炮舰，老上海城外的地方都变成了他们的租界。

租界一开始实行华洋隔离，"华人与狗不得入内"就是他们歧视华人的代表语。可是，太平天国起义、小刀会的战乱，洋人不仅抵挡不住蜂拥而入的避难华人，精明的洋人更察觉到其中的商机。有人流就有物流和资金流，利益才是永恒的，等大批华人涌进，租界以石库门为代表的房地产业便异军突起，商业市场空前繁荣兴盛。租界内开始了长期的华洋杂处，虽然经济得到了长足的发展，城市得到了迅速的扩大，但是在中国土地上的中国人必须由他们来管制。

聪敏的中国人从洋人身上学到了经商的理念和方式。中国人的企业迅速诞生，民族工商业快速成长。

叶澄衷这个以在黄浦江上摆渡为生的宁波小青年，一件意外的事情改变了他的命运。一个过渡的英国商人把装满钞票和合同的包掉在了船上，叶澄衷千方百计找到了失主，皮包完璧归赵。中国人的诚信感动了外国商人，外国商人为了报答他，让他做进口的五金生意。他从摆小摊到开公司，从销售五金件到代理美孚油，从流通航运到搞实业，从办银行到建学校，叶澄衷成为上海滩上的富商巨贾。

像这样的中国商人，何止叶澄衷一个。陈光甫在外国银行林立的上海滩上，独辟蹊径，用一元钱起存的办法，办起了上海商业储蓄银行，在夹缝中独树一帜。不仅在上海做得红红火火，全国和世界各地都有分行，直到现在，台湾的上海商业储蓄银行仍然声名赫赫。

聪明的中国人在这里学到了本领，找到了商机，在商海里如鱼得水，尽情畅游，各领风骚。中国人兼并了外国的海运公司。外滩有了自己的楼房，那座高大魁梧的中国银行，投资规模接近外滩所有大楼投资额的一半。

那些在洋行里被蔑称为"糠摆渡"的买办，在学习国外经验、发展民族实业中发挥着二传手的作用。买办席正甫，苦心经营上海汇丰银行三十年，成为外滩金融业的巨鳄、远东华尔街的摩根，影响和控制了整个外滩金融业。

上海是冒险家的乐园。洋人在这里冒险，上海人在这里冒险，四面八方的中国人，纷纷汇聚到上海，和洋人、上海人一起来冒险。冒险就是创业，创业就有发展。他们在冒险和创业中，向洋人学习，和洋人合作，与洋人竞争，在学习、合作和竞争中使自身的得到充分发展。上海变成了生机勃勃的创业乐园、中国和亚洲的经济中心。

外滩那座海关大钟，记述着这样的故事。有个叫赫德的英国人，被清廷聘任为中国海关总税务司。他们认为中国人自己管不好海关，只能让外国人来管理。赫德清正廉洁，恪尽职守，讲究契约，注重效率，办事公正。五十多年，江海关税一直成为支撑清廷和赔款的主要财政来源。中国的海关，收的是中国的税，收税的是外国人，大钟敲响的是英国名曲《威斯敏斯特》。

中国银行不服从北洋政府对金融的横蛮干预，袁世凯要捉拿法办行长。租界司法独立，租界的法律保护了中国的金融家。旧民主主义革命的先驱邹容和章太炎，因有反清廷言论，被清政府判处死刑。租界里是没有言论罪的，允许思想自由。他们虽然被判了刑，但是免遭了死罪。

租界还保护了二战时大批避难的犹太人，保护了韩国的临时中央政府。

随着西方文化和生活方式的输入，上海有了职业女性，有了电影，有了油画，有了交响音乐，有了广告，有了舞厅，有了大学，有了霓虹灯，有了十里洋场……中西方的文化在这里交汇，世界一切最先进、最时髦的东西首先在这里出现。

五千年文化看中原，两千年文化看西安，一千年文化看北京，一百多年文化看上海。看上海就是看外滩。有人说外滩是万国建筑博览会，也有人说外滩是殖民地的标志；有人说外滩是上海开放的桥头堡，也有人说外滩是中国人的耻辱；有人说外滩是中国近代文明的象征，也有人说外滩是华洋结合的混血儿。外滩究竟是中国人的光荣，还是中国人的羞耻？

落后就要挨打，这句至理名言在外滩得到了验证。如果当时的中国制度先进，政治清明，科技发达，国力强盛，国防坚固，哪里会签订那些不平等条约呢？外滩上出现的房子都是中国式的楼宇了。强大对付孱弱，先进对付落后，科学对付愚昧，民主对付专制，枪炮对付封闭。孱弱、落后、愚昧、专制、封闭，便有炮火，便有殖民，便有渗透，便有歧视，便有外滩现象的出现。

历史是残酷的，残酷的历史造就了外滩这个穿越时空的交汇点。外滩见证了中国的悲剧，也给当时中国的启蒙带来了重大机遇。外滩是中国昨天的记录。和外滩隔江相望的陆家嘴是对中国今天改革开放故事的叙述。滔滔不息向大海的黄浦江，正在向世界证明着明天会更好。

（2012 年 7 月）

津门五大道

　　天津中心城区南部有个面积为 2.18 平方公里的长方形地带，那里汇集着 2000 多所 20 世纪二三十年代建成的花园式洋房，成为天津市的城中之城。在这个城中之城里，东西并列着成都道、重庆道、大理道、睦南道和马场道五条街道，人们称之为五大道。

　　五大道为中国北方保留最为完整的小洋楼集聚区。走进五大道，就像走进了万国建筑博览会。

　　五大道的建筑鲜艳醒目，五彩缤纷，一改中国建筑黑白灰为主的传统色调。不仅建筑色彩丰富，而且花团锦簇，绿树四季成荫。五大道的建筑群都为欧洲风格，却又同中有异，多姿多彩。有古典主义风格，有现代主义风格，有折中主义风格；有罗马式建筑，有文艺复兴式建筑，有哥特式建筑，有罗曼式建筑，有巴洛克式建筑；有敞开式花园，有封闭式庭院，有中西合璧的建筑。整个建筑群高低错落，疏密有致，让看惯了秦砖汉瓦的中国人耳目一新。

　　天津为何会有这样一个异国风情的街区，让我们走进历史长河上溯到那个特殊的历史时期去寻找答案吧。

　　中国是一个幅员辽阔、人口众多的国度。以航海技术和近代工业革命中崛起的西方列强，一直垂涎和觊觎着中国这个古老的国家。他们眼中的中国有广大的市场，有丰富的资源，有众多的劳动力。1840 年，英国人用洋枪洋炮打开了中国的国门，他们不仅是从广州、福州、厦门、宁波和上海五个通商口岸获得了利益，尝到了甜头，而且深知几千年的封建制度和清政府长期实行的"闭关锁国"政策，使中国这只东方睡狮政治腐败，科技落后，国力衰微，民众散乱，实在是不堪一击的庞然大物。他们为了进一步打开中国市场，扩大在华侵略的利益，趁中国国内太平天国运动之际，伙同法国，联手从塘沽口登陆上岸。清军的冷兵器怎抵挡得住英法联军的坚船利炮，侵略军所向披靡，直捣天津。天津是北京的门户，天津攻破北京必然陷落。于 1860 年攻入北京城。清军溃不成军，清帝逃往承德避难。

英法联军在北京城里为所欲为，烧杀抢掠。他们闯入圆明园肆意掠夺珠宝，还将这个皇苑付之一炬。清政府卑躬屈膝，只得匆匆以割地赔款告罄。

英国人远不满足清政府几百万两银子的赔偿，而是要在天津增开通商口岸。具有海洋经验和殖民眼光的英国人，深谙天津这个地方潜藏着巨大价值。天津有着"当海河之冲，为畿辅之门户"的可进可退的地理优势，有着"通舟楫之利，聚天下之粟，致天下之货"的经济作用，具有"区区虽为一隅，而天下兴废之关键系焉"的战略地位。得天津就可以控制中国的首都，控制首都就可以把手伸向中国内地任何一个地方，可以畅通无阻地倾销他们的商品，毫不费力地掠夺中国廉价的原材料和劳动力。英国人又以武力胁迫清政府签订了《天津条约》，同意英国在天津开设通商口岸，划出地盘作为租界。

天津府衙把远离城区的那片他们认为不值钱的水洼苇荡划给英国人，那里散落着一些窝棚式的简陋民居，有"二十间房""六十间房""八十间房"等似是而非的地名。而英国就在中国人认为不值钱的沼泽地里筑起了宽阔的马路，盖起了与中国建筑风格迥异的花园小洋房。那些跟着英国人来到天津的外国军人、商人、冒险家也纷至沓来，根据各自的审美标准和价值观，盖起了林林总总的别墅和楼堂。五大道里很快形成了密集的西式建筑群体，很快形成了一个幽静美丽的城中城。五大道的雏形就此出现了。

特殊的历史时期诞生和哺育了五大道这个特殊的街区。而五大道的发育和壮大，又成就于后一段特殊历史。1911年中国爆发了辛亥革命。清王朝覆灭了，两千多年的封建统治结束了。

中国进入民国时代。这是中国历史上最不稳定的时代，战争最频繁的时代。共和步履维艰，北洋军阀轮流坐江山，外国列强跃跃欲试争相瓜分中国。就在此时，五大道里突然涌进了一批又一批中国人。

倒台的皇族和清室的遗老遗少来到了五大道；下野的总统、失势的督军、落魄的官僚来到了五大道；各地的名角明星、文人雅士、社会名流来到了五大道。五大道是英国人的租界，任何势力都不可能也不敢把触角伸到这里；天津卫又有着"密迩京师，交通便利，十里洋场一般"的有利条件。有人来这里避难偷安，有人来这里逍遥取乐，有人来这里观测风向以图"终南捷径"东山再起。于是五大道变成"安全岛"，变成"桃花源"，变成"风向观测所"。他们模仿洋人，在五大道盖起洋楼，构筑巢穴。五大道的洋楼急剧增加，五大道的范围迅速扩大，形成了今天的规模。人们统称五大道为"天津小洋楼"。

五大道不只是一个简单的居住、生活之地，更是当年中国政治生活的一个神秘而深邃难测的空间。特殊的政治人物，重大事件的后台，都出没在五大道一幢幢美丽的洋楼里；正义举动的策划，阴谋计划的酝酿，也都发生在五大道一栋栋曲折的建筑中。末代皇帝溥仪栖身于五大道，与军阀和日本人勾结密谋复辟；段祺瑞与张作霖、冯玉祥在五大道策划中华民国临时执政；张勋在五大道暗中纠集五千辫子兵扶持溥仪登基；蔡锷牵手小凤仙隐身于五大道心系护国讨袁大计……

五大道建有庆亲王府；五大道留有曹锟、徐世昌两位曾任大总统的身形，潘馥、顾维钧等六任民国内阁总理的足迹；孙殿英、孙传芳、张学良、张伯苓等风云人物在这里有私人宅第。连美国第 31 任总统胡佛、国务卿马歇尔都涉足过五大道。

五大道的花园洋房折射了中国百年历史风云，牵动了中国近代历史的进程。

随着英国在天津的开埠，西方的先进制造业技术和皇室、官僚、商贾的资本在天津产生了剧烈的化学反应，不仅五大道成为中西交汇的街区，而且天津这个普通的军事寨堡和漕粮运转中心很快蝶变成了北方的工商业重镇、典型的半封建半殖民地的港口城市。世人都为天津的巨变而震惊。

但是这样的开放是被洋枪洋炮逼迫出来的无奈，这样的发展是失去国家主权下的繁荣。发展需要开放，开放为了发展。闭关只能落后，锁国只能孱弱。落后就要挨打，孱弱只能让别人鱼肉。把国家主权牢牢掌握在自己的手里的开放和发展，才是正道，才是大道。

津门五大道是一面历史的镜子。

（2018 年 11 月）

又到甲午年

按照中国干支纪年，2014年又是甲午年。

那场大清帝国和日本进行的甲午战争，距今已经整整两个甲子，一百二十年了。这场战争，是中国近代史中失败最惨、影响最深、后果最重、教训最多的一次战争。"甲午"二字成为中国历史上蒙受最大耻辱的标志，成为百年来中国人内心最深处的伤痕。

1894年的大清帝国，人口是日本的十倍；国土面积是日本的三十余倍；兵力是日本的四倍；北洋水师的装备位于世界第七，亚洲之首。可是让全世界谁都没有想到的是，大清帝国居然惨败于日本这个蕞尔小邦。

1894年7月25日，日本军舰悍然袭击中国舰队，中日两国宣布开战。战争首先在朝鲜半岛和海上进行。朝鲜半岛之战，平壤迅速被登陆的日军占领；黄海之战，北洋水师从德国购买来的世界上最先进的"定远号"和"镇远号"两艘战舰，顷刻间灰飞烟灭。之后战争在辽东半岛进行，在鸭绿江防卫战和金旅之战中，日军所向披靡，如入无人之境，野蛮地血洗旅顺口。最后日军分两路登陆胶东半岛和辽东，清军在两个战场上连战连败，全面溃败。在整个甲午战争中，清军无一战不一触即溃。可悲的清军，没有打过一次胜仗，没有击沉过一艘日本军舰。不到九个月，甲午战争以清军全面失败而告终。

战后，清朝政府被迫和日本签订了割地赔款的《马关条约》。日本由此得到了巨额的赔偿和不菲的战利品。朝鲜从此被日本控制。台湾全岛及所属岛屿、澎湖列岛、辽东半岛划归于日本。中国向日本开放内河港口码头，允许投资设厂，享受免税政策。由此日本开始成为喷薄而出的近代国家，中国成为走向半封建半殖民地深渊的没落国家。

泱泱中华身罹如此奇祸的原因何在？历史是现实的根源，今天来自昨天。虽然这场战争早已结束，但是伤痕仍在，横亘在历史和现实之间。追问昨天不是为嗟伤昨天，而是要寻找民族进步的阶梯。

鸦片战争一声炮响，唤醒了清朝的同时也唤醒了日本，中日两国同时走上了"改革开放"的道路。中国搞起"洋务运动",日本搞起"明治维新"。但是两个国家学习西洋文明,却是目标不同,方法不同,途径不同。所以一个成功了,一个失败了,一个赢得出乎意料,一个输得不可理喻。

处于晚清时期的中国,从19世纪70年代起掀起了一场以"自强""求富"为口号的洋务运动。中国自以为有五千年的灿烂文化,清王朝更舍不得把既得利益拱手让出,所以"洋务运动"以"中学为体,西学为用",依然坚持封建制度,拒绝接受西方先进的思想理念和政治制度,只是把注意力放在学习西方的科学技术,引进西方近代工业生产设备,购置西方的武器装备上。中国一度也出现了"同治中兴"的景象,1894年时,GDP是日本的七倍,和俄国、英国一起被称为"世界三大强国",进出口值是日本的两倍多,军事工业的规模和生产能力大于日本,财政收入超过日本三千余万两白银。

清政府无视于世界发展大势,虽然是所谓的"中兴",只不过是回光返照,掩盖不了清廷政治腐败,统治集团内部明争暗斗,官场各派系尔虞我诈,国家一盘散沙,人民生活困苦,国防军事外强中干这样的实质。朝廷里有维新派和顽固派的斗争,朝廷外有革命党和保守党的角逐。在湘军和淮军基础上组建的北洋水师,门户对立,内斗激烈,军纪涣散,操练废弛。"洋务运动"建起的军事工业分属不同的洋务集团,成为官员私产,贪污成风,腐败盛行。即使有主战派,主战也并不是真正为了国家,而是为报一己之仇所采用的倾轧和对付政敌的权谋。日本早已对我中华虎视眈眈,掌权的顽固派却对此懵懵懂懂,根本无视于有识之士"倭人不可轻视"的忠告,全然"不以倭人为意"。居然在"数千年未有之大变局"来临时,慈禧太后为了筹备她的大寿庆典,竟然挪用了五百万两白银军费,修缮颐和园,大摆筵席,如有人不服不从,"今日令吾不欢者,吾亦将令彼终身不欢"。就在甲午海战黄海上漂浮着三千清兵时,颐和园里一片歌舞升平,文武百官觥筹交错。腐朽的制度不仅阻碍民族的发展,为敌国入侵提供可乘之机,还在关键时刻出卖民族利益。甲午战争后赔了那么多的钱,可是在战前买军舰竟一分钱也掏不出。

日本的明治维新运动,不只是学习西方的科学技术,更研究西方先进的学术思想和政治制度,很快"脱亚入欧",全盘西化,推翻了封建制度,走上了资本主义的道路。经过两次工业革命,日本国力日渐强盛。日本作为一个岛国,资源匮乏,市场狭小,想求得更快发展,必须从对外扩张中寻求出路。1887年,日本政府制定了"清国征讨策略"。为了打造一支强大的海军，日本天皇捐出皇室十分之一的开支，甚至拿出饿肚皮的精神，一天只吃一餐饭，由此带动他的民众为战舰捐出口袋里的最后一个铜板。

同样是学习西方，一个是从内心革新变化，一个只止于外形，一个把外来的东西当饭吃，一个把外来的东西当衣穿。当饭吃，能够强身健体；当衣穿，只是撑起一个模样。所以一个成功了，一个失败了。先进的资本主义制度必然战胜腐朽没落的封建主义制度，这是人类发展的历史规律。虽然在甲午战争中，有不少像邓世昌、丁汝昌那样的清朝军人英勇奋战，血洒海疆，惊天地泣鬼神，但是无法改变战争结局，他们越是勇敢，越是反衬出政府的无能，反衬出为腐朽制度付出的代价的惨重。日本赢在制度，中国输在制度。

封建统治，国不知有民，民不知有国。西方传教士到日本和中国，记下了他们的印象，一是一个国家的人民忍耐和坚韧无与伦比，二是另个国家的人麻木不仁，逆来顺受，毫无主动性和创造性，"似蚯蚓这样的低等动物，把身子给切断了，其他部分没有感觉，仍能继续活着"。在西风东渐时，日本人切断了以中为师的文化脐带，加入了西方的行列，建立了资本主义制度，通过了君主立宪制的改革方案。

明治维新，首先是发展教育事业，狠抓教育。日本资源匮乏，所以要最大限度地开发人的资源。他们舍弃了"唐式"的旧式教育，采取了"欧化"后的新式教育，普及小学教育。在日本甲午战争和日俄战争后，日本天皇说，赢了这两场战争，最应该感谢的是日本的小学教师，因为日本士兵都受过小学教育，而中国士兵和俄国士兵则大多数是文盲。教育革命带来了思想革命，军队是需要思想的，对军队而言，思想才是真正的杀手锏。毛泽东曾说过，一支文盲的军队是不可能战胜敌人的。

日本还进行了"自由民权"运动，其核心是"纳税人的参政权"，让民众参与国家大事。国家强大源于民众的富足，日本鼓励发展民间资本，千方百计调动和激发全民族的创造力，让人民富裕起来。百姓是不是国民，有两条重要标准：一是有没有权利，二是有没有财富。所以他们在总结甲午战争胜利的经验时说，国民意识是战争胜利的最大法宝。

日本人有"武士"精神。日本神道强调"忠"，"忠"成为日本超越其他一切的宗教思想，上升为一种畸形的信仰：看透死亡，在生死两难之际为实现"忠"当机立断选择死亡，将死亡视为解脱，宁可剖腹自杀，也不认输，更不认错。日本人就用这样的武士道精神调教民众，把武士道精神变成对天皇的忠诚，用"冲向高山，让尸体填满沟壑；走向大海，让浮尸漂满海洋"作为激励士兵向中国人挥动利刀的军歌。日本人送亲友入伍以"祈战死，勿生还"六字相赠，就连社会地位最卑微的妓女，也捐钱捐物资助国家战争，甘愿随军当慰安妇。

可是在洋务运动时，清朝教育仍然沿袭着科举制度，让文人学士沉湎于故纸堆里，通过八股文走上仕途。其余人几乎都是文盲。不仅如此，清朝政府不顾一切地将民间的思想火花扑灭于萌芽之中。被阉割的儒学道统和统治者长期的愚民政策，使得民众成为麻木不仁、毫无血性的愚氓。清政府只允许官僚资本的存在，不让民间经济发展。中国的百姓一是没有权利，二是没有财富，只是百姓而不是国民。不知有国，只知有家，"人心腐败已达极点"，何来国家的元气。虽然当时中国拥有当时世界一流的舰队，但在这样的民众素质基础上建立起的军队，实际上是一支由文盲组成的海军，由只有农耕思想的农民组成的武装。他们面对日本军队，当然不堪一击了。远不是李鸿章所云，"彼之军械强于我，技艺强于我。"一切事情的核心因素是人而不是物。

中日两国都是在西方列强坚船利炮的逼迫下进行改变的，"洋务运动"和"明治维新"同样都是三十年，命运却如此不同，笔者认为原因是日本遵循了民族崛起的规律：第一是人心的改变，第二是制度的改变，第三是器物的改变；中国却不是按着这个顺序走，而是反着走，所以日本强了，中国弱了，日本胜了，中国败了。

甲午一战，是民族之衰、民族之痛，但从另一方面看，却导致了中国群体意识觉醒，正如梁启超所说："吾国四千年大梦之唤醒，实自甲午战败割台湾，偿二百兆始。"甲午战争直接导致了辛亥革命的发生，接着就是爆发了反帝反封建的五四运动，在此背景下中国共产党诞生，中国的历史开始了伟大的转折。中国是日本最早的老师，日本是中国最新的"老师"，没有甲午一役，中国还不知道要再沉睡多少年。毛泽东曾对来访的日本朋友说过这样的话："正是你们打了这一仗，教育了中国人民，把一盘散沙的中国人民打得团结起来了。所以我们应该感谢你们。"

历史不能假设，但是可能重演。历史不会简单地重复，但是也有惊人的相似性。日本是一个岛国，始终认为自己的出路在大陆，为了踏上西边这片广袤的土地，已经准备了很久。虽然甲午之战过去已经一百二十年了，抗日战争过去近七十年了，但是依然要警惕军国主义的死灰复燃。从历史上看，日本一旦经济振兴就会觊觎中国，一旦发生自然灾害就要发出对外动武的声音。前几年福岛发生大地震，日本右翼分子对钓鱼岛的染指，时任首相参拜靖国神社，企图通过修宪恢复海陆空战争力量……这些都显示了他们割不断的大陆情结，军国主义时刻准备复活，他们还在继续为实现他们的战略目标而蠢蠢欲动。

在反压迫和反侵略战争中诞生的共产党和其所领导的新政权，是伟大的，通过三十多年的改革开放，中国已经成为超越日本的世界第二经济体。但是"今日世界之竞争，不在国家而在国民"。"造就最强大国家的首要条件不在于造枪炮，而在于能够造就其国民的坚定信仰。""强兵为富国之本，而不是富国为强兵之本。"这些先人从当年甲午战争中总结出的警世之言，应当时时重温。虽然今日之中国有了天翻地覆的变化，但是仍旧要清醒地看到我们和日本之间存在差距。政治制度是基础，发达的科技和雄厚的物质是支撑，由国民组成的国家才是根本保障。有了这些条件，才会像中国外交部发言人所说的那样，"中国再也不是一百二十年前的中国。中国有能力有信心捍卫自己的国家主权，领土完整和民族尊严"。

（2014 年 4 月）

从"亚利桑那"号到日本神像

在美国夏威夷，参观了著名的珍珠港。

在原美国珍珠港海军基地，只见那条"亚利桑那"号舰艇依然半沉在船坞边，为纪念丧生于大海的1177名美军将士的冤魂，在军舰上建立了纪念井。我们在纪念井旁，一边听自动播放机关于当年珍珠港事件的介绍，一边向井里抛撒玫瑰花瓣。那一天阴云低压、小雨霏霏，面对着六十多年前击沉的那艘军舰，心随着低回的哀乐声，飞到了1941年12月7日那个早晨。

1937年7月7日，日本发动了全面侵华战争。1940年纳粹德国策划了对英国的"海狮行动"。德国和日本成为二次世界大战的轴心国。德国和日本的侵略行为严重损害了美英在全球的政治和经济利益。美国总统罗斯福命令演习结束的太平洋舰队留驻夏威夷，进行对日威慑。继而又宣布冻结美国和日本的贸易，对日本实施全面石油禁运。这些致命的举措使得日本如同一只困在笼中的斗兽。为对抗美军的威胁，粉碎美国的封锁，利令智昏的日本军从海上、海底和空中分三路直扑夏威夷，准备截击美军舰队。在1941年12月7日清晨，日军突然出动了350多架飞机和6艘航母、2艘战列舰、3艘巡洋舰、20多艘微型潜艇，从空中水上水底立体化闪电式偷袭珍珠港美军基地，炸沉炸伤美军战舰40余艘，炸毁飞机200多架，毙伤美军4000多人。美军的主力战舰"亚利桑那"号被1760磅炸弹击中沉没，星期天休假日在舰上酣睡的1177名美军将士，还未等醒来就全部葬身大海。

1941年12月8日，珍珠港偷袭事件后的一天，罗斯福在国会上发表了历史性的演说，将前一天称为"一个无耻的日子"，国会同仇敌忾，很快通过了对日宣战。本来在"二战"中试图保持中立的美国，完全投入到二战中来了，以十倍的仇恨、百倍的疯狂，准备对日本进行报复。太平洋战争就此爆发了。

我们离开珍珠港，若干天后，来到了纽约，去联合国大厦参观。

我们徜徉在联合国大厦宽敞的展厅里，在一个玻璃橱前停下了脚步。

玻璃橱里展示着一尊日本广岛的神像，虽然是青石材质，但是被原子弹燃起的熊熊烈焰融化了半个身体。橱柜四周张贴着美国向日本广岛投放原子弹的照片，重现了那场历史性的悲剧：蘑菇云、巨大冲击波、一片焦土的广岛城市、尸横遍野的惨状……

就在日本袭击珍珠港之后，美国为了报复日本，罗斯福接受了著名物理学家阿尔伯特·爱因斯坦的建议，决定研制一种威力空前巨大的新式武器。分布在美国各地的十万科学家，立即投入秘密而紧张的研制工作之中。之后，新武器研制出来了——原子弹。

美国海军陆战队经过几年浴血奋战，终于攻陷了塞班岛，全面占领了马里亚纳群岛，对日本形成了包围之势，开始对日本本土进行轰炸。800 多架 B-29 型轰炸机，轮回几十次，轰炸日本的主要城市，日本 65 个城市几乎被炸成废墟，没有一座完整的建筑。

1945 年 7 月 26 日，美国、英国和中华民国发表了《波茨坦公告》，敦促日本投降。日本政府不接受《波茨坦公告》，拒绝投降。为了减少伤亡，加速战争进程，迫使日本政府无条件投降，美国新任总统杜鲁门决定对日本投掷原子弹，目标选定广岛。因为广岛是日本的陆军之城，是防卫日本本土的第二总司令部，所有前往中国、朝鲜、东南亚和南洋群岛的日本陆军，均从广岛起航，而且广岛也是日本重要的海军基地。

1945 年 8 月 6 日上午的 9 点 14 分 17 秒，一颗五吨重的原子弹在离广岛地面 600 米处爆炸，发出令人头晕目眩的强烈白光，响起震耳欲聋的爆炸声，顷刻间卷起了巨大的蘑菇云，竖起了几百根火柱。惨象发生了：广岛市马上沦为焦热的火海，6000 多摄氏度的高温把一切化为灰烬；冲击波形成的狂风，把所有建筑物摧毁殆尽；强烈的光波使成千上万的人双目失明；处于爆炸极点中的人和物立即气化，离中心远一点地方的人，被烧成残骸，在更远一点地方的人，虽然侥幸活着，不是被严重烧伤，就是双目被烧成两个窟窿；受到放射雨辐射的人，在以后的 20 年里慢慢走向死亡。广岛在原子弹中直接死亡的平民 8.8 万人，受伤、失踪 5.1 万人，死亡军人 4 万人。

可是日本政府依然拒绝接受《波茨坦公告》，继续进行战争。于是，美国于 1945 年 8 月 9 日在日本的工业重镇、造船基地长崎市投掷了第二颗原子弹，27 万人口的长崎市顷刻间死去了 6 万多人。

1945 年 8 月 15 日，日本天皇慑于原子弹的威力，不得已发布投降诏书，宣布无条件投降。

中国坚持十四年的抗日战争也随之结束。

这是我在美国看到的两个历史场景，这两个场景分别记录了发生在第二次世界大战中的两个重大历史事件。

显然，美国展示"亚利桑那"号沉船，是为了不忘记那个"无耻的日子"，牢记日本偷袭美国珍珠港的罪愆，纪念在偷袭中殉命的美国将士们。而联合国展示美国在日本广岛投掷原子弹的历史旧景，是在告诉人们，人类创造了原子弹，而原子弹又是毁灭人类的武器，无论正义还是非正义的战争，核武器的使用必须严格控制。

第二次世界大战早已结束，今年全世界隆重纪念反法西斯战争胜利70周年。纪念胜利，回顾历史，就是为了不忘历史，吸取教训，开启未来。

战争来自侵略，侵略来自扩张的野心。随着日本侵华的一时得势，不仅想三个月灭亡中国，然后直下东南亚吞并整个亚洲，而且准备与盟国德国一起统治世界。将欲取之，必固与之，所以日本会丧心病狂地挑战处中立位置的世界头号强国美国，发生偷袭珍珠港事件，导致了太平洋战争的爆发。殊不知日本得到两颗原子弹的回报，落得个搬起石头砸自己脚的下场。

战争的代价是无辜人民的生命，无论对被侵略国的人民还是对侵略国的人民，带来的都是巨大的灾难。单就日本在侵华的十四年时间算，制造了亿万起杀害中国平民的血案，遇难的中国同胞达数千万人，直接财产损失和间接损失是无法计量的。而日本在侵华中死去的士兵也高达数百万人，再加在太平洋战争中死去的士兵和平民人数超过300万。战争是灾难之根，野心是万恶之源，战争一旦打起，"洒向人间都是怨"。

日本广岛和长崎都建有原子弹爆炸的纪念馆。为无辜者作祭理所应当，广岛、长崎遭遇的不幸值得全世界同情。追根溯源，原子弹的爆炸，是日本军国主义在战前早已埋下的恶果。但是纪念馆只展览原子弹给日本人民造成的巨大灾难，不讲造成灾难的原因，其目的是让不知情的下一代牢记仇恨，而不是吸取教训。美国投掷原子弹是为了尽早结束战争，敦促日本政府投降。但是战争的始作俑者，应该反思历史，总结教训，牢牢记住纪念馆前石碑上"决不让错误重演"的铭文，更应该道歉赔罪，改弦更张。否则，美国人忘不了"亚利桑那"号军舰，中国人更忘不了日寇当年的屠刀，广岛和长崎的悲剧还会重演。因为玩火自焚是历史的规律。

（2015年8月）

魂牵梦绕萨尔图

中国有个大庆，大庆是全国工业战线的一面旗帜。大庆有个铁人王进喜，铁人精神是大庆的灵魂，也是中华民族的灵魂。

我们这一代人永远忘不了20世纪50年代，北京城里的公共汽车背负着庞大的煤气包，缓慢地行走在长安街上的镜头。刻骨铭心的沉重记忆至今挥之不去。初生的中华人民共和国面临的是一穷二白，又遭到西方敌对国家的仇视和封锁。石油是经济社会的血液，是国家的重要战略资源，百废待兴的中华人民共和国需要石油，站起来的中国人不能再卑躬屈膝向西方列强乞讨残羹冷炙。国家呼唤着能有自己的油田，人民渴望着能有自己的石油。可是西方国家断言，中国是一个"贫油"国，中国的石油只能依赖国外进口。

地质学家李四光提出了"陆相地层生油"的理论，断定东北松辽盆地具有良好的储油条件。中华人民共和国十年大庆前夕，松嫩平原"松基三井"果真喷出了石油。中国终于发现了自己的油田，中国人终于找到了自己的石油。

开发自己的大油田，毛泽东一声令下，独臂将军余秋里领衔挂帅，康世恩襄助，三万大军浩浩荡荡挺进萨尔图，在那个月亮升起的地方（"萨尔图"蒙古语语意为"月亮升起的地方"）打响了一场油田开发大会战。

1963年12月2日，周恩来在第二届全国人民代表大会第四次会议上，向全世界庄严宣告："我们需要的石油，现在可以基本自给了！""中国从此甩掉了'贫油'的帽子，也从根本上打破了国际封锁。"《人民日报》红色号外飞向大江南北，中国沸腾了，中国人民振奋了。从此萨尔图这个名字被"大庆"替代，为中国人民敬仰，为世人瞩目。

半个多世纪后，萨尔图这块荒无人烟的土地上崛起了一座新兴的现代化都市，大庆也揭开了神秘的面纱，成为一个对外开放的重要石化工业基地。

大庆是一座美丽的新城。满城是纵横交错的通衢大道，参差错落的高楼大厦；大庆是一座特色鲜明的石油城，满城可见繁忙的采油机，在楼宇间、大路旁上下叩动；大庆是一座天地人和谐相处的生态城，满城摇曳着青翠的芦苇，闪耀着沼泽湿地的粼粼波光。楼宇是大庆财富的象征，采油机是城市个性的标志，沼泽地闪动着大庆独具魅力的灵性。

如果说长长的萨尔图城区是一条巨龙，位于市中心的铁人纪念馆就是熠熠发光的龙眼。画龙需要点睛，铁人纪念馆点出了大庆的精气神。

纪念馆广场上王进喜的雕像，把人们带进那个火红的年代。眼前出现了跃入泥浆池，奋力搅拌水泥，制止井喷的经典场面，耳边响起了"宁可少活二十年，拼命也要拿下大油田"的经典声音，"石油工人一声吼，地球也要抖三抖"的豪迈气概激起周身热血沸腾。

纪念馆里，气势磅礴的铸铜雕像，一件件实物，一幅幅照片，一个个沙盘模型，一幕幕多媒体影像，重现了半个多世纪前那场大会战，诉说着以铁人为代表的大庆人可歌可泣的创业故事。在冰天雪地里，在荒原野地里，在没有任何机械化的条件下，靠人抬肩扛，竖起一个个井架，建起一口口油井，转动起一座座钻机。渴了，喝雪水；饿了，啃窝窝头；困了，睡干打垒；冷了，点篝火取暖。为国家争气，为民族振兴，为甩掉"贫油"帽子，大庆人"有条件要上，没有条件创造条件也要上"。就是这样的"精神能源"融进了大庆人红色的血液里，继而融进了石油这个黑色的"工业血液"中，再源源不断输入共和国的躯体里，从而奠定了振兴中华、民族复兴的根基。

毛泽东发出了"工业学大庆"的号召。大庆不愧是真正的红旗。改革开放三十多年，也是大庆油田稳产高产的黄金期。五十多年来，大庆累计生产原油超过十八亿吨，占全国陆上石油总产量的一半，上缴利税一万多亿。大庆改写了中国石油工业的历史，不仅是全国工业战线的鲜艳旗帜，而且开创了世界油田开发史上的纪录，成为世界石油工业的奇迹。

资源有限，石油不可能无限制开采。当今的大庆人面对资源日益减少的现实，如何再创辉煌，打造"百年油田"呢？他们靠着中国石油工业"半壁江山"的坚实基础和"中国精神能源"合成的强大驱动力，进行产业结构战略性调整。年开采量下调到五千万吨以下，大力发展门类齐全的石油化工工业，用高新技术对石油进行深度加工，生产出各种石化延伸产品。"资源有限，大庆人创造力无穷"，减下去的是当前，加上去的是长远；减下去的是成本，加上去的是效益。打一场"以技术换资源"的新的大会战，形成"买不来，带不走，拆不开，偷不去，溜不掉"的企业核心竞争力。

不仅要满足于做大做强，还要考虑做久做长。大庆人不仅继承扩展铁人精神，更丰富了大庆的内涵。

走出铁人纪念馆，沿着象征王进喜年龄的四十七级台阶往下走的时候，心情并不轻松。没有近忧必有远虑，在大庆取得举世瞩目成就的同时，面临的挑战和考验更为严峻。

大庆油田的诞生粉碎了敌对势力的制裁与封锁，解决了石油自给难题。历史是螺旋式上升的，时代进入21世纪，我们又遇到了缺油的危机。目前我国石油的对外依存度较高。石油对于实现中华复兴梦显得更为重要，中国在日趋激烈的石油争夺中面临的挑战近乎残酷。大庆将做怎样的回答，做怎样的担当？

大会战时恶劣的自然环境和艰苦的物质生活没有吓退大庆人。今天的大庆再也不是五十年前的大庆，事业发展了，财富增加了，条件改善了，当年萨尔图的荒凉一去不复返。生于忧患，死于安乐，今日的大庆人在金钱和物质面前，铁人精神会不会被淡忘，大庆光荣传统会不会被丢弃，大庆这面旗帜会不会被玷污？全国人民在等待着大庆人做出反应，拿出行动。

担忧之余，又不失信心。当前的中国打开了世界的大门，成为全球第二经济体；当今的大庆不仅有传统的铁人精神，而且拥有科学发展的理念和自主知识产权的核心竞争力；党中央正扬起反腐的利剑，刮骨疗毒，猛药治疴。我坚信，在民族复兴的道路上，我们不会却步，不会倒退，不会变质，不会败下阵来。

远离了铁人纪念馆，我不时回眸这座大庆的标志性建筑。这是大庆之魂，中国的脊梁，民族精神的缩影。在未来世界性的竞争中，在实现中国梦的征途中，共和国仍然需要铁人精神，仍然需要大庆这面圣洁而光辉的旗帜。

萨尔图，我依然魂牵梦绕想着你。

（2014 年 1 月）

太行山中寻旧梦

一直想圆一个梦，能亲眼看一看当年全国农业战线的红旗——大寨。我有机会出差到山西太原，向当地朋友提出去大寨的要求。当地朋友觉得奇怪，山西的好山好水太多了，怎么会想去那里。农业学大寨的年代毕竟已经过去近五十年了，现代人当然不会了解大寨那个名字在当年是何等的辉煌和炫目，也很难理解我们这一代人的特殊的大寨情结。不论时代怎么变化，大寨在我们心里是无法抹去的。

汽车开到大寨村口，大楼屋顶高耸着的"大寨"两个字赫然入目。我终于来到了多年来心仪已久的地方。这个不到两平方公里的小山庄，现在已经成为风景优美的公园山村。一条公路直通虎头山。在叶剑英元帅手书的"虎头山"石碑旁，极目远眺，那一排排整洁的窑洞，一幢幢崭新的楼房，一座座带院落的农家小院，一个个现代化的工厂，既记录着过去，也书写着现在。那棵大柳树，是过去干部和群众开会的地方，也是大寨政治生活的标志，现在依然那么茂盛。层层梯田庄稼葱绿，田田池水波光潋滟，人造森林郁郁苍苍，果园硕果累累，满园飘香。

过去的盛名，今日的变化，大寨变成了一个自然风光和历史人文交相辉映的旅游区。祖国四面八方的人都云涌大寨，追寻过去的旧梦，品味今日的现实。

大寨曾经在中国历史上留下浓墨重彩的一笔。周恩来住地、全国农业学大寨会址、陈永贵故居和坟冢、郭沫若诗碑、大寨陈列馆、纪念观景亭、无不体现着了大寨当年的巨大影响力。20世纪六七十年代，国内外前来参观学习的人数达一千万人次，作为全国农业战线上的一面旗帜，无疑成为许多人心中的"圣地"。

一个名不见经传的小山村，之所以成为全国乃至全世界闻名的样板，掸去历史的浮尘，还原它的真实，就会找到答案。大寨是一个蜗居太行山脉中的穷山村，山高坡陡、地形险恶、乱石遍地、荒草没腰、野狼乱窜、洪灾不断。1953年，大寨实行农业集体化的第一年，他们就制定了改造大自然的规划。凭着扁担、箩筐、锄头、铁镐，在土石山上劈山填沟，挑土造地，改良土壤，抗旱防涝，把"七沟八梁一面坡"变成高产稳产的"海绵田"。粮食产量逐年上升，一个穷山村不仅解决了粮食自给自足，还向国家多交余量。1963年8月，大寨遭受特大暴雨，冲垮一百条大石坝，冲塌一百一十三孔窑洞，倒坍七十七间房屋，粮食颗粒无收。但是大寨人没有气馁，他们不要国家救济款、救济粮、救济物资，自力更生、艰苦奋斗，仅用一年时间，就基本重建。大寨不愧为农业战线上艰苦奋斗的典型。当时国家正处于内忧外患时期，如何渡过难关，毛泽东说，人需要有点精神。大寨的先进事迹引起了中央和地方各级政府的高度重视。为了激发全国人民发奋图强，加快农业生产的发展，与恶劣的大自然抗争，与一切困难抗争，毛泽东提出"农业学大寨"的号召，周恩来把大寨的基本经验总结为：政治挂帅，思想领先的原则，自力更生、艰苦奋斗的精神，爱国家、爱集体的共产主义风格。看着眼前耳熟能详的白驼沟、狼窝掌、虎头山，觉得它们还在诉说着大寨精彩的故事，当年用双手和肩膀筑起的一条条大坝，一层层梯田，仍在显示着永恒的大寨精神，贾进才、陈永贵、郭凤莲，一个个响亮的名字至今还萦回在多少人的耳边。大寨精神整整影响了一代人。

"学大寨"确实激发了全国人民自力更生，艰苦奋斗的精神。大寨人继续发扬自己固有的精神，而且紧跟时代的步伐，在改革开放、市场经济的道路上探索前行。大寨是他们的金字招牌，水果、干果、粮食是他们的优质特产，满山都是高品位的石灰石，又有勤劳的大寨人，他们因地制宜，充分发挥自身优势，兴办工业，一个个冠名"大寨"的水果加工厂、核桃露厂、酿酒厂、水泥厂、羊毛衫厂、制衣厂在大寨诞生并茁壮成长。大力发展旅游业，大寨村变成花果山、生态园，喜迎八方来客。青山绿水，花丛草间，梯田沟坡，处处是游人。大寨人利用窑洞、农家院办起农家乐，家家宾客盈门，户户收入丰裕。眼前的一切是大寨人在奔小康道路上留下的实实在在的脚印。

虎头山下竖立着陈永贵的雕像，那头上的白毛巾，刀刻斧凿的皱纹，当时几乎全国人民都熟悉。看到陈永贵就想起愚公移山的故事，愚公矢志要挖掉太行和王屋两座大山，率领儿孙们每天挖山不止，精诚所至金石为开，终于感动了上帝。20世纪的五六十年代，陈永贵就在愚公移山这块土地上，带领着全村老少，续写着愚公移山的新篇章。愚公移山是中国人民精神的象征，陈永贵是愚公的传人，大寨精神是愚公精神的延续。自力更生、艰苦奋斗的精神，无论在那个年代，还是在改革开放的今天，都是一份不朽的财富。大寨这颗在历史长空中曾一度光彩耀眼，现在依然闪耀着新的光芒，因为有那份精神在支撑。

大寨留给后人太多的东西，一个故事，一段传奇，一种精神。不虚大寨一行。

（2012 年 10 月）

彩虹飞跨扬子江

虽然南京这座六朝古都有秦淮河、中山陵等经典旅游胜地，虽然万里长江上已经拥有了一百座越江大桥，但是每次到南京，只要有时间，就要去看看那座已有近半个世纪历史的长江大桥。这座大桥百看不厌，每次看到都会使人激动不已，豪气倍增。因为它记录着一个特殊的时代，一段特殊的历史，也记录着中国人民在那个时代表现出的特殊精神。

人们都还清晰地记得，1968年9月30日南京长江大桥通车时，人们欢呼雀跃，把大桥的建成归功于"毛主席革命路线的伟大胜利""无产阶级文化大革命的伟大胜利""自力更生、艰苦奋斗的伟大成就"，是"向党的第九次代表大会献上的一份厚礼"。九个伫立在江中的桥墩支撑着双层式铁公两用桥梁，跨越过1577米宽的江面。大桥南北高高的桥头堡，由以工农兵学商的文艺形象组成的混凝土雕像，簇拥着象征当年建设社会主义总路线的三面红旗，展现了当年的政治气氛和时代风貌。桥头堡四侧书写着巨幅标语和毛主席语录："全世界人民大团结万岁""全国各族人民的大团结万岁""人民，只有人民，才是创造世界历史的动力""我们的国家是工人阶级领导的以工农联盟为基础的人民民主专政的国家"。大桥栏杆上镶嵌着的100块浮雕，是描绘祖国大好河山和社会主义建设伟大成就的新中国红色经典。150对白玉兰形路灯塑造了南京长江大桥的个性。长长的双孔双曲拱形公路引桥彰显了浓郁的民族风格。

一条长达6380多公里的长江，自西向东，把中国划成两半。滔滔的江水成为南北交通难以逾越的天堑。在长江上架桥，是几代中国人的梦想。尤其是清代末年中国建成了京广线和津浦线两条贯通南北的铁路大动脉，武汉的长江口和南京的长江口成为火车通行的严重瓶颈。在武汉和南京建造长江大桥成为迫切的呼声。

孙中山在他的《实业计划》中对建造长江大桥作过具体的描述。1918年，北洋政府请德国和法国的桥梁专家到实地进行过勘测。1930年国民政府请美国专家又一次进行实地勘测。1936年和1946年，国民政府两次动议，准备建造长江大桥。可是这些举动都是因为军阀混战、抗日战争和国共内战而作罢。1949 年中华人民共和国成立了，在长江上建桥很快摆上了人民政府的议事日程。毛泽东不仅具备破坏旧世界的魄力，而且兼有建设新世界的胆略。毛泽东先把目光投向武汉，把建造武汉长江大桥列入我国社会主义建设第一个五年计划之中，作为苏联援华 156 项工程计划之一。1950 年武汉长江大桥开始测量设计，1955 年 9 月开始动工。1957 年 10 月正式通车。一座铁公两用大桥横卧在汉阳的龟山和武昌的蛇山之间，成为武汉的标志性建筑，世界瞩目的"万里长江第一桥"。

建造南京长江大桥的计划由此形成。

殊不知，当武汉长江大桥建成不久，国际共运出现剧变，中苏两党的论战开始，中苏关系的蜜月期骤然结束，苏联悍然撤走了专家。南京长江大桥怎么办？具有高度民族自尊心的毛泽东，从来就不怕鬼，不信邪，在最高国务会议上提出自力更生建造南京长江大桥的想法。这不仅很有必要，而且完全有可能。早在 1937 年，1453 米长的铁公两用钱塘江大桥就是在茅以升的主持下靠自己的力量建造起来的，何况现在又有了武汉长江大桥的建设经验。1957 年 8 月完成了勘测和选址方案。1958 年 8 月成立了南京长江大桥的设计组，开始设计工作。1958 年 9 月国务院成立了南京长江大桥建设委员会。1961 年国务院批准了建设委员会的建设方案。

中华人民共和国成立伊始，本来就是一穷二白，百废待兴。一场倾举国之力的建造南京长江大桥的大会战就在此时此刻打响了。

南京长江大桥选址在长江下游名为扬子江段的黄金水道上。这里的地形似一个肚兜，水深浪急，被称为"长江天堑"。古往今来，在这里发生过很多悲壮的故事。公元前 202 年，楚汉争夺天下，楚霸王项羽被刘邦所困，拼命突围向南，到了江北的卸甲甸，面对滔滔的江水，走投无路，只能折向江西，最后在安徽的乌江镇拔剑自刎。1949 年，摇摇欲坠的国民党政府，凭借长江天险企图负隅顽抗，可是未经得起驾驭着木船过大江的百万雄师一击，国民党军队经营数十年的江防工事，东起江阴，西到九江，在短短的几天时间内全线崩溃。现在，又要在这里靠自己的力量建起一座跨江大桥，贯通大江南北，打破津浦线上的瓶颈制约。

社会主义的优越性就是能够办大事，共产党的能力是善于集聚办大事的各种资源。技术难题靠调集全国优秀人才来共同攻关解决，资金靠全国人民筹集，施工队选调建造过武汉长江大桥的工人，建材需要什么就生产什么，缺少什么就调度什么。通过八个年头的奋战，耗资 1.8 亿元，耗用

50 万吨水泥，100 万吨钢材，终于建成了当时为世界上最长的铁路公路两用大桥。

大桥不仅建成了，而且建得无比坚固。在大桥建成时，时任南京军区司令员的许世友调来了 118 辆坦克车，同时开过桥面，检验桥身的质量，结果大桥纹丝不动。大桥下曾发生过七十多起轮船撞击桥墩事件，最严重的一次是一艘万吨巨轮与桥墩相撞事件，轮船撞后沉没，可是大桥安然无恙。大桥每隔几年都需要进行"体检"，每次体检，身体都合格，虽有过几次检修，但都不是伤筋动骨的大手术。

南京长江大桥的建成向世人证明了，外国人认为办不到的事中国人照样可以办到，确实向世界显示了中华民族的尊严和中国人民大无畏的英雄气概，显示了社会主义能够办大事的优越性，显示了中国共产党领导的权威性。

可是万里长江仅靠一两座过江大桥远远不够，改革开放后，不到二十年的时间，长江上已经架起了一百座越江大桥，还建了数十条过江隧道。仅长江武汉段有 13 座大桥，南京段也有 6 座大桥。江上如彩虹在舞动，汽车自由自在地在桥上飞驰，船舶在江上往来。长江成为世界上桥梁最多的河流，顺江徜徉，等于是参观桥梁博览会。有钢结构桥，有水泥桥，有板梁桥，有斜拉桥，有悬挂桥，有单吊塔，有双吊塔，有多吊塔，有长达10.27 公里的长江大桥。中国已经跻身于世界建桥最先进行列，万里长江创造了多个世界桥梁之首，世界桥梁之最。

1968 年建成的南京长江大桥依旧保留着当年的模样和装饰，欣赏南京长江大桥，莫过于夜间的美景。桥栏杆上 1048 盏泛光灯，桥墩上 540 盏金属卤素灯，公路桥上 150 对玉兰花灯，桥头堡和雕塑上 228 盏钠灯，一起绽放，如同上苍向江面洒下的一串夜明珠。

（2015 年 2 月）

飞上蓝天的鸡毛

肩挑糖担子走村串巷，手摇拨浪鼓鸡毛换糖。上了年纪的人对义乌人用糖换鸡毛的吆喝声耳熟能详。

拨浪鼓是义乌人的标志，鸡毛换糖是义乌人原始的交易，用糖换来鸡毛，用鸡毛做成鸡毛掸帚，是义乌人传统的产业。

拨浪鼓定格在各地人们的记忆中，糖担子雕塑矗立在义乌城的入口处。

谁也没有想到，昔日靠经营这种古老小商品的义乌，今天已经成为全球最大的小商品集散中心、国际购物的天堂了。

义乌县城里有四百七十万平方米的商铺，七万多个摊位。如果一天用八个小时，在每个摊位停留三分钟，要走遍整个商城，需要花三年的时间。商城里摆放着二百二十类货物，一百七十万种商品。每天来自国内外的客商多达二十余万人。数条高速公路在这里交汇，铁路从这里穿越而过，机场也应运而建。"铁公机"满载着义乌的小商品，运往全国各地，运往世界几百个国家和地区。全球每十个人中就有七个人戴义乌的饰品；十个人中有四个人穿义乌的袜子；用义乌的拉链；十个人中有三个人穿义乌的无缝内衣。真是小商品大世界，小企业大集群，小产业大市场。义乌以其低价海量的优势如海潮般把"中国制造"推向世界。义乌成为世界贸易天平上的砝码，成为全球小商品价格的晴雨表。

地处浙江中部，群山环抱之中的义乌，没有任何资源，没有任何优势。可是小商品的新丝路为何会在这里出发？市场的新传奇为何会在这里诞生？市场问题还是要到市场中去寻找答案。

义乌人长期以来走南闯北，鸡毛换糖，培养了他们敏锐的市场意识。缺吃少穿、田少人多的义乌人，在计划经济和割资本主义尾巴的双重管制下，用糖换鸡毛，鸡毛做掸帚的小本经营，能够生存繁衍下去，依靠的就是市场需求。改革开放之初，中国尚处于短缺经济阶段，对小商品情有独钟的义乌人便瞄准了人们必需而又紧缺的生活资料，捷足先登。市场需要什么就生产什么，市场缺少什么就制造什么，哪里有市场就到哪里去，哪里有需要就出现在哪里。城市消费需求旺，义乌人就出现在城市；农村市场大，义乌的商品就销往农村；东部地区经济发达，义乌的商店就开在东部；西部地区也有需求，义乌人也不忽视西部。即使是老少边穷地区，义乌的目光照样关注着那里。义乌人的身形出现在东南西北，义乌的商品销往大江南北，义乌的市场开遍华夏大地。只要有人的地方就有义乌人，只要有需求的地方就有义乌的商品。义乌人就这样踩着时间的脚后跟，分秒必争，无孔不入地占领市场。

精明的义乌人不仅把目光投向中华大地的每一个角落，而且盯住了四邻国家。于是义乌人率先开展边贸活动。和中国接壤的越南、巴基斯坦、印度、阿富汗、俄罗斯、哈萨克斯坦、吉尔吉斯斯坦、塔吉克斯坦、蒙古等边境口岸，活跃的生意人中十个有九个是浙江人，其中七个是义乌人。广西东兴是通向东盟唯一的海陆相连的边贸城市，义乌草根商人的财富梦就从那里做起，义乌人的财富命运就和东兴紧紧相系。每天一辆辆满载义乌小商品的集装箱大货车，翻山越岭，跋涉一千五百多公里，在东兴交易。肩扛背驮的越南人把义乌小商品搬回越南。义乌人不仅从边贸中获得了巨大的利益，而且唤醒了沉睡的东兴镇，原来仅有一条小路的边陲小镇被义乌人发展成繁荣的现代边贸城市。

义乌人靠鸡毛掸帚起家，始终心平气和，脚踏实地，不浮躁，不贪婪，不想入非非，不心猿意马，始终专注于不起眼的小商品，做自己喜欢而又熟悉的事。针头线脑、纽扣拉链、牙签吸管、鞋袜服装、饰品五金……别人不屑一顾，可是生活少不了，义乌人就生产别人不愿意生产的小产品，做别人不愿意做的小生意。尽管是微利，一个产品赚到的钱只能用厘和毫计算，但是以量取胜，薄利多销，聚沙成塔，集腋成裘，小生意赚大钱，同样能够成为富豪。"纽扣大王"能够盖起摩天大楼，"牙签大王"能够日进斗金，"吸管大王"能够纵横欧洲大陆，"拉链大王"能够成为省人民代表，"饰品大王"能够被韩国总统视为座上宾。看不上的生意，不起眼的钱铸就了义乌人的财富梦。

活跃在边境的义乌人已不满足于做边贸生意了，干脆直接到异国开店。义乌人的先辈，肩挑糖担，逢山过山，逢水过水，风餐露宿，蚊蝇为伴，生意做到哪里，哪里就是他们临时的家，任何苦会吃，任何环境会适应。到异国他乡经商，远不像国内那样顺畅，遇到的艰苦和艰难不逊于先辈。不懂外语、政局不稳、治安混乱、商贸制度不同、法律差异、贸易保护壁垒、歧视排外等诸多问题，如阴云笼罩着在国外打拼的义乌人。老义乌人的后代不仅继承了先辈吃苦耐劳的精神，而且更具胆略，更具克服困难的勇气和智慧。不会说外语就用打手势、按计算器来克服语言关；竞争激烈，坚持闻鸡起舞，夙兴夜寐，靠勤奋站住脚跟；政局不稳、社会治安混乱，住惯豪宅的义乌老板选择陋室居住，坐惯奔驰的义乌大款专乘当地摩的，绝不露富，绝不显摆，避免抢劫之祸；贸易壁垒，法律差异，努力适应异国的法律和管理制度，靠过硬的商品质量和低廉的价格占领市场；种族歧视，冷遇排外，素以善于协作著称的义乌人抱团取暖，与当地不同肤色的民族打成一片，用诚信取信于当地居民。义乌人说："我们每天面对的都是困难，困难解决掉了，就没有困难。"只要有商机就难不倒义乌人，他们会像倔强的小草一样，走到哪里就把根扎到哪里。在"一半沙漠一半海水"的迪拜，义乌人建起了名为"龙城"的义乌小商品市场，开辟了与市场相匹配的加工基地——"工业绿洲"，年贸易收入达到八百亿美元。第二个义乌小商品市场"凤城"继"龙城"成功后也在建设之中。义务人在中东地区"龙飞凤舞"。他们把触角伸到全球五大洲的每个角落。

2008 年由美国次贷危机引发的金融危机飞速席卷全球，景气指数、价格指数、规模指数、效益指数、信心指数全面下跌。义乌的"晴雨表"影响世界，世界的"晴雨表"也影响义乌。聪敏的义乌人却从危机中看到了商机。欧美市场疲软，他们马上把目光投向"金砖四国"。"金砖四国"占全球经济总量的 18%，是亟待开发的市场空间。哪里资源丰富，成本低廉，哪里有市场，有钱赚，义乌人就集聚到哪里。义乌人迅速奔赴俄罗斯、南非、巴西、印度，在那里打品牌，建工厂，开市场，以价廉物美的小商品抢占新的市场，在那里开掘新的"金矿"。在俄罗斯，义乌人从"一只蚂蚁"的小市场做起，不到几年时间，居然垄断了莫斯科商贸中心的摊位。义乌人不仅把"中国制造"打进国外的市场，还把各国的好产品带到国内。离开家乡，回归家乡，反哺家乡，互通有无，创造需求，创造市场，创造奇迹。他们就在这样的一进一出中"掘金""淘宝"。

竞争的实质就是品牌的竞争，创造能力的竞争。价格低，利润低，技术含量低，产业集中度低，抗风险能力必然低，只能是"为他人作嫁衣裳"，"一招鲜，吃遍天"的做法已经过时。义乌人深知，大世界不仅是指市场大，更是指产品精。他们注册商标，创立品牌，注重创新，提高质量，与欧美抗衡，与名牌产品匹敌，唱响"中国创造"的嘹亮凯歌。小小的吸管居然能够有上千种不同质地、不同用途、不同造型的精美产品。小小的玩具，设计跟着市场，要求跟着需求，技术超过同类，质量高于其他，居然能够打败美国知名玩具品牌。

天下义乌，义乌天下，义乌以小商品进入世界，义乌以小商品闻名世界。义乌吸引了全球的目光。鸡毛换糖的故乡，破茧成蝶，成为买全球、卖全球，进口出口比翼双飞的世界贸易中心。小小的义乌县城里，每天穿梭着一万三千多境外客商，有三千多个国外商务代表处，有来自八十三个国家的三百七十个摊位、五万多进口商品。义乌是名副其实的"国际范儿"。遍布全城的高楼大厦，不断刷新拔高义乌城的天际线。许多不同肤色的外国商人，在义乌成婚定居，成为新的义乌人，和当地人一样参加社区活动，参与各项志愿服务。运往各国各地的集装箱、多国语言的商业广告、来自五大洲儿童的幼儿园、绿茵场上举行的"世界足球赛"、洋溢各国风情的街头表演，都显示了义乌在国际舞台上的蜕变。网络、微博、微信，淘宝店、淘宝村、工业园，都在为义乌编织新市场、新贸易、新商品、新物流、新产业、新制度、新家园的美妙乐曲，与世界一起律动。

义乌人创造了经济奇迹，创造了巨大的财富，支撑他们奇迹和财富的是义乌精神：善于发现常人难以发现的商机，善于赚常人不起眼的钱，善于吃常人难以吃的苦，善于在竞争中团结协作，和衷共济，与时俱进。这是义乌人创造的比物质更为宝贵的精神财富。义乌城入口那个肩挑糖担子的雕塑显示了义乌永恒的精神魅力。

老一辈义乌人深一脚浅一脚，曾经的拨浪鼓摇响了久远的期盼。现代义乌人先人一步，创造了财富的神话，成就了鸡毛飞上蓝天的梦想。

愿"鸡毛"飞得更高、更远、更久。

（2014 年 2 月）

永不消逝的徽州

汤显祖曾这样赞誉过徽州："一生痴绝处，无梦到徽州。"此话一点没有夸张。

位于安徽南部的徽州，有一座美丽的山叫黄山。黄山以奇松、怪石、云海、温泉、冬雪这"五绝"而闻名于世，故而流传着这样的赞美之词："五岳归来不看山，黄山归来不看岳"。这座山于1990年被列入世界自然和文化双重遗产名录。黄山山脉中流出无数条清澈的溪水，溪水汇成碧蓝的河流，河流织成密集的水网，水网汇入汤汤大江。那条江叫新安江，是钱塘江的源头。新安江如一条青罗玉带流过黄山山脉中的盆地，孕育出一片肥沃的土地。那个绿色的盆地，那片富饶的土地叫徽州。

水源充沛的地方总是钟灵毓秀，物华天宝之地。徽州位于华东腹地，地处长江中下游，承接大江南北，联结华夏东西，与江苏、浙江等经济发达，殷实阜康的省份毗邻。纵横交错的水系河道，正是南来北往，东去西来的运输通衢。正因为有这样的地理位置和物产条件，所以徽州能够货物集散，舟楫穿梭，商贾繁忙，徽商应运而生。

地灵人杰、山好水好的地方自然人也好。遇到战乱，大批中原的官宦士绅贤达纷纷到徽州避难，来到这世外桃源般的好地方，便在徽州安家定居，繁衍生息。中原人成为徽州的移民，徽州成为移民社会，厚重的中原文化在徽州生根。见过世面的人不会甘于寂寞，厮守在群山环抱之中，他们会通过读书走出故土，通过经商从政迈出山区，接触外面的精彩世界。客家人走出去，当地人也跟着走出去。进来了又出去，出去了又进来，进进出出，来来往往，由此不仅产生了徽商，而且孕育了亦儒亦商的徽州文化。

黄山、新安江、徽商和徽文化构成了名闻天下的徽州。

徽州原名歙州，自宋徽宗宣和三年，公元1121年起，改名为徽州。历宋元明清四代，徽州统一府六县。徽商，即徽州商人或徽州商人集团的总称，并非指所有安徽籍商人。徽商又称"新安商人"，俗称"徽帮"，集中于当年的徽州一府六县区域内，即如今的黄山市辖区、宣城的绩溪县和江西上饶的婺源县。徽商萌生于东晋，成长于唐宋，盛于明清。据考证鼎盛时期徽商曾占全国资产的七分之四，生意西达滇、黔、川、陕、陇，北至幽燕、辽东，南到闽、粤，还漂洋过海，远至日本、高丽、南洋、葡萄牙等国，赢得"徽骆驼"的美称。徽商的经营范围很广，从官盐的贩运到粮食的交易，从茶叶、木材、药材等山区资源的买卖到丝绸、布匹等手工业产品的销售，从实物的营销到典当等金融业服务，雄踞中国商界五百多年，风靡中华大半个千年。有"无商不成镇""徽商遍天下"之说。清代后期，随着连年不断的战乱、封建经济的瓦解和海洋经济的崛起，徽商才逐渐衰退。

经济是文化的基础，文化是经济、社会、政治、思想的综合反映。徽州孕育了徽商，徽商孕育了徽文化。雄厚的经济实力，开放的经济交往，使得中原文化和来自南北东西的文化水乳交融，成就了徽州在儒家理学基础上的伦理思想、风俗和传统：亦商亦儒、兴文重教、勤俭持家、忠孝礼仪、扶贫济困、以众帮众；形成了徽派建筑、文房四宝、桐城文学、书画雕刻等独特的徽文化艺术。

上溯到1667年，清康熙年间重新划分行政区辖，把原明代南直隶按东西分置而建省，东为江苏，西为安徽。安徽省名取自安庆府和徽州府两府首字。安徽省建制一直延续到今，安徽省名也一直延续到今。可见徽州在历史和地域上的地位何等重要，徽州成就了大半个安徽省。

不妨到徽州大地去走一走，领略徽州秀山碧水的魅力，寻觅当年徽商的影踪，体味徽文化的遗韵。

屯溪是当年徽州的府治所在地，现在的黄山市市区。何谓"屯溪"，"屯"字据《广雅》解释为"聚也"，多条溪水聚合，谓之屯溪。山间的溪水汇成率水和横江两条大河，大河交汇，变成新安江。新安江明媚秀丽，穿城而过，成为钱塘江的源头，连接长江、大运河和其他的江河湖汊，以及大海。徽州人凭借新安江这条黄金水道，在江边修筑码头，开埠建市，交易货物，取名屯溪。他们又放舟新安江，通过钱塘江，通过大运河，通过长江，通过海洋，把货物运往中国的东南西北，世界的四面八方。

"屯溪"也有另一说，屯兵于溪。难怪在屯溪附近山中那些人工开凿的千年谜窟，有人猜测为屯兵屯粮之用。新安江流域物产丰富，交通便捷，经济要地也是兵家必争之地，在江边上驻扎军队，是兵家最佳的选择，屯兵于溪也是一种合情合理的解释。

在新安江边上完整地保留着一条屯溪老街。老街由一条直街、三条横街、十八条小巷组成，呈鱼骨架形。沿街三百多幢徽派建筑，外观朱阁重檐，古朴淡雅；室内雕梁画栋，华丽高洁，展示着南宋和明清时代的街市风貌。古玩店、玉器店、文房四宝铺、字画斋、茶叶行、山珍货栈、徽派餐馆和食品店……楼宇参差，店铺鳞栉，招牌纵横，商幡飞舞，徽味弥漫，古意盎然。石板路上每一块古老的石块，刻写着昔日的痕迹，折射着历史的沧桑，再现了屯溪当年的韵味，记录着徽商数个世纪的辉煌，飘逸着淳朴和谐的民风。人们把屯溪老街誉为流动的"清明上河图"，十分妥帖。

老街不仅可以看到当年徽商的足迹，徽商的气魄，而且可以重温曩昔徽文化的浓墨重彩。屯溪仍保留着程朱理学奠基人程颐、程颢和集大成者朱熹的祖居地，清代朴学家戴震的故居修葺一新向世人开放。古色古香的店铺里飘散着纸墨的芳香，精彩纷呈的徽州产品漫卷着儒风的雅致。

徽州境内除了黄山是世界遗产，1999年黟县的西递和宏村也被列入世界文化遗产名录。一个小小的地区居然有两个世界遗产，这是绝无仅有的奇迹。

西递保留的不仅是20世纪已经消逝了的徽派乡村风貌，更重要的是显示了亦儒亦商的徽派文化。山区地少人多，农耕没有出路，经商是徽州人的擅长，经商为了积累财富，有了财富让后代好好读书，读书才可出仕，亦儒亦商亦仕方能财旺势强，泽被后世。于是徽州出现了"山深不偏远，地少士商多"的社会现象。小镇上那些宅院府第、楼阁堂轩，均为当年徽州官商儒的大户留下的遗产。有读书人弃儒从商，经商成功后，荣归故里，大兴土木；有读书人金榜题名，功成名就后衣锦还乡，建房造屋；有富商巨贾，亦官亦商，有权有钱，修祠堂，建牌坊，铺路架桥，造福乡里。由此成就了西递"桃花源中人家"的美名。

宏村堪称中国古代村落建筑艺术之一绝。宏村的水系依牛的形象设计：引清泉入村为"牛肠"，从家家户户门前流过，村民在家门口便可汲水洗汰；"牛肠"流入村中称之为"牛胃"的月塘，经"牛胃"过滤，又穿屋走户流向村外被称为"牛肚"的南湖；南湖的水再次过滤，流向河床。参差的民居环水而建，白粉墙，小青瓦，马头墙，古韵袅袅，不绝如缕。

徽派建筑在中国建筑史上具有重要的地位，民居、祠堂和牌坊被誉为"徽州古建筑三绝"。民居和祠堂都是"粉墙黛瓦马头墙，肥梁瘦柱内天井"的格局，砖木结构，再加高超的砖雕石刻艺术装饰，集古朴、简洁、富丽于一身。徽州因儒兴商，因商盛儒，"以才入仕，以文垂世"者不乏其人，灿若群星。为了旌表宦绩政声，孝子义士，节妇烈女，传显荣光，流芳百世，徽州人用各种方式建造牌坊。按不同的等级，分别采用楼脊式、冲天式，四柱方形、八柱方形，单门、三门、四门的不同式样，建造牌楼。牌楼展示了精湛的雕刻艺术，那些石狮石马，栩栩如生，镂柱雕梁，巧夺天工，飞龙舞凤，呼之欲出，流檐翘角，堂皇森严。棠樾牌坊群就是徽州牌楼的集中代表。

徽州大地处处有文化，处处有文物，俨然一个露天的博物馆。

随着中原文化落户崇山峻岭之中，随着徽商走南闯北包容吸收各地文化，融汇成独特的徽州文化和"十家之村，不废诵读"的民风，徽州人才辈出。据不完全统计，仅明清两代进士就达 542 人，举人 1513 人，出现"连科三殿撰，十里四翰林"现象。人称徽州是藏龙卧虎之地，乱世的世外桃源，治世的人才宝库。从古到今，有多少如雷贯耳，名垂青史的思想家、经济学家、政治家、军事家、科学家、艺术家、教育家、医学家、企业家都出自徽州。

婺源是徽文化的根据地。李坑、江湾、晓起那幽深的民居、恢弘的祠堂和庄严的牌楼，依然保留着原汁原味的徽派建筑风味。1934 年和 1949年，婺源两次从安徽划到江西，直至今日，婺源在江西上饶市扎下根了。绩溪是徽商的发祥地，绩溪商人是徽商中的一支劲旅，富可敌国的胡雪岩正是绩溪人。1987 年绩溪划入宣城。婺源和绩溪从此离徽州而去。同年，徽州地区更名为黄山市，徽州从当今中国的名册上消失了，只剩下逐渐远去的记忆。徽商是安徽的命脉，徽文化是安徽的精气神，徽州成就了安徽。黄山名闻遐迩，固然是安徽的名片，但是这样的区域调整和地名更改，大有舍本取末、买椟还珠的感觉。

不管怎么调整，不管怎么更名，人们不会忘记徽州，仍一如既往钟情于徽州。人们通过攀登光明顶、莲花峰、天都峰，阅尽黄山无限风光，人们盘桓在古风习习的阡巷村落中记忆着徽州的悠悠岁月，踯躅在斑驳陆离的马头墙下嗅闻着百载史香，一定会感动徽州在物质文明、精神文明、生态文明和社会文明上对中国做出的不朽贡献。地名仅是一个外在的称谓，精髓永远不会因时间和称谓的变化而消逝。何况当代黄山人提出了"天地之美，美在黄山；人生有梦，梦圆徽州"的口号，跃跃欲试，创造今日黄山之辉煌，重振当年徽州之雄风，共圆中国梦。

（2014 年 9 月）

鸽子窝上感气场

在北戴河临海的悬崖绝壁上，有一块高达 20 米的巨石，形似雄鹰屹立，人们称它为鹰嘴石。成群结队的鸽子会在这块巨石上相聚，在石缝中栖息，人们又称它为鸽子窝。

大海浩瀚，天空苍茫，碣石耸立，鸥鸟翔集，本是海滨的共性和本色，可是站在鸽子窝上，会有与众不同的感觉。那里被一种特殊的气场笼罩着，豪迈慷慨，雄浑悲壮，大气磅礴，摄人心魄。

伫立鸽子窝北望，是秦皇岛。为何称秦皇岛？秦皇岛本是一个"四周环水"的海中小岛，呈"陆之屏藩，海之咽喉"之势。公元前两百多年，中国第一个皇帝秦始皇东巡至此，他那睿智的目光马上锁定了这个可使江山稳固的战略要地。于是用鞭子向海边一挥，万里长城就从这里筑起。不久贯穿东西的长城，起伏蜿蜒，犹如一条巨龙逶迤在崇山峻岭之间，飞舞在华夏大地之上。而那条巨龙的"龙头"就像伸入海中一样。从此这个岛命名为秦皇岛，伸入海中的长城段称为老龙头，通向辽东的城楼叫山海关。秦皇岛上长满了苍松翠柏，开满了奇花异卉，传说有神仙居住在岛上，藏匿着长生不老之药。秦始皇派一个名叫卢生的方士帮他到岛上去求仙寻药。长生不老是人们的美好追求，可是谁都无法实现，就在秦始皇东巡西归的途中，突然驾崩仙逝。山海关和老龙头却经过一代又一代后人的修葺和加固，巍峨如当初，雄险如当初，见证着冷兵器时代长城护卫疆国的作用，见证着秦皇岛和秦始皇的深厚渊源。时光荏苒，沧海桑田，泥沙淤积，那个翡翠般的秦皇岛逐渐和陆地连成一体，演变成为今日的一个半岛。

后来，汉武帝在出师西域迫使匈奴臣服大汉帝国后，承先祖遗志，步祖龙后尘，驱车驾辇，领兵率将，也来到了秦皇岛。汉武帝在岛上筑台祭天。他将出关荡平辽东蛮夷，继续拓展大汉疆域。秦皇在九泉之下为汉武倾倒，汉高祖在天之灵为重孙骄傲，后人为刘彻创建的基业而自豪。

再后来，又一位枭雄来到了秦皇岛，他就是东汉末年的曹操。建安十二年（公元 207 年），曹操为消灭袁绍的残余势力，统一北方，亲率大军赴辽西远征乌桓。当时正值夏季，连日阴雨，道路泥泞，他无法循秦皇、汉武的老路，便取道鸽子窝，直扑乌桓大本营，一举击溃乌桓主力。"东临碣石，以观沧海"，秋风萧瑟，曹操班师归来时，便挥毫写下了《观沧海》的著名诗篇。这首千古绝句，不仅书写了鸽子窝"水何澹澹，山岛竦峙。树木丛生，百草丰茂"的壮美景象，而且抒发了自己得胜凯旋"日月之行，若出其中；星汉灿烂，若出其里"的喜悦和豪气。

当年秦始皇的辇车御驾，汉武帝的金戈铁马，魏武帝的旗旆旌麾，与今日之气场相比，都无法同日而语。

中国进入了前所未有的太平盛世，中国不需要称霸，不希望战争，只需要国家长治久安，只需要人民自由幸福。但是国家的安宁，人民的安逸，不能没有豪情，不能没有血性，不能没有铁军，不能没有压倒敌人的气势。正因为如此，我们需要到鸽子窝去，需要去鸽子窝感受这样的气场。

（2014 年 10 月）

七　朝花夕拾

重　唱

我对声乐不在行，然而居然爱上了"重唱"。

说来话长，文化荒芜的十年间，供耳朵欣赏的只有"样板"。"样板"数量有限，听的遍数无度，纵有最强烈的阶级情感，也难免会听腻听厌。不知哪一年国庆，收音机里流出了沁人心扉的歌声。"男女声二重唱！"音乐行家们喊出久旱禾苗逢甘霖的呼声。"二重唱？"我第一次听到这个新名词。正因为第一次，又如在戈壁荒滩中见到一株绿树，当然记忆特别深。

"二重唱"也怪，男的唱几句，女的唱几句，一会儿男的女的一起唱，唱的声音高低和音调不一样，但是听起来和谐美妙。我怀疑他们是夫妻，否则怎么会各唱各的，听起来却不别扭呢？自此我从感性上懂得了二重唱，而且了解了演唱者的姓名——张振富、耿莲凤。但他们不是夫妻。

近年来，男女声二重唱多起来了。王洁实、谢丽丝一对，东方歌舞团的一对，还有上海的、天津的、江苏的……听多了，行话也懂了一点。各唱各的，是作曲家根据音律设计的不同声部，高低有律，强弱有节，错落有致，同中求异，异中见同，从而给人以美的享受。

前年，中央乐团来宜兴演出，听说有重唱的节目，我当然不顾票价的昂贵和买票之艰难，欣然前往，亲耳聆听。当大幕拉开，令人瞠目的不是一男一女，而是老少高低胖瘦各异的四个男的。人不可貌相，他们一开口，只觉得赏心悦目，为之倾倒折腰。啊，比男女声二重唱更有韵味。这是印尼民歌《星星索》，男低音唱着副旋律，男中音反复唱着"星星索"，男高音唱出主旋律："风儿吹动着我的船帆，姑娘我要和你见面……"雄浑的基础，挺拔的主调，巧妙的衔接，汇成甜美的旋律，严谨的整体效果。噢，我若有所思，如果只听局部的声部，将无异于噪音；如果只盯住一个人的姿态，甚至觉得可笑。正是可贵的协作，可敬的配合，组成了完美的艺术整体。我感慨不已。

后来我又了解到，"四重唱"并不囿于男声，还有女声、男女声。上海师院的三男一女重唱，甘肃省歌舞团的二男二女声重唱，都声情并茂，饶有风味。

更诧异的是听到的李谷一和朱逢博的二重唱。高中低的配合本是必然的统一，男女声协作也是天然的契合，而同属于女高音，同是负有盛名的歌唱家，又将如何配合呢？效果消除了我的担心。时而是李谷一圆润饱满的音色，朱逢博辅之以轻柔的和声；时而是朱逢博深情的演唱，李谷一以鼻音相称；时而是如出一辙的齐唱，时而又是殊途同归的重唱。"灿烂辉煌""配合默契""珠联璧合""天衣无缝"……顿时，脑子里冒出一个接一个的赞美之词。

我越来越爱听重唱了，二重唱、三重唱、四重唱、多重唱……

俗话说，外行看热闹，内行看门道。可我这个门外汉既不慕热闹，也不想弄懂什么门道。其实我喜爱的目的，是在音乐之外，希望在我们的生活中，也能够出现各色各样的"重唱"。

（1985 年 7 月）

西　瓜　皮

　　盛夏酷暑，剖一只西瓜，红沙瓤，玉石籽，满口甜，满腹凉，降暑，解渴，补充营养，一举数得。此时，怎能不由衷感激古人培育播种西瓜，造福万代。

　　今年农村大面积栽种西瓜。收获时，车船并举，水路兼道，绿油油，圆溜溜的西瓜从四面八方涌进市场。街头巷尾无处不堆满西瓜。"解放瓜""苏蜜一号""无籽西瓜""正宗本地瓜"，串串叫卖声此起彼伏。据估计，今年全县人均要吃一百斤西瓜以上。

　　西瓜是水果中的上乘佳品，更是热天里人们不可少的挚友。小孩子捧着西瓜，吃得汁流满身，却丝毫无碍食欲；没牙的老人要在西瓜身上补回无牙造成的损失；汉子操着羹勺，三下五去二，半个西瓜便见了底；姑娘端着西瓜片细嚼慢咽，虽然高度注意吃相的文雅，然而随时露马脚。可以说西瓜无人不爱。敏感的文人画士更要在西瓜上发一番雅兴。宋代有《开封西瓜图》，《红楼梦》中有"群花之蕊，冰鲛之縠，沁芳之泉，枫露之茗"的佳句，便是佐证。

　　近年来，很有些独具只眼者居然"舍本求末"，冷落西瓜瓤，推崇起西瓜皮来。营养学家认为，西瓜皮不仅与瓤同样含糖、蛋白质和维生素等营养，而且还有高出一筹之处——含叶绿素。中医认为，西瓜皮有"清火、退热、解毒"之妙用，而西瓜瓤就显得大为逊色了。能干的"家庭烹饪师"，用瓜皮腌制出红、白酱菜，其味道可以与扬州、镇江酱菜媲美。还能把西瓜皮烩成风味各异的下酒佐饭菜。听说美国旧金山唐人街一家中国餐馆，炒出的西瓜皮令美国人垂涎、瞠目、折腰。上海冠生园食品厂，每年派专人来宜兴收购大量的渎上西瓜。西瓜瓤让周围农民尽情畅怀吃，只要留下西瓜皮。吃了西瓜非但不要付钱，反而可以得到报谢口齿肠胃之劳的酬金。这厚厚的渎上西瓜皮很快加工成罐头水果或酱菜，在港澳、东南亚一带成为热销食品。

　　尽管崇尚西瓜皮的人在崛起，但毕竟喜欢西瓜瓤的人远远多于喜欢西瓜皮者。因为皮的水分、口感，远不及瓤多。否则，许多农业科学家何以要焚膏继晷培育薄皮西瓜？上海环卫工人何以要每天清扫数以吨计的西瓜皮，以致市委领导亲自出驾？

不过，"皮之不存，瓤将焉附"？有时我傻想，有朝一日，人们都能像喜欢西瓜瓤一样喜欢西瓜皮。这也许是幻想甚至梦想。是西瓜皮自身确实不如西瓜瓤呢？抑或人们对西瓜皮不理解，或理解了也不能接受？

（1985 年 8 月）

藤蔓（小小说）

老F家有棵杨树。树龄过了一个花甲子，树干粗壮，枝丫屈伸不一，从上到下，满是各式藤蔓。绿的、黄的、活的、死的、圆叶的、三角叶的、滑溜的、带刺的、绕着缠的、直着攀的。树形绰约多姿，很有"青树翠蔓，蒙络摇缀，参差披拂"的韵味。

天未亮，老F就迈出家门，习惯地来到这棵树下。昨天县委办公室打来电话，请这位刚离休的县委副书记跟接替他职务的小Z交接工作，谈谈体会。谈什么呢？想了一夜也理不出个头绪。三十多年的仕途生涯，甜酸苦辣咸，五味俱全，赤橙黄绿青蓝紫，七色皆有，岂能三言两语说完，一天半日诉尽。

清晨的小院是幽静的，闲居的生活更清淡。静，对于热烈者来说是极大的苦痛。几十年来，小院里一直热闹非凡，门庭若市，人流不绝。请示工作的、唱颂歌的、诉衷情的、闲聊的、要物资的、求调动的、想升迁的……生命的三分之一几乎都丢在这烦人的纠缠之中。哪个主政者不想留点政绩？可是"剪不断，理还乱"，家乡的故人、幼年的同窗、一面之交的旅伴、一表三千里的远亲。你是地委某书记的好友，他是省委某部长的相识；你由"枕边风"刮来，他由老同事陪来。身不由己，耗心费血，慢性自杀。自辞官乞骸归，这里鸟不叫，蝉不鸣，鸡不来，狗不到。

"啊，它死了！"一声哥伦布发现新大陆似的惊呼。老F拨开藤蔓，只见树皮已经腐烂，裸露的白干发霉、变黑、锈蚀。藤蔓，攀着缠着树身，悄悄地攫取着营养，阻碍着新陈代谢，扼杀着生机。杨树居然死了，静静地，不知不觉地只留下一具躯壳，一具漂亮的躯壳。

"该死的藤蔓，该死的藤蔓！"老F愤愤地骂着。

晨曦，映出了老F佝偻的身躯，屈曲的臂膀，渐渐又映出了忏悔的脸，深思的眼。几十年，为民父母，究竟花多少时间和精力为民？后人将如何把自己载入县志？他倒抽了一口冷气，准备动手砍掉藤蔓。

不，留着它们，立即请小 Z 来这里，仔细看看这棵树，这棵爬满藤蔓的树。

思索了一夜的问题终于理出了头绪。

（原载 1984 年 9 月 11 日《宜兴报》）

后　记

退休之后闲余时间多了，开始提笔写作。凡有所见，有所闻，有所思，有所感，有所悟，总会涂鸦几笔。几年下来居然写了近二百万字。间或也会向报刊杂志投稿，不觉也发表了数百篇，几十万字。该书收集的书稿基本是退休以后的习作，皆为发表在报刊上的"豆腐干"文章。

宜兴是历史悠久、人杰地灵的风水宝地，我作为宜兴人对故土怀有深厚的感情。家乡的历史掌故、风土人情、人物人文，成为我书写的重要内容。讲述家乡的故事，昭示家乡过去的厚重、现在的辉煌，彰显宜兴的独特魅力。

热爱生活，应当热爱自然，热爱生活应当培养发现美的眼睛。每到一地我总会细心观察大自然，欣赏大自然，从中发现花木虫草中蕴含的社会伦理，感悟天地万物间显现的人文精神。通过一个个自然构成的故事，寓情于景，借景抒情，以物达理，以景传情。

社会要和谐，世界要和谐，人与自然要和谐，一切和谐均发端于心灵的和谐。置身于社会，置身于人群，倾听他们心灵的声音，发现他们心灵中的美，以及体现出的行为美和生活美，讲述他们的故事，广而告之，传播正能量，宣传真善美。

退休后最大的心理特点就是怀旧，回忆往事。我和共和国基本同龄，我和自己的祖国同命运。回忆自己的脚步脚印，折射出共和国坎坷曲折的前行路程。我的历史就是共和国历史的缩影；我的故事就是共和国故事的缩小版；我们的生活越过越好，来自于共和国的繁荣昌盛。

我喜欢旅游，尤其喜欢考察具有影响力的人文景观和历史遗迹。面对历史遗址和陈迹，在历史的星空畅游一番，在史海中寻觅沉钩。牢记历史，以史为鉴，参悟得失，警示当下，开启未来。历史的责任感驱使我有游必记，有感必写，一写就是几十万字。在此遴选了其中几篇历史的故事。

雁过留声，有幸生活在这样伟大的时代，总得留下一点什么。于是把见诸于报端刊尾的上百篇拙作凑成一个集子，形成一个大杂烩。试图为时代雄壮的交响乐声添几个微弱的音符，在历史前行的道路上留一点个人与时代同行的印迹，娓娓向社会向人们道出并不生动但愿有益的故事。

苦于水平，未必能如愿。